こんなはずじゃなかった？
それは残念でしたね
～私は自由気ままに暮らしたい～

リゼ・
フローゼル
フローゼル家の養女で、
伯爵令嬢。姉に婚約者
を奪われ、家族だと思っ
ていた人たちに嫌がらせ
をされていたが、ノルテッ
ド辺境伯家に救われる。
ルル・
ノルテッド
ルカの妹で、リゼの
ことも大好き。少し
ませたところもある、
元気でかわいい4歳。
ルカ・
ノルテッド
ノルテッド辺境伯
家の令息。元はミ
カナの婚約者だが、
婚約解消となった。
実は特別な秘密が
あり……!?

主な登場人物

エセロ・ソファロ

リゼの元婚約者。優柔不断な性格で、ミカナと恋愛関係になる。

ジョシュ・ノルテッド

ノルテッド辺境伯。右頬に大きな傷がある。

ミカナ・フローゼル

リゼの、血の繋がらない姉。リゼを嫌っており、リゼの婚約者だったエセロと仲良くなり、彼を奪う。

ライラック・ノルテッド

ルカの母。気の強い美人。リゼのことを気に入っている。

Contents

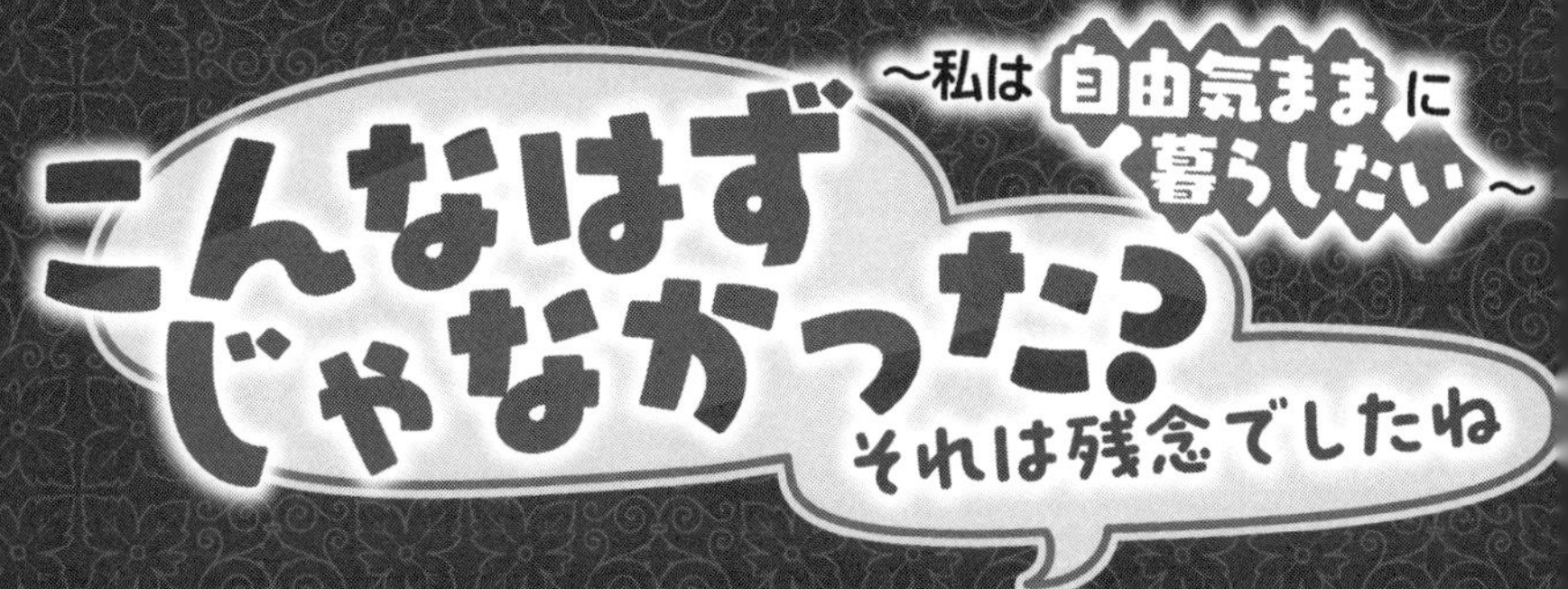

風見ゆうみ

イラスト
しあびす

1章　ノルテッド辺境伯家との出会い

私、リゼ・フローゼルの17歳の誕生日当日、親しい人だけを招いた誕生日パーティーがフローゼル伯爵邸で開かれた。誕生日パーティーといってもホームパーティーのようなもので、伯爵家ということを考えれば、とても質素なものだった。それでも、婚約者や友人たちに祝ってもらい、その日は私にとってとても楽しい1日になっていた。

この時の私は、今日が良い1日で終わるのだと信じて疑わなかった。

誕生日パーティーが終わり、最後のお客様を送り出して部屋に戻ろうとすると、姉のミカナに呼び止められた。

「ねえ、リゼ」

「なに？」

「わたし、エセロのことが好きみたい」

「えっ？」

言っている言葉の意味を理解できずに聞き返すと、ミカナは同じ言葉を繰り返す。

「わたし、エセロのことが好きみたい」

「……好きって、ミカナには婚約者がいるでしょう？」

「いるけれど、好きな気持ちは止められないの。ねえ、それは、リゼにだってわかるでしょう？」

「人を好きだという気持ちは理解できるわ。でも……」

両親を事故で早くに亡くした私は、ミカナの父であり、お父様の兄で私の伯父（おじ）にあたる、ソードル・フローゼル伯爵家の養女になった。それと同時にできた新しいお母様は、数年前に病気で亡くなってしまったため、私の現在の家族は父と兄と姉のミカナになっている。

ミカナは誕生日が私より少し早いだけで、同じ17歳だ。だから同じ学年で、同じ学園に通っている。私を受け入れてくれたフローゼル家にはとても感謝しているし、ミカナにも恩を返したいとは思っている。

けれど、さすがにエセロを渡すのは無理だった。

「ねぇ、リゼ。わたしにエセロを譲（ゆず）ってちょうだい。いいでしょう？」

「無理よ。私だってエセロのことが好きだもの！」

言い返すと、ミカナは目を吊（つ）り上げて言う。

「あなたはわたしのお父様に助けられたんだから、わたしの言うことを聞くべきだわ」

「お父様に助けてもらったことについては感謝しているわ！　受け入れてくれたミカナたちに

だって本当に感謝しているの！　だけど、それとこれとは別でしょう？　大体、エセロの気持ちだってあるじゃないの！」

「そういうことね」

ミカナは豊満な胸の下で腕を組んで言葉を続ける。

「エセロの気持ちが、わたしに向けばいいのね？」

「エセロが私を裏切るなんてありえない」

「さあ、それはどうかしら？　人の気持ちなんて変わるものよ」

ミカナはウェーブのかかった光り輝くような金色の長い前髪をかき上げ、意思の強そうな赤い瞳を私に向けて言った。

エセロというのは私の婚約者の名で、ソファロ伯爵家の長男だ。今日も誕生日を祝いに来てくれたし、両親が亡くなり、ショックを受けていた私を慰めるために、何度もフローゼル家に通ってくれた優しい人だ。

エセロも同学年でミカナと同じクラスだ。

怒っているところを見たことがない温和な人で、私をとても大事にしてくれていることが、すごくわかる。

だからエセロは、ミカナの誘惑になんか負けない。

私はそう信じていた。それに、婚約なんてものは簡単に解消なんかできない。

「ミカナ、それは無理よ。気持ちだけの問題じゃないのよ！　エセロの両親やお父様たちの許可だって必要よ！　それに、あなたにだって婚約者がいるじゃない！　彼のことはどうするの!?」

「数回しか会ったことがないし、わたしに興味のない人だから大丈夫よ」

「大丈夫の意味がわからないわ。相手は辺境伯の令息（れいそく）なのよ？　お父様よりも爵位が上なの！　それに、彼は私たちと同じ年で、同じ学園に通っているじゃないの！」

呑気（のんき）そうなミカナに叫（さけ）ぶと、彼女は鼻で笑う。

「あなたがわたしのフリをしたら良いんじゃないの？」

「ふざけないで。そんなことは絶対に嫌だし、無理に決まっているじゃないの！　私は彼と同じクラスなのよ！」

ミカナの婚約者である、ルカ・ノルテッド辺境伯令息は、外見はクールな美少年。しかし内面は猛獣（もうじゅう）と噂（うわさ）されており、人を寄せつけないオーラをいつも身にまとっている。ミカナはそんな彼を嫌っているし、彼もミカナの気持ちに気が付いているようで、婚約者であるというのにお互いに近寄ろうとしない。

「彼はわたしのことを嫌っているから、婚約を解消したいと言えば、きっと喜ぶはずよ」

「それなら、どうして、彼の方から婚約を解消してこないの？」

「女性を傷つけたくないんじゃないの？　それに、わたしのことが好きじゃないから、なんて理由では、婚約解消なんてできないでしょうし」

「ミカナ、あなたはわざと浮気をして、ノルテッド卿から婚約破棄をさせようとしてるの？」

「浮気じゃないわ。だって、わたしはノルテッド卿のことを好きじゃないもの」

「自分で何を言っているかわかってる⁉　そんな問題じゃないのよ！　それに、エセロを巻き込むのはやめて！」

　叫ぶと、ミカナは意地の悪い笑みを浮かべる。

「あなた、知ってた？」

「何を？」

「お父様は、あなたを気の毒に思って養女にしたんじゃないのよ？」

「どういうこと？」

「ふふ。本当のことを知った時のあなたの顔を見るのが楽しみね。わたしのお父様に助けられた分際で、大人しくエセロを渡すと言わなかったことを後悔するといいわ。このブス！」

　ミカナは最後に暴言を吐いて立ち去っていった。

　紺色の瞳に、腰まであるストレートの漆黒の髪をハーフアップにしている私は、可愛らしいミカナに比べると地味な顔立ちだ。痩せているせいなのか、顔色も良くないし、エセロにいつも心配されてしまうほど生気がない。

通っている学園でも陰口を叩かれているのを知っている。だから、ミカナにブスと言われても言い返せなかった。

「面白いものを見たな」

背後から現れたのはデフェル兄様だった。

ミカナと同じ髪色と瞳を持っており、クール系の顔立ちで大柄な体格だ。かといって、特に鍛えているというわけではないから、力勝負をすると、体格の良いメイドに負けてしまうくらいに弱い。

「リゼ、最悪な誕生日だな。素直にミカナの言うことを聞いておけばいいものを。ミカナが敵に回ったなら、もう、お前を助けてくれる人間なんていない。俺以外はな？」

デフェル兄様は私の目の前までやってくると、私の全身を舐め回すようにして見たあとに舌なめずりをした。その様子を見て、背中にぞくりと悪寒が走った。

「……何を言ってらっしゃるんですか？」

「このままだとミカナに嫌がらせをされるぞ。俺の慰みものになるなら助けてやる。好みの体ではないけど、使えるものは使えるだろ」

そう言って私の体に触れようとしてきたので、慌てて距離を取る。

「やめてください、何を考えているんですか！」

「何言ってるんだよ。助けてやろうとしてるんだぞ？　大人しく俺のものになれ！」

「何を言っておられるんですか！　私には婚約者がいます！　それに、お兄様のことをそういう目で見たことはありません！」

彼の言う慰みものというのは、娼婦のようなことをしろという意味だ。

だから、はっきりと断ったけれど、それが気に食わなかったのか、デフェル兄様はいきなり両手で私の首を掴んだ。

「素直に言うことを聞けよっ！」

「やめてくださいっ！」

このまま首を絞められてしまうのかと思い、抵抗しようとした時だった。

「何をやってるんだ！」

お父様が現れ、私とデフェル兄様を引き離した。

「父上！　リゼが反抗するんです！」

「この馬鹿が！　首に手の跡などが残ったらどうする！　虐待だと思われるだろう！　リゼがお前のものになるのは、彼女が学園を卒業してからだ！」

「どういうことですか、お父様？」

聞き捨てならないことを言われたので尋ねると、デフェル兄様の数十年後の姿と言っても過言ではないくらいに、雰囲気がデフェル兄様にそっくりなお父様が私を睨んでくる。

「ミカナのお願いを断ったそうだな」

「はい。だって、あんなことを言われて受け入れるなんてできません！」

「本来ならお前が学園を卒業してから言うつもりだった」

「なんですって？」

お父様に聞き返した自分の声が、震えているのがわかった。

「リゼが世の中から消え去ってもわからないようになってから言うつもりだったんだ！　まったくミカナの奴は！」

お父様は怒りの形相で、私に向かって言葉を続ける。

「作戦が変わった。ミカナにはソファロ卿に必要以上に近付くなと言っていたが、これからは逆だ。積極的にアピールをしろと言う」

「お父様！　ミカナには婚約者がいるじゃありませんか！」

「ふん！　辺境というのは辺鄙な場所のことを言うのだろう？　王都からはかなり離れている。婚約者は同じ学園に通っているようだが、辺境伯本人ではない息子など怖くない！　ソファロ卿は王都に近い伯爵家の息子だぞ！　辺境伯など文句は言えない！」

「何を言ってらっしゃるんですか！　辺境と辺鄙の意味は違うのですよ!?　どうしてそんなこともわからないのですか!?」

「うるさい！」

お父様は馬鹿にされていると感じたのか、唾を飛ばして叫ぶと、信じられないことを口にする。

「何も知らないくせに！　爵位は辺境伯の方が上かもしれないが、社交界ではノルテッド辺境伯家よりも、ソファロ伯爵家の方が評判が良いんだ！　しかも、ソファロ伯爵家には財力がある！」

お父様はお金に目がくらんでいるようだった。

そして、デフェル兄様は、私を自分のものにすることを望んでいる。

この家から出なくちゃ。

頭に浮かんだのは、それだけだった。

「今、逃げようと考えただろう？　逃げても良いが、お前が庭で世話をしていた野良猫たちがどうなるかわかっているだろうな？」

お父様が、口元に嫌な笑みを浮かべて言った。

いつの日からか庭に迷い込んできた猫たちを見つけて、あまりにも痩せ細っていて助けを求めてきたので、食べ物をあげると通ってくるようになった。家で飼ってあげたかったけど、毛が付くと言ってミカナが嫌がったからできなかった。

「猫たちに罪はありません！」

「ああ、そうだな。だけど、世話をしていたのはお前だ！　お前が逃げれば、その責任を取ってもらうため、猫たちには毒入りの餌をプレゼントしよう。連れて逃げようにも、全部は無理だろう？　何匹かは死ぬんだろうなぁ？」

「最低な人ね！」

　お父様を睨みつけると、何が楽しいのか笑い始めた。

「死んだ家内はお前のことを純粋に可愛がっていたようだが、俺は違ったんだ！　ソファロ伯爵家との繋がりが欲しい！　それだけだったんだよ！」

　お父様は言いたいことだけを言ってしまうと、くるりと踵を返した。デフェル兄様は呆然と立ち尽くしている私に向かって笑みを浮かべる。

「改めて誕生日おめでとう、リゼ。来年は俺のものだな」

「そんなの絶対に嫌よ」

　私はデフェル兄様の背中を見つめて呟いた。

　デフェル兄様、いいえ、お兄様だった人は、お父様だった人のあとを追って歩き去る。

色々な感情でいっぱいだった。そんな時に浮かんだのが、婚約者であり好きな人でもあるエセロの顔だった。

明日、学園で彼に会ったら相談してみよう。そう思い、自分の部屋に向かって歩き出す。

17歳の誕生日は、最低なものだった。

18歳の誕生日がこれ以上酷いものにならないように、今からできることをしなければならないと思った。

次の日は、いつもよりも早く起きて、自分1人で身支度を整えて厨房に向かった。使用人たちは昨日の私たちの出来事を知らないからか、私が早起きしたことに驚いた様子だった。でも、いつも通りの温かい笑顔で挨拶をしてくれた。
昨日のお礼を言ってから、これからは今までより早めに学園に向かいたいので、朝食は馬車の中で食べたい旨を伝える。すると、今日の分も軽食をすぐに用意すると言ってくれた。
今まではミカナと一緒に学園に通っていた。でも、昨日のことを考えると、一緒に行く気にはなれない。それにミカナだって私と一緒に行く気にはならないでしょう。

馬車は家に1台しかないし、学園までは馬車で往復20分ほどの距離だ。ミカナが登校する時間までに馬車を帰すとなると、かなり早く出ないといけない。元々、食事は部屋でしていたから、夕食に関しては今まで通りで良かった。

昨日の晩、猫たちをどうにか捕獲して、私の部屋で飼うことができないかと考えてみた。猫たちは伯父様たちにとって人質みたいなものだから、その心配がなくなれば、私も家から出ていけると思ったからだ。でも、私は未成年なので家出をして生きていくことも難しい。エセロのお家に住まわせてもらえないかしら、と厚かましい考えも浮かんだ。でも、そんな考えはすぐに頭の中から追いやった。

嫁入り前の女性が婚約者の家に転がり込もうなんて、自分から考えてはいけないわ。エセロの方から言い出してくれるとありがたいけれど、きっと難しいでしょうね。

エセロはミカナと同じクラスだから、私の知らない間にミカナに嘘を吹き込まれる可能性があるので少し怖い。

だから、エセロにはミカナに騙されないようにお願いしておこうと思った。

私の通っている学園には制服がある。紺色のブレザーに、女子はフレアスカート、白シャツで、胸元には学年によって色の違うリボンタイ、男子はネクタイになっている。

学園に行く準備を終えると、エントランスホールに行き、すでにポーチで待ってくれていた馬車に乗り込んだ。

学園に着くと、まだ始業には早い時間だからか、生徒の姿はほとんどなかった。

エセロがやってくるのを馬車の乗降場所で待つ。しばらくして、彼の家の家紋が入った馬車が近付いてきたかと思うと、私のすぐ近くに停まった。御者は私の顔を知っているから、気が付いて停まってくれたみたいだった。

「おはよう、リゼ」

馬車から降りてきたエセロは金色の髪を揺らし、爽やかな笑顔を見せて挨拶してくれた。

ミカナが気に入ってしまうのも理解できるくらいに、エセロは整った顔立ちをしていて、甘いマスクのせいか、女性にとても人気がある。

エメラルドグリーンの瞳はとても綺麗だし、中背ではあるけれど細身で、剣術も勉強も得意だから、余計に注目を浴びていた。

人気者なのに、それを鼻にかけたりしないところが、私はとても好きだ。

「おはよう、エセロ。昨日はありがとう！」

「楽しかったし、君の誕生日を祝えて良かったよ。それより、こんなところでどうかしたのか？」

不思議そうにするエセロに「少し、時間はある？」と聞くと、「もちろん」と頷いてくれた。
学園内にあるカフェで、エセロに昨日の話を正直に全て話してみた。でも、エセロは私の話を信じてはくれなかった。

「君のお父上やミカナ嬢が、そんなことを言ったりするようには思えないんだけどな」

「エセロ、信じてほしいの。昨日、本当に起こった出来事なのよ！」

「もちろん、君のことも信じてるんだけどさ」

エセロは微笑んで頷いてから、話を続ける。

「本当のことだとすると、君をフローゼル家に置いておくわけにはいかないね」

「あの家にいるのが怖いことは確かだわ。一応、18歳になるまでは大丈夫だと思うんだけど」

「わかった。家に帰ったら、両親に相談してみるよ」

「ありがとう、エセロ！」

「気にしないで。それよりも、どうしてミカナ嬢は僕と婚約したいのかな？」

エセロは紅茶を一口飲んでから首を傾げた。

自分がモテているという自覚のない彼は、ミカナが彼を好きだと伝えても信じていないようだった。

「たぶん、今日にでも理由がわかると思うわ」

ミカナのことだから、今日からエセロにアピールをすると思う。

でも、エセロには忠告しておいたし、彼がミカナに引っかかることはないはず。エセロのご両親だって警戒してくれるはずだと、私はそんな甘い考えでいた。

でも、現実は思い通りには進まない。

あの時の私はできる限りのことをやったつもりだった。でも、伯父様やミカナの方が、社交界でも学園でも、私よりも信用されていた。

結局、エセロの両親は私の言うことを信じてくれず、私を引き取るだなんてありえないと言った。私の言うことを信じてくれたのは家の使用人くらいだった。でも、使用人が伯父様に意見はできない。

噂は広い範囲に回っていき、私は嘘をつく令嬢、恩知らずの令嬢として、学園内での居場所がどんどんなくなっていった。

クラスでは地味ないじめが始まり、たった1人の友人も「リゼと一緒にいたらいじめられるから」と離れていった。

それに関してはしょうがないと諦めた。友人は気の弱い子だったし、いじめに遭えば、学園に来ることが苦痛になるだろうと思った。なんの関係もない友人を巻き込むわけにはいかない。

傷つくのは自分だけで良いと思った。

諦めかけていた日々が続いていたのだけど、ある日からクラスでのいじめがピタリとなくなった。

それは、ミカナの婚約者である、ノルテッド卿のおかげだった。

ノルテッド卿にもミカナのことについて相談したことはあった。だけど、その時は大して興味はなさそうで「婚約者がいるのに他の男が好きだって？　馬鹿じゃないのか」と、それだけで終わってしまった。それでもクラスメイトの私へのいじめに関しては、不快感を露わにしてくれたのだ。

「それ以上くだらないことをすると、俺が相手になるぞ」

その一言で、いじめは収まった。

家柄もそうだけれど、剣術や体術も、彼はずば抜けて優れていた。整った見た目なのに中身は野獣という噂が、余計に彼を冷酷そうに見せていたから、皆、彼を刺激することを恐れたのだ。

それから数日後の昼休み、中庭のベンチでサンドイッチを食べながら本を読んでいると、2つの影が足元に見えたので顔を上げた。

目の前に立っていたのは、ノルテッド卿とその友人であるテラン卿だった。

後ろ髪と横髪を長めにした漆黒の短髪に、金色の瞳を持つノルテッド卿と、シルバーブロンドの長い髪を後ろで1つにまとめ、髪と同じ色の瞳を持つテラン卿は、2人とも整った顔立ちでスタイルが良く、女性たちの間では色んな意味で人気だった。

軽口を叩くテラン卿に対して、相手にしないノルテッド卿という2人のやり取りが、女子生徒の想像を色々とかき立てるのだそうだ。

「隣、いいか？」

「あ、ど、どうぞ」

ノルテッド卿に尋ねられ、端に避けようとすると、なぜか、ノルテッド卿とテラン卿は私を挟む形で座った。

どうして？

頭に浮かんだ疑問を私が口にする前に、テラン卿が話しかけてくる。

「リゼちゃんさ、知ってるかな？」

テラン卿は伯爵家の令息で、見た目も口調も軽いけど、女性には優しいことで有名だ。そんな彼に尋ねられて、私は首を傾げて聞き返す。

「何をでしょうか？」

「まどろっこしいのは好きじゃないから、はっきり言うけど、ソファロ卿、浮気してるよ」

テラン卿の言葉に驚いて、私は持っていたサンドイッチを手から離してしまった。ノルテッド卿はサンドイッチをキャッチして、無言で私に返してくれる。お礼を言わなければいけないのに、テラン卿の言葉にショックを受けて、そこまで頭が回らなかった。

「浮気……してる？」

「うん。しかも、噂のミカナ嬢と」

「そんなの嘘ですっ！」

立ち上がって叫んだ時だった。

「嘘じゃないわ」

ミカナの声が聞こえて、ゆっくりと声が聞こえてきた方向に目を向けると、エセロの腕に自分の腕を絡めたミカナがいた。

「リゼ、本当にごめん」

エセロは一度俯いてからすぐに顔を上げて、眉尻を下げた。

「エセロ、一体どういうことなの？」

ミカナのことや伯父様たちについて、彼には何度も相談した。

そのたびに、「ミカナには騙されない」、そう彼は言ってくれていた。

なのに、ミカナが腕に頬を寄せていることに対して、彼は拒否する素振りも見せない。

「リゼ、エセロはわたしを好きになっちゃったんですって」

ミカナは手で口元を隠して、笑っていることを私に見られないようにしていた。だけど、そんなことをしたって、目が笑っているのだから意味がない。

「リゼちゃん、こいつらクズだよ。捨てちゃいな」

テラン卿が2人を指差して言うと、ミカナが眉根を寄せる。

「何よ、弱小伯爵家のくせに！　偉そうなことを言わないでよ！」

「はあ？　うちが弱小？」

テラン卿が立ち上がって言い返すと、エセロが間に入る。

「2人とも、喧嘩はしちゃ駄目だ。それに、テラン卿、淑女に食ってかかるなんて紳士のやることじゃない」

「いじめを助長するような奴を淑女なんて言えるのかよ」

「いじめを助長することは良くないけど、ミカナが女性なのは確かだろ？　それに、元々は僕が悪いんだ」

エセロはミカナに手を離してもらい、私に近付いてきた。涙をこらえて彼を睨むと、エセロは目の前で地面に膝をついた。

「本当に申し訳ない」

「エセロ！　どういうことなの⁉　ミカナには騙されないって言っていたじゃないの！」

「リゼ、僕は君のことが本当に好きだったよ。だけど、ミカナ嬢と一緒にいるうちに、段々、彼女が愛しくなってきてしまった。それに、学園でいじめられているような見た目の冴えないリゼより、可愛いミカナの方が良いって両親が言い出したんだ！」

「ご両親の言葉を否定しなかったということは、あなた自身も、そう思ったということなのね？」

泣くつもりなんてなかったのに、勝手に涙が溢れ出た。ぼんやり霞む視界の隅にミカナの笑い顔が見えて、悔しくて歯を食いしばる。

これ以上、ミカナの前で泣きたくない。

悔しい。性格の問題ならまだしも、外見でミカナを選ぶだなんて。私がもっと可愛かったら、エセロに捨てられなかったの？　こんな思いをしなくて済んだの？

「言い訳はしない。両親に言われて僕もそう思ってしまった。本当にごめん！　こんな気持ちじゃ、君の婚約者のままでなんていられない。だから、婚約を破棄する！　これが僕の誠意だ！許してほしい！」

「誠意ねぇ」

呟いたのは、私じゃなかった。

はあーっ、と大きなため息が聞こえて振り返ると、ノルテッド卿が制服の上着のポケットから白いハンカチを取り出して立ち上がった。そして、そのハンカチを私の目に軽く押し付けてくる。

「あ、ありがとうございます」

涙を拭けという意味だろうと思い、鼻をすすりながら受け取ると、ノルテッド卿はエセロに言う。

「自分の婚約者を泣かせることが、お前の誠意かよ」

「そういうわけじゃない！」

「悪いと思うなら、なぜ、ミカナ嬢への思いを断ち切って、リゼ嬢を守ろうとしないんだ」

「だから、僕はミカナに心を奪われてしまって！」

「気持ちが移ったから婚約破棄することが誠意だとか言ってるが、結局、お前がミカナ嬢と婚約したいだけだろ？」

ノルテッド卿は地面に座り込んだままのエセロを見下ろして、話を続ける。

「そんなのただの自己満足なんだよ。悪いと思うなら、リゼ嬢の望むようにしてやれ。婚約破棄すりゃ許されるってもんじゃねぇんだよ」

「それは、でも、そんなの、リゼが僕を許すわけがない」

エセロが助けを求めるかのように私を見つめてきた。

「確認したいことがあるんだけど、あなたとミカナは体の関係はないのよね？」

「最後まではしていないけど、その、口づけはした。本当にごめん！」

「そうよ！　しかも、エセロの方からしてきたのよ！　わたしのファーストキスはエセロのものよ！」

黙っていたミカナが勝ち誇った笑みを浮かべて叫んだ。

「うっわー。ミカナ嬢は思ったより知能低いな」

テラン卿は笑ったあとに、ノルテッド卿に話しかける。

「ルカ、リゼちゃん連れて移動しようぜ。僕はお腹が減ってるんだ。だけど、こんな場所じゃ何を食べても不味い」

「そうだな」

ノルテッド卿はテラン卿に頷いてから、私に顔を向ける。

「動けるか？」

「……はい」

ハンカチを握りしめて頷くと、ノルテッド卿は眉根を寄せた。

「そんな様子じゃ、授業どころじゃないな。午後からの授業は休んだ方がいい」

「やったー！」

「お前に言ったんじゃねぇよ」

場を明るくしようとしてくれているのか、はしゃぐ様子を見せたテラン卿に言ってから、ノルテッド卿は再度、私を見て聞いてくる。

「リゼ嬢はどうしたいんだ？」

「今は、頭の中がぐちゃぐちゃでっ、考えがまとまらなくて……。ただ、今言えることは婚約破棄の申し出を受け入れること、それだけです」

キスくらいならと許す人もいるでしょう。でも、それは相手の気持ちが自分から離れていない場合でしか無理な気がした。

エセロはもう、ミカナを好きになってしまっているから手遅れだ。それに、ミカナを一度でも選んだ人を私は許せそうにない。

「そうか」

ノルテッド卿は呟くように言うと、エセロとミカナに顔を向ける。

「お前ら、ノルテッド辺境伯家に対して舐めた真似(まね)してくれたな。俺は良くても両親は許さねぇからな」

「ソファロ伯爵家とリゼちゃん以外のフローゼル伯爵家、覚えてろよ」

テラン卿も、笑みを消して2人を睨んだ。エセロは2人の言っている意味がわかったのか顔面蒼白になったけれど、ミカナは違った。

「辺鄙なところに住んでる辺境伯家に何ができるのよ！　それに、テラン卿！　あなたの家だって、辺鄙な辺境の近くじゃないの！　わたしの家の方が王都に近いのよ！」

ミカナは自分の胸に左手を当てて叫んだ。

「やばいな。辺鄙と辺境を同じ意味で捉えてるのか」

テラン卿はふはっと吹き出すと、笑いをこらえた様子で私を見る。

「リゼちゃんはさすがに意味の違いはわかるよね？」

「当たり前です！　辺鄙と辺境の違いくらい、普通はわかります！」

「何よそれ！　わたしだってちゃんとわかっているわよ！　王都から遠いんだから、テラン卿の家は弱小なんでしょ!?」

ミカナがテラン卿を指差して叫んだ。

社交界の人脈や関係性を叔父様は把握していない。これまでは伯母様が覚えていて、夜会の時は伯父様の後ろに立って小声で教えていた。伯母様が亡くなられたあとは、私が叔母様の代わりをしていた。

この国では、同じ爵位であれば、王都からの距離で貴族の権力が変わってくるのは確かだ。

辺境伯のことを伯父様やミカナたちは辺鄙な地に追いやられたと勘違いしているようだけれど、多くの貴族は辺境と辺鄙の違いくらいわかっているし、伯爵よりも辺境伯が上だということや辺境伯家が国にとって大切な役割であることを理解している。

エセロやエセロのご両親は、きっとミカナに言いくるめられて、そのことを忘れてしまっているのかもしれない。普通は忘れることではないと思うけれど、お金に目がくらんでいるのかもしれないわね。そして、エセロは今になって、ミカナの婚約者が誰なのかを思い出して焦っているのかもしれない。

あまりにも馬鹿馬鹿しくなってきて自然に涙が引っ込んだ。その勢いで、私はエセロに別れを告げる。

「さよなら、エセロ。ミカナとお幸せに」

「リゼ、本当にごめん！　そうだ、君は大丈夫なのか？　僕との婚約が解消されたら、君は家にいられなくなるんじゃないか？」

「そのことを気にしてくれるなら、浮気や婚約破棄なんてしてほしくなかった」

「……それは、ごめん」

エセロは泣き出しそうな顔になったあと、両手を地面につけて俯いた。

「エセロ、リゼが認めたんだもの。わたしたちにもう障害はないわ！」

ミカナは項垂(うなだ)れているエセロの背中に抱きつき、私を見上げて言葉を続ける。

「安心してね、リゼ。あなたが学園を卒業するまでは、お父様はちゃんと面倒を見るって言ってたから！　世間体(せけんてい)は大事だものね！」

「何が世間体は大事だ。妹の婚約者を奪った時点でアウトだよ」

ノルテッド卿は鼻で笑い、ミカナを睨みつけて確認する。

「ミカナ嬢、俺との婚約はそちらからの破棄ということでいいな？」

「ええ！　今までありがとうございました！」

ミカナは満面の笑みを浮かべ、ノルテッド卿に手を振った。

「行くぞ」

同じく満足そうな表情でノルテッド卿は頷くと、私たちに声をかけて歩き出し、テラン卿はそのあとを追う。

私はどうしたら良いのかわからなくて、その場で戸惑っていると、ノルテッド卿が足を止めた。そして踵を返して戻ってくると、ベンチの上に置いてあった私の本やランチボックスを手に取って私に話しかけてくる。

「行くぞって言ってるだろ」

「は、はい！　申し訳ございません！」

「おい、ルカ。相手は女の子なんだから、もっと優しく言わないと駄目だろ！　ごめんね、リゼちゃん。悪い奴じゃないんだよ」

「気にしていませんから」

苦笑してから首を横に振り、エセロの方を見ると、彼は涙を流しながら私を見つめていた。

すると、ミカナがそれに気付き、私に見せつけるように彼に口づけた。

「大丈夫よ、エセロ。わたしが守ってあげるわ」

「ありがとう、ミカナ」

２人が抱き合っている姿を見るのが辛くて、視線を逸らして歩き出す。すると、ノルテッド卿とテラン卿も一緒に付いてきてくれた。

その日は、ノルテッド卿に言われるがまま早退して家に帰り、一歩も部屋から出なかった。

次の日の朝、伯父様は合鍵を使って部屋の中に入ってきて、ソファロ家から送られてきた婚約破棄の書類にサインをするように迫ってきた。私は書類に書かれている内容を読み、自分に不利な条件ではないことを確認してから、素直にサインをした。

それからは、これからどうなるのだろうという不安にかられながらも、なんとか学園に通い続けた。学園内でのいじめがなくなっていたことと、ルカ様とイグル様が気にかけてくれたおかげで、家にいるよりも楽だった。

ルカ様というのはノルテッド卿、イグル様はテラン卿のことだ。彼らから、そう呼ぶようにお願いされたので、恐縮ではあるけれど呼び方を変えざるを得なかった。

ミカナやデフェルによる家での嫌がらせは続いていたけれど、ルカ様たちのおかげで、平穏とまではいかずとも無事に日々を過ごせていた。

デフェルが私をおびき出すために、馬鹿なことを実行に移すまでは——

＊＊＊＊＊

「おせぇな」

呟いたあと、すぐに誰も聞いていないのに口を押さえた。

言葉遣いが悪いのは父上譲りなのに、今のような言葉を発したことがわかれば、母上に叱られるだけではなく、大きな手でパンチを食らってしまう。いや、それだけじゃ済まないか。

現在、俺は家族と合流するため、リゼの家の近くの公園にある、噴水がよく見えるベンチに1人で座っていた。馬車の音が近づいてきているから、もうすぐやってくるはずだ。

そう思っていると、後方で馬車が停まった。

「おにーさま！」

声をかけられて振り返ると、妹のルルが父上に馬車から降ろしてもらっているところだった。

「ルル！」

「おにーさま！　おひさしぶりですわ！」

ひらひらしたドレスを着た4歳になったばかりのルルは、地面に下ろしてもらうと、パタパタと小さな足で一生懸命にこちらに向かって走ってくる。

寮から通っている俺は、家族と会う機会は学校の長期休み以外ない。だから、ルルは俺に会うと、いつも嬉しそうにしてくれる。

「久しぶりだな、ルル。大きくなったな」

抱き上げると、以前、会った時よりも重く感じたけど、それは口にしないでおく。ルルは年齢よりもかなりしっかりしていて、恋する乙女でもあるからだ。

「はやくおとなになりたいんですの」

「大人になるなんてあっという間だから、子供時間を楽しんでおけよ」

「あら、ルカ、あなたの年齢で言う言葉じゃないわよ」

「そうだぞ。お前だってまだ子供だろうに」

母上と父上が苦笑しながら近づいてくる。

「お久しぶりです、父上、母上」

頭を下げると、母上は俺が抱え上げたままだったルルごと抱きしめてきた。

「久しぶりね、ルカ！　元気そうで良かったわ！　あなた、全然連絡してこないんだもの！」

「いや、特に連絡することがないから」

これに関しては嘘じゃない。今までは本当になかった。俺とミカナ嬢は水と油みたいな関係だったし、リゼだって今のような状況じゃなかったから、特に気にもしていなかった。

今日は、ミカナ嬢が勝手に婚約破棄を決めたことなどの苦情を言いに、フローゼル家に家族総出（そうで）で出向くことになっている。

俺としてはミカナ嬢との婚約破棄は正直嬉しいので、文句を言う必要はない。だけど、辺境伯家が馬鹿にされたことについて黙っているわけにいかない。

それに、まだ家族には話をしていなかったが、リゼのことがやはり気になっていた。

「フローゼル家に出向く前に、少し話しておきたいことがあるんですが」

相談しようと思い、ルルを地面に下ろしてから今までにリゼから聞いた話を伝えると、母上は俺の両腕を掴んで揺さぶる。

「あなた！　どうして、そんな大事な話を今までしてこないのよ！」

「母上たちに言ってもどうにもならないでしょう？」

「そんなことないわよ！　女性が危険な目に遭いそうなのに、そのまま放っておくわけないじゃないの！」

母上は気が強くて姉御肌だ。だから、リゼのような境遇の女性の話を聞いてしまった以上、絶対に放っておけないことはわかっていた。だけど、ここまで怒るとは思っていなかったから、少しだけ驚いた。

「話をしなかった俺が悪いのは認めますが、どうしてそこまで怒っているんです？」

正直に尋ねてみると、母上ではなく、父上が答えてくれる。

「ルカが女性に興味を示すなんて初めてだからだろ」

「女性に興味を示すも何も、俺には婚約者がいたんですよ？　それなのに、女性に興味を示すなんておかしいでしょう」

「一応、言っておくけれど、ミカナ嬢も女性だからね？」

「一方的に嫌われてたんで、そういう感覚はありませんでした」

母上に呆れた顔で言われて、素直に頭を下げる。

「連絡が遅くなって申し訳ございませんでした」

「でも、おにーさまがきょうみをもつじょせいに、おあいできるのがたのしみですわ」

「そうね。それと、どうせだから、一緒に連れて帰ってしまいましょう」

「まあ！　それはすてきですわ！」

　母上とルルは言った。

「父上、止めなくていいのか？」

　父上は俺の言葉遣いの悪さを咎(とが)めないので、砕けた口調で聞いてみた。すると、父上は大きく息を吐いて答える。

「止めたって無駄なことくらい、お前だってわかってんだろ」

「それはまあ、そうだけど」

「ルルとライラックを相手にして、俺たちが口で勝てるわけねぇだろ」

　他の家庭はどうだか知らないが、ノルテッド家は女性が強い。母上曰(いわ)く、その方が円満な家庭を築きやすいんだそうだ。

「ただ、リゼと言ったか。彼女が嫌がるなら無理に連れていくつもりはないからな」

「それはそうだろ」

　普通なら、差し出された手を取る人が多いだろう。でも、リゼはどうだろうか。それに、俺たちには家族や親戚以外に言えない秘密がある。

　リゼを助けるということは、その秘密が漏(も)れてしまうリスクが高くなる。

「まあ、でも大丈夫か」

俺は誰に言うでもなく呟いた。

ノルテッド家の秘密は、普通なら誰かに知られても勝手に記憶が消されるようになっている。

リゼもきっと、なんらかの形で俺たちの秘密を知ることになっても、すぐに忘れてしまうだろう。

この時の俺は、そう信じて疑わなかった。

＊＊＊＊＊

デフェルに襲われる可能性があるため、最近は庭にやってくる野良猫たちの世話をメイドに任せるようにしていた。本来なら私が餌付(えづ)けしたのだから、私が責任を持って餌やりをしなければならない。

でも、デフェルの興味は私にあるみたいなので、メイドたちから家にいる間はあまり部屋から出ないようにと言われてしまい、申し訳ないと思いつつ、餌やりをお願いした。

だから、私に味方してくれるメイドに被害が及ぶなんて思ってもいなかった。

それは、ルカ様たちが来る日の朝のことだった。

裏庭の方から叫び声が聞こえ、驚いて窓の外を見ると、木々に隠れて姿は見えないけれど、メイドの叫ぶ声だけが聞こえてきた。

「やめてください、デフェル様！　嫌ですっ！」

ニャーニャーと騒がしい猫の鳴き声も聞こえ始め、猫たちの威嚇はどんどん大きくなっていく。

「おやめください、デフェル様！」

庭師の声も聞こえたけれど、鈍い音と共に聞こえなくなり、デフェルの声だけが耳に届いた。

「うるさい！　これ以上怪我をしたくなけりゃ、そこで静かにしてろ。ほら、大人しく服を脱げよ！」

「無理です！　嫌です！　騎士様っ！　助けてくださいっ！」

「そこにいる騎士は俺の味方だ！　それに他の騎士には来るなと伝えてあるからな！」

朝も早くて周りも静かなため、屋敷の中にいる私の耳にもはっきりと、デフェルの最低な発言が聞こえてきた。

本当に最低な男だわ！

私はいても立ってもいられなくなり、部屋を飛び出すと、エントランスホールの近くにある、掃除道具がしまわれている部屋に入って、モップを取った。

「何も持っていかないよりかは良いわよね」

自分に言い聞かせるように呟くと、エントランスホールにいたメイドに、警察に連絡するように頼んだ。そのあと、近くにいた騎士たちに声をかけたけれど、彼らは私と一緒に行くことを嫌がった。

デフェルがさっき言っていたけれど、彼は騎士たちを買収でもしたのだろうか。

騎士たちがまったく動いてくれそうにないので、フットマンに声をかけて、一緒に声が聞こえてきた方向に向かう。その方向は、私がいつも猫にご飯をあげていた場所だった。近付いているはずなのにメイドの悲鳴がどんどん小さくなっていくので、不安が大きくなっていく。

手入れのされていない草むらと木々の間に入り、少し開けたところに出ると、倒れたメイドに襲いかかろうとしているデフェルの姿が見えた。

「デフェル兄様！　おやめください！」

とりあえず動きを止めようと思って叫ぶと、デフェルはこちらを振り返って、にやりと笑みを浮かべた。

「おお、リゼ！　待ってたぞ！　お前が相手をしてくれるんだな!?」

「するわけないでしょう！　何を考えてらっしゃるんですか！」

「リゼお嬢様！　来てはいけません！　お逃げください！　これは罠(わな)です！」

メイドは泣きながらそう言ってくれたけれど、私が原因なのに、このまま逃げることはできない。

「大丈夫？　本当にごめんなさいね」

「リゼお嬢様は悪くありません！　お逃げください、お嬢様！　このままではあんな風にっ！」

メイドのところまで駆け寄り、彼女を抱き起こして介抱しようとすると、メイドは泣きながら、すぐ近くの木の根元を指差した。視線を向けると、庭師だけじゃなく、一緒に来てくれたフットマンまでもが倒れていた。

デフェルだけならまだしも、騎士に私が敵うはずがない。警察が来てくれるまでの時間稼ぎをしなくちゃ。

「リゼ……」

デフェルが舌なめずりをしながら、私に近付いてくる。

「お前のことをミカナはブスだと言うが、俺は好みだったんだ」

モップで距離を取ろうとすると、デフェルはそれを奪おうと手を伸ばした。

「大人しく俺のものになりやがれ！」

デフェルが叫んだと同時に、突然、黒くて大きな動物が私たちの目の前に現れ、デフェルに飛びかかった。

「うわあっ⁉」

襲いかかられたデフェルは、地面に倒れ込む。黒い豹らしき動物は、私とメイドの前に立ち、臨戦態勢をとるように身構えた。

「な、なんで、こんなところに豹がいるんだよ⁉」

デフェルが地面に倒れ込んだまま、驚愕の表情で叫ぶ。

「デフェル様、今、助けます！」

騎士が剣を抜き、こちらに向かってこようとした時、騎士の背後から、今度は大きな熊が現れた。熊はダークブラウンの毛色に赤い瞳を持っていて、右頬には何かに斬られたような傷痕がある。

「ど、どうして、こんなところに、豹と熊がいるの？」

メイドが呟いた瞬間、熊が二本足で立ち、こちらに向かってこようとしていた騎士の頭をひっぱたくように右の前足で殴った。後方に熊がいることに気付いておらず、無防備だった騎士の体は吹っ飛び、近くの木に頭をぶつけて気を失った。

「い、一体、どうなってるんだ！」

デフェルが涙目になって、豹と熊を交互に見て叫ぶ。

「あのっ」

怖いけど、黒豹は私たちを守ろうとしてくれているのではないかと思って声をかけた。する

と、黒豹が私の方に顔を向けた。

目が合い、金色の瞳が綺麗だと思ったその瞬間、口から勝手に彼の名前がこぼれ出る。

「……ルカ様？」

「……」

黒豹は当たり前かもしれないけれど、なんの反応もせず、デフェルの方に顔を向けた。

「な、なんでこんなところに、豹だけじゃなく熊までいる」

立ち上がろうとしていたデフェルだったけれど、言葉の途中で、彼の顔を正面から熊が前足で殴ったので、デフェルは地面に倒れて気絶した。

騎士とデフェルが動かなくなったことを前足で蹴って確認すると、熊は「行くぞ」と言わんばかりに黒豹に視線を向け、屋敷に向かって四足歩行で歩いていく。すると黒豹も、私の方を一度振り返りはしたけれど、すぐに前を向いて熊を追いかけて走り出した。

一体、なんだったの？　私は夢でも見ているの？

ありえない出来事が起こったせいで、私の頭はパニックになりそうだった。でも、今はそんなことを考えている場合ではなく、デフェルと騎士以外で怪我をしている人を助けることが優先だと考えて動き始めたところで、警察がやってきたのだった。

警察に事情を説明したけれど、デフェルや騎士は気を失っていたし、メイドはショック状態だったため、私のこともショックで記憶が書き換えられてしまったのだろうと判断されて、証言を信用してもらえなかった。

伯父様の方も何も起きていないし、起きたとしてもフローゼル邸内の話だから気にしなくて良いと言って、警察を帰らせてしまった。

やましいことがあるから、きっと裏でお金を握らせたんだわ。だから、警察も素直に帰っていったのね。

苛立っている気持ちを自室で落ち着かせていると、執事が訪ねてきた。そして、多くの使用人は伯父様や騎士たち、デフェルやミカナに不信感を抱き、屋敷を出ていくという話になったと教えてくれた。

「わたくしどもはお暇させていただこうと思っております。このままでは、リゼお嬢様も危険です。学園の寮に入ることはできないのでしょうか」

「そうね」

学園寮に入りたい気持ちはこの上なかったから、エセロに助けてもらえないとわかった時点で調べてみた。でも、寮は人気で、現在は全室埋まっている状態だった。今は学期の途中だから退去者もいない。それに、寮に入る前に管理費を渡さなければならない。結構な額だし、伯父様が出してくれるはずもない。でも、今まで私を助けてくれていた使用人たちがいなくなるのなら、本当に私の身が危ないと思った。

でも、メイドたちがいなくなるのなら、猫たちの餌やりは私がしなければならない。助けると決めたのだから、責任を持ってお世話しないといけないもの。

考えなければならないことが多すぎて、頭を抱えたくなった時、伯父様が私の部屋にやってきた。

「おい！　メイドたちが仕事をしないんだ！　リゼ、お前がお客様にお茶を淹れろ！」

「旦那様、お待ちください。わたくしが」

「うるさい、執事のくせにこんなところで何を遊んでいるんだ！　くそ！　お前もクビにしてやる！」

伯父様は顔を真っ赤にして叫ぶと、ドスドスと大きな足音を立てて去っていく。

「そういえば、今日はノルテッド辺境伯がお見えになっているのよね」

「そうでございます。婚約破棄の件でお話があるそうです」

「気になることがあるから、私がお茶を持っていくわ。申し訳ないけれど、お茶の淹れ方だけ教えてくれない？」

「リゼお嬢様！　そこまでなさらなくとも！」

「いいの。ノルテッド辺境伯令息にはお世話になっているから、ご挨拶もしておきたいし」

「まだ邸にはメイドが残っておりますので、お茶は誰かに淹れてもらいましょう」

「助かるわ。飲み物を運ぶのは私がするから。そうじゃないと、伯父様がうるさいもの」

執事は私の言葉に頷くと、私と一緒に厨房に向かった。慣れないながらも、ティーポットやティーカップを載せたサービスワゴンを押して応接室の扉をノックすると、返事の代わりに伯父様の怒声が聞こえてきた。

「なんで、私たちが金を払わないといけないんだ！」

「一方的な婚約破棄をしておいて、お咎めなしだなんておかしいだろう。文句を言わずにとっとと払えよ、慰謝料！」

伯父様の言葉のあとに、低いけれどよく通る声が聞こえてきた。ルカ様の声に似ているけど、もう少し低い声だった。ノックを躊躇っていると、伯父様がとんでもないことを叫んだ。

「偉そうにしやがって、この辺境伯風情が！」

「あぁ？　言っておくが、お前の家よりも家格は上だからな？」

「ふん！　辺鄙なところにしか住めない伯爵風情のくせに！」

伯父様はまだ、そんな馬鹿なことを言っていた。

間違いを正してくれる人がいないのも悲しいわね。

このまま静かになるまで待ったとしても入室の許可がもらえるかはわからない。だから、大きな音を立ててノックをしてから、返事を待たずに扉を開けた。すると、立ち上がって叫んでいる伯父様の姿と、ローテーブルを挟んだ向かい側に、ルカ様と筋骨隆々の大柄な男性が座っているのが見えた。

「リゼ？」

ルカ様が組んでいた足をほどき、不思議そうな顔をして私を見たので挨拶する。

「ごきげんよう、ルカ様」

「ごきげんようって、どうして、リゼがお茶出ししてるんだ。そういうのはメイドの仕事だろ」

「色々とありまして……」

ルカ様と小声で話していると、視線を感じたので、そちらに目を向けた。私に視線を送っていたのはルカ様のお父様である、ノルテッド辺境伯だ。目が合ったあとは、自然とノルテッド辺境伯の右頬にある大きな傷に目がいってしまった。

その傷は先程、私たちを助けてくれた、熊の傷と同じ位置にあるように思えた。

ノルテッド辺境伯は、ダークブラウンの髪に赤い瞳を持つ顔立ちの整った渋めの男性で、さっき現れた熊と毛の色と瞳の色が一致していた。

豹だって、ルカ様と同じ色だったわ。でも、それって、ただの偶然よね？　そうじゃないと説明できないもの。だって、人間が動物になれるわけがないんだから！

裏庭に熊と豹が現れたことについて納得できる理由は思い浮かばなかった。だけど、もしかしたら、サーカスの動物が逃げたとかかもしれないわ。人間に慣れているから助けてくれたのかもしれない。

自分でも苦しい理由だとわかっているけれど、そう思い込むことにした。

「おい、リゼ！　何をしてるんだ。早くお茶を淹れなさい」

「は、はい」

普段は世間体が大事だと言っている伯父様だけれど、今は頭に血が上っているのか、そんなことを気にしている余裕はなさそうだった。慌ててティーポットからカップにお茶を注ごうとした私に、ルカ様が話しかけてくる。

「リゼ、ありがたいけどお茶はいらない。俺たちはすぐに帰るつもりだから、お前も家を出る準備をしろ」

「はい？　家を出る準備……ですか？」

意味がわからなくて聞き返すと、伯父様が叫ぶ。

「リゼ！　早くしろと言っているだろう！」

声に驚いて体を震わせると、ノルテッド辺境伯が立ち上がり、テーブルに身を乗り出して伯父様の首を右手で掴んだ。

「彼女はお前の娘だろう？　それに、茶を出すのが遅くなっただけで、そこまで強く言う必要はあるか？」

「こ、これが我が家の躾(しつけ)なんだっ！」

「娘は伯爵令嬢だろう。なぜ、茶を持ってこさせる？　それとも、お前の家は使用人１人も雇(やと)えないのか？」

「いる！　いるんだが、みんな、辞めると言い出したんだ！」

伯父様は両手でノルテッド辺境伯の手を掴み、自分の首からはがそうとしたけれど無理だった。２人のことを気にしつつ、私はルカ様に尋ねる。

「ルカ様、あの、今日のご用件はなんだったのでしょう？　婚約破棄の件ですか？」

「ああ。慰謝料についての話し合いだ。普通なら婚約破棄ですね、はい、わかりました、で、終わるものじゃねぇだろ？　不愉快(ふゆかい)になった分の慰謝料をもらおうと思って来たんだ」

「慰謝料ですか」

「それを払いたくないってごねられてたんだよ。あと、母さんたちがリゼのことを気にしてて」

私たちの会話が耳に入ったのか、伯父様はこちらを向いて叫ぶ。

「なんでも金で解決しようと思いやがって！」

「そんなんじゃねぇよ。そうでもしないと、フローゼル伯爵は痛いと思わないだろうからやってるんだ」

ルカ様が答えると、伯父様はルカ様を指差す。

「悔しかったら王都に住んでみろ！　そうすれば認めてやる！」

その叫びを聞いたノルテッド辺境伯は、伯父様の体をソファーに投げつけた。

「別にお前なんぞに認めてもらわんでもいい。というか、お前は馬鹿か。辺境伯が王都に住んでたら辺境伯の意味がないだろうが。辺境と辺鄙の違いもわからないなんて、これだから、貴族のボンボンは」

「父上、話がズレてる」

ルカ様に言われ、ノルテッド辺境伯はしかめっ面から焦った表情になった。

「ん？　あ、ああ、そうだったな。フローゼル伯爵、王都にこだわっているようだから言っておくが、うちは王都に別邸を買ったんだ。住もうと思えば住めないことはない。だから、お前はノルテッド辺境伯家を認めざるを得なくなったな」

「お、王都に別邸だと⁉」

別邸に関しては、その土地の領主に許可を得れば、土地込みで買うことが可能だ。でも、王都となると土地代がかなり高い。

賃貸かと思ったけれど買ったと言っているし、本当にそうだとすると、とんでもない金額だと思う。

少なくとも、フローゼル家の財力では買えないものを買ったというのだから、これで、辺境伯の地位をわかってくれるといいんだけど。

「辺境伯というのは、そんなに儲かるのか？」

伯父様は呆然とした表情で言った。

いやいや、そういう問題じゃないんですけど？

「しつれいいたします」

その時、ノックの音と同時に扉が開いた。中に入ってきたのは、黒いウェーブの髪に金色の瞳を持つ、とても可愛らしい顔立ちの女の子だった。

「ルル！」

白色のウサギのぬいぐるみを抱きかかえた、青いワンピースを着た少女を見た瞬間、ルカ様が立ち上がって叫んだ。

「おとーさま、おにーさま、おそいですわ。おかーさまがごりっぷくですの」

ピンク色の頬をぷくっと膨らませたその姿が可愛らしくて、思わず声を上げそうになる。

「ルル、1人でここまで来たのか？」

「いいえ。このいえのしつじさんがつれてきてくださいましたの。おかーさまは、しよーにんのひとたちとおはなししてますわ」

ノルテッド辺境伯はルル様に近付いていき彼女を抱き上げると、ルカ様の方を見た。

「帰るぞ」

「わかった。でも、すぐには無理だ」

ルカ様がノルテッド辺境伯に応えてから私を見た時、伯父様がまた叫び始める。

「人の家で好き勝手しないでください！　婚約破棄については申し訳ないが、娘の意思を尊重していただきたい！」

「婚約破棄については受け入れるつもりだから安心しろ。ただ、好き勝手に動いてる、お前やお前の家族を痛い目に遭わせたいだけだ。婚約破棄なんてもんは簡単にするものじゃないと勉強してほしいんでな」

ノルテッド辺境伯が伯父様を睨みつけると、伯父様は声にならない声を上げて、ソファーの背もたれに体を預けて頭を抱えた。

「おとーさま、このかたは？」

「フローゼル伯爵だ。ノルテッド家のことを伯爵家よりも下の人間だと見下している」

「まあ！　はくしゃくけということは、ノルテッドけよりも、かくしたではないですか！」

ノルテッド辺境伯の肩に座っているルル様は、彼の顔に抱きつきながら、伯父様を見据えて言葉を続ける。

「わたくし、はくしゃくけでも、こうきなちすじや、けんりょくのある、はくしゃくけは、しっておりますのよ？　でも、フローゼルけなんてきいたことがありませんわ」

ルル様は確か4歳だと、ルカ様が前に話していたと思う。今の発言は4歳児のものとは思えないのだけれど、彼女の嫌味は伯父様にちゃんと通じたようだった。

「こ、子供に何がわかると言うんだ！」

「おとなのくせにわかりませんの？」

「なんだと!?」

「もういい！　慰謝料がもらえないというのなら、彼女を連れていかせろ」

ノルテッド辺境伯は、伯父様とルル様の言い合いをやめさせて、私を指差して叫んだ。

「リゼを連れていくですって？」

「ああ。金は払いたくないんだろ？　それなら、人を渡せ。あと、使用人もだ。別邸で働いてもらう使用人を探さないといけないと思ってたんだ」

「くそっ……。まあ、いい。使用人はどうせ辞めると言っていたしな。リゼは」

伯父様は私を睨んで少し考えたあと、首を縦に振った。

「もう使い道はない。出ていけ！」

「え……、ど、どうしたら……」

思いもよらない展開に困惑していると、ルカ様が苦笑する。

「そりゃ驚くよな。ちゃんと説明はするから荷物をまとめてきてくれ。父上が買った別邸は学園にも近い。俺は寮から通うけど、リゼはそこから通えばいい」

「は、はい!?」

「リゼはこの家にいたいのか？」

「いいえ！　家からは出たいです」

「なら、早くしろ。俺たちは用事を済ませたら、エントランスホールで待ってるから」

ルカ様に促され、慌てて部屋から出ようとして足を止めた。

信じられない。私がここを出て、王都に住むことになるだなんて――

何か裏があるんじゃないの？

「リゼ嬢、いいから早く行け。ルカも言ったが詳しい話はここを出てからにする」

「リゼおねーさま。ルルとなかよくしてくださいませね？」

ノルテッド辺境伯とルル様に手を振られ、私は止めていた足を進める。

一体、今日は何が起きてるの⁉　熊に豹だけじゃなく、この家から出ていくことができるだなんて！

自分の部屋に戻り、急いで持っていかなければいけないものをトランクに詰めていると、ミカナがやってきた。

「なんの騒ぎなの⁉　それに邸の中に侍女やメイドだけじゃなくて、騎士までいないんだけど⁉」

ミカナは開け放った扉にもたれかかりながら、焦った顔をして尋ねてきた。私は荷物を詰める手を止めずに答える。

「使用人たちは辞めるそうよ。騎士は何をしてるか知らないわ」

「というか、あんた、何してるのよ、家出でもするの⁉」

「ミカナ、急いでるの。私のことは放っておいて！」

「何よ、リゼの分際でっ！」

扉から背中を離し、私のところへミカナが向かってきた時だった。白と黒の大きな生き物がミカナの背に飛びついた。

「きゃあっ！」

悲鳴を上げて、ミカナは派手に前に倒れ込んだ。私は驚きながらも何が起きたのかを確認する。目の前で、ミカナが顔面をカーペットにつけていた。そんなミカナの後頭部を白に黒い縞を持つ虎が、顔を上げさせないように前足で押さえつけていた。

ど、ど、どういうこと!? どうして、家の中にホワイトタイガーがいるの!? 一体、この家はいつから動物園になったの!?

「なんなの!? 痛いっ！ リゼ！ ちょっと、頭を押さえるのはやめなさいよっ！」

ミカナが頭を上げようとすると、ホワイトタイガーが前足で押さえつける。そんなことを何度も繰り返しながら、ホワイトタイガーは私に綺麗な金色の瞳を向けた。

ルカ様と同じ瞳の色だわ。しかも、さっき見た黒豹とも同じ色のような気がする。

そう思うと、動揺していた気持ちが落ち着いてきた。ホワイトタイガーは、もう片方の前足で、私に荷造りを進めるよう促してくる。普通なら、この状況で荷造りなんてできない。

でも、ホワイトタイガーが敵ではないということはわかるので、素直に荷造りを再開することにした。

「リゼ！ なんなの！ こんなことして許されると思ってるの!? ほんと、あなたってブスでなんの役にも立たな、んぐっ！」

ミカナが暴言を吐いたからか、ホワイトタイガーはミカナが話すこともできないように、彼女の顔をグリグリと前足で踏みつけた。

今までのことから考えたら、もしかして、このホワイトタイガーは、辺境伯夫人だったりするの？　ノルテッド辺境伯夫人が黒髪で白い肌で金色の瞳なら、そうとしか思えない。そうだとしても、どうして動物の姿で現れたのかしら？

人の姿だと人の家を堂々と歩けないけど、動物だったら良いみたいな感じかしら？　いやいや、そんなお話の世界のようなことが、私の目の前で起こるはずはないわ！

大体、ホワイトタイガーが家の中をウロウロしていたら、かなり目立つもの。

「集中しなくちゃ」

湧き上がってくる疑問はあとからルカ様たちにぶつけることにして、荷造りを急ぐことにした。

荷造りを終えたあとは、ホワイトタイガーをここから逃がすために、ホワイトタイガーの代わりに私がミカナの頭を押さえつけた。

「行ってください」

小さな声で呟くと、ホワイトタイガーは私にお礼を言うように頭を私の腕に擦り寄せてから走り去っていった。

絶対にありえないわ。こんな風に動物と意思疎通できるなんてありえないもの。もしかして、着ぐるみを着ていたりするのかしら？

——って、あんなリアルな着ぐるみはないわよね。やっぱり、動物たちはノルテッド辺境伯家の人たちなの？

ホワイトタイガーの姿が見えなくなってから、ミカナの後頭部を自由にしてあげると、彼女はすぐに頭を上げて私を睨んできた。

「なんなのよ！　あんた、今、どうやってわたしの頭を押さえつけてたの⁉」

「どうやって、と言われても、そうね。虎が助けてくれたのよ」

「そんなわけないでしょ！　そんな嘘にわたしが騙されるとでも思ってんの⁉」

「……嘘じゃないけど、まあ、いいわ。さよならミカナ」

トランクケースを持ち上げて、床に倒れたままのミカナを見下ろす。

「伯父様も含めて、辺境と辺鄙の違いをエセロに教えてもらった方が良いと思うわよ」

「な、なんなのよ！　別に意味くらい知ってるわよ！」

ミカナが身を起こして叫んできた。それを無視して私はエントランスホールへと急ぐ。

エントランスホールにはすでにルカ様たちが待ってくれていた。ルカ様にノルテッド辺境伯、ルカ様の妹のルル様、そして、腰まであるストレートの長い黒髪に、金色の瞳がとても綺麗なスレンダーの美女が、会話をするのをやめて、一斉にこちらに目を向ける。

あの女性がルカ様のお母様であるライラック様かしら？

「お待たせして申し訳ございません！」

「いいのよ。急（せ）かしてしまってごめんなさいね？」

慌てて駆け寄ると、ライラック様らしき方が優しい笑みを浮かべてくれた。家族で並んでいると、ルカ様もルル様も、お母様似であることがよくわかる。

ルカ様たちとは顔のタイプは違うけれど、ノルテッド辺境伯も整った顔立ちなので、この中に混じるのは気が引けた。

「リゼおねーさま、いきましょう。おにーさまから、おはなしはおききしてましてよ」

ルル様が小走りで近寄ってきて、ギュッと小さな手で私の手を握ってきたので戸惑ってしまう。でも、ルル様が人懐（ひとなつ）っこい笑みを浮かべて私を見てくるから、私もつられて微笑んだ。

使用人たちに別れを告げる際に、猫を置いていくことはできないと話すと、執事が「お任せください」と言ってくれた。彼らだってこの家からいなくなるのだから、その言葉の意味が、その時はわからなかった。だから、「改めて連絡するわ」と伝えてから、フローゼル家を出た。

別邸に向かう馬車の中で詳しい話を聞いたところ、元々はルカ様たちが言っていた通り、婚約破棄の件で文句を言い、慰謝料を請求（せいきゅう）するために、ルカ様以外の家族が辺境から出てきたんだそうだ。そして、ルカ様から私の話を聞いたライラック様たちが私を助けようと言ってくださり、今に至るらしい。

ルカ様にしてみれば、自分は寮で暮らしていて、私を養えるような自由なお金はない。

それに、私との関係性はそこまでするほどでもないから、とりあえず学園内で守ってくれていたみたいだった。私にしてみれば、その気持ちだけで十分だった。

「ありがとうございます、ルカ様」

「もっと早くに動き出せなくてごめん」

感謝の気持ちを伝えると、ルカ様は申し訳なさそうに眉尻を下げた。

2章　ノルテッド辺境伯家の秘密

　料理人どころか使用人もいないため、別邸に向かっても今晩の食事がないということで、王都で評判の貴族しか入れないレストランの個室で、私はノルテッド家に混じって食事をすることになった。案内された席に着いたところで、早速、気になっていたことを聞いてみる。

「あの、こんなことを聞いても良いのかわからないのですが……」

「何かしら？」

　ライラック様が笑顔で続きを促してくれたので、緊張しながらも疑問を口にする。

「私がピンチになった時に助けてくれた熊や豹、それからホワイトタイガーがいたんです。皆さんはその動物に心当たりはありませんか？」

「……動物？」

「はい。熊と黒豹とホワイトタイガーです」

　ノルテッド辺境伯家の皆さんが一斉に口を閉ざした。表情としては重いものではなく、ルル様だけが不思議そうにしていて、ルカ様たちは明らかに作り笑顔を浮かべていることがわかった。

　どういう反応なのかわからなくて困惑していると、ルカ様が苦笑する。

「そんな動物がウロウロしてるわけないだろ。リゼは疲れてるんだと思うぞ。今日は別邸に着いたら早く寝ろよ。それより、フローゼル家の使用人から聞いたが、今日は大変だったみたいだな」

「そうよ！　精神的にもかなり疲れているんだと思うわ。今日は私のメイドを貸すから、お風呂にゆっくり入ってちょうだいね」

「あの、体は1人で洗えますから！」

「遠慮しないで？　マッサージしてもらってリラックスしなさいな」

ライラック様が笑顔で言う。

やっぱり、ノルテッド家の方々は、自分たちが動物に変身できることを隠していらっしゃるみたい。内緒にしなければならないのなら、どうしてわざわざ動物の姿で現れたのかなど気になることはあるけれど、これ以上は深く聞かないことにした。

「どうして、リゼおねーさまにはないしょなんですの」

そう思った矢先、私の隣に座っていたルル様が不思議そうな顔をして、彼女の左隣にいるライラック様に尋ねた。

「ルル、あなたが何の話をしているのかわからないけれど、リゼさんは今のところノルテッド家と将来的に関係があるわけではないのよ」

「もともとのもくてきは、リゼおねーさまを、あのいえから、たすけだすことだったかもしれませんが、リゼおねーさまは、あのすがたをみて、おにーさまだとわかったのですよね？　ということは、リゼおねーさまをおにーさまのこんやくしゃにしたら、とってもすてきだとおもいますわ」

「あのね、ルル。まだ、はっきりとわからないし、リゼさんの気持ちもあるでしょう？」

「せっかく、おねーさまができるとおもいましたのに」

ルル様は、ライラック様に優しく諭(さと)されたけれど、納得がいかないのか、不服そうに頬を膨らませた。

「ルル、あなただって聞いたでしょう？　あの家に置いておいたら、リゼさんの命が危ないから連れて帰ったのよ」

そう言ったあと、ライラック様はルル様を抱き上げて耳元で何か囁(ささや)いた。

「……そうでしたわね。でも、どうするんですの？　フローゼルけとのこんやくは……、これもないしょでしたわね。ああ、もどかしいですわ！」

わざとなのかそうではないのか、ルル様がまだ子供だからかわからないけれど、言わなくても良い言葉をわざと口に出しているように思えた。

もしかしてルル様は、私に何か伝えようとしてくれている？

だけど、ライラック様は困っていらっしゃるし、ルル様には申し訳ないけれど、ここは私が興味のないふりをするしかない。

「そういえば、ルル様はフローゼル家のことを知らないと仰っておられましたが、本当に知らないのですか？」

「おにーさまのこんやくしゃのいえのことくらい、しっていますわ。それにフローゼルけは、わるいいみでゆうめいですもの」

「悪い意味で有名？」

聞き返すと、今度はルカ様が聞いてくる。

「リゼは何も知らないのか？」

「……どういうことでしょう？　フローゼル家は何か悪いことをしているのですか？」

質問を返すと、ルカ様は眉根を寄せただけで何も言わない。

「ルカ、明日にでもリゼ嬢に説明してやれ。リゼ嬢、悪いが今ここでは話せない」

ノルテッド辺境伯はそう言ったあと、無言でルル様の方を見た。

子供に聞かせるような話ではないのだと理解して、私は首を横に振る。

「お気になさらないでください。無理に聞くつもりはございません」

「いや、こっちも話しておきたいことがある」

さっきのルル様の発言だと、私だけがフローゼル家でも何か違うみたいだった。それは、ルカ様たちが動物に変身して、私を助けてくれたことと関係があるの？　それとも、私が養女だから？　どちらにしても、私がノルテッド辺境伯家に助けられたことに変わりはない。

恩を仇で返すような真似だけはしないと誓うわ。

そのあとは、私がフローゼル家でどのような暮らしをしていたかなどの話になり、食費などの生活費は心配しなくていいから、とりあえずもっと食べて体重を増やすようにと言われてしまった。

それから、私がこれから住む家はフローゼル家よりも学園から離れているけれど、馬車で通える範囲内だということや、城下に近い場所にあり、治安も安定しているから安心して良いと教えてくれた。

緊急連絡先の変更など、学園での色々な手続きはノルテッド辺境伯がやってくださることになり、そのためしばらくは、私1人ではなく、皆さんと一緒に別邸に住むことになった。

留守の間の辺境伯の仕事は、先代の辺境伯夫妻とライラック様の弟のラビ様が代理でやってくれているから、そのことについても気を遣わなくて良いと言われた。ちなみに現在のノルテッド辺境伯であるジョシュ様は、入り婿なんだそうだ。

食事を終えて別邸にたどり着いた時には、フローゼル家を辞めた使用人たちがすでに別邸にいて、私たちを迎えてくれた。私が知らない間に、使用人たちを全員雇ってくれていたらしい。

案内された部屋には私の荷物が全て運び込まれていた。部屋が大きすぎて家具を置いてもなんだか殺風景で、自分の部屋でないみたいで落ち着かない。

そんな風に思っていたけれど、その日の夜、バスタブにゆっくり浸かって部屋に戻り、ベッドに横になったあとは、疲れていたからか気付いた時には、次の日の朝になっていた。

次の日は、本来なら学園に行かなければならない日だった。けれど、ライラック様たちから休むように言われたので、精神的にも肉体的にも疲れていたこともあり、素直に休むことにした。
だからその日は、朝からライラック様やルル様と一緒に、使用人たちがフローゼル家の中庭から連れてきてくれた、これから家猫になる元野良猫たちに名前を付けたり、他愛のない話をしたりして過ごしていた。
元野良猫たちは1匹も欠けることなく、ノルテッド家の別邸に連れてこられていて、使用人の1人に話を聞いてみると、彼女たちが屋敷を出ていく時に、猫たちを探しに行こうとしたら、ポーチのところに並んで座って待っていたんだそうだ。馬車に誘導すると、嫌がることもなく素直に乗ってきたというのだから不思議だった。

猫が馬車に乗ってくるようなら一緒に連れてきてほしいと、ライラック様から頼まれていた使用人たちは、猫たちの従順な行動を不思議に思いながらも、置いていくよりも良いと思って連れてきてくれたらしい。

野良猫を世話していることはルカ様に伝えていたし、ルカ様らしき豹が私を助けてくれた時、猫たちが周りにいたから、気が付いてくれたのかもしれない。

昨日の私は自分のことで精一杯だった。だから、気を回してもらえて本当に助かった。

でも、どうやって、猫に言うことを聞かせたのかしら？　もしかして、ルル様は猫になれるとか？

だから、フローゼル伯爵邸で猫と話をして、あとで馬車に乗るように説得してくれたとか？

触れられたくない話だろうから忘れようと思っているのに、どうしてもルカ様たちが動物に変身できるのではと考えてしまう。

でも、そういうことであれば、初対面である私に対するルル様の好感度が高い理由がわかる気がした。

「そういえば、ルカは学園が終わったら、ここに来ると言っていたわ。今日の授業で聞いておきたいことがあれば、その時に聞いてちょうだいね」

「ありがとうございます」

「別にお礼を言われることじゃないわ」

ライラック様は微笑んでから、話題を変える。

「猫の名前だけど、ルカにも考えてもらおうかしら」

「だめですわ、おかーさま。おにーさまは、おとーさまといっしょで、ネーミングセンスが、かいむなのですから！」

「ルルったら！　そんなことを聞いたら、お父様がショックを受けるわよ？」

今、この場にいないジョシュ様は、私がフローゼル伯爵家から出たことで学園に住所変更などの手続きをしないといけないため、その書類を作成するのに、とても忙しそうだった。

私とノルテッド辺境伯家が親戚ならまだしも、赤の他人なだけに、誘拐だと疑われても困るので、警察などにも連絡をしてくれていた。

話をしていると、あっという間に時間が過ぎて、そろそろ昼食の時間になった時、ジョシュ様が険しい顔をして私たちのいる部屋にやってきた。

「楽しい時間を邪魔して悪いな。だが、急ぎの用件なんだ。リゼと話をしてもいいか？」

「どうかしたの？」

私の代わりにライラック様が尋ねると、ジョシュ様は表情をさらに険しくして頷く。

「ソファロ伯爵家から連絡が来た」

「ソファロ伯爵家からですか？　あの、なんと言ってきたのでしょう」

ソファロ伯爵とはエセロのお父様のことだ。婚約破棄の件でまだ何か言いたいのかしら。

そう思って眉根を寄せて聞き返すと、ジョシュ様はライラック様の隣に座り、質問に答えてくれる。

「俺たちとリゼに謝りたいんだとさ。俺とルカには、ルカの婚約者を奪ったことを謝りたいんだろうな。リゼの場合は、息子が裏切ってごめんなさい、といったところか？」

「私にしてみれば、もう終わったことですし、別に謝ってもらわなくても良いのですが？」

「そういえば、慰謝料はどうしたの？」

ライラック様に問いかけられて、そのことを思い出した。

私は、エセロに対して慰謝料を請求できるんだったわ。

だけど、やり方もわからなかったし、本当にそんなことをしても良いのか迷っていた。

「こちらから、その話をしても良いのでしょうか」

「当たり前だろ。悪いのは向こうなんだからな。まだしていなかったのなら、俺が代わりに話をしよう。リゼはまだ未成年だからな。相場を調べて、その値段を請求する形でいいか？」

「ありがとうございます。それでかまいません」

提案してくれたジョシュ様に深々と頭を下げる。

もし、慰謝料が入ってきたなら、そのお金は居候させてもらう費用やご迷惑をおかけしたお詫びとして、ジョシュ様にお渡ししよう。

「さっさと話を済ませたいから、今日の午後に来るように伝えてある。戦の前に腹ごしらえしないとな。さあ、昼食にするぞ」

「はい」

ジョシュ様の言葉に頷き、私たちはダイニングルームに向かった。

席に着くと、昨日デフェルに襲われたメイドがいて、ちょうど私に料理を出してくれたから話しかけてみる。

「昨日は私のせいでごめんなさい」

「いいえ。リゼお嬢様のせいではございません。それに、リゼお嬢様は私を助けようとしてくださったじゃないですか」

「ううん。私は何もできなかったわ」

「私はリゼお嬢様に助けていただいたと思っております。もちろん、助けてくれた犬たちにも感謝しなければならないとは思っていますが」

「……犬？」

メイドがおかしなことを言うので聞き返すと、私にしてみれば、記憶のない不思議な話をしてくれる。

「1匹はかなり大きな犬でしたね。あんな大きな犬がこの世に存在するだなんて、知りませんでした」

「大きな犬……」

どうなってるの。

彼女の中では、熊や豹が犬に変換されているようだった。

ライラック様たちに視線を向けてみたけれど、夫妻は気にしない様子で食事をされていて、ルル様だけはなぜか期待に満ちた目で私を見つめていた。

「そ、そうね……。大きな犬だったわね」

とりあえず、この場では話に合わせることにした私がメイドの言葉に同意すると、ルル様はがっかりした顔になって肩を落とした。

もしかして、記憶が操作されている？　でもそれなら、私だって記憶を書き換えられていないとおかしいわ。

私が熊や豹やホワイトタイガーを覚えているのには、どうやら意味がありそうだった。でも、それがどういう意味なのかはさっぱりわからない。もう、ここまで覚えているんだから、真相を教えてほしい！　もしくは、私の記憶も書き換えてほしいわ！

昼食を終えて少ししてから、ソファロ伯爵夫妻が訪ねてきたという知らせがあり、ジョシュ様と一緒に応接室に向かった。

私たちが部屋に入るなり、ソファロ伯爵夫妻は座っていたソファーから勢いよく立ち上がって、深く頭を下げる。

「このたびは誠に申し訳ございませんでした」

「謝ってもらっても仕方ない。今日はリゼへの慰謝料について、話をさせてもらう」

「そのことなのですが……」

ジョシュ様の言葉を聞いた伯爵夫妻は顔を見合わせたあと、すぐに私の方に顔を向けて意味のわからないことを口にする。

「リゼ、勝手だとわかっているが、やはりエセロとの婚約破棄をなかったことにできないだろうか」

「はあ？　ふざけてんのか」

ソファロ伯爵は私に言ってきたのだけれど、ジョシュ様がこめかみに青筋（あおすじ）を立てて私の代わりに聞き返した。

「ノルテッド辺境伯のお怒りはごもっともです。ですがどうか、リゼと話をさせていただけませんか？」

「リゼの今の保護者は俺だ」

書類上ではまだそうではないのだけれど、ジョシュ様はそう言って言葉を続ける。

「俺なしでリゼと話はさせない」

「で、ではお願いします！　話だけでも聞いていただけませんか！」

伯爵夫人に泣いてお願いされてしまったため、私はため息を吐いて頷く。

聞かない限り帰ってくれそうにないし、とりあえず聞いてみるだけ聞いてみましょう。

「話を聞くだけならかまいません」

「リゼが望むのならしょうがねぇな。とっとと話せ」

「じ、実はですね」

ジョシュ様に促された伯爵夫妻は、私がエセロに婚約破棄されてから起きたことを話し始めようとした。

でも、私たちは扉の前で立ったままだったので、ジョシュ様が伯爵の言葉を止める。

「おい。立ち話でもするつもりか？」

「も、申し訳ございません！」

伯爵は謝ると口を閉ざしたので、私とジョシュ様はソファーに座ることにした。

その後は、メイドがお茶を淹れて出ていったのを確認すると、向かい側に腰を下ろしたソファロ伯爵が、改めて話し始める。

「正直に言わせていただきます。私たちにしてみますと、リゼがフローゼル家の養女になってからは、リゼとの婚約もミカナ嬢との婚約もフローゼル伯爵家とのことだから、どちらでも良いとは思っていたんです。そう思っていた矢先にミカナ嬢の方が良いんじゃないかと、フローゼル伯爵から何度も連絡をもらったんです」

「そういう言い訳はいい。ルカとミカナ嬢の婚約は破棄されたんだから、そのまま婚約すれば良いだけだろう。それなのになぜ、リゼと再婚約をしたがってる？」

ジョシュ様は眉根を寄せて、厳しい口調で本題に入るように促した。

「は、はい。失礼しました。リゼとの婚約を破棄してすぐに、贔屓にしてくれていたあらゆる食材業者から一方的に取引を打ち切られたんです。その理由は、エセロがリゼを裏切り、ノルテッド辺境伯のご子息であるルカ様との婚約をミカナ嬢が破棄してしまったからだと」

ソファロ伯爵は肩を落として言葉を続ける。

「リゼという婚約者がいながら浮気をしてしまったエセロも良くはありません。ですが、一番悪いのはフローゼル家じゃないですか！　それで、フローゼル家と取引のあるところに頼みに行きましたが、そちらでも断られてしまい、このままではお客様に食事の提供ができないのです」

ソファロ伯爵家はレストラン事業を展開していて、王都にも何店舗かを構えていて、予約が埋まっていると聞いたことがある。

食材が手に入らないとなると困るでしょうね。

納得していると、ジョシュ様が提案する。

「自給自足でもしたらどうだ？」

「そんな！　限界がありますし、今すぐに対応できないではないですか！」

ジョシュ様の言葉を聞いたソファロ伯爵は悲痛な声を上げた。

「リゼ、本当にごめんなさい。悪いことをしたと思っています。でも、あなたとエセロが再婚約してくれたら、たくさんの人が助かるの。どうかお願い。あの子を許してやってくれないかしら」

ジョシュ様に話をしても意味がないと悟ったのか、ソファロ伯爵夫人が目に涙を溜めてお願いしてくる。

どうして息子だけのせいにするのかしら。まだエセロだって子供なんだから、保護者である伯爵夫妻にだって責任はあるはずなのに。

小さく息を吐いてから、伯爵夫人を見つめて口を開く。

「再婚約するつもりはありませんが、気になることがあるのでお聞きします。どうして、私とエセロが再婚約したらたくさんの人が助かると思うんですか？　あなた方の信用はもうなくなっていますよ？　このまま店が今まで通りに続けられるとは思えませんが？」

普通の人でも約束を破ることは良くないとわかるのに、商売人ならなおさら、約束事を違(たが)えたら信用が落ちるのは当たり前だわ。

発注ミスだとか、したくてしたわけじゃないミスなら、よっぽどじゃない限りは許す人が大半だと思う。でも、婚約者がいるのに浮気をして婚約破棄だなんて、普通はありえないわ。そして、そんな息子を咎めない両親を誰が信用できるのかしら。

「それはその、リゼからお願いしてもらえないかと」

「……どういうことですか？」

ソファロ伯爵が言った言葉の意味がわからなくて聞き返すと、ジョシュ様が声を荒(あら)げる。

「俺に助けてくれと頼めと言うつもりか？」

「そ、それは……っ」

ソファロ伯爵が動揺したので、ジョシュ様の予想が当たっていることがわかった。

「……そういうことですか。ジョシュ様たちが私を保護してくださったことが、社交界ではもう知れ渡っているということですね？　だから、私とエセロが再婚約をすれば、私のためにジョシュ様たちが動いてくださると思ったから、ここに来たわけですか」

あからさまに呆れた表情を見せて言うと、伯爵夫妻は気まずそうに顔を見合わせた。

「そういう理由でしたら、余計にお断りいたします」

はっきりと断ったのは良いものの、従業員や従業員の家族に罪はない。だから、その人たちだけでも助けてあげたいと思った。それでジョシュ様にお願いしてみる。

「と言いたいところなんですが、ジョシュ様、なんとかなりませんか」

「おいおい、助けてやんのか？」

ジョシュ様は呆れた顔をして私を見てきた。

そう思いたくなる気持ちは私もよくわかる。

でも、今回の件に関しては、私とエセロ、そしてソファロ伯爵夫妻だけの問題ではない。

「お客様に罪はありません。そのお店の食事を楽しみにしている人もいるでしょうし、レストランの従業員だって今回の件と何も関係ありません」

「……まあ、そうだな。他の奴らにしてみれば、とばっちりではあるな」

ジョシュ様は頭をかいて、考えるように目を伏せた。

私はこんなことをお願いできる立場ではないはずなのに、ジョシュ様は真剣に考えてくれている。

あの動物たちのことを私が覚えているという理由で、こんな風に優しくしてくれているのかしら？

別邸を買ったことについては伯父様たちへの当てつけだと思うけれど、この件については、完全に私のワガママだわ。居候の分際なのに、本当に何をしてるのかしら。

自分で考えたことなのに後悔し始めてきた時、ジョシュ様が顔を上げて口を開いた。

「まあ、助けてやってもいい。だが、条件がある」

「な、なんでしょうか？」

伯爵は身を乗り出して、ジョシュ様に尋ねた。

「1つ目は、もう二度とリゼに、お前らの息子との再婚約だなんて話をするな」

「……それは」

「なんだ？　リゼと再婚約したい理由がまだあるのか？」

ジョシュ様が鬱陶しそうな口調で尋ねると、ソファロ伯爵は困った顔をして頷く。

「息子は罪の意識に苛まれているんです。自分のせいでリゼが自ら命を落とすんじゃないかという心配をしているようで」

ちょっと待って。エセロにフラれたくらいで、そんなことになると思われているの!?

「あの、エセロに伝えてください。私はそんなことはしませんからと」

「そ、そうなのか？　でも、リゼはエセロを好きでいてくれたんだろう？」

伯爵に問われて、ちくりと胸が痛んだ。

もちろん、好きだった気持ちをそんな簡単に忘れられるものじゃない。学園でエセロとミカナがキスをしていたシーンを思い出すと、今でも涙が出そうになる。

でも、涙をこらえて伯爵を見つめて答える。

「……正確には好きだった、です。今はもう忘れることにしたんです。私にとってエセロはもう過去の人です」

「この先、相手が見つからないかもしれないんだよ!?　貴族の女性が1人で生きていけるはずがないじゃないか」

「その辺は心配しなくていい。お前の息子のおかげで、俺の息子も余ってる。リゼが誰でも良いのならルカの嫁に来てもらったら良いと思ってるんだ」

「「えっ!?」」

ジョシュ様がけろりとした顔で言うものだから、ソファロ伯爵夫妻だけでなく私まで驚いて声を上げた。

するとジョシュ様は残念そうな顔をして私を見つめる。

「なんだ、そんなにルカが嫌か。リゼが嫁に来てくれたら俺たちは嬉しかったんだがなあ。じゃあ、しょうがない。今度ゆっくり、リゼの好きな男のタイプを教えてくれ。誰か良い奴がいないか探そう」

「そ、そういうわけではなくてですね！　ルカ様が嫌だから聞き返したんじゃありません！　驚いただけです！」

「……そうか。まあ、この話は今じゃなくて良いし、俺1人で勝手に決めるものじゃないから、改めて話をしよう」

ジョシュ様は納得したあと、ソファロ伯爵夫妻に体を向けて言葉を続ける。

「というわけで、リゼが嫁に行けないとかいう話は、そちらに余計な心配をしていただかなくても良い。2つ目の条件の話に移るが、リゼに慰謝料を払うこと。慰謝料の額については俺と改めて話をしよう」

「承知しました。ですが、その、法外な値段はさすがに」

「わかっている。やりすぎるとリゼの評判が悪くなる恐れがあるからな。ただ、ノルテッド家からもそっちに慰謝料請求はするからな？」

ジョシュ様が豪快に笑うと、ソファロ伯爵夫妻は今にも泣き出しそうな顔で身を寄せ合った。

結局、ソファロ伯爵夫妻は、再婚約だなんて馬鹿げた話をもう二度としないこと、私やノルテッド家に必ず慰謝料を払うことを約束した。その代わりにジョシュ様は、食材の取引を再開するように、業者たちに頼むことを約束した。

　エセロを管理できなかったのはソファロ伯爵の責任だけれど、雇われている人たちの仕事が突然なくなっても良くないと、ジョシュ様も思ってくれたようだった。

「リゼ、本当にエセロのことはいいんだね？」

「はい」

　伯爵に尋ねられて、迷うことなく頷いた。伯爵夫妻は未だに何か言いたげな顔をしていたけれど、ジョシュ様が「話は終わったんだから、とっとと帰れ」と言って、部屋から追い出してくださった。ソファロ伯爵夫妻が部屋を出ていってから、ジョシュ様に頭を下げる。

「迷惑ばかりかけてしまって申し訳ございません」

「いや？　取引を止めるように言ったのは俺だからな」

「……やはり、そうでしたか」

　エセロに迷惑をかけられたのは確かだから、ジョシュ様が何もしていないわけがないわ。

　そういえば、フローゼル家への制裁はどうなっているのかしら。何もしていないことはないだろうし気になるわ。

　でも、そのうち、わかってくるだろうと思うので、今は聞かないことにした。

ジョシュ様と部屋を出たあとは、ライラック様たちと合流して談話室で話をしていると、制服姿のルカ様が談話室に入ってきた。そして、挨拶もそこそこにライラック様に話しかける。

「母上、預けていた小遣いを使いたいんだけど」

「何よ、いきなり。一体、何に使うつもりなの？」

「ミカナ嬢はリゼからソファロ卿を奪っただけでは満足してない。見た目の野暮ったさが気に入らないから、リゼをいじめると言い出してる。そして、それに同調している奴らも少なくない。いじめる方が絶対に悪い。だけど、そういう奴に何を言っても無駄だ。むかつくからいじめる、そんな理由だろ。それなら、リゼの見た目を変えて言い分を潰す、と思ったんだけど、どうですか？」

「何よそれ！　人の見た目なんて放っておいてほしいわよね！　でもまあ、いいわ。そういう理由なら、私のお小遣いから出すから、ルカは出さなくても大丈夫よ。リゼさん、ミカナ嬢たちを見返してやりましょう！」

ルカ様の話を聞いて、どうしたら良いのか困っている私を見て、ライラック様が立ち上がって言った。

「で、ですが、何をしたら良いのかわかりません」

「そうね。服装は学園だと制服だから意味がないかしら？　髪型や化粧を変えてみるというのもいいかもしれないわ」

「リゼおねーさまは、いまのままでもかわいらしいですわ。ですけれど、おしゃれをしたら、もっとかわいくなるきがしますわ！」

「そうね！　私もそう思うわ」

困惑している私をよそに、ライラック様とルル様はああしよう、こうしようと話を始めてしまった。その気持ちに感謝しつつも、立ったままのルカ様を見上げて話しかける。

「あの、ルカ様」

「ん？」

「きっと、外見が変わっても、ミカナは何かと理由を付けて、私をいじめようとするはずです。ですから無理に変えようとしなくても結構ですよ」

「そうだな。だけど、リゼは今の段階ではミカナ嬢の妹だろ。権力で云々とかいうわけにはいかないだろ」

「そういうわけではなくてですね！」

焦って声を大きくすると、ルカ様は眉根を寄せて言う。

「言いたいことはわかってる。なんで、俺がそこまでするか、だろ？　理由は簡単だよ。俺はいじめが大嫌いだ。しかも、それが目の前で起ころうとしてるんだから黙ってられないんだよ。男が相手なら腕力で解決するかもしれないが、相手は女性だろ」

「相手が男性でも力で解決しようとするのは駄目ですよ」

「……剣技の時間くらいはいいだろ」

注意されたルカ様は子供みたいに不貞腐れた顔をして言った。

「先生に怒られない程度なら良いと思います」

「じゃあ、なんかあった時はそうする。あ、あと俺には女性の服の流行なんてわからないから、助っ人を呼ぶつもりだったんだが、母上が行ってくれるんなら母上に任せていいですよね？」

ルカ様に尋ねられたライラック様は首を傾げる。

「もちろん、私が一緒に行くつもりだけど、ルカは誰を呼ぼうとしていたの？」

「従兄弟」

「ああ。イグルね」

ライラック様が笑顔で頷くと、その隣に座っていたルル様が立ち上がって叫ぶ。

「イグルさまがいらっしゃるなら、わたくしもいきますわ！」

「駄目だ。イグルにはリゼの相手をしてもらおうと思ってたんだよ。だけど、リゼの買い物は母上に任せるからイグルには頼まない」

「だめです！　おにーさまもいっしょにいきましょう！　そして、わたくしは、イグルさまとデートするんですの！」

「嫌だよ。女の買い物は長いじゃねぇか」

「それにつきあうのが、しんしのやくめではないのですか？　イグルさまなら、きっと、なにもいわずに、おつきあいしてくださいますわ！」

ルル様が両拳を握りしめ、頬を膨らませた。そんなルル様の相手をルカ様がしている間に、ライラック様がローテーブルに身を乗り出して私に話しかけてくる。

「ルルはイグルが好きなのよ」

「……お兄様と同じ年だから、年が離れていても恋愛対象になるんですね」

「イグルはルカと違って女性に人気があるのよ。それに、年の差は大人になったら気にならないというのもあるだろうし、その年の差が小さな子供には余計に素敵に見えるのかもしれないわね」

ライラック様が苦笑する。

ルル様とイグル様だと13歳の年の差だ。でも、大人になったら、それくらいの年の差を気にならない人は気にならなくなるものね。

イグル様には婚約者がいないみたいだし、ルル様にはまだチャンスがあると思うので、イグル様に迷惑にならない程度にルル様を応援しようと思った。

この日のルカ様はルル様をなだめるのに疲れたのか、次の休みに買い物に行くという約束を私やライラック様たちとしただけで逃げるように帰ってしまったのだった。

次の日、始業時間よりもかなり早い時間に学園に着くと、いつから待ち構えていたのか、ミカナがすごい形相で近寄ってきた。

私をここまで運んでくれた馬車が遠ざかっていったのを見計(みはか)らって校舎の方から出てきたから、周りに人は誰もおらず、ミカナは遠慮なく本性(ほんしょう)を剥(む)き出しにして叫んでくる。

「ちょっと、あんた！　家から勝手に出ていってるんじゃないわよ！」

「しょうがないじゃない。デフェル兄様に襲われそうになったのよ！」

「は？　あんた、頭、大丈夫？　デフェルお兄様が、あんたなんか、相手にするわけないでしょ！」

ミカナは眉根を寄せてそう言うと、私のリボンタイを掴んで言う。

「よくも私の頭を何度も踏みつけてくれたわね！」

ミカナはホワイトタイガーの姿を見ていないから、大型犬という記憶にもならないみたい。

だからか、ミカナの記憶では私が彼女の頭を踏みつけたことになっていた。

彼女の目の前で荷造りをしていたのに、どうしたらそんなことができると思うのかしら？

それとも、その時のミカナの記憶では、私が荷造りをしていないことになっているのかもしれないわね。

「ちょっと、あんた聞いてんの！　もういいわ！　あんたも同じ目に遭わせてあげる！」

ミカナが私のリボンタイを掴んだまま歩き出す。

「やめて、ミカナ！」

首が絞まるとまではいかないけれど、首が痛くて叫んだ時だった。

「ミカナ！　やめるんだ！」

エセロの声が聞こえたので、ミカナは慌てて私のリボンタイから手を放した。でも、時すでに遅しで、エセロはミカナの行動を見ていたようだった。

「どうして、そんな酷いことをするんだ！」

エセロは庇（かば）うように私の前に立って、ミカナを責めた。

「エセロはどうしてリゼを前にして平気でいられるの!?　リゼのせいで、あなたの家もわたしの家も迷惑をかけられているじゃないの！」

ミカナの悲痛な訴えに対し、エセロは首を横に振る。

「リゼに迷惑をかけられてるんじゃない！　僕らが悪いんだ！」

「エセロ！　あなた、どっちの味方なの⁉　わたしじゃないの⁉」

「こういうのは敵、味方じゃないだろう⁉　乱暴するのは良くないんだ！」

「そんなのわたしだってわかってるわよ！　だけど、リゼがっ！」

ミカナが泣きながらしゃがみ込んだせいか、エセロは慌てて彼女に歩み寄って慰める。

「ごめん、ミカナ。泣かせるつもりじゃなかったんだ」

時間が経つにつれて1人、また1人と人が増え始め、話しかけはしないけれど、私たちに好奇の目を向けて歩いていく。

最悪だわ。私がミカナをいじめたみたいになってるんじゃない？

また、私の嫌な噂が増えてしまうわ。

「なんの騒ぎだ？」

そんな中、校舎の方から現れたのはルカ様だった。不機嫌そうに眉根を寄せて近付いてくると、ルカ様は私を叱る。

「なんで、この2人と一緒にいるんだよ。リゼ、ちょっと危機感が足りなくないか？」

「申し訳ございません！　この時間にミカナが来ているだなんて思っていなかったんです！」

ミカナは早起きできるタイプじゃないと思って油断してました」

「しょうがねぇな。ああ、もうこれ、母上に知られたら俺が怒られるやつだな」

ルカ様は独り言のように呟いたあと、「行くぞ」と私を促して歩き出したので、慌てて追いかける。

「ルカ様、申し訳ございません。ライラック様にはミカナとの出来事は話しませんので！」

「謝らなくていい。それから、明日から学園の外で待ち合わせるぞ」

「そんな！　ルカ様にご迷惑がかかりますので結構です！」

「別に迷惑なんかじゃないし、何もしなかったら、俺が父上と母上に怒られるんだよ。女性1人も守れないのかって」

「もしかして、今、いらしてくれたのは、私を迎えに来てくださったのですか？」

「うるせぇな」

ルカ様がこちらには顔を向けずに言った。突然、言葉遣いがいつもよりも悪くなったので、照れているのかもしれない。

「ちょっと待ってくれ！」

エセロが呼び止めてくる声が聞こえた。でも、ルカ様が歩みを止める様子がないので、私も振り返りもせずに、そのままルカ様に付いて歩く。すると、エセロが追いかけてきて、ルカ様の前に立って尋ねる。

「ノルテッド卿、あなたはリゼとどういう関係なんです？」

「お前に答える筋合いないだろ」

「ありますよ！　僕はリゼの元婚約者なんです」

「元、だろ？　現在の婚約者が近くにいるのに、過去の女の話をしてやるなよ」

ルカ様はミカナの方に目をやったあと、黙り込んでしまったエセロを睨みつけてから私を促す。

「待たせて悪い。行くぞ」

「はい！」

「リゼ……」

エセロが悲しそうな表情で私を見つめてきた。でも、その視線に何か応えることもなく、ルカ様のあとを追った。

教室に近づいてきたところで、ルカ様が小さく息を吐いてから話しかけてくる。

「あいつ、未練たらたらだな」

「……どういうことです？」

「ミカナ嬢のことを好きなのかもしれないが、リゼのことも忘れられないって感じだ」

「そんな！　そんなことはありえません！」

「そうか？　俺は絶対にそうだと思うけどな。まあとにかく、ソファロ卿には近付くな。リゼが元婚約者とよりを戻したがってると、ミカナ嬢に嘘の噂を流される恐れがあるからな」

「はい！」

ルカ様の忠告に、私は元気良く返事をした。

その後は、ミカナの嫌がらせらしきものはあったけれど、エセロから何も言ってくることのない日々が続き、私の外見を変えるためにお出かけする日がやってきた。

学園が休みの日。明日にはジョシュ様とルル様が領地に帰られるということで、私の買い物なども含めて、ノルテッド家と私とイグル様でお出かけすることになった。
まずはアクセサリーを買いに行くことになり、店の中に入ると個室に案内された。ライラック様が事前に連絡をしてくれていたようだ。
ライラック様とお店の人が私に合いそうなものを探してくださっている間、ソファーに座って待っていると、イグル様が話しかけてきた。

「リゼちゃん、ルカとの婚約を断ったらしいね？」

「はい⁉　断ってなんかいません！　といいますか、ルカ様から何か言われたこともないですから！」

「え？　そうなの？　ジョシュ様はルカがリゼちゃんにフラれたから、新しい婚約者を探すって言ってたけど？　それに学園ではリゼちゃんとルカは婚約者同士だって噂が流れてたしさ」

「違います！　そんなことはありえません！　婚約者を探しているというのは嘘ではないと思いますけど」

ルカ様が私をかまってくれているから、私とルカ様が学園で噂になってもおかしくはないと思っていた。

でも、私がルカ様をフるなんて話はありえない。

このままじゃ、ルカ様にご迷惑をかけてしまう。早く独り立ちできるようにしなくちゃいけないわ。

「おい、ちょっと待て、それ、どういうことだ」

私たちの話がルカ様に聞こえてしまったようだった。

ソファーに座っているイグル様の後ろにいつの間にか立っていたルカ様は、イグル様のこめかみをグリグリと拳で押す。

「いだだだだ！　ごめん！　でも、ジョシュ様が言ってたのは確かなんだって！」

イグル様が涙目になりながら謝ると、ルカ様は大きく息を吐いてから拳を離した。

「父上は、俺がリゼを気にしてたから誤解してるんだろ」

「え？　僕もリゼちゃんを心配してたんだけど？」

「なら、お前がリゼを助けてやりゃ良かっただろ」

「勝手に動いたのはルカじゃないか。それに、僕は違うクラスだしさ。ねえ、リゼちゃん。ルカが駄目なら、僕なんてどうかな？」

イグル様が私に近付いて、冗談を言ってきた時だった。

「あ、ありえませんわ！　わたくしというものがありながら、うわきだなんて！」

ルル様の悲しげな声が聞こえ、慌てて声がした方向に振り返ると、そこには黒猫がいた。

黒猫といっても、屋敷にいる保護猫ちゃんたちよりも3倍以上は大きい猫だった。

体型で言えば、ルル様よりも少し小さいくらいの大きさだ。

三角耳で長毛の黒猫ちゃんは、金色の瞳をイグル様に向けて、ソファーの上にお座りしていた。

さっきまでそこにルル様がいたんだけど、もしかするともしかするの？

「やばい。父上、母上！」

ルカ様が黒猫の姿を自分の体で隠してから叫ぶと、お店の人と話をしていた２人は不思議そうな顔をしてルカ様を見た。

そして、体をずらしたルカ様の後ろに見えた猫を見て、驚いた顔をされた。

でも、すぐに冷静になると、ちょうどこちらに背を向けている店の人に向かって、ライラック様が笑顔で話しかける。

「ちょっと気になったものが店頭にあったから、見に行ってもいいかしら？」

「もちろんでございます」

特にこちらのことを気にした様子もなく頷くと、店の人は２人を連れて個室から出ていった。

すると、それを待っていたかのように猫が口を開く。

「イグルさま、ひどいですわ！　わたくしとけっこんすると、やくそくしてくださいましたのに、リゼおねーさまにまで、きゅうこんするだなんて！」

「ああ……、もう最悪だ。というか、イグルは結婚の約束なんてしてねぇだろ」

巨大黒猫が言葉を話し、ポロポロと涙を流すのを見て、ルカ様が頭を抱える。

そして、そんなルカ様を呆れた表情で見つめながら、イグル様が尋ねる。

「ルカ！　リゼちゃんは知ってるのかよ!?」

「まだ話してない！　ただ、リゼは記憶が書き換わらないんだよ！」

「マジか！」

イグル様が貴族らしくない言葉を発してから、私の方を見た。

「とにかく、今はルルを落ち着かせてくれ！」

ルカ様がイグル様に向かって叫んだと同時に、黒猫がイグル様に飛びかかった。

「うわきはゆるしませんわぁ！」

「ごめん、ルルちゃん！　落ち着いてくれ！」

イグル様は飛びかかった黒猫、ルル様の体をなんとかキャッチすると、背中を撫（な）でながら話す。

「ごめんね、ルルちゃん、冗談だよ。リゼちゃんにはルカがいるだろ？　とにかく落ち着こうね？」

「お前が悪い癖（くせ）を出すからだぞ！」

「ごめん！　つい、ルカをからかう方に神経がいっちゃってさ。しかも、ルルちゃんが変身までするなんて思ってなかったんだよ」

座ったままのイグル様はルカ様を見上げて、申し訳なさげに眉尻を下げる。

「おにーさま、イグルさまはわるくないんですの。わたくしのかんじょうがうまくコントロールできなくて、むいしきのうちに、へんしんしてしまったのですわ」

そこまで言うと、猫のルル様は目に大粒（おおつぶ）の涙を溜めて私に話しかけてくる。

「リゼおねーさま、わたくしのこと、おきらいになりましたか？」

「そんな！　嫌いになんてなりません！」

ルル様にはっきりと否定してから、ルカ様の方を見てお願いする。

「詳しい話を教えていただけませんか？　人間が動物に変身できるなんてありえないことですから！　私には隠しておきたいみたいですけれど、ここまで来たら、隠し通す方が難しいのではないですか？」

「そのことなんだけど」

ルカ様がこめかみを押さえて話し出そうとした時、ジョシュ様が戻ってきて、ルカ様の代わりに私の質問に答えてくれる。

「ノルテッド辺境伯家の一族には魔法がかけられている」

ルル様はイグル様から離れ、ジョシュ様の方に猫の姿のままで走っていく。

「おとーさま！　だめだといわれていたのに、ごめんなさい！」

「ルルはまだ、感情のコントロールができないからしょうがない。それに元々、リゼには話をしようと思っていたしな。ルル、感情のコントロールができるようになるまでは、イグルと会うのは家の中だけにしなさい」

ルル様の変身したきっかけが、イグル様の行動だとわかっているようで、ジョシュ様は駆け寄ってきたルル様を抱き上げて言った。

「イグルさま、わたくしにあいにきてくださいますか？」

「もちろん。僕がルルちゃんに会いに行くよ」

イグル様はルル様に笑顔を向けはしたけれど、神経を擦り減らしてしまったのか、すぐにソファーの背もたれに倒れ込んでしまった。

「リゼ、詳しい話はここではできない。家に帰ってからでいいか？」

「もちろんです」

ジョシュ様に尋ねられたので、素直に頷く。

私たちの住んでいる国では、魔法なんてお話の世界でしか存在しない。

どんな話をしてもらえるのか、不謹慎かもしれないけれどワクワクしてしまった。

「でも、そのまえに、リゼおねーさまのイメージチェンジをしないといけませんわ！」

お咎めなしと知って安心したのか、ルル様がいつもの調子を取り戻す。

「その前に、ルルが人間の姿に戻らないとな」

「……はい。たぶん、あともうすこしで、まりょくぎれしてもどりますわ。もうしわけございません」

猫のルル様はルカ様に謝ったあと、反省するかのように顔を下に向けた。

ルル様は少ししてから、無事に人間の姿に戻った。

ハプニングはあったものの、アクセサリーを買ってもらったあとも色々なところに連れていってもらい、髪も綺麗に整えてもらった。

あっという間に時間が過ぎて、別邸にたどり着いた時は夜になっていた。

そして、一緒に夕食をとったイグル様を見送ったあと、ルカ様たちと談話室に移動した。

皆さんの表情がどこか難しいものに見えて、話を聞くのが申し訳ないような気持ちになってきた。

「今日のルルの出来事でリゼも確信したと思うが、俺たちは全員、動物に変身できる」

私の真正面に座ったジョシュ様が口を開くと、補足するように、その隣に座るライラック様が話を継いでくれる。

「変身できるといっても1人で1種類だけだし、人間なのは確かよ。動物になりたいと思った時になれるし、戻りたいと思った時も簡単に人間に戻れるの。魔力と言っていいのかわからないけれど、体力とは違う何かが切れたら、動物の姿でいた場合は、勝手に人間の姿に戻ってしまうのだけどね」

「どうして、動物に変身できるようになったんですか？」

どういう理由なのか、まったくわからなくて聞いてみると、ライラック様が答えてくれる。

「ノルテッド家には魔法の家系図があるの」

「魔法の家系図？」

「ええ。はっきりとした根拠がないから、魔法という言葉で説明するしかないのよ。その家系図に名前を書き足せば、下に新しく名前を書く場所が現れて、巻物(まきもの)も勝手にどんどん伸びていくの。そして、その家系図に名前を書き込まれたら、なぜか動物の名前がその人の名前の横に浮き出てくるのよ」

「見てもらった方がわかりやすいだろ」

ジョシュ様はそう言って、手に持っていた巻物を私との間にある木のローテーブルの上に広げて見せてくれた。

とても長い家系図で、一番最後の方を見るとジョシュ様とライラック様、そして、ルカ様とルル様の名前も書かれていた。

気になったのは、空白が多いことだった。存在していたはずなのに名前が書かれておらず、空白になっているように見えた。

私の疑問に気付いたのか、ライラック様が身を乗り出して、空白の部分を指差して教えてくれた。

「ここには妹の名前があったの。でも、妹は嫁に行ったからノルテッド家ではないでしょう？　だから消えているの。妹もお嫁に行く前は動物に変身できていたのよ」

「失礼なことを申し上げますが、ジョシュ様は入り婿ですよね？　ノルテッド家の家系図に書かれれば、血を引いていなくてもノルテッド家の人物として見なされるということでしょうか？」

「そうね。ただ、書けばいいってものじゃないわ。悪用されないように、ノルテッド家の血を継いでいる人間じゃないと記入できないようになってるの」

「誰かが勝手に名前を書いても意味がないということですね」

信じられないような話だけれど、疑ったり否定したりしても意味がない。

ルカ様の名前の横には（黒豹）と書かれているし、ルル様は（猫）、ライラック様は（ホワイトタイガー）、ジョシュ様は（ヒグマ）と書かれている。

目の色や毛の色は本人のものが優先されるみたいで、ライラック様のホワイトタイガーは、ライラック様の白い肌の色が優先されているみたい。

「どうして、私を助けてくださった時、皆さんは動物に変身されていたのですか？」

「動物の姿になって動くと、目撃者の記憶が書き換えられる魔法が勝手に発動するんだよ。これも、たぶん、としか言いようがないんだがな。人様の家で人間の姿でウロウロするよりは、記憶が書き換えられるなら動物の姿の方がいいだろ？　それに人間相手だと、熊の姿を見たら戦意を喪失する奴が多いからな」

「元々、ノルテッド家が動物に変身するようになったのは、察知されないように、森の中などで敵に近付こうとしたからじゃないかと言われてるわ。家系図を見ていくと、最初の方はリスとか小動物ばかりだから。かなり昔の話だからわからないけれど、その時には魔法が存在していて、代々、受け継がれるようになったのかもね」

　ジョシュ様の言葉を継いだライラック様が、難しい顔をして言った。

　きっと、ライラック様たちもどうしてこんなことになるのか調べてみたけれど、答えを出せなかったんでしょうね。

「あの、もう1つお聞きしたいのですが、記憶が書き換えられるはずなのに、どうして私は皆さんのことを覚えているんでしょうか？」

「それですわ！」

　私の左隣に座っていたルル様が言う。

「だから、おにーさまのこんやくしゃになるかたなのだとおもいましたの！」

「……意味がわからないのですが」

「何があっても秘密を守る人の場合は、記憶がそのままみたいなの。リゼさんもそうだということじゃないかしら」

困惑の表情を浮かべた私にライラック様が教えてくれたところによると、当事者や秘密を知っている身内に話すのは良いけれど、それ以外にもノルテッド家の秘密を話す可能性がある人の場合は、都合よく記憶が変更されてしまうようだった。

――私が記憶を書き換えられない理由がわかった気がするわ。

「とにかく、俺たちは好きな時に動物の姿に変わることができる。今みたいにな」

そう言って、ジョシュ様がヒグマの姿に変わった。それと同時にバキバキという音を立ててソファーが壊れ、ジョシュ様の座っていた部分だけが凹んだ。

ジョシュ様の重さにソファーが耐えきれなかったみたい。

「やっちまった」

「あなた、何を考えてるのよ！　このソファーは買ったばかりだし、とても気に入ってたのよ!?」

ライラック様がホワイトタイガーの姿に変身し、頭を抱えているヒグマ姿のジョシュ様の顔を、爪は出さずにパンチした。

するると、ルカ様が立ち上がって叫ぶ。

「おい、やめろよ、2人とも！　リゼの前だぞ！」

「おかーさま、おとーさま、おやめください！　リゼおねーさまが、おにーさまのおよめにきてくださらなくなりますわ！」

「どうして、お前らは俺とリゼをくっつけたがるんだよ！」

ルカ様がルル様に向かって叫ぶと、ルル様が答える。

「へんくつな、おにーさまのおよめにきてくれるひとなんて、なかなかいないからですわ！」

「うるせぇな!!　というか、リゼの気持ちは無視かよ！」

「だから、リゼおねーさまにすきになってもらえるように、おにーさまがどりょくしてください！」

目の前ではヒグマとホワイトタイガーが睨み合っていて、横では普通に兄妹喧嘩が始まってしまった。異様な光景なのに、なぜか笑みがこぼれてしまう。

それに気が付いた4人が動きを止めて、私に一斉に目を向けた。

「あ、あの、笑ったりしてごめんなさい！」

「いいのよ！」

「そうだ、もっと笑え！」

「リゼおねーさま、わらったほうがすてきです！」

「笑った方がいい」

ライラック様、ジョシュ様、ルル様、ルカ様の順に言われて、その時に気が付いた。

「私、あまり笑えてなかったんですね」

「苦笑とか作り笑顔しか見た覚えがない」

ルカ様が遠慮なく言ってくれた時、ルル様が猫に変身したかと思うと、後ろ足で立ち上がってルカ様の顔に猫パンチをした。

「なんてしつれいなことをいうんですか！　すなおにわらったかおがみたい、といったほうがよくってよ！」

「そうよ！　素直に笑った顔が見られて、嬉しいって言えばいいのよ！」

ライラック様がテーブルを飛び越えて、ルカ様の前にやってくると、前足でルカ様の太ももを叩いた。

「いってぇな！　だから、俺とリゼを無理にくっつけようとすんな！」

「痛い思いをしたのは天罰(てんばつ)だ」

ジョシュ様はヒグマの姿のまま、ハッハッハッと笑いながら手を叩く。

「やさしくないと、リゼおねーさまにきらわれますわよ！」

「優しくしてるだろ！」

猫のルル様にぐいぐいと頬を押されているルカ様が可愛らしくて、また自然に笑みがこぼれた。

3章　ノルテッド辺境伯令息の婚約者

次の日は、ノルテッド家の別邸に泊まったルカ様と一緒に登園することになった。

朝食を一緒に食べた時に聞いたのだけれど、今のところ、私は世間体的にはルカ様の婚約者になっているらしい。

そうじゃないと、世話してもらっている意味がわからないものね。イグル様の言っていた噂は本当のことだったみたい。

ライラック様たちは、なんの断りもなく私を婚約者だと話してしまったことについて、何度も謝ってくれた。

「こちらとしては、ルカ様の婚約者扱いだなんて、とても光栄です」と笑顔で伝えると、その気になってしまったルル様が結婚式の話などをし始めて、妄想を止めるのに苦労した。

朝食の時、私を見ても平然としていたルカ様だったけれど、待ち合わせのエントランスホールで私を見るなり、顔を覗き込んで聞いてくる。

「髪型とメイクが違う？」

「あ、そうです！　いつもはハーフアップにしてたんですけど、今日は編み込みにしてもらって後ろで留めているんです」

くるりと背を向けてルカ様に見せると、「そうか」と言う声が聞こえた。

「ルカ！　もっと気の利いたことを言えないのか」

見送りにきてくれたのか、ルル様と手を繋いだジョシュ様がエントランスホールに現れ、ルカ様に苦言を呈した。

昨日のこともあり、ジョシュ様は別邸での滞在を少し延ばされた。ルル様も私とルカ様の恋の行方が気になるのだと言って、ジョシュ様よりも長く別邸に滞在することになった。

ルカ様曰く、本音としてはイグル様に会えるから、ルル様はこっちに住みたいんだそうだ。

ルル様がルカ様を見上げて、可愛い顔を歪める。

「きょうのきみは、いちだんとかわいくて、こいにおちちゃったよ、とか、いってみたら、どうでしょう？」

「誰からそんな言葉を教わったんだ」

「イグルさまからですわ！」

「人の妹に変なことを教えやがって！」

イグル様のお母様はライラック様の妹で、現在はノルテッド家に名を連ねていない。自分の家族を危険に晒すような方ではなく、その旦那様や息子であるイグル様やイグル様の弟も家族内やノルテッド家の人としかその話をしないため、記憶を書き換えられることはないのだそう。

イグル様は、ルカ様にとっては従兄弟であり、親友でもあるのよね。

ルル様と口喧嘩をしているルカ様を見て、なんだかんだ言って、ルカ様はイグル様を許してしまうのだろうなと思ってしまった。


ルル様とルカ様の喧嘩を止めてからは、ジョシュ様とルル様や使用人に見送られて、ルカ様と学園に向かった。学園に向かう馬車の中でルカ様が、仏頂面で謝ってくる。

「家族が色々と悪い」

「いえ！　ルカ様が謝る必要なんてありません！　それに何から何までお世話になっていて本当に申し訳ない気持ちでいっぱいです。本来ならこんなことをしていただける立場じゃないですから」

「好きでやってるんだから気にしなくていい。助けたからあとは知らないなんて方が無責任だろ」

「でも、私だけじゃなく野良猫たちだって助けてくださいました」

「元々そのつもりだったんだよ。猫を置いていけないっていうのは、リゼが家から出られなかった理由の1つでもあるだろ？　だから、最初から引き取るつもりだった。ルルが猫になるっていうのもあるし、余計に放っておけなかったんだよ。それに、一応、俺も母上もネコ科だから」

お世話になっていてなんだけれど、ルカ様たちがどうしてここまでしてくださるのかわからない。ルカ様はいじめが嫌いだと言っておられたけれど、ここまでするのはやりすぎな気がする。

ジョシュ様は、未成年の貴族の女性を放り出したとなれば、ノルテッド家の名に傷がつくと言っていた。

でも、本当にそれだけかしら？　もしかして、私には利用価値がある？

いつか、お金を返すにしたって、平民では返せないくらいの金額を使ってもらっている。それなら、私に利用価値があると言ってくれた方がいい。

「私にこんなにも良くしてくださることに何か理由があるのですか？　それに、ルカ様はミカナと婚約されていましたし、もしかしてフローゼル家との婚約に何か意味があるのですか？」

「元々はな」

「どういうことでしょう？」

「話してもいいんだが、長くなる。だから、授業が終わったあとに少し話せるか？」

「もちろんです」

頷くと、向かいに座っているルカ様が身を乗り出して言う。

「リゼ、俺たちに悪いと思ってるなら遠慮すんな。どうせリゼは伯父の家でも、実の娘じゃないのに育ててもらって申し訳ない、両親と一緒に死にたかったと思ってただろ」

「……そ、そんな」

図星だったから、否定できなかった。

ミカナのお母様である伯母様は、私のことも実の子供のように可愛がってくれた。だから、ミカナにしてみれば独り占めしていた母を私に奪われたと思っていたかもしれない。そう思うと、心苦しいところがあった。

今だってそうだ。私は人に迷惑しかかけていない。

このまま放っておけば死を選ぶかもしれないと、ライラック様とジョシュ様は心配してくれたのかもしれない。だから、助けてくれたんだわ。

「リゼ、俺はお前を助けたことを後悔してない。逆に行動が遅すぎたと後悔してる。あそこまで酷い家だなんて思ってなかったんだ。本当にごめん」

ルカ様は眉尻を下げて謝ってきた。

「本当にルカ様に謝ってもらう必要なんてありませんから！　今の状態でも本当に感謝しているんです。もっと早くに助けてほしかっただなんて思ったこともありません」

「でも、リゼは学校では、ほとんど笑えてなかったじゃねぇか」

ルカ様は本当に後悔してくれているみたいだった。

このままじゃ駄目だわ。

「私、変わります！」

拳を握りしめて、向かい側に座っているルカ様に宣言する。

「本当に今は生きていて良かったと思っています。だから、ルカ様たちが心配しないように強くなりますから！」

「うん。期待してる。あと、少なくとも、俺たちはリゼに感謝してるから」

「えっと、それはどういうことですか？」

「フローゼル家に財力を見せつけるために買ったあの家、リゼがいなかったら人間が住まずに保護猫ハウスになるだろ」

「かなりの猫ちゃんが暮らせますね」

苦笑して言うと、ルカ様は頷く。

「しかも、使用人付きだ」

「動物を保護する場所はこの国にはないですから良いかとは思いますけどね。でも、ありがとうございます、ルカ様」

「何もしてねぇよ。いてくれて助かるのはこっちだって言ってるだろ」

ルカ様の発言は、私に気を遣ってくださっているのがわかるもの。ここは、笑顔を見せてお礼をしないといけないわ。

「いいえ。ルカ様のおかげで、私は今は幸せな気持ちになれていますから」

にこりと笑うと、ルカ様は「それなら良い」と言って、私の髪型が崩（くず）れないように優しく頭を撫でてくれた。

その時ふと、ルカ様の頭に三角耳が生えているのに気が付いた。

「ル、ル、ルカ様！　耳が４つになってます！」

「何言って……？」

そこまで言って気が付いたのか、ルカ様は両手で三角耳を押さえて大きく深呼吸した。すると、嘘みたいに一瞬にして三角耳が引っ込んだ。

「悪い」

「いいえ！　あの、自分では気付けないのですか？」

「目で見られないところだと無理だ。魔法なのに感情に反応する時がある」

「ルル様もそうでしたものね」

頷いてから、気になったことを聞いてみる。

「ルカ様たちは動物から人間に戻った時も服を着ておられますが、一体、どういう仕組みなのでしょう？」

「それが俺たちにもはっきりとした理由はわからないんだよな。考えられるのが、戦争中に偵察のために動物になったはいいが、人間に戻ったら裸ってなったら大変だからかなと思ってる」

「動物になれること自体わかっていないわけですし、色々と謎の部分が多いのですね」

ルカ様は頷いてから、話題を変える。

「リゼの姿を見たら、ミカナ嬢はどう思うだろうな。それから、あいつも……」

「ミカナの場合は驚くという自信はあります」

今日の私は髪型もメイクも違うし、前向きな気持ちになっているから雰囲気がまったく違うはず。周りからは調子に乗ってるだとか言われそうだけど、学園の規則違反をしているわけではないし、どうこう言われたくないわ！

私がウジウジしていたのも良くなかったのかもしれない。でも、だからといっていじめる必要はないんだから！

「よし、行くぞ」

ルカ様が言ったと同時に馬車が停まった。御者が扉を開けてくれたので、ルカ様の手を借りて馬車から降りる。

ルカ様と一緒に登校したからか好奇の目でこちらを見てくる人が多くいた。でも、少し見たくらいでは私とはわかってもらえていないようだった。

私たちが揃って歩き出すと、近くにいた生徒たちは不躾な視線を投げてきたあとに小さな声で話を始める。

「ルカ様の隣にいる女子生徒は転校生かな」

「見たことないわね」

そんな声が聞こえてきて、ルカ様に苦笑して話しかける。

「私だと認識してもらえてませんね」

「そうみたいだな。今までのリゼは身を縮こまらせてたけど、今は堂々としてるから同一人物だとは思えないっていう気持ちの方が強いんだろ」

「その頃の私はルカ様と話をしていないんですが、そんな風に見えていたんですか？」

「自信なさげな感じだった。友人も大人しそうな奴だったよな」

私と仲良くしてくれていた子は、今は私をいじめていた子たちのグループにいる。

大丈夫かなと心配になる時もあるけど、上手くやれているのならそれで良い。それに、私が気にしてあげる義理もないわ。

「先程も宣言しましたが、私は変わりますので！」

一瞬だけ気持ちが下を向いてしまい、俯いたあとすぐに顔を上げて言うと、ルカ様が頷く。

「そうだな、それでいい」

ルカ様と話しながら教室に向かっていると、廊下でエセロが誰かと話しているのが見えた。

よく見てみると、エセロと話しているのはミカナで、2人は何やら言い争いをしているのがわかった。

「デートの場所はもっと良いところにしてよ！　前みたいなところは嫌よ！　わたしに恥をかかせたいの⁉」

「そんなつもりはないよ。ただ、僕の家は今、財政的に厳しいんだ。だから値段の高いレストランには連れていってあげられないし、プレゼントも贈れない」

「どういうこと？　というか、レストランなら、あなたの家が経営しているところでいいじゃない！」

「だから、言っただろう？　僕が君を選んだから、そのせいで僕の家の信用がなくなったんだよ。従業員だってそれを知ってるんだ」

「そんなのおかしいじゃない！　わたしという良い婚約者を選んだのに、どうして、そんなことになるの⁉」

そこまで言ったところで、ミカナが私たちの存在に気が付いた。

「何をジロジロ……って、ノルテッド辺境伯令息⁉」

ミカナはルカ様を見て焦った顔になったあと、私に視線を移すと、口をあんぐりと開けた。

「え、もしかして」

「リゼなのか？」

ミカナが何か言う前に、エセロが唖然とした表情で私に尋ねてきた。

「そうだけど、何か？」

「いや、その、見違えたよ。雰囲気が全然違うし、すごく可愛いよ」

「ありがとう。でも、ミカナの方が可愛いわ。大事にしてあげてね」

作り笑顔を浮かべて対応してから、隣で仏頂面をしているルカ様を促す。

「行きましょう、ルカ様」

「そうだな」

ミカナたちの横を通らなければ、奥にある私たちのクラスに行けないのでしょうがない。すると突然、エセロが私の腕を掴もうとした。

「リゼ！」

「必要以上にリゼに話しかけるな。つーか、触れんな」

エセロが私の腕を掴む前に、ルカ様がエセロと私の間に割って入ってくれた。エセロは手を引っ込めてからルカ様に尋ねる。

「婚約者って噂、本当なんですか」

「さあな。少なくとも、リゼはノルテッド家の別邸に住んでるが」

「ルカ様、行きましょう」

相手にしなくても良いと思って促したけれど、今度はミカナが私に話しかけてくる。

「あんた、何、調子に乗ってんの？　大体、人の家に転がり込んで、そんな格好までさせてもらって、厚かましいにもほどがあるわ！」

「厚かましいという自覚はあるわ。だけど、それを気にすることを嫌がるのが、ルカ様たちなの」

ミカナは私に言い返されると思っていなかったのか、一瞬、驚いた顔をしたけれど、すぐに表情を歪めて言う。

「普通は何もかもを断って出ていくべきよ！」

「フローゼル家の領地は、夜には特に治安が悪くなることを知っているでしょう？　強盗、婦女暴行、殺人があるような地域なのよ？　私は生きるための選択をしただけ！　それに運良くトラブルに巻き込まれなくても野垂(のた)れ死ぬしかないじゃない！」

「野垂れ死ねばいいじゃない！　それとも身売りすれば？　ああ、でも、あなたの外見なら誰も買ってくれないわね。お店だって雇ってくれなさそう。そうよ。大人しくお兄様の女になってれば良かったのに」

「ミカナ、私はまだ未成年なの。それは法律違反よ。雇う方も買う方もね。ノルテッド家の好意に甘えてるのはわかってるわ。だから、自分なりにできることはするつもりよ」

私が言い切ったところで、ルカ様が私の肩に手を触れる。

「もういい。行くぞ、リゼ」

「は、はい！」

ルカ様が肩から手を移動させ、私の背中に手を当てて歩き出したので、私も歩を進めた。

「リゼ！」

「話しかけんなって言ってるだろ」

エセロの呼びかけに対して、ルカ様は足を止めずに顔だけ後ろに向けて、私の代わりに言葉を返した。

でも、ルカ様の言葉なんておかまいなしに、エセロは必死に話しかけてくる。

「リゼ、本当に見違えたよ。近いうちに話す時間をくれないかな」

「ちょっとエセロ⁉」

「話すくらいいいだろう？」

「話すことなんてないわ」

エセロに詰め寄るミカナと、焦った様子で彼女に対応する彼を見て、私は首を横に振ってから歩くスピードを速める。

ここまでミカナに酷いことを言われたのは初めてだったし、こんな風に言い返したことも初めてで体が震えていた。そんな状態をミカナに気付かれないうちに立ち去りたかった。

「頑張(がんば)ったな」

今にも体が崩れ落ちそうなことに気付いてくれたのか、ルカ様が背中を支えてくれたまま、そう言った時だった。

「お疲れ、リゼちゃん、褒(ほ)めてあげるから僕の胸に飛び込んでおいっ」

いきなり背後からイグル様の声が聞こえたと思ったら、バンッという音と共に、声が聞こえなくなった。

ルカ様が私の背中から手を離し、持っていた鞄(かばん)を右手に持ち替えて、イグル様の顔面を殴ったみたいだった。

「痛い、痛いよ、ルカ！」

「痛くするようにしたんだ。加減してやったんだから感謝しろ」

「なに、その暴君みたいな発言！」

鼻を押さえながら、イグル様が私に微笑む。

「教室の中で聞いてたよ。よく頑張ったね、リゼちゃん」

「あ、ありがとうございます」

「というか、リゼちゃん、本当に可愛くなったね！　あ、もちろん、昨日までのリゼちゃんが可愛くないわけじゃないからね？　今のリゼちゃんは今まで以上に素敵になったと思う」

「ありがとうございます！」

イグル様にお礼を言ってから、ついつい吹き出してしまう。

どうしてかというと、ルカ様が今朝のルル様の発言を思い出したみたいで、イグル様を睨みつけていたからだ。

「リゼちゃん、なんで笑うんだよ。な、なんだよ、ルカ。そんな親の仇でも見るような目をして」

「人の妹に何を吹き込んだ」

「え？　ルルちゃんに？　可愛いね、とかそういうことは言ってたけど？」

「お前、昼休み、ちょっと裏まで来い」

「なに!?　告白!?　悪いけど、ルカ。僕はルカのことをそんなふうに見れない」

「ふざけんな」

ルカ様は呆れた顔をして言ってから、笑っている私に目を向けて怒りを収める。

「イグルも役に立つことがあるんだな」

「感謝してもいいよ、ルカ」

「うるさい」

　2人が仲良く喧嘩しているのを見て、和みつつも、ふと疑問が頭をよぎる。

　そういえば、お二人は、どうしてこの学園に通っておられるのかしら？　わざわざ寮にまで入って通わないといけないことがあったの？

　また、聞く機会があれば聞いてみよう。

　イグル様とじゃれ合っているルカ様を見て、そう思った。

　教室に入って席に着くと、周りからの視線を感じた。

　ミカナとの一件が見られていたからだと、その時は思っていた。でもすぐに、外見が変わると人の態度もガラリと変わるのだということを実感した。

　男子生徒は特にそうで、私に接する態度がとても優しくなった。

　女子生徒は好奇心で話しかけてくる人が多かったけど、一部からは嫉妬される対象になってしまった。

　ただでさえ、外見の良いルカ様の婚約者の座に収まり、女子生徒に人気のあるイグル様とも仲が良いというのに、他の男子生徒にまでチヤホヤされるとなると、嫌な気持ちになる人がいてもおかしくはない。

その日の昼休み、私のことを良く思っていない別クラスの令嬢たちとお手洗いで出くわしてしまった。

私が個室に入るなり、令嬢たちは鏡で容姿を整えるふりでもしているのか、その場に留まって話を始めた。

「器量の良くない方が何をしたって変わらなくはないですか？」

「そうですよね。すぐに化けの皮がはがれますわ。それに比べて、ソワット伯爵令嬢は素敵ですわ」

「あら、わたくしとあの方とを比べないでちょうだい。あの方はどうせ、濃いメイクをして誤魔化しているのよ」

あの方というのは私のことかしら？　濃いメイクをした覚えはないんだけど？

私をいじめてくる人たちのタイプは２つに分けられる。伯爵家以上の令嬢は、今がまさにそうだけど、本人には直接言わずに、丁寧な言葉で遠回しに嫌味をぶつけてくる。

もう１つのタイプは男爵以上子爵以下の令嬢で、言葉遣いが荒く、直接、暴言を吐いたり嫌がらせをしてくる。ある意味、ミカナのような人たちだ。

——ミカナは伯爵令嬢だけれど、あんな感じだから、人によるのかもしれないわね。

学園内では、侯爵家以上の貴族の令嬢や令息は一目置かれているけれど、伯爵家以下は特に区別されずに過ごしている。

学園で仲良くしていても社交場ではそうもいかないため、下位貴族の方が同じ社交場に出ないようにしているらしい。

ノルテッド辺境伯家は、私たちの国で言えば侯爵家と変わらない権力を持っていて、4大辺境伯のうちで東の辺境伯と呼ばれている。だからその息子のルカ様は、学園内では周りから一目置かれている。

私のいじめが簡単になくなったのは、そのせいでもあったりする。

「ノルテッド卿もどうして、あんな方を選ばれたのかしら」

「それは、あの方の元婚約者が彼女のお姉様と仲良くなられたからではないの？　あ！」

不自然な感じだったけれど、ソワット伯爵令嬢と取り巻きの会話は終わったようだった。お手洗いの中が静かになったので、扉を開けて外に出る。

ソワット伯爵令嬢と取り巻きはいなくなっていたけれど、その代わりにミカナと仲の良い、ボロワーズ子爵令嬢が立っていた。

化粧が濃く、先生から規則違反だと注意されていてもやめない。見た目も気も強いボロワーズ子爵令嬢は、元々細い目をより細くさせて私に話しかけてくる。

「ミカナが呼んでるんだけど」

「ミカナが？　私はあの子に用はないからどうでも良いわ」

「口答えしないでよ。あんたが1人になるなんて、こんな時しかないでしょ。とっとと来なさいよ」

「どうしてあなたが私を呼びに来るの？　直接、ミカナが来たらいいんじゃないの」

私の勢いに圧（お）されたのか、赤茶色の髪をポニーテールにしたボロワーズ子爵令嬢は一瞬怯（ひる）んだ様子を見せたあと、勢いを取り戻して言い返してくる。

「調子に乗ってんじゃないわよ。ノルテッド辺境伯家の令息が味方に付いてるからって、あんた自身はただのクズ女なんだから」

「あなたに言われたくない」

クズ女という言葉に傷つきそうになってしまった自分に腹が立つ。冷静に考えれば、この人にクズ女と言われる筋合いはないので気にしないことが一番で、傷つく必要もない。

せっかく編み込んでもらった髪だけれど、首元が落ち着かないので、いつもの髪型に戻すことにした。持ってきていたヘアブラシで髪を整えている間、視線を感じるけれど無視する。そして、ボロワーズ子爵令嬢を押しのけるようにして、お手洗いから出た。

出てすぐのところに立っていたのは、まるで格闘家のような体格をした大柄な男性だった。確か1学年上の先輩である、レア・ワヨインワ侯爵令息だ。底意地の悪そうな顔をした彼は、驚いて足を止めた私に向かって言う。

「よくも、ミカナを悲しませたな。ミカナが許せないと言ってる。ちょっと来い」

問答無用でワヨインワ侯爵令息は私の腕を掴んで歩き出す。

この人とミカナの関係性がわからない。一体、どうなってるの⁉　今までミカナの口から彼の名前を聞いたことなんてなかったのに！

「あの、放してください！」

「うるさい！　おい、お前ら、先生とか呼ぶなよ。そうなったら、お前の家がどうなるかわかってるだろうな⁉」

さすがに周りにいた生徒たちが、私たちの様子がおかしいことに気が付いて、心配する眼差しを送ってくれていた。でも、ワヨインワ侯爵令息の言葉を聞くと、私に申し訳なさそうな視線を送ったあと、何もなかったように遠ざかっていく。

「どこへ連れていくつもりなんですか？」

「先生にバレないとこに決まっているだろう！　先生は怖くないが、親に怒られるのは怖いんだ」

「それならこんな馬鹿なことをしないでください！　あなたや他の人が言わなくても、私は」

「先生にチクったりしたら、陰でいじめをエスカレートさせるぞ！」

「その前にあなたが処罰されると思います！」

ワヨインワ侯爵は悪い噂もなく、温和だということで有名な人だから、ご子息の多少のわがままにも目を瞑(つむ)っていらっしゃるのかもしれない。

けれど、怒った時は恐ろしいことも知られている。

そのせいか、ワヨインワ侯爵令息は焦った顔になって叫ぶ。

「うるさい！　もし、余計なことを話したら、外を歩けないようにしてやる！」

「やめてください！　本当に放してください！」

踏ん張るようにしてしゃがみ込んだけれど、引きずられるだけで、最終的には抱え上げられてしまった。相変わらず、周りの人は気の毒そうな視線を送ってくるだけで助けてくれない。

私の教室まではそう遠くないから、助けを求めたら聞こえるかしら。

「ルカ様っ」

これから何をされるかわからない。

自分でなんとかしていこうと思っていたのに助けを求めるだなんて。でも、何かあってからでは遅い。

そう思って、ルカ様の名を呼び、持っていたポーチをわざと廊下に落とした。

＊＊＊＊＊

「リゼちゃん、遅いねぇ」

「放っておいてやれよ」

俺とイグルはクラスが違えど、普段から食堂で一緒に昼食をとっていた。最近はリゼも一緒に食べるようになって、食事が終わると教室に戻り、3人で昼休みを過ごすことが多くなった。

お手洗いに行くとリゼが席を立ってから、思った以上に時間がかかっている。「女性は色々とあるから時間がかかるのよ。大人しく待っていなさい」と母上から口を酸っぱくして言われている俺は、心配しなければならないほど遅いとは思わなかった。

でも、イグルはどうしても気になるみたいだった。

「メイク直しをしているにしたって遅くない？」

「そうだな」

その時、リゼが俺の名を呼んだのがわかった。思わず立ち上がると、イグルが驚いた顔で聞いてくる。

「どうした？」

「リゼが俺の名前を呼んだ」

「え？　なに、こわっ！　なんなの、その愛が重い感じ！」

「冗談じゃない！」

茶化してきたイグルだったが、俺に怒鳴（どな）られると危機感を覚えたのか、慌てて席を立った。

「そうか。ネコ科って耳がいいもんね。リゼちゃんの声が聞こえたのか？」

「ああ、様子を見に行ってくる」

「僕も行くよ。最悪、君が変身しないといけなくなった場合、大きな犬が出たって僕も証言できるしね」

「助かる。付いてきてくれ」


リゼを探すために教室を出た俺たちの前に、青い顔をしたソワット伯爵令嬢が現れた。

「どうしたの？　顔色が悪いよ。医務室に行った方がいい」

あまりにも顔色が悪いので放っておくわけにもいかず、俺たちは足を止めた。イグルがソワット伯爵令嬢に話しかけた。彼女はお礼を言ったあと、俺を見て訴えてくる。

「ワヨインワ侯爵令息がフローゼル伯爵令嬢、……あの、リゼ様の方です。リゼ様を中庭の方に無理矢理連れていかれましたわ」

「なんだって⁉　ルカ！」

俺が何か言うよりも先にイグルが反応したので頷く。

「わかってるよ、教えてくれてありがとう。君から聞いたとは言わないから安心しろ」

「ありがとうございます。誰かに言ったらどうなるかわかっているだろうなと脅しておられましたから、少し不安だったんです」

ソワット伯爵令嬢に声をかけると、彼女は青い顔のままそう言った。

ワヨインワ侯爵令息は逆恨みするタイプの嫌な奴だし、せっかく教えてくれたソワット伯爵令嬢を巻き込むのは避けたかった。

「リゼ様がポーチを落とされたようですから、席に置いておきますわね」

そう言って、ソワット伯爵令嬢は教室の中に入っていった。

ルルはまだ無理だが、俺は豹の姿にならなくても、聴覚、嗅覚に関しては、意識を集中すれば豹の時と同様に感じることができる。聴覚に集中して、聞こえてくる声の中からリゼの声を探す。集中させている途中で、イグルが俺の頭に自分の制服の上着を被せてきた。

「何するんだよ⁉」

「ルカ、落ち着けって。耳が出てたぞ」

「……助かった、ありがとう」

幼い頃に耳や尻尾(しっぽ)が出ているところを人に見られた時は、俺が仮装をしているという話題になってしまった。それもあって、イグルは俺のイメージが崩れないように気を遣っていたらしい。

「気にしなくていいよ。それより、フローゼル家とワヨインワ家に繋がりがあったのも知らなかったし、ミカナ嬢とワヨインワ卿の仲も知らなかったな」

「買収でもしたのかもな」

「え？　ミカナ嬢が？　馬鹿なのに？」

「馬鹿だから馬鹿を買収するんだろ」

「ああ、そうか。でも、相手は侯爵令息だよ？　お金で買収なんてされるかな？」

イグルが眉根を寄せて聞いてくるから、人伝(ひとづて)で聞いた話にはなるが答える。

「金を自由に使わせてもらえてないって聞いた」

「そういうことか」

走る足は止めずに頷いたイグルに言う。

「リゼが俺たちのことを忘れない理由がわかった」

「どういうこと？」

「リゼには俺たちしか話す人がいない」

「えーっと、よくわかんないんだけど？」

リゼのことを思うと、あまり口にしたくはないが、イグルが不思議そうにしているので伝えることにする。

俺も最初は、リゼがなぜ俺たちが動物になることを忘れないのかわからなかった。だけど、今になって気が付いた。

「リゼには俺たちの秘密を話せる人間がいないんだよ！」

「……そういうことか。リゼちゃんが気軽に話せる相手って僕しかいないもんね」

「別にお前だけじゃねぇだろ」

なんだかイラッとして言うと、イグルはわざとらしく首を傾げる。

「男だと、僕とジョシュ様くらいじゃないか？」

「いちいち、喧嘩売ってくるな」

「はいはい。それは冗談として、友人や家族がいたら、ついつい、ルカたちの秘密を話したくなるけど、リゼちゃんにはそんな相手がいない。いたとしても、ルカたち本人か、ルカたちの秘密を知っている僕だけってことになるんだね」

「俺たちの秘密を話せと言う相手もいないからな」

「ルカたちが動物になれるってわかっても、言いふらす奴ならどうせ記憶は消されるもんね」

「それについては、俺たちにかけられた守護魔法みたいなもんだろうな」

たとえその人が誰かに話さないとしても、ノルテッド家の脅威になるような考えを持つ者だった場合も、記憶が消されると考えられている。もしかすると、この魔法は他国から国を守る理由でかけられていて、他の辺境伯家も言わないだけで同じなのかもしれない。

「おい、ルカ！　こっちだ！」

1階の渡り廊下から外へ出た俺たちの前に現れたのは、白いウサギだった。しかも普通サイズの何倍も大きい。

大きなウサギは中庭の小道にちょこんとお座りした状態で、つぶらな赤い瞳をこちらに向けていた。

「叔父上⁉」

近くに誰もいないことを確認してから、叔父である白ウサギの元へと駆け寄る。

「叔父上が、どうしてこんなところにいるんですか⁉」

「いや、君のお父上と入れ替わりという形で、こちらの様子を見に来たつもりだったんだが。君のお父上はまだ別邸にいてね。リゼ嬢のことで色々とあって、学園に書類を提出しないといけないというから、私がお使いに来たわけだ」

叔父上は立ち上がって、小さな手をひょこひょこと動かしながら言葉を続ける。

「それにしても驚いたよ。大柄な生徒に担がれている女の子がいたから、何事だろうと思って見ていたら、その子からルカの匂いがしたからさ。見失ってはいけないと思って、慌ててあとを追ったんだよ」

叔父上はそこで言葉を区切り、大きく息を吐いてから口を開く。

「その女の子は男からは解放されたけれど、ガゼボの中で違う男性と女性に絡まれていたから助けようと思ったんだ。でも、そこへ行こうにもさっきのゴリラみたいな大男が邪魔してきてさ」

「ゴリラみたいな大男？」

俺が聞き返すと、叔父上は大きく首を縦に振る。

「ほら、僕は辺境伯家の血筋ではあるけど、今となっては平民みたいなもんだし舐められていてね。それに、体型が小柄だろう。人間の姿でも放り投げられちゃったんだよ。ほんと面目ない。だけど、弓矢があれば、あのゴリラ、一発で遠距離から仕留められるんだけどなぁ」

「叔父上、相手、ゴリラじゃねぇから。侯爵令息ですよ」

「そうだったな。人間だった。殺しちゃまずい。む、ゴリラも殺しては駄目だな。それに、本物のゴリラの方がカッコいいし利口だ」

叔父上はこくこくと可愛らしい顔を縦に振った。

「ちょっと待って！　ルカの匂いってどういうこと⁉　ルカ、もしかして君、とうとう、リゼちゃんに手を出し！　あいたたたた‼　嘘だよ！　ごめんっ！　ちょ、髪の毛引っ張んのやめて、地味に痛いから‼」

茶化してきたイグルの横髪を引っ張るのはやめて、俺の匂いが付いていた理由を伝える。

「朝に、リゼに触れることがあったんだよ！　とにかく、叔父上、今、リゼはどこにいるんです？」

「ああ、あれが噂のリゼ嬢なんだな。よし、行くぞ！」

叔父上は、リゼがいると思われる方向に向かって走り出す。俺も走りながら、神経を集中させてリゼの声を拾う。

「え？」「ちょ？」「⁉」という彼女の困惑の声しか聞こえないので、今すぐに危険というわけではなさそうだった。

ガゼボに入る道の前に、ワヨインワ侯爵令息が腕を組んで立ちはだかっているのが見えたところで、俺たちは足を止めた。

「イグル、悪いけど、気を引いておいてくれないか」

「了解」

イグルは大きく頷いたあと、１人でワヨインワ侯爵令息の元へ近付いていき、笑顔で話しかけた。

「そこを通らせてくれませんか」

「駄目だ。諦めろ」

ワヨインワ侯爵令息とイグルが話している間に、近くの低木(ていぼく)の後ろに隠れた俺は、聴覚と嗅覚を使って関係者以外が近くにいないことを確認してから、黒豹の姿に変身した。

ノルテッド家にかけられた魔法は、俺たちに都合良くできていて、変身したからといって服がその場に残るわけでも、人間に戻った時に裸になっているわけでもないから助かる。

「よし行け、ルカ！　援護(えんご)するぞ！」

「叔父上、援護していただけるのはありがたいですが、なぜウサギになっているんですか」

「小太(こぶと)りのおじさんの姿よりも、女子ウケするだろう？」

「人間の時でも叔父上は丸くて可愛いってよく言われてるじゃないですか」

「褒め言葉なのかなぁ」

叔父上はうーんと悩むように可愛らしい顔を傾けた。

叔父上がウサギのままでも支障はないと考えた俺は、会話をやめて気配を悟られないように静かにガゼボに近付いていき、中を確認する。すると、リゼがなぜか呆れた顔をして立っているのが見えた。

怪我はなさそうなので一安心したあと、リゼの視線の先を追う。そこにはミカナ嬢とソファロ卿がいて、2人は何やら言い争っていた。

「エセロ！　ちゃんと、リゼの前で私への愛を見せてよ！　好きならキスくらいできるでしょう！」

「人前でなんか無理だよ！」

「誓いのキスは人前でするじゃないの！」

「なんの話をしてるんだ」

聞こえてきた会話がめちゃくちゃすぎて、思わず呟いてしまった。

＊＊＊＊

ワヨインワ侯爵令息に無理矢理連れてこられた場所は、中庭のガゼボだった。そこにミカナがいるのは予想していたけれど、エセロもいた。

「ミカナ、あなた、何を考えてるの⁉　エセロもエセロだわ！　こんな乱暴な真似を許すだなんて！」

「僕だってわけがわからないまま、ここに連れてこられたんだ！　何が起きてるのかわからないんだよ！」

まだ話が通じそうなエセロに訴えてみると、彼は泣きそうな顔をして言った。

「こんなことをしたら、また、僕の両親が辛い思いをしてしまう。もう終わりだよ。没落するかもしれない」

「あなたの家、そんなに危ないの？」

聞いてどうにかなるわけではない。ただ、気になったので尋ねてみた。

「そうだよ。商売なんて信用問題だからね。もちろん、僕が悪いんだ。僕がミカナを好きにならなければ良かった。リゼ、君のことを裏切らなければこんなことには」

「エセロ！　あなたはわたしのものなの！　リゼのものじゃないのよ！」

「わかってるよ！」

「わかってないわ！」

私とエセロの会話に入ってきたミカナは、エセロに向かって叫んだあと、私に顔を向けて睨みつけてくる。

「あんたが調子に乗ってるようだから忠告しといてあげる！　エセロはあんたの元になんか戻

らないから！」

「戻ってこられても困るから、しっかりミカナが掴まえておいてあげてね。それから、フローゼル家の財政が危なくないなら、婚約者としてソファロ家を援助してあげたらどうなの？」

「う、うるさいわね！　言われなくてもそうするわよ」

「話はそれだけ？　もう良いんなら帰らせてもらうわ」

「待ちなさい！　あんたに見届けてもらわないと駄目なのよ！」

「え？」

「すっとぼけた声を出してんじゃないわよ！」

ミカナはかなり興奮しているから、エセロが彼女を驚いた顔で見ていることにも気付いていない。

「ミカナ、あなたは何が言いたいの？」

「ちょっと黙って聞いてなさい！　エセロ、あなたは私が好きなのよね!?　リゼが好きなわけじゃないわよね!?」

ミカナが必死の形相で尋ねると、エセロはなぜか助けを求めるように私を見てきた。

馬鹿じゃないの？　こんな時に私を見るだなんて、火に油を注ぐようなものじゃないの！

「エセロ！」

私を見たことに気付いたミカナは、エセロの両腕を掴んで叫ぶ。

「私のことが好きなら、リゼの前でキスしてよ！」

「な、何を言ってるんだよ!?　そんなはしたないことができるわけないって、さっきから言ってるじゃないか！」

「もう何度もしているじゃないの！」

「人前ではしてないよ！」

「前に一度、リゼの前でしたじゃない！　あの時は私からだったから、今度はあなたからしてよ！」

ミカナの声は必死だった。

私に対する嫌がらせでエセロを奪ったのかもしれないと思っていたけど、実際はそうじゃないみたい。

本当にエセロが好きなんだわ。

それはそれでいいとして、こんな馬鹿馬鹿しいことにいつまでも付き合っていられない。

そんな私の気持ちなどおかまいなしに2人は言い争いを続ける。

「エセロ！　ちゃんと、リゼの前で私への愛を見せてよ！　好きならキスくらいできるでしょう！」

「人前でなんか無理だよ！」

「誓いのキスは人前でするじゃないの！」

ミカナとエセロは自分たちのことで精一杯のようなので、今のうちに帰ろうかと思った時だった。

手に何かが触れて下を見ると、豹になったルカ様が私の手に頭を押しつけていた。

「ル」

ルカ様と言おうとしてやめた。記憶が書き換わるとはいえ、名前を呼ぶのは良くない気がしたからだ。

普通の人間なら、豹を見たら叫ぶはずよね？

そう思ってルカ様を見ると、ルカ様は首を縦に振った。

「きゃあっ！」

わざとらしくなってしまったけれど、ルカ様を見て叫ぶと、

「なんなのよ！」

話を邪魔されて苛立ったミカナが私を睨んだ。そして、ミカナより少し遅れてこちらを見たエセロが叫ぶ。

「ミ、ミカナ！　リゼ！　早く逃げるんだ！」

「何よ、エセロ！　話を逸らそうとしたって無駄よ！」

「違う！　リゼの横を見てくれ！」

「ええ？」

ミカナの視線がエセロからルカ様に向けられ、彼女の訝しげな顔が一瞬にして恐怖のものへと変わった。

「きゃあああっ！　どうして、こんなところに動物が!?　しかも肉食動物じゃない!?　エセロ、助けて！」

ミカナがエセロに抱きつき、エセロも体を震わせながら彼女の体を抱きしめた。

ちゃんとミカナを守ろうとしてあげているのは、当たり前かもしれないけれど偉いわね。

そう思った瞬間、エセロは簡単に裏切ってきた。

「うわあああっ！」

エセロは叫んだかと思うと、抱きついていたミカナを突き飛ばし、私の横を走り抜けてガゼボから出ていった。

「2人とも！　逃げるんだ！」

そして、自分だけ安全な場所に逃げたあとに、私たちにも逃げるように促してきた。

信じられないわ。せめてミカナだけでも連れて逃げたらどうなの？

あまりのことに呆気に取られていると、ミカナが豹の姿のルカ様に叫ぶ。

「わたしを食べたら全人類が後悔することになるわよ！　そうならないように、そこにいるリゼを食べなさい！」

「ミカナ、あなた」

ため息を吐いて話しかけたその時、普通のサイズよりもかなり大きな白ウサギがミカナに近付いていき、彼女の足元で止まった。ウサギはくるりとこちらに顔を向け、なぜか「来い」と言わんばかりに、２本の後ろ足で立ち上がった。

どういうこと？　もしかしてこのウサギ、ミカナを守って食べられようとしているの？　そんなわけないわよね？

困惑していると、ルカ様がそのウサギに飛びかかった。

「ま、待ってください！」

止めようと叫んだけれど、私の声はミカナの叫びでかき消される。

「いやあああああっ!!」

ウサギの存在に気が付いていなかったミカナは自分に襲いかかってきたと思ったようで、絶叫すると気を失い、後ろにあった椅子に崩れ落ちた。

ルカ様は襲いかかる寸前で足を止め、大きく息を吐いてウサギを見た。ウサギは驚く様子もなくルカ様を見て頷いたあと、心配するかのようにミカナに顔を向けた。

ミカナの様子を確認しようと私が近付いていくと、ワヨインワ侯爵令息の声が聞こえてくる。

「どうした、何があったんだ⁉　ひいぃぃっ‼」

ワヨインワ侯爵令息は、ガゼボの入り口に立つと、ルカ様を見て絶叫した。

「な、なんで、こんなところに豹がいるんだよぉ⁉」

ワヨインワ侯爵令息は情けない声を上げて後退りしながら、ルカ様を指差す。ルカ様は鼻を鳴らし、怯えるワヨインワ侯爵令息にゆっくりと近付いていった。

「く、来るなよぉ！　おい、お前、どうにかしろ！」

ワヨインワ侯爵令息は、自分の後ろに隠れているエセロに向かって叫んだ。

でも、そんな彼の叫びを無視して、エセロは私に声をかけてくる。

「リゼ！　君だけでも早く逃げるんだ！」

「ミカナを置いて逃げられるわけないでしょう！」

襲われないとわかっているのもあるけれど、気絶したミカナを置いて逃げてしまうのは、やっていることがエセロと同じになるような気がしてできなかった。

すると、ワヨインワ侯爵令息の背中にそろりそろりと近寄る、イグル様の姿が見えた。

それと同時にルカ様が、獲物を慎重に追い詰めるように、ワヨインワ侯爵令息に近付いていく。

ワヨインワ侯爵令息の意地の悪そうな顔がどんどん情けないものに変わっていった。

「なんで、俺の方に来るんだよ！　あっち行け!!」

ワヨインワ侯爵令息がそう叫んだ時だった。

「それはこっちの台詞だよ。あっち行け」

イグル様がワヨインワ侯爵令息の背中を押した。

「うわあっ！」

ワヨインワ侯爵令息はたたらを踏んで、なんとか体勢を整えた。

でも、彼のすぐ目の前にはルカ様が迫っていた。

「ひぃぃぃっ!!」

ワヨインワ侯爵令息は悲鳴を上げて地面に尻餅をつく。ルカ様はそんな彼に飛びかかり、馬乗りのような体勢になると、彼の顔に自分の顔を近付けた。

「うわあああっ！」

私の位置からは見えないけれど、ルカ様は威嚇したみたいだった。ワヨインワ侯爵令息は死にものぐるいといった様子で、ルカ様の体を押しのける。もしくは、ルカ様が飛び退いたのかはわからないけれど、自由になったワヨインワ侯爵令息は、一目散に校舎に向かって走っていった。

人を呼ばれても良くないし、中庭やガゼボにこのまま人が誰も来ないとは限らない。それなのにルカ様は、威嚇しながら今度はエセロに近付いていく。

その時、私の右足のふくらはぎに何かが触れた。トントンと叩かれている感じがして下を見ると、後ろ足だけで立ち上がった白ウサギがいた。

「やあ、お嬢さん、私はルカとイグルの叔父のラビだ。よろしく頼むよ」

「はじめまして。リゼと申します。よ、よろしくお願いいたします！」

小声で言葉を返すと、ラビ様は鼻をひくひくさせて言う。

「彼はエセロくんと言ったか。彼に、ワヨインワ卿が君にしたことを証言しろと伝えてくれ。そうすれば、イグルが助けてくれるとも」

「それは良いんですが」

「大丈夫だ。どうせ彼の記憶はなくなるんだからね。それに、彼が告げ口したことにすれば、君がワヨインワ卿に逆恨みされることもない」

「わかりました」

頷いてから、ルカ様に威嚇され、恐怖で動けなくなっているエセロに向かって叫ぶ。

「エセロ！　あなたはまだ死にたくないわよね⁉」

「それはそうだよ！　このままじゃ、両親に苦労をさせただけで終わってしまう！」

「なら、言うことを聞いて！」

「この状態で何を聞けって言うんだよ⁉」

「私が無理矢理、ワヨインワ侯爵令息に連れてこられたと皆に証言して！　そうすれば、あなたをイグル様が助けてくれるわ！」

　私の言葉を補足するように、イグル様がルカ様に近付いて言う。

「この子は僕の可愛い犬だからね。君を助けてあげられるよ」

「い、犬だって⁉」

　エセロはルカ様を指差して叫ぶ。

「どう考えたって犬には見えない！」

「残念ながら犬になるんだよ」

「なんなんだよ、一体⁉」

　イグル様の言葉の意味がエセロに理解できるはずもなく、彼は眉根を寄せた。

「エセロ、お願い、約束して！　死にたくないでしょう？」

「わ、わかったよ！　元々、証言をするつもりだった。君が味方してくれるなら僕も怖くはない」

ワヨインワ侯爵令息に立ち向かうのは、自分だけでは怖い。

でも、私の後ろにはノルテッド家の人たちがいるから、自分の家も守ってもらえると考えたのかしら。

ワヨインワ侯爵令息の評判は貴族の間でも良くない。それを彼のご両親は知っておられるはずだと、伯母様から教えてもらっていた。伯母様が生きていた頃だからかなり前だし、ワヨインワ侯爵が何も考えていないとは思えない。

ワヨインワ侯爵令息はこれで終わりでしょうから、そんなに怯えることもないのにね。

「リゼ？」

「もちろん、味方するわ」

なかなか返事をしない私を、エセロが不思議そうに見てきたので頷く。

すると、エセロはホッとしたような表情になった。

それと同時に、ルカ様がガゼボの奥の茂みに入っていく。

「人が来たようだね」

ラビ様は自分は見つかっても別におかしくないと考えているからか、呑気な口調で言った。

ご迷惑かもしれないけれど、自分の欲望には勝てずに話しかけてみる。

「あの、失礼でなければ抱き上げてもよろしいでしょうか」

「うむ、そうだね。別にかまわないんだが、でも、やっぱりイグルに頼もう。私は重いんだよ」

「大丈夫です」

イグル様に話しかけられているエセロは、今はこちらに注意を払っていない。

そんな会話を小声でしたあと、私は大きなウサギのラビ様を抱き上げた。

仰った通り、ずしりと重いけれど、毛は手触りがなめらかで、ついつい何度も撫でてしまいたくなる心地よさだった。

「触ってもかまわないよ。ルルにもね、そりゃあもう、何度も触られてね。昔は、目をね……。

うん、目とかね、デリケートなところはやめてほしいかな」

耳や鼻を動かして、周りに注意を払いながらラビ様がそう言ってくれたので、遠慮なく撫でさせてもらうことにした。

目をね……、の言葉の続きが気になるわ。もしかして、目潰しでもされそうになったのかしら。

そうこうしているうちに、いつの間にか人間の姿に戻ったルカ様と合流したところで、「こっちだ！　こっちに大きな犬がいるんだ！」と叫びながら、ワヨインワ侯爵令息が先生や守衛さんを連れてきたのだった。

◆◇◆◇◆

ミカナは1時間も経たないうちに、保健室のベッドで目覚めたんだそうだ。

彼女は大きな犬に襲われそうになったと先生たちに訴えて、精神状態が良くないと判断した学園から邸に連絡が行き、伯父様が迎えに来たそうだ。今日のところは大人しく、ミカナは家に帰っていったらしい。

私たちの方は、先生が来た頃に昼休みが終わるチャイムが鳴り、誰も怪我をしていなかったため、放課後に改めて話をすることになった。

そして放課後、私たちの話を聞いた先生たちが出した結論はこうだった。

それは、白ウサギを追って大きな犬が学園内に侵入し、ミカナたちに怖い思いをさせたあと、勝手にどこかへ行ったというものだ。

野犬かもしれないし、また人を襲ったら大変だということで、学園側が大きな犬を捜索しようとした。

でも、イグル様が「飼い犬が僕に会いたくて脱走して、ここまでやってきたんだと思います。そこでウサギを見つけて興奮してしまったんだと思います」と言うと、これも魔法の効果なのか、先生たちはすんなりと納得してくれた。

普通に聞いたら絶対におかしいと思ってしまうだろうけど、魔法の効果ってすごいわ。

ちなみにラビ様は、犬に襲われて人間に助けを求めた野生のウサギとして、学園の外に放された。

エセロは、ワヨインワ侯爵令息が校舎からガゼボまで、私を抱えて連れてきたという話を先生にしてくれた。

そして今日は、寮に戻って着替えを取ってきたルカ様と一緒に、ノルテッド家の別邸に帰ることになった。


「屋敷でも話せるけど、気になってるだろうし、今から話しても良いか？」

「お願いします」

「まずは、朝に話してた、俺とミカナ嬢がどうして婚約したかなんだが」

馬車の中で、向かい側に座ったルカ様は難しい顔で話を続ける。

「実はフローゼル家には、昔から黒い噂が流れている。俺とミカナ嬢との婚約は、フローゼル伯爵を牽制(けんせい)するためのものだった」

「ど、どういうことですか？」

「ノルテッド家が監視(かんし)してるぞ、だから、変な真似はするなというやつだ」

「じゃあ、ルカ様が寮に入ってまでこの学園に通っているのは、フローゼル家を牽制するためだったんですか？」

　尋ねると、ルカ様は大きく頷く。

「俺とミカナ嬢との婚約が決まった時点で、フローゼル伯爵は一度大人しくなったらしい。だから、警告は上手くいったと思われてた」

「一度というのは？」

「俺との婚約を簡単に破棄しただろ？　これははっきり言って予想外だった。ミカナ嬢の暴走にしたって、本来なら伯爵は止めるはずなんだ。だから何かあるのかもしれないと、リゼを連れ帰ったあの日、母上は動物の姿で屋敷の中を探った。そして、フローゼル伯爵の書斎で関係の良くない隣国の人間からの手紙を見つけた」

　ホワイトタイガーの姿で歩いていたのは、やっぱり大きな犬として記憶が操作されるからだったのね。ライラック様が人間の姿なら記憶の操作はされないし、使用人たちに見つかったら怪(あや)しまれてしまうもの。

「伯父様は一体、何をしているのですか？」

「さあな。大人の事情だとか言って、俺にはまだ詳しい内容を教えてもらえない」

「その相手は危険人物なんですか？」

「ああ。隣国の公爵だ」

ルカ様は一度、言葉を区切ってから話を続ける。

「婚約破棄された時に、ノルテッド家が舐められてはいけないという理由で、フローゼル家が経済的に厳しくなる状況に持っていったけど、今のところフローゼル家のダメージが少なすぎる。どこかからの援助があるんだろ」

それからルカ様が教えてくれたことを簡単にまとめると、ルカ様とミカナが婚約する前に、伯父様は隣国の誰かと違法な何かをしていた。それに気が付いたこの国の貴族が尻尾を掴むために動き出したけど、隣国側の妨害により、上手く証拠が掴めなくて捜査は難航した。

実は伯父様を監視する役目は、亡くなった伯母様だったらしい。そして、私の実の両親は、伯母様に協力していた。

私の両親がその事件に巻き込まれて亡くなったため、公爵家以下、辺境伯家以上の当主が集まり、相談した結果、新たな牽制手段としてルカ様が選ばれた。

ミカナに見合う年頃の子で、当時婚約者がいなかったのは、ルカ様だけだったからだそうだ。

「……リゼ」

話を聞いた私の目に涙が溜まっていることに気付いたルカ様が、眉尻を下げて見つめてきた。

「申し訳ございません。あの、ルカ様から聞いた話の感じだと、私の両親は誰かに殺されたのかもしれないんですね」

「まだわからない。ただ、その可能性はある」

「伯父様が私を引き取った理由はなんなんでしょうか？」

「……」

ルカ様は答えない。

私には伯父様、いえ、亡くなった伯母様以外、引き取ってくれる人がいなかったのね。その頃には祖父母も生きていた。だけど私を引き取ってくれなかったのは、彼らにとって厄介者だったからだわ。

伯母様が私を引き取って、両親の分も可愛がってくださったのは、私の事情を知っていたから？　そういえば、ミカナが、伯父様が私を引き取ったことには何か理由があるみたいなことを言っていたのを思い出した。

ミカナが詳しい話を知っているとは思えない。でも、兄のデフェルから何か匂わせるような話を聞いたのかもしれない。

「ルカ様、こんなことをルカ様に言うのもおかしい話かもしれないのですが」

「いいから言えよ」

「伯父様の悪事を暴きたいです」

「それは俺もそうだし、俺の家族も、リゼやリゼの両親に申し訳なく思ってる貴族たちも同意見だ」

ルカ様は大きく頷いてから話を続ける。

「というわけで、リゼには」

「ルカ様、申し訳ございませんが、私の婚約者になっていただけますか？」

私だけじゃ、あまりにも無力すぎる。甘い考えだと思うけれど、真相を暴きたい気持ちが一緒なら、お願いしても良いのではないかと思ってしまった。

「おい。それ、俺から言うべきなんじゃないのか？」

「えっ⁉　そうなんですか？　申し訳ございません！　私から口にするなんて厚かましすぎますよね⁉」

「いや、違う。まあ、いいや。これから、改めてよろしく」

「こちらこそ、よろしくお願いいたします！」

「いいから顔を上げてくれ」

慌てて頭を下げると、ルカ様の困ったような声が聞こえたので頭を上げる。すると、ルカ様の背中の後ろで尻尾が揺れていることに気が付いた。

平気な顔をしているけど、かなり動揺してるのね。

「ルカ様、尻尾が」

「えっ!?」

驚いたルカ様が背中で揺れている尻尾の先を確認すると、すぐに尻尾は見えなくなった。

それにしても、ルカ様の尻尾はズボンを破っているわけではないのに、綺麗に出てくるのだから、本当に不思議だわ。

「おかしいな。なんか今日は上手くコントロールできねぇ」

違う理由で不思議そうにしているルカ様が可愛く見えて、ついつい笑ってしまった。

4章　ノルテッド辺境伯令息の恋の自覚

ルカ様から詳しい話を聞いて、伯父様の悪事を暴きたいと本気で思った。

私の考えをルル様以外のノルテッド辺境伯家の皆さんに話すと、両親を守れなくて申し訳なかったと謝ってくれた。

ワヨインワ侯爵も含めた、事情を知っている侯爵家以上の高位貴族は、私から両親を奪ってしまったと思って、気にしてくれているそうだ。

改めて話を聞いたところ、私の両親には裏の顔があって、国の特殊機関に所属していたらしい。

伯父様の件については身内だったため、両親は担当していなかった。

それでも親戚付き合いでの関わりでわかったことを報告したりしていたので、それが隣国にバレて、暗殺されたのではないかと考えられている。

伯父様が気付いたのか、誰かが密告したのか、今のところ理由はわからない。

そして、私がルカ様の正式な婚約者になることに関しては、夕食を終えたあと、談話室でルル様にも伝えた。

「やはり、リゼおねーさまは、わたくしのおねーさまになる、うんめいだったのですわ！」

ルル様はとても喜んでくれ、興奮したのか猫の姿になって私に飛びついてきた。

喜んでもらえるのは嬉しいけれど、ここまで喜ばれると、婚約者になった理由が純粋な気持ちじゃないだけに申し訳なくなってしまう。

さすがにルル様には、私がルカ様の婚約者になりたいと言った理由を伝えることはできない。4歳の子供に真実を伝えるには内容が重すぎると、ジョシュ様たちが判断した。

だからルル様には、私とルカ様が望んで婚約者同士になったと伝えた。騙すようで気が引けるけれど、いつか、ちゃんと話せる日が来るだろうから、それまでは許してほしいと思った。

「リゼおねーさま、おにーさまはじょせいのきもちに、とっても、うといかたですから、なにかありましたら、ルルにいってくださいませ」

ゴロゴロと喉を鳴らして、ルル様が私の顎の下に頭を擦り寄せてくる。

ここまで懐いてもらえると、すごく嬉しい。ただ、猫のルル様は普通の猫よりもかなり大きめなので、座っているとはいえ重い。

重さに耐えきれなくて私の太ももが震え出す前に、ルカ様がルル様に声をかけてくれた。

「ルル、こっちに来い」

「おにーさま、やきもちをやいておられるのですか？」

「そうだな」

「それは、ルルにですか？　それとも、リゼおねーさまにですか？」

大人しくルカ様に抱きかかえられたルル様が尋ねた。

「どっちでもいいだろ」

「どっちもですか？」

「ああ、そうだな。俺も仲間に入れてくれ」

ルカ様はルル様の扱いに慣れているから、穏やかな表情で肯定する。ルル様はルカ様の頬に自分の頭をこすり付けてご機嫌そうだ。

「もちろんですわ。でも、ベッドでは、おにーさまに、リゼおねーさまをおわたししますからね！」

ルル様の言葉を聞いて、私とルカ様だけでなく、向かい側に座っていたライラック様たちまでもが、声にならない声を上げた。

「ルル様っ⁉　それはどういう意味で言ってらっしゃるんですか⁉」

「ルル、お前、深い意味はないよな？」

「ふかい、いみ？」

私とルカ様が尋ねると、ルル様は首を傾げる。

「ルル！　あなた、意味がわかって言ってるんじゃないわよね」

「ルル！　そんな言葉、誰に教わった？　イグルか？」

ライラック様とジョシュ様も焦った顔で尋ねた。ルル様はルカ様から離れ、ジョシュ様たちが座っているソファーに飛び移ってから答える。

「いいえ。イグルさまのおとうとの、シファさまですわ」

ルル様が答えると、ルカ様が私に耳打ちする。

「シファはルルより2つ年上で、ルルが好きなんだ」

「そ、そうなんですか？　なんだかドキドキしますね！」

兄弟で三角関係だなんて！　ルル様の2つ上なら、シファ様は6歳ということよね。ルル様と同じで意味はわかっていないだろうし、シファ様にそんな話を教えたのが誰かが気になるわ。

ルル様の発言であわあわしている大人たちを見ていると、両親のことを思い出して重くなっていた気持ちが少しだけ楽になった。

「ルカ、そういえば、今日は君のことで学園に行ってきたんだよ」

私を元気付けるためか、ウサギの姿になってくれているラビ様が、ソファーで立ち上がってルカ様に話しかけた。ルカ様はラビ様を抱っこして聞き返す。

「俺のことですか？」

「ああ。この家ができただろう？　だから、寮に入る必要はなくなった。君もここに住めば良い。お義兄さんは領地に帰らないといけないし、ルルも保育園に行かないといけないからね」

「ほいくえん？」

聞き慣れない言葉だったので聞き返すと、ラビ様は顔を縦に振る。

「平民の間で流行っているんだよ。共働きの親は小さな子供を家に置いて働きに出られないだろ？　親が働いている間、子供を預かってくれるところなんだ」

「貴族の場合は使用人なりナニーがいるから必要ありませんものね」

詳しく話を聞いてみると、辺境伯家は敷地内に保育園というものを作り、子供のことに関して深い知識を持った大人が使用人の子供たちの面倒を見る試みをしているらしい。

敷地内なら迎えに行くのも楽だし、お迎えが遅くても、お母さんなりお父さんなりの様子を確認しに行けるから良いでしょうね。

ルル様が眠りについたあと。私とルカ様の婚約の件を本格的に進めようということになり、明日、フローゼル家に確認を入れてもらうことになった。

そして、私たちより先に帰っていたラビ様によって、今日の出来事はワヨインワ侯爵家にはすでに連絡が入れられていた。

ワヨインワ侯爵家は、ノルテッド辺境伯家の別邸から早馬で数時間の距離にある。夜にはお詫びの手紙が届き、令息には罰を与え、ワヨインワ侯爵自らが謝罪をしに別邸を訪れると書かれてあった。

そのため、ジョシュ様の滞在がまた延び、ルル様ももう少しこちらに残ることになった。

留守中の仕事をしている、先代のノルテッド辺境伯夫妻にはとても申し訳ない。そのことを伝えると、私の責任じゃないから気にしなくて良いと、皆から言われた。


そして、次の日。ルカ様と一緒に登校すると、誰かが叫ぶ声が聞こえてきた。その声がどこから聞こえてくるのか確認しようとすると、イグル様が駆け寄ってくる。

「ルカ、リゼちゃん！　おはよう！　ワヨインワ侯爵令息の件なんだけど」

「おはようございます、イグル様」

「おはよう。どうかしたのか？」

「噂では昨日の夜のうちに学園長に連絡が行って、退学処分が決まったみたいだ」

「誰からの連絡だよ？」

ルカ様が訝しげな顔をすると、イグル様は苦笑する。

「ワヨインワ侯爵だよ。遠慮しなくていいから、息子を退学処分にしろってさ」

「じゃあ、もう二度とこの学園には来ないんだな？」

「そう思うだろ？　だけど、あれ見てよ」

私たちが入ったのは馬車で通学する人たち用の入場門だ。そして、その近くに、平民など、徒歩で通学する人たちの入場門がある。

そこにある守衛室の前で、ワヨインワ侯爵令息の叫んでいる姿が見えた。

「頼むよ！　退学処分を取り消してもらえるまで家に帰ってくるなって放り出されたんだ！　お願いだから中に入れてくれ！　学園長に会わせてくれ！」

ワヨインワ侯爵令息は、父親が退学処分を薦めたことを知らないみたいで、守衛室の前で泣きながら騒ぎ続けている。

「あの女、ミカナが悪いんだ！　あいつが女を連れてきてくれたら金をやるって言うから、金のためにやっただけなんだよ！　でもまさか、あの女がリゼ・トワラとは知らなかったんだ！」

トワラというのは、私がフローゼル家の養女になる前の姓だ。

ワヨインワ侯爵令息は、私がトワラ家だったとは知らなかったみたいね。

彼が小さい頃の話だから、知らなくても無理はない。知っていたらあんなことをしなかったのかと思うと、少しだけお気の毒だった。

ワヨインワ侯爵にしてみれば、高位貴族の間で語られていたトワラ家の私に手を出したとあって、余計に怒り心頭だったのかもしれない。

「こんなはずじゃなかったんだ！　お金を手に入れて、ギャンブルでスッた金を返したかっただけなんだ！　それなのに金はもらえないし、家まで追い出されるなんて！　このままじゃ街を歩けない！」

ワヨインワ侯爵令息は、通行を邪魔していることなどおかまいなしに、自分勝手なことを叫び続けている。

こんなはずじゃなかった？　それは残念でしたね。

やらなくても良いことをするから、痛い目に遭っただけじゃないの。

「行くぞ、リゼ」

「あ、はい」

「あいつも終わりだね。ギャンブルで借りた金を返せないとなっちゃ、命も危ないかも」

ルカ様に付いて歩き出すと、横に並んだイグル様が苦笑して言った。

「学生がギャンブルだなんて、法律違反をしたことは良くないですが、命が危ないと聞くと、あまり良い気はしませんね。それほどのことになったら、さすがにワヨインワ侯爵も助けてあげますよね？」

ワヨインワ侯爵だって、自分の息子が駄目な人でも、本当に危なくなったら助けるはず。親心ってそんなものかと思っているのだけれど、実際はどうなのかしら？

だけど、自分のお父様が自分のことを見捨てたということに気付いていないのもお気の毒だわ。かといって私も怖い思いをさせられたから、何の罰も与えられないというのは納得がいかない。

「リゼはもう気にしなくて良い。ワヨインワ侯爵令息のことを先生に聞かれたら、情けはかけずに、ちゃんと話せよ」

「わかりました」

「……なんか」

私が笑顔で頷くと、なぜかイグル様が、私とルカ様を不思議そうに交互に見てきた。

「なんだよ」

「いや、2人とも、なんか様子が違うような？」

イグル様の言葉を聞いて、私とルカ様は顔を見合わせる。

そういえば、私たちの話をイグル様には、まだできていない。

「こいつに言いたくねぇな」

「私から言いましょうか？」

「そういう問題じゃなくてだな」

「え、なになに？　もしかして、ルカとリゼちゃん、本当に婚約しちゃった？」

ありえないと思っておられるのか、イグル様がニヤニヤと悪い笑みを浮かべて言うと、ルカ様は目を細めて頷く。

「そうだけど、文句あんのか?」

「文句はない……って、え? ちょっと待って。その前の言葉をもう1回言ってくれる?」

「そうだけど」

「……あれ? え? どういうこと? 僕は聞いてないんだけど!?」

「言ってないから」

ルカ様がきっぱりと答えると、イグル様が説明を求めるかのように私を見てくるから苦笑する。

「えっと、昨日、学園が終わってから話をして、そういうことになりました。よろしくお願いいたします」

「ええーっ! いや、おめでたいんだけど、これからカップル2人の仲を邪魔して、ご飯を食べたりしないといけないなんて。いや、僕が一緒に食べるなんて、ただの邪魔者だし遠慮しないといけないよな。嬉しいけど、ちょっと寂しい」

イグル様が本当に寂しそうに見えてしまい、私とルカ様は慌てて声をかける。

「イグル様、今まで通りで大丈夫です! 世間体で前から私は婚約者だったわけですし、いきなり今日から一緒に食べないなんておかしいですよ」

「そうだよ。別に一緒に食えばいいだろ。あ、あと、俺は寮から出るから」

「なんで？」

「別邸に住むんだよ」

ルカ様が事情を話すと、イグル様は納得したように頷く。

「ああ。伯父上が帰られるのか」

「もう少し先だけどな」

そこまで話をしたところで、イグル様の教室の前にたどり着き、「また昼休みに」と言って別れようとした時だった。

「リゼ！」

エセロが教室から出てくると、私ではなく、ルカ様の方を見て言う。

「リゼと話をさせてもらえませんか」

「断る」

「でも、ミカナのことなんです！　リゼにも関わることですから！」

私とミカナはまだ姉妹のままだから、興味がないとは言いにくかった。

それに私にも関わるって、どんなことなのかしら？

私の気持ちを理解してくれたのか、ルカ様は不機嫌そうに言う。

「俺が代わりに聞く。リゼは先に教室に行っててくれ」

「わかりました」

ルカ様を巻き込んでしまうのは申し訳ない気がしたけれど、素直に頷いてお任せする。

「待ってくれ、リゼ！　君と話がしたいんだ！」

「リゼ、早く行け」

「……わかりました」

エセロはどうしても私と話したいみたいだけど、今の私はルカ様の婚約者なんだから、ルカ様以外の男性と2人で話すなんて絶対にありえない。

そう考えて、ルカ様にその場を任せて、私は先に教室に入った。

ミカナのことで話って言っていたけど、エセロは一体、何を話すつもりなのかしら？　ミカナに何かあったの？　それに私に関わることってなんなのかしら？

＊＊＊＊＊

「で、リゼに何を話したいんだ？」

廊下の端に寄って俺が尋ねると、ソファロ卿は眉根を寄せて、少し躊躇ってから話し始める。

「今日の朝、ミカナの家に行ったんです。あんなことをしたから、ミカナはもう、僕のことを嫌ってくれているだろうと思って」

「嫌ってくれているだろうと思って……って、あの時、わざと1人で逃げたのか？」

そこまで口にして、あの時、俺が豹の姿だったことを思い出して、思わず口を押さえた。でも、ここでも魔法は効果を発揮してくれたようだった。

「……話を続けても良いですか？」

「ああ」

「ミカナは僕のことを嫌うどころか、リゼを逆恨みしてるんです」

「逆恨み？」

「僕にあんな行動をさせたのは、リゼの命令なんだと思い込んでいるんです」

「どうしたら、リゼの命令ってことになるんだよ」

「わかりません。僕がミカナに嫌われようとしているなんて夢にも思ってないみたいです」

どうやらソファロ卿は、ミカナ嬢と縁を切ったら自分の家の状況が楽になるのではないかと思っているらしい。気持ちはわからないでもない。

ミカナ嬢と離れられただけで精神的にもかなり楽になりそうというのは、俺も実際そうだったから、気持ちは痛いほどにわかる。顔が可愛ければ誰でも良いという奴や、ミカナ嬢のような性格の人が好きなら別だが、そうでなければ、彼女をずっと相手にするのは辛いだろう。

「先日のように、リゼが狙（ねら）われるかもしれませんから、気を付けてもらいたいんです。リゼには危なっかしいところがありますから心配なんです」

ソファロ卿の発言を聞いてなぜか、胸がムカムカするような感じを覚えて、気持ちを切り替えるために大きく深呼吸する。

「忠告ありがとう。リゼは俺が守るから心配するな」

そう言って、ソファロ卿が何か言い出す前に背を向け、自分の教室へ向かった。

＊＊＊＊

ルカ様たちがどんな話をしているのか気になって、自分の席に着いてもずっとソワソワしていた。すると、そう時間が経たないうちに、ルカ様が教室の中に入ってきた。

席を立とうとすると、ルカ様は手で制して、私のところへやって来てくれた。

「どうでしたか？　エセロは何を言ってきたんでしょう？」

ついつい、答えを急かすように早口で聞くと、ルカ様は難しい表情になって教えてくれる。

「よくわかんねぇんだが、ソファロ卿はミカナ嬢に嫌われようとしてる」

「え？」

エセロの話をされるとは予想していなかったので聞き返すと、ルカ様は話を再開する。

「昨日、ソファロ卿がミカナ嬢を置いて逃げたのも、彼女に嫌われるためだったらしい」

「じゃあ、昨日、1人で逃げたのは演技だったと言うんですか？」

「そうみたいだ」

「嫌われて、ミカナから婚約を破棄してもらいたかったから、わざと逃げたと？」

「俺もよくわからないが、そういうことらしい」

エセロたちが大きな犬だと思っている動物が、ルカ様じゃなかったらどうするつもりだったの？

私にしてみれば、嫌われるやり方がちょっとおかしい気がする。命に関わるようなものだからこそ効果があると思ったのかもしれない。でも、あの時、ミカナが襲われていたら、余計に責任を取れと言われていたんじゃないかしら。

「リゼ、今話したのは、俺たちにとってはどうでもいいことで、本題はこれからだ」

「は、はい！　お願いします！」

「ミカナ嬢を置いて逃げるような真似をソファロ卿がしたのは、リゼのせいだと、ミカナ嬢は思い込んでるらしい」

「はい？」

聞き返した自分の声の大きさに驚いて、慌てて口に手を当てた。周りからの視線を感じて焦っていると、ルカ様は苦笑する。

「ここは人が多すぎるし、昼休みに改めて話すか。イグルも気になってるだろうしな」

「わかりました。でも、ミカナなら本気で私が指示したと考えていそうです」

ミカナのことだから、自分を置いてエセロが逃げるわけがないと思い込んでいるんでしょうね。

ミカナの恨みが私に向けられるなら、受けて立つしかないのかもしれないけれど、今回に関してはエセロのやり方も悪いと思う。だから、正直に言えば、エセロになんとかしてほしいと思ってしまった。

そして昼休みになり、改めてルカ様からエセロとミカナの話をしてもらった。ルカ様が一通り話し終えたところで、私は口を開く。

「ミカナのことですから、どうせ大したことはできないと思います。でも、伯父様やデフェルのバックにいる人たちが入れ知恵をすれば別です」

「その可能性はあるよね。辺境と辺鄙の違いもわからないお馬鹿さんたちだったから、悪い奴らの言いなりになる可能性はある」

「でも、悪い奴らがリゼにこだわる必要はないだろ？」

ルカ様の言葉に、私とイグル様は顔を見合わせて頷き合う。

「そうですね」

「そう言われてみればそうだね」

その後、少し考えてからルカ様に尋ねてみる。

「ミカナが私を恨んでいることについてですが、伯父様かデフェルが、ミカナに何か言った可能性が高いということでしょうか？」

「だろうな。昨日の晩から今朝にかけてミカナに接触できるのは、家族か使用人くらいだし」

ルカ様の言葉を聞いた私は、伯父様たちはミカナに何を言ったのだろうと、気になって首を傾げた。

◆◇◆◇◆

エセロからミカナの話を聞いたその日の晩、ルル様にせがまれてウサギの姿になったラビ様が、談話室でソファロ家のことを話してくれた。

「僕がこっちに来たのは、義兄と入れ替わりということもあるのだけど、手配したものが上手くいっているかの確認に来たのだよ」

パッチワーク柄のソファーに、私とルル様が並んで座り、ルル様の膝の上にラビ様が乗っている。

というか、ルル様の上半身よりもラビ様の体は大きいので、ルル様の太ももにお腹を乗せて、ラビ様はだらーんとなっている感じだ。

「上手くいっているかの確認、ですか？」

「そうだよ。実は君とルカのことがあってから、ソファロ家の系列の店で働いている人たちに転職の意思はないかを確認していたんだ」

「そうだったのですね」

取引再開後は、特に何もしていらっしゃらないと思っていたけど、実際は違ったのね。

「望むなら他家や違う店に斡旋するという話を持ちかけたら、大勢が店を辞めても良いと言ったのだよ。だから、無理に辞めさせたんじゃないから安心していいよ」

「でも、どうして今になってそんなことをされたんですか？　もうソファロ家から手を引くはずだったのでは？」

「うーん、そうだね。ソファロ伯爵夫妻がふざけた話をしてこなければよかったんだよ」

「ふざけた話？」

「君と再婚約をしたいと言ってきたあと、もうその話はしないと言っていたのに、まだしているようだったのでね」

ラビ様に言われて思い出した。かなり前の話だと思っていたけど、そう昔でもないんだと実感する。それなのに、エセロは私に復縁したい素振りを見せてきたのよね。話を覚えていないなんてことはないはずだわ。

「ソファロ家の息子くんに君と再婚約することを諦めた様子が見えなかったから、契約違反と見なされたのだよ。もしかすると、親の方もミカナ嬢より君と結婚させた方が良いと思っていて、わざと止めなかったのかもしれないね」

「再婚約の話をするなと言われていたことを、エセロは知らなかったということでしょうか」

「その可能性があるね。さっきも言ったけれど、君と結婚させたいから、わざと言わなかったのかもしれない。知らなかったとしたら気の毒だね。でも、悪いのはそれを伝えなかった両親だよ。リゼが気にする必要はない」

「……ソファロ家はどうなるのでしょうか？」

「新たに商売を始めるか、こぢんまりとした店を作って再出発するかだけど、人は集まりづらいと思うよ」

ラビ様が言い終えたところで、ルル様が膨れっ面をしてラビ様の背中を撫でながら言う。

「ノルテッドけやリゼおねーさまにたいして、しつれいなたいどをとるからですわ！」

「ありがとうございます、ルル様」

私のために怒ってくれているとわかったので、素直に礼を述べた。

「わたくしはなにもしておりませんわ！　ただ、リゼおねーさまのおこころがしんぱいです」

「ありがとうございます。私はもう、大丈夫ですから」

エセロへの気持ちはだいぶ薄れているし、彼のことで、心が揺れることはもうない。

ソファロ家に対する制裁が始まっていたことには驚いたけれど、従業員の人が路頭に迷うことはないようだから安心した。多くの人がノルテッド家から紹介してもらった店で働けることになり、条件が合わなかった人は、自分で就職先を見つけてお店を辞めたとラビ様は教えてくれた。

皆、辺境伯家に対抗するより、契約違反をした伯爵家を敵に回した方が良いと考えたのかもしれない。

これで、ソファロ家が私と再婚約をしたいなんて二度と言わないはずだし、これ以上馬鹿なことをしなければ立ち直っていけるはずだわ。

次の日の朝、廊下でエセロと顔を合わせたけれど、特に何も言われることはなかった。ミカナは今日も来ていなかったから、明日の朝までに、ミカナのことを相談してくれるのだと思っていた。

でも、実際は違った。エセロは私たちとゆっくり話をしたかっただけだった。

放課後、ルカ様と一緒に教室を出ようとした時、ルカ様が無言で歩を早め、私よりも先に教室を出た。

そんなルカ様の行動を不思議に思っていると、すぐにその理由がわかった。

「俺に話か？」

「ノルテッド卿とリゼに話があるんです」

エセロの声が聞こえたので教室の中から廊下を覗くと、エセロと目が合ってしまった。

すると、彼は突然廊下に両膝をついて、私とルカ様を交互に見上げて叫んだ。

「どうか、もう許してください！　どうすれば許してもらえますか⁉　リゼと婚約破棄したことが許せないのですか。それとも、よりを戻したいと思ったことが駄目なんですか⁉」

人が少なくなっていたとはいえ、廊下には人の通りが多かった。多くの視線が集まる中、エセロは訴える。

「こんなことになるだなんて思ってなかった。あの時は、ミカナと結婚することが最善だと思っていたんです！　こんなはずじゃなかったのに！　謝れというのなら何度でも謝ります。だから、もうこれ以上はっ」

エセロは涙を流して、額を廊下に何度もぶつけて謝ってくる。

「エセロ、立って。あなたたちが馬鹿なことを考えないなら、ノルテッド家の人たちだって何もしないわ。そうですよね、ルカ様」

さすがに黙って見ていられなくて、ルカ様の隣に行って尋ねる。ルカ様は私の問いかけには答えず、苦虫を噛み潰したような顔をして言う。

「とにかく場所を変えるぞ。元々はソファロ家が契約違反で制裁を食らっただけなのに、このままじゃ、俺たちが悪者だからな」

「契約違反？」

エセロはやっぱり何も知らないようで、流れる涙をそのままに顔を上げてルカ様に聞き返した。

「知らなかったのかよ」

ルカ様はため息を吐いてから、ソファロ伯爵とジョシュ様が交わした契約についてエセロに簡単に話をしたのだった。

ルカ様の話を聞いたエセロは、「僕のせいだったなんて」とショックを受け、詳しい説明を求めた。

この場で話せるような内容ではないということで、ルカ様は学園内のカフェテリアにエセロを誘い、彼も了承したため、話す場所を移すことになった。

ルカ様は私に先に帰っても良いと言ってくれたけれど、やはり気になったので一緒に話を聞くことにした。

エセロの様子がよっぽどだったから、さすがに、じゃあ、あとはルカ様にお任せしますだなんて言えなかった。そんなにもソファロ家は危ない状態なのかしら？

「かなり切羽詰まっている様子だったけど、今、あなたの家はどんな感じなのか教えてもらえない？」

エセロに話を促すと、今までに起きたことを簡単に説明してくれた。

従業員はいきなり辞めていったわけではなく、少し前から辞表を出していたらしい。大勢が仕事を求めている世の中だけれど、給仕はともかく料理人となると、なかなか、代わりの人間が見つからなかった。そのため、何店舗かの従業員を1店舗にまとめて営業することにしたんだそう。

その時点で、私に未練がある素振りをエセロが見せなければ、被害はそこまでで済んだ。でも、ルカ様からエセロの話を聞いたノルテッド家は、ソファロ家が契約違反をしたという話を貴族の間に広めた。

そして、ソファロ家の違反を知った貴族が店に通うのをやめてしまったので、それまで頑張ってくれていた料理人や給仕の人たちも、お客様が来ないのであれば、自分たちが頑張る必要もないということで店を辞める決断をしたようだった。

そこまで話すと、エセロは白いティーテーブルに両肘をつき、顔を両手で覆って、また泣き始めてしまう。

「全部、僕が悪かったんだ」

「元々はな。だけど、契約のことは両親から何も聞いてなかったんだろ？」

「はい。許してもらえたとしか聞いていませんでした。でも、そんなことは言い訳にもならない」

エセロは頬から顎に涙を伝わせて首を横に振った。

「で、ソファロ卿はリゼを諦めるのか？」

「そうすれば、僕の家は助けてもらえるんですか？」

エセロが顔から両手を離し、震える声で尋ねた。すると、ルカ様は胸の前で腕を組んで答える。

「どうして、お前が交渉できる立場にあると思えるんだよ」

「申し訳ございません。あの、リゼのことを忘れますので、助けていただけませんか」

「大人の事情でってやつだからなんとも言えないけど、リゼに関わろうとしないと言うんなら、これ以上手出しはしないと思う。ノルテッド家だって敵を増やしたいわけじゃないしな」

「ありがとうございます」

エセロは服の袖で涙を拭ってから、私を見て言葉を続ける。

「リゼ、本当にごめん。僕の精神が弱かったから、君を傷つけた。ミカナにも悪いことをしているし、自分の家も無茶苦茶にしてしまった。お祖父様たちが守り続けてきた家なのに」

私を真っ直ぐに見つめるエセロの目は、私が好きだった頃の彼に戻っている気がして、彼の中で色々と吹っきれたのだと感じた。

彼にとって大事なのは、恋愛ではなく家族だとわかり、納得できたようなそうでないような複雑な気分になった。

そんな気持ちを振り払って、エセロに尋ねてみる。

「立て直せそう？」

「厳しいから、僕も学園をやめて働くよ」

私とルカ様は思わず無言で顔を見合わせた。

もちろん、エセロがまったく悪くないとは言えない。でも、両親が彼に契約内容を伝えていればならなかったことなんだから、私としてはこの件で彼を責める気にはならなかった。

「もう一度、聞くけど、ソファロ卿は本当にリゼを忘れられるのか？」

「はい。そうしなければ、ソファロ家を守れませんから」

「ミカナのことはどうするの？」

私が尋ねると、エセロは苦笑する。

「僕の家が危ないと知ったら、フローゼル伯爵は黙っていないんじゃないかな。あの方はお金が好きそうだから」

「そうかもしれないわね」

頷くと、向かいに座っているエセロが、なぜか私の額のあたりを凝視(ぎょうし)した。

「何？　何か、おかしなことを言ったかしら？」

「違うよ。髪にゴミが付いてるから」

「え？　本当に？」

自分では何も感じていなかったので、額に手をやり、ゴミらしきものを探す。

「この辺かしら？」

「いや、もう少し右かな」

「え？　どこ？」

つい、昔のような関係の口調で話をしてしまっていると、エセロが苦笑する。

「ゴミを取るだけだから、触れてもいいかな？」

「えっ」

声を上げた時にはエセロの手がこちらに伸びていた。

「別にお前が取らなくてもいいだろ」

私が何か反応する前にルカ様がエセロの手を掴んで動きを止めさせた。そして、空いている方の手で、私の髪に付いていたゴミを取ってくれる。

「取れた」

「ありがとうございます」

礼を言うと、ルカ様はエセロの手を放した。

「……もしかして、ノルテッド卿は」

エセロが何か言いかけて、そこで言葉を止めた。ルカ様が少しだけ不機嫌そうな顔で尋ねる。

「俺がなんだ？」

「いえ、なんでもありません」

「気になるだろ、言えよ」

「いや、この場で言うのは、ノルテッド卿には良くないかと」

「どういうことだよ」

「気になりますか？」

エセロの聞き方に苛立ったのか、ルカ様は少しだけ声を荒げる。

「気になるから言えって」

「……では、こちらへ」

エセロはルカ様を連れて、私からだいぶ離れたところに行って、ルカ様と話を始めた。すると、少ししてからルカ様の「はっ⁉」とか「えっ⁉」という、何かに驚いているような声が聞こえてきた。

それからしばらくして、エセロと一緒に戻ってきたルカ様の表情は、どこか複雑そうなものだった。

「何か嫌なことを言われたんですか？」

「違う。帰るぞ」

ルカ様は椅子に置いていた自分と私の鞄を持って歩き出す。

「ルカ様？　どうかされたんですか？　ねえ、ちょっと、エセロ、どういうこと？　ルカ様に何か失礼なことを言ったの？」

「失礼なことではないと思う。だけど、それが何かは僕が言うことじゃないからね」

エセロは苦笑して、ルカ様が歩いていった方を手で示す。

「待ってるから早く行った方がいいんじゃないかな」

振り向くと、ルカ様が立ち止まって、私の方を見つめていた。これ以上待たせてはいけないと思い、慌てて立ち上がる。

カフェの代金は、学生証のナンバーをお店の人に伝えれば、あとで各家に請求されることになっている。だから、今すぐにお金を払う必要はないので、エセロに挨拶だけしてルカ様の元に急いだ。

「エセロに何を言われたんですか？」

馬車に乗り込んだのはいいものの、長い沈黙が続いた。そして、とうとう我慢しきれなくなった私は、組んだ足の膝に肘を載せて頬杖をついているルカ様に尋ねた。

「……言われたのは言われた」

そう言って、ルカ様は窓の方に向けていた顔をこちらに向けた。

「私に話せないことですか？」

「……そういうわけじゃねぇけど」

言葉通りに受け取ることはできなかった。本人は気付いていないようだけれど、明らかに動揺していることがわかったので、話題を変える。

「ソファロ家のことは、別邸に帰ってからお話しされるのですか？」

「そのつもりだけど、どうかしたのか？」

「いいえ」

話題を変えてみたけれど、あまり意味がなかった。

ちゃんと伝えた方がいいのかしら。でも、もう少し見ていたい気もする。

今のルカ様は、頭には三角の耳、背中の後ろには長くて黒い尻尾の先が見えていて、とても可愛らしかった。

エセロとの一件から数日経ち、ワヨインワ侯爵からの謝罪も受けた。そのため、ジョシュ様だけが領地に戻っていかれた。
ルル様が帰らなかったのは、まだここにいたいと駄々をこねたからだ。
ワヨインワ侯爵令息のレア様は、結局学園に復帰できず、今は世間的には行方不明という扱いになっている。でも、ワヨインワ侯爵は居場所を把握しているみたいで監視を続けていくらしい。

ソファロ家が二度と契約違反をしないと誓ったため、ノルテッド家はソファロ家を支援することを決め、ラビ様はこちらに残ることになった。

なぜ、ソファロ家を支援することになったかというと、フローゼル家の内状をエセロに探ってもらうことにしたからだ。

今のところミカナは、私に何かしてくる素振りを見せていない。エセロが上手く止めてくれているのだとルカ様から聞いた。

ミカナが何を考えているのかわからないので、そのことで心配なのは確かなんだけれど、それよりも今の私には気になることがあった。それはルカ様のことだった。

ここ最近のルカ様は精神的に不安定なのか、私と2人きりの時に、なぜか耳や尻尾が突然出てくるようになった。

私以外に人がいないから良いのだけれど、外ではルカ様に話しかけない方が良いのかもしれないと思うようになってきた。かといって、これだけお世話になっているのにルカ様を避けるなんてできないし、ライラック様たちに相談してみることにした。

「私、ルカ様に嫌われるようなことをしてしまったんでしょうか」

学園が休みの日のティータイムの時間に、お茶を飲みながらライラック様とルル様に話をしてみると、なぜか2人はにんまりと笑ってから首を大きく横に振る。

「ふふ、嫌われるようなことはしていないと思うわ」

「そうですわ！　きらわれるようなことは、ぜったいにしておられませんわ！」

「それは間違いないから安心して。ねえ、リゼさん、どうしてそんなことを思ったのか、詳しく聞かせてほしいわ」

ライラック様が満面の笑みを浮かべているので、何が面白いのだろうと疑問を覚えた。でも、1人で悩んでいても解決できそうにないので、最近のルカ様の様子を正直に話してみることにした。

「ルカ様は最近、私と2人でいると尻尾や耳が出るんです。誰かに見られたらどうしようかと思って心配で」

一部分だけ獣化（けものか）することをルカ様たちは半獣（はんじゅう）状態と言っておられて、その時は記憶操作が甘くなることがあると聞いた。だから、とても不安になってしまう。

「リゼさんは気にしなくても大丈夫よ。半獣化すると、その分、聴覚も嗅覚も良くなっているから、人の気配にすぐに気付けるの。だから、誰かに見られる危険があれば、一瞬で元に戻るはずよ。そういう風にコントロールしてきたから」

ライラック様は優しく微笑んで言葉を続ける。

「ルカはリゼさんに心を許しているから、気を抜いてしまっているんだと思うわ」

「ルカ様が私に心を許してくれている」

胸がほんのり温かくなったような気がして、不意に笑みがこぼれる。

「そうだったら嬉しいです」

「おにーさまもまだまだ、さきはとおいですわね！」

「そうね」

ルル様の言葉にライラック様が頷いた。

お二人が何を言っているのかはわからないけれど、ルカ様が大変だというなら、私がサポートしないと！

「ルカ様の目的に少しでも早く近付けるように、力になりたいです！」

「リゼさんは何もしなくても大丈夫よ」

「そうですわ。おにーさまにがんばってもらいましょう！」

お二人はルカ様に厳しい気がする。

やはり、家族だからかしら？

そういえば、聞いても良いのかわからないけれど、気になっていたことがあるので聞くことにした。

「あの、ずっと聞いてみたかったことがあるのですが」

「何かしら？」

言ってはみたものの失礼に当たるかもしれないから躊躇していると、ライラック様は笑顔で先を促してくれる。

「答えられるものは答えるし、答えたくないものは答えないから、遠慮なく言ってちょうだい？」

「ありがとうございます。では」

言葉を区切ってから、ライラック様に尋ねる。

「どうして、ジョシュ様がノルテッド家を継がれることになったんですか？」

「ああ、そのことね」

笑顔で頷いてくれたので、ライラック様にとって聞かれたくないことではなかったようでホッとする。

公式に発表されていないせいで、社交界ではジョシュ様が入り婿になったのは、ラビ様は当主には向かないと判断されたからではないかという噂が流れていた。

でも、どんな方かラビ様を知った私からすると、そんな風には思えなかった。ラビ様の体型は戦闘向きではない。でも、その分を頭脳面で補っているし、弓の名手でもある。性格は穏やかで優しいけど、厳しい時は厳しい。だから、跡継ぎに適していないとは思えなかった。

「リゼさんならわかると思うのだけど」

ライラック様が話し始めた時、談話室の扉がノックされた。

ライラック様とルル様はぴくりと反応したあと、満面の笑みを浮かべる。

「今のお話の続きはあとにするわね。まずは用件を聞きましょう」

ライラック様はそう言ってから、ノックに対する返事をした。扉を開けて、中に入ってきたのはルカ様だった。

制服姿じゃないルカ様は、シャツとパンツ姿というラフな格好ではあるけれど、イメージが違って、とても素敵だった。

顔は良いのに、あまりモテていないのは、婚約者もいたし、いつも仏頂面をしていらっしゃるからでしょうね。

「あら、ルカ！　どうしたの？　リゼさんに会いたくなった？」

「うふふ、おにーさまったら」

「違う！　リゼに用事があったんだよ！」

ルカ様は眉根を寄せたあと、私に押し花の付いた封筒を差し出してきた。

「封を開けて危険なものが入ってないのは確認した。リゼ宛てだから持ってきたんだ。読まないなら俺が代わりに読むけど」

「ありがとうございます。誰からでしょうか？」

ルカ様から封筒を受け取り、差出人を見ると、ミカナの名前が書かれていた。

「誰からなの？」

驚いて動きを止めてしまった私に、ライラック様が不思議そうな顔をして尋ねてきた。そして、私が答える前に眉根を寄せて言う。

「この匂い、私が踏みつけた女性のものに似てるわ。リゼさんの従姉妹（いとこ）のミカナさんじゃないかしら？」

「そうです」

嗅覚は犬よりも猫の方が上らしく、ネコ科であるライラック様も嗅覚は良い。ルル様ももちろん良いのだけれど、ルル様はミカナと会ったことがないから、匂いに気付かなかったみたいだ。

「ミカナさまというのはおにーさまのこんやくしゃで、リゼおねーさまをいじめたひとですわよね？」

「そうよ」

ライラック様が頷くと、ルル様はぷうと頬を膨らませる。

「おにーさまには、よいけっかになりましたけれど、やはり、ゆるせないものはゆるせませんわね！」

ルル様がそう言って勢い良く立ち上がったので、ライラック様が首を傾げる。

「どうしたの、ルル」

「わたくし、ミカナさまのところにいって、おおきめのネコパンチをしてさしあげますわ！」

ルル様の言う、大きめのネコパンチというのは、大きめの猫に変身する意味だと思われる。

両拳を握りしめて訴えてくれる姿はとても可愛らしいし、そう思ってくれる気持ちも嬉しいけれど、私は首を横に振る。

「ルル様のお気持ちは嬉しいですが、ミカナには近付かないでください」

「そうだぞ。猫の姿で捕まったらどうするんだ。あの家には、もっと嫌な奴もいるんだぞ」

「ルカ様の言う通りです。ミカナもそうですが、ミカナの兄のデフェルは動物が好きではありません。もし捕まったら、何をされるかわかりませんから」

ルカ様と私が止めると、ルル様は不服そうに足をバタバタさせる。

「わたくしも、リゼおねーさまのために、なにかしたいんですの！」

「ルルのことは気にしなくていいわ。それより、何が書いてあるのかしら？」

ライラック様がルル様をなだめながら尋ねてきた。

手紙をこの場で読むべきか迷ってしまう。嫌なことが書いてあったらどうしよう。

逡巡していると、ルカ様が隣に座って手を伸ばしてきた。

「俺が読む」

「い、いえ！　大丈夫です！」

ルカ様に迷惑をかけるわけにはいかないわ。

意味のない手紙なら燃やせばいいし、もしかしたら謝罪かもしれないって、そんなわけないわよね。

手紙を取り出し、内容に目を通してみる。

書かれていたのはこんな内容だった。

「　親愛なるリゼへ

あの時はごめんなさいね。

なんだか悪いことをしてしまったと思っているわ。

たとえ叶(かな)わぬ恋だとしても、あの場で言うことではなかったわよね。あなたには最悪なことをしたと思っているわ。

恋する乙女の暴走だと思って、ガゼボの件は許してもらえたら嬉しい。
ロマンティックな夢を見ちゃったの。
幸せな夢を見るくらい良いでしょう。
大変なことになってしまって申し訳ないと思っているわ。
今も申し訳ない気持ちで一杯よ。謝りたいの。お茶会に招待するから来てね？

あなたの姉のミカナより　」

最初に読んだ時は、ふざけた謝罪文としか思えなかった。だけど、しっかり読み直すと、そうじゃないことがわかった。

「何を考えているのよ」

呟いてから、何か言いたげに私を見ているルカ様に手紙を渡す。ルカ様が手紙を読んでいる間に、私は手紙と一緒に入っていた招待状を取り出した。宛名は書かれておらず、お茶会の日時と場所だけが書かれていた。

場所はフローゼル家のティールーム。日時は7日後のティータイムの時間だった。

「思っていた以上にミカナ嬢は馬鹿だな。こんなこととして気付かれないと思ってるのか？　なんの意図があってこんなこと書いたんだ」

「わかりません。気付かれても良いと思ってるのかもしれません。私が傷つくと思っているのかも？」

「リゼさんが手に持っているのはなんなの？」

ルカ様に答えると、今度はライラック様から尋ねられた。テーブルに身を乗り出して招待状を手渡す。

ライラック様は、「宛名が書かれてないのね。これ、誰が行ってもいいんじゃないかしら」と呟いた。

それを聞いたルカ様が慌てた顔をする。

「まさか、母上が行くんじゃないだろうな」

「だって、招待状だけだと、お茶会に出席して良いのはリゼさんだけじゃないと駄目だなんてわからないじゃない？」

「リゼ宛ての封筒に入ってたんだろ？」

「私はそれを知らなかった。たまたまこの招待状がテーブルに置いてあるのを見たから、でいいんじゃないかしら？」

うふふ、とライラック様が悪い顔をして笑う。

「本当に行く気かよ。厳しいだろ、そんな言い訳」

「じゃあ、私も行きます！　ライラック様に一緒に来てほしいと、私がお願いしたことにします。同伴者は駄目とは書かれてませんから」

「では、わたくしもいきますわ！」

ルル様が勢いよく手を挙げたので、ルル様以外の全員が反対する。

「お前は駄目だ。お前が行くくらいなら俺が行く」

「なにをいっているんですか、おにーさま。このくにのおちゃかいは、きほん、じょせいのあつまりのばです！　だんせいがいってはいけないというきまりはありませんが、うきますわよ！」

「それは、そうかもしれねぇけど」

「ルルは連れていかないけれど、ルカがそんなに心配だというなら、ラビを連れていくわ。ウサギの姿になってもらえばいいでしょう」

ライラック様に言われたルカ様は眉根を寄せて、私に尋ねてくる。

「お茶会に動物は参加可能なのか？　相手は動物嫌いなんだろ？」

「何を言ってるのよ、ルカ。相手は善良な人間じゃないのよ？　動物が嫌いだとわかっていて連れていくのがいいんじゃない？　アレルギー持ちならやめるけれど」

私の代わりに答えたライラック様と答えをもらったルカ様が私を見てきたので、苦笑して首を横に振る。

「フローゼル家に動物アレルギーがある人はいません」

「なら、良いわよね。大丈夫よ、ルカ。せっかく我が家に嫁に来てくれるリゼさんを、私が守れないと思ってるの？」

「い、いや、そういう意味じゃねぇけど」

ルカ様はちらりと私の方を見たあと、ライラック様に手紙を渡す。

「これは脅迫状ですから、これで攻められるでしょう。それなのに行くんですか？」

「……まあ！　謝罪文かと思ったけれど、本当ね。ミカナさんって本当にプライドの高い人なのね。そんなに謝るのが嫌なのかしら」

「私に謝りたくないのでしょう。これは証拠になりますよね？」

「もちろん。ちゃんと取っておかないと駄目ね」

「わたくしも、もじがよめるようになりましたので、よみたいですわ！」

そう言って、ルル様はライラック様に手を伸ばしたけれど、さすがに手紙は渡されなかった。

「子供が読むものじゃないわ」

「おにーさまもこどもです！」

ルル様は文句を言い、最終的には泣き始めてしまった。でも、さすがにこの手紙は見せられない。

すぐにはわからないようにしてあるけれど、ミカナは手紙の中で私を脅迫するような言葉を書いていた。

「リゼさん、いつまでもあなたを危険な状態にさせておきたくないの。だから、このお詫びのお茶会というやつで、ミカナさんとの関係を終わらせることにしましょうね。あと、わかっていると思うけれど、ゆっくりとお茶を飲むつもりはないわ」

「わかっています。それに、ミカナとの決着は自分でつけます」

ライラック様に頼ってばかりじゃいけない。自分でミカナと決着をつけなくちゃ。

5章　フローゼル家のお茶会

その日のうちに、お茶会に出席するという返信をミカナに送った。

フローゼル家よりもノルテッド家の方が格上だから、事前に連絡をせずにライラック様たちと一緒に行ったとしても、フローゼル家は私を責められない。

それに、なんの連絡もなく、勝手に人を連れてきたという噂が流れたとしても、他の高位貴族は事情をわかっているから、何も言わずに悪い噂を払拭してくれるはずだ。

問題は、全ての高位貴族が王家に協力する派閥ではないということだけれど、今はそのことは考えないでおく。今私が考えないといけないのは、ミカナは何か仕掛けてくるだろうから、その罠にはまらないようにすることだった。

現状、エセロとミカナは表向きには上手くいっていて、ルカ様がエセロから情報を仕入れてくれている。でも、お茶会でミカナが何を企んでいるかまではわからないみたいだった。

ミカナだけで考えた計画なら、くだらないものだろうから良いとしても、他の誰かが介入しているのなら楽観できなかった。

そして、お茶会の日がやってきた。

お茶会での意地悪としてよくあるのは、お茶をかけられることだと聞いた。ミカナのことだから、そのことを知っていたら、あからさまに私にお茶をかけてくる可能性がある。

その対策として、ラビ様を抱きかかえて出席することになった。

ラビ様は巨大ウサギなので、お顔も体も普通のウサギに比べてかなり大きい。

抱きかかえると、私の顎のあたりにラビ様の顔があるという感じなので、まるで子供を抱きかかえている感じだった。

この状態だと、頭からお茶をかけられない限りは、ほとんどラビ様にかかってしまうことになる。申し訳ないけれど、ライラック様の提案だということと、ラビ様自身からも申し出てくださったので、素直に抱かせてもらうことにした。

鼻をひくひくさせて耳を動かしている仕草が可愛くて、こんな時だというのに癒やされてしまう。

久しぶりのフローゼル家は、庭の手入れがされておらず、小道やポーチの階段付近には雑草が生えていた。庭師はみんな、ノルテッド家の別邸に来ているから、庭を手入れする人がいないのかもしれない。

出迎えてくれた使用人は見たことのない人で、やってきたのが私だけじゃないと知って焦り始めた。

そして、私たちをティールームに案内することなく、ミカナの指示を確認するために屋敷の奥に戻っていってしまった。

「お客様をエントランスホールに立ちっぱなしで待たせるだなんて」

ライラック様が大きく息を吐き、下ろしている髪をかき上げた。

「申し訳ございません、ちゃんと教育ができていないようです」

「リゼさんが謝ることじゃないわよ。きっと、この家に勤めたがる人間がいないから、メイドの仕事をしたこともない人を雇っているのかもしれないわ」

「そして、その人を教育する人もいないということですね」

そんな話をしていると、バタバタと足音が聞こえてきた。ミカナかと思ったら現れたのはデフェルだった。

「よお、リゼ。……おっと、失礼しました。ノルテッド辺境伯夫人もおいでてでしたか。ようこそフローゼル家へ。歓迎いたします」

デフェルはライラック様に向かって恭しくお辞儀をした。

「フローゼル卿ね。歓迎していただけて光栄だけれど、私たちはいつまでこうしていればいいのかしら？」

「茶会を催す場所まで、夫人をメイドがご案内します。それからリゼ、お前はこっちへ。っていうか、そのでかいウサギはなんなんだよ。お茶会に連れてくんなよ」

「私はミカナに呼ばれてここに来たの。あなたに用事はないし、ウサギを受け入れてもらえないというのなら、私は帰るわ。別にミカナにも会いたいわけじゃないもの。それから、あなたとも一緒にいたくないしね」

デフェルの魂胆なんて目に見えているから冷たく突っぱねると、彼は一瞬、表情を歪めた。でも、すぐに平静を装って話しかけてくる。

「そんなにイライラしないでくれよ。俺もお前に悪いことをしたと思ってるよ。ほら、ノルテッド辺境伯夫人も困ってるだろう」

そう言って、デフェルはライラック様の方に視線を向ける。視線を向けられたライラック様は小首を傾げた。

「私にしてみれば、リゼさんを連れていこうとしているあなたの存在に困っているのだけれど？」

「え!?　あ、いえ、その、リゼに少し、用事がありまして。ほら、リゼ、とにかく来い」

焦りながら、デフェルが私に向かって手を伸ばしてきた時、私の肩に顔を載せて、デフェルには後頭部を見せていたラビ様がデフェルに向き合う体勢をとった。

「あ、なんだよ、このウサギ。いっちょまえにボディガード気取りかよ。それにしてもでかいな」

一瞬、躊躇したデフェルだったけれど、ラビ様に触れようとでもしているのか、私の肩の方に手を伸ばした。

ガブリ。

そんな擬音(ぎおん)が聞こえてきそうな勢いで、ラビ様が躊躇なくデフェルの指を噛んだ。

「ぎゃあああっ！　いってぇっ！　なんだっ！　この力っ！　ウサギのくせに。うわあっ！　血がっ、血が出たああぁっ！」

デフェルはぎゃあぎゃあ喚(わめ)きながら、手を洗いにでも行くのか、それとも誰かに手当てをしてもらうつもりなのか、屋敷の奥に向かって走っていく。

「ウサギのくせにと言うが、ウサギの噛む力は強いのだよ。……ふむ。口をゆすぎたいので、あとで水をもらえるかな？」

「今すぐの方が良いのであれば、馬車で待たせているライラック様の侍女が水を持っているはずです」

「そうだね。今すぐの方が良いかな。馬鹿が感染してはいけないからね。それに、しばらく待たされそうだ」

「わかりました」

一度外に出て、ラビ様が口をゆすがれたあと、急いで屋敷の中に戻った。

するとエントランスホールで、ミカナが腰に両手を当てて待ち構えていた。

「な、なんなのよ、そのでかいウサギ！　前にも見たような気がするけど、そんなに大きかった⁉」

「ガゼボにいたウサギじゃないわ」

本当は同じなのだけれど、ミカナの記憶の中では小さなウサギになっているみたいなので、そう答えた。

ミカナは私の隣にライラック様がいるにもかかわらず、挨拶もしないで私に文句を言ってくる。

「あんた、頭がおかしいんじゃない？　今日はお茶会なのよ⁉　お茶会に動物を連れてくるってどうなの⁉」

「駄目とは書いていなかったけれど？」

ラビ様の背中を撫でながら言うと、ミカナが顔を真っ赤にして叫ぶ。

「そんなこと、書かなくてもわかるでしょ！　動物なんていたら不衛生じゃないの！」

「人の口に入れるものには近づけさせないわ。それから、この子はあなたが何かしない限り、静かにしているから安心して？」

「は⁉　あんた、何を考えてるのよ！」

「それはこっちの台詞だわ。私の隣にいらっしゃる方が見えないの？」

私に言われて、ライラック様の方にやっと目を向けたミカナは、慌ててピンクのドレスの裾を掴んでカーテシーをした。

「ノルテッド辺境伯夫人、フローゼル家にお越しいただきまして光栄ですわ」

「突然、お邪魔してごめんなさいね。リゼさんがフローゼル家のお茶会に急遽お呼ばれしたと聞いたので、ぜひ、私も参加してみたいと思って来てしまったの。ご迷惑だったかしら？」

ライラック様に向かって「迷惑だ」なんて、さすがのミカナも言える度胸はなく、引きつった笑みを浮かべて否定する。

「いいえ、とんでもないことでございます。サプライズはとっても嬉しいですわ」

「そう？　喜んでもらえたのであれば嬉しいわ。ところで、執事かフットマンはいないのかしら？　手土産を持ってきているの。馬車の中にあるから、取りに行っていただきたいのだけれど」

「え、あ、そうですね。今は、ちょっといないので、あとでメイドに取りに行かせます」

ミカナは目を泳がせたあと、小さな声で応えた。

もしかすると、執事やフットマンはまだ見つかっていないみたい。料理人やメイドを先に探したのかもしれない。自分たちの世話をしてくれる人や、食べ物を用意してくれる人が優先的に必要だもの。

「あの、今日はリゼと2人で会うと思っていましたから、夫人の分のお茶やお茶菓子が用意できていなくて申し訳ございません」

「大丈夫よ。ゆっくりお話をしに来たわけじゃないから」

その言葉を聞いたミカナは、なぜか明るい笑顔を見せたかと思うと、期待を込めた眼差しでライラック様に尋ねる。

「ということは、もうお帰りに⁉」

なんでも自分の都合の良いように考えられる彼女が少しだけ羨ましく思えてしまった。けれど、今はそんなことを考えている場合ではない。

「ミカナ、勘違いしないで。長居はしないと言っておられるだけで、今すぐ帰られるわけじゃないのよ」

「あ、ああ。そ、そんなの、あんたに言われなくてもわかってたわよ！」

「そんな風には思えないけど」

「うるさいわね！　とっとと付いてきなさいよ」

ミカナはヒステリックに叫んだあと、足で踏みつけないようにするためか、床に付いてしまっているドレスの裾を持って大股で歩き始める。

家の中にいるのに、どうして夜会に着ていくようなドレスを着ているのかわからない。

「ねえ、リゼさん。どうしてミカナさんは、あんなに椅子に座りにくそうなドレスを着ているのかしら？」

「推測ですけど、私はこんなに可愛いドレスを着てるのよって自慢したかった。もしくは、ソファロ家の財政が苦しくない時に買ってもらったドレスかもしれません」

「あなたの元婚約者に買ってもらったのよ、って自慢したいというわけね？」

ライラック様は呆れた顔をして言った。

ミカナは私たちの方を一切振り返らずに、1人でさっさと歩いていく。そして、ティールームの前で足を止めて、私たちに向かって叫んだ。

「ちょっと待って！　準備ができているか確認するから！」

「椅子を1つ追加するだけに、どれだけ時間がかかるのよ？」

「うるさいわね！　あんたが余計な人を連れてくるから……って、そんなことはありませんのよ？　余計な人というのは、ノルテッド辺境伯夫人のことではありませんので、誤解なさらないでください！」

ライラック様の冷ややかな視線に気が付いたらしく、ミカナは慌てて言った。でも、言いつくろっても、もう遅い。

「じゃあ、その余計な人というのは、どなたのこと？　もしかして、リゼさんが抱きかかえているウサギのことを言ってるのかしら？」

ライラック様に問われ、ミカナは返す言葉がなくて唇を噛みしめる。

「あの、ご用意できました！」

その時、部屋の中から出てきたのは、さっきミカナに確認してくると言ってから、姿が見えなくなったメイドだった。手にはシュガーポットを持っている。

もしかして、今、この家にはメイドって、この人しかいないのかしら？

「あの子、まだ子供じゃないのかな？」

ラビ様が私の耳元に口を寄せて教えてくれた。

かなり腕が辛くなってきたので抱え直したあと、メイドの顔をよく見てみる。問題のメイドは、身長はあるけれど、顔立ちはまだ幼いことに気が付いた。

「あんた本当に遅いのよ！　お客様をお待たせしてるじゃないの！　これだから、平民の子供は嫌なのよ！　字だって読めないし！　マナーも知らないんだから！」

「マナーを知らないのはあなたもでしょう」

「うるさいわね！」

メイドに当たり散らすミカナに冷たく言うと、ミカナは私を睨みつけてきた。

「あら、シュガーポットは持っていってしまうの？」

ライラック様がメイドに尋ねると、彼女は大きく頷いから答える。

「はい！　ミカナ様から、用意していたシュガーポットの中身は危ないものだから、今すぐ入れ替えろと言われたんです！」

「あんた、なんてことを言ってるのよ！」

ミカナが両手を頰に当てて、今にも泣き出しそうな顔になった。

どうやらミカナは、シュガーポットに良くないものを入れていたみたいだった。

ミカナは紅茶に砂糖(さとう)を入れない。私は少量だけれど入れる。

安易な考えかもしれないけれど、ミカナは私を毒殺しようとしていたのかもしれない。

でも、人を殺せるような毒をミカナが自分で仕入れられるとは思えない。毒を用意した誰かがいるはずだわ。

私が毒を飲んで倒れた場合でも、シュガーポットを用意したのはミカナじゃないから、メイドに罪をなすりつけようとしていたのかもしれない。

でも、ミカナにそんな考えが思いつくかしら？

「ちょっとあんた！　私が何かしようとしたみたいに聞こえるじゃないの！　私はそんな指示をしてないわ！」

「で、ですが、入れ替えろと言われたのはミカナお嬢様です！」

「あんた、本当に馬鹿ね！　主人を陥れようとするなんて信じられないわ！　今日であんたはクビよ！」

「そんなっ！」

メイドが泣き出しそうな顔になって叫んだ。黙って聞いていられなくなり、メイドを助けるために、私は2人の会話に割って入る。

「ちょっとミカナ、いいかげんにして。あなた、私に何をしようとしてたの？」

脅迫状を送りつけられているのだから、何をしようとしていたかなんて聞かなくてもわかってる。でも、あえて気付いていないふりをして聞いてみると、ミカナは貼り付けたような笑みを浮かべて答える。

「もちろん、あなたと仲直りしようと思っていたのよ」

「そんな風には思えないけれど?」

「どうして、そう思うの?　リゼだってわたしと仲直りするために、ここに来てくれたんでしょう？」

「いいえ」

きっぱりと否定すると、ミカナは不思議そうな顔をした。

「じゃあ、何をしに来たのよ!?　お茶をしに来ただけってこと!?　あんた、ブスな上に頭も悪いなんて最悪ね！」

「あなたに言われたくないわよ。私の外見はあなたよりも悪いかもしれないけれど、ブスだとか言われたくないわ」

言い返すと同時に、ラビ様が私の腕の中でもぞもぞと動くので下ろしてあげる。すると、ラビ様はぴょんぴょんと飛び跳(は)ねてミカナに近寄っていった。

「な、なんなの!?」

普通よりも大きなウサギが近付いてきたからか、ミカナは焦った顔をしてラビ様を見つめた。ラビ様はミカナのすぐ近くに行くと、足を止めて背中を向けた。そして、２本の後ろ足でミカナの足にキックした。

「きゃあっ！」

ウサギはキック力もあるので、ミカナは後ろの壁にぶつかり、ずるずると崩れ落ちる。

「痛いっ！　なんなの、このウサギ!!　ちゃんと躾をしなさいよ！」

しゃがみ込んだミカナが足を押さえながら、ラビ様と私を交互に睨みつけて叫んだ。ラビ様はミカナが後ろにひっくり返らないように、彼女が壁際(かべぎわ)にいることを確認したあとにキックしたのだから、ちゃんと躾はされていると思う。

って、躾なんて言い方は失礼ね。

ラビ様はなぜか誇らしげな顔をしたあと、ミカナの前に移動する。それを見たミカナの表情が引きつった時だった。

「やめてください！　坊ちゃま！　おやめくださいっ！」

女性の叫び声がして、ライラック様と共に声が聞こえてきた方を振り返った。ラビ様は耳を左右に動かすと、すぐにライラック様を見た。

「リゼさん、ちょっと様子を見てくるわ。あなたの従兄弟が馬鹿なことをしているみたい」

「お手数をおかけして申し訳ございません」

私が頭を下げると、ライラック様は声がした方向に向かって走り始めた。

「ちょ、お待ちください！　勝手に家の中を歩き回るのはおやめください！」

「ミカナ、あなたの相手は私よ」

立ち上がろうとしたミカナの前に立ちはだかると、彼女は私を見上げて叫ぶ。

「あんた、ここ最近、本当に生意気なのよ！　ノルテッド辺境伯夫人がいなくなったんだから、わたしはあんたに好き勝手できるってわかってるの⁉」

「意味がわからないわ。それを言うなら、私だって、あなたに好き勝手をしても良いんじゃないの？」

「あんたが私に何かしていいわけないでしょ！」

「ミカナ、堂々巡りになるから、これ以上の話は無駄よ」

冷たく言うと、ミカナは勢いよく立ち上がろうとした。

でも、ラビ様がわざとドレスの上に乗っていたため、ミカナは体勢を崩して前のめりに倒れた。

「あ、あの」

シュガーポットを持ったまま、立ち尽くしていたメイドが話しかけてきたので振り向くと、大粒の涙を目に浮かべて訴えてくる。

「さっきの声、お母さんの声です。見に行っても良いですか？」

「あ、えっと」

ライラック様が行ってくれたから大丈夫、と答えようとした時、女性の悲鳴とデフェルの叫び声が聞こえた。

「ぎゃあああっ！　なんで、虎がこんなところに！　うわっ！　こっち来るな、こっちの女の方が美味しいから！」

バタバタという足音と共に、デフェルの叫ぶ声が耳に届く。

「なんで、俺を追いかけてくるんだよっ！　というか、なんでこんなところに虎がぁっ！　ぐはっ！」

目を向けても姿は見えないとわかってはいる。それでも、声のする方向に私たちが顔を向けると、突然、静かになった。

ライラック様がデフェルを気絶させたのかしら？

確認するようにラビ様を見ると、大きく頷いてくれた。

「あの、お母さんは大丈夫だから安心して？　えっと、この家で働いてるのは、あなたとお母さんだけ？」

「あ、あと、今、旦那様はお出かけになっているのですが、用心棒として、私の父を雇ってもらっています」

「お父さんは、旦那様と一緒に出かけているのね」

「はい」

「それ以外はいないの？」

「あとは、料理人くらいです。メイドや執事の人は、何日かですぐ辞めちゃうんです」

フローゼル家は貴族としての評判が地に落ちているし、いくら高給で就職したとしても、仕えることになった人間の人となりを知ったら、嫌になって辞めてしまう気持ちはわからなくはないわ。

私だって、こんな広い家なのに使用人が全然いないなんて、絶対に何か問題があると思って嫌だもの。

「ちょっと、何、勝手に家のことを話してんのよ！　あんた、クビだって言ってんでしょ！」

「……申し訳ございません。シュガーポットだけ厨房に返してきます」

話してはいけないことだったと理解したメイドはしょんぼりと肩を落とし、厨房に向かってとぼとぼと歩いていく。そんな彼女を見ていられなくてミカナに言う。

「彼女は悪くないわ。彼女に質問した私が悪いのよ。ところでミカナ」

「何よ」

「あなた、彼女をクビにするとか言っているけど、自分でお茶を淹れるつもり？　彼女が淹れてくれるんじゃないの？　それとも、さっき悲鳴を上げていた女性が淹れてくれるの？」

「うっ！　うるさいわね！　あの女はお兄様の専属メイドなのよ！　あと、私がお茶を淹れられるわけないでしょう！　あんたが淹れなさいよ！」

「どうしてそうなるのよ。ああ、もう、頭が痛くなってきたわ」

こめかみを押さえて目を閉じた時、ちょいちょいとラビ様が私の足に前足をかけてきた。

私が首を傾げると、ラビ様はぴょんぴょんと飛び跳ねて、メイドの女の子を追いかけていく。

その行動で、ラビ様が何を言おうとしているのかわかったので、ミカナに尋ねる。

「あの子はお茶を淹れられるの？」

「お茶くらい淹れられるでしょ」

「なら、あの子に淹れてもらうわ」

「はあ？　あいつはクビだって言ってんでしょ」

「ノルテッド家で雇ってもらうわ。で、今日は私の付き添いのメイドということにして、あなたの分のお茶だけ淹れてもらうわね。彼女が持っているシュガーポットの中の砂糖入りで。たまには砂糖を入れても良いんじゃない？」

床にしゃがみ込んだままのミカナを見下ろして笑うと、ミカナは苦虫を噛み潰したような顔をした。

「あ、あの、すみません！　ウサギが道を開けてくれないんです！」

その時、メイドが私に助けを求めてきたので、ミカナから視線を外し、笑顔で彼女を手招く。

すると、恐る恐るといった感じで近付いてきた。

「あなたはフローゼル家をクビになってしまったのよね？」

「……はい」

「じゃあ、ノルテッド家で働くつもりはない？」

普通なら、こんなことは私が決められるものではないけれど、ラビ様が許可を出しているのだから良いと思われる。その証拠に、ラビ様は何度も頷いてくれた。

「ノルテッド家？」

赤い髪を後ろで1つにまとめた幼いメイドは、不思議そうな顔をして首を傾げた。

自分の領地以外の貴族に詳しくないみたいなので説明する。

「ノルテッド家は辺境伯家よ。フローゼル家は伯爵家だから、それよりも上になるわ」

「ほ、本当ですか⁉」

メイドは一瞬にして表情を嬉しそうなものに変えた。

「もちろん。それで早速、働いてもらっても良いかしら？」

「もちろんです！」

「ミカナの分のお茶を淹れてもらいたいんだけどできるかしら？」

「お母さんと練習したんで淹れられます！　あの、お湯をもらいに行ってきます！」

メイドは何度も頷くと、厨房に向かって走っていった。その姿を見送ってから、ミカナに話しかける。

「ミカナ、あの子はまだ子供でしょう？」

「子供だって働けるわ。もうすぐ9歳だって言ってたし。学校に行ってないから馬鹿だけど」

「え？　9歳？」

「そうよ。雇ってもすぐにメイドが辞めていっちゃうんだもの。平民を雇うしかないじゃない！」

「平民がどうとかいう問題じゃないでしょう！　働かせて良い年じゃないじゃないの！」

「親が認めてるんだからいいじゃない。金に困ってるらしいわよ」

ミカナは鼻で笑ったあと、話を続ける。

「わたしはあんな平民が淹れたお茶なんて飲まないからね！」

「ノルテッド家で雇うと言っているのよ？　そんな言い方は許されないわ」

「あんたが言ってるだけで許可は取っていないじゃないの！　あんたはノルテッド家の人間じゃないでしょ!?　勝手にそんなことを決めたという理由で怒られればいいわ！」

まさか、ミカナがこんなまともな答えを返してくるだなんて思っていなかったから、驚いてしまった。だからすぐに言い返せないでいると、ミカナが眉根を寄せる。

「な、何よ、何を驚いた顔をしてるのよ！」

「あなたから、そんなことを言われるだなんて思ってなかったから」

「うるさいわね！　あんたなんか、とっととルカ様に捨てられればいいのよ！」

「そんなことをするような子に育てていないわ」

後ろからライラック様が現れ、私の隣に立つと、言葉を続ける。

「あなたが裏切らなければ、あなたとルカは婚約破棄になんてなっていないの。大体、婚約破棄だなんて普通はありえないことなのよ」

「そ、それはそうかもしれませんけど！　……というか聞いてください！　さっきのメイドを私がクビにしたら、リゼは勝手にノルテッド家で雇うと言いましたよ！」

ミカナの顔に勝ち誇ったような笑みが浮かんだ。

ライラック様が私を叱ると思ったんでしょうね。

けれど、実際は違った。私とミカナが話している間に、ラビ様がライラック様に話をしてくれていたようで、ライラック様は笑みを浮かべて応える。

「別にかまわないわよ。だって、リゼさんはもうノルテッド家の一員のようなものだもの」

そう言って私を見つめるライラック様の目は、「逃さないわよ」と言っているような気がして、少し怖いと思ってしまった。

「ありがとうございます」

そんな思いは一切出さずにお礼を言うと、ライラック様は笑みを浮かべたまま頷いた。そして、すぐに表情を引き締めてミカナに顔を向ける。

「だから、別に問題はないわ。それから、結局、お茶会はもう終わったの？」

「あ、今、ミカナ用のお茶を淹れるために、メイドがお湯をもらいに行ってくれているんです。そういえば、ライラック様、あの、大丈夫でしたか？」

「ええ。女性の方も大丈夫だったわ。フローゼル卿は廊下で気絶してるけど、そっとしておいてあげた方が良いでしょう？」

「え、あ、そうですね」

なんと言葉を返したら良いのかわからなくて、とりあえず頷いてみた時、メイドがサービングカートを押して戻ってきた。

「あの、お湯と茶葉と、さっきのシュガーポットも持ってきました！」

メイドは明るい笑顔で私に報告すると、しゃがみ込んだままだったミカナが立ち上がって叫ぶ。

「シュガーポットなら他にもあるわ！　そっちを使えばいいじゃないの！　大体、私は砂糖を入れないのよ！」

「駄目よ。どうしても、あのシュガーポットに入った砂糖が気になるんだもの。まさか、何かおかしなものを入れていたわけではないんでしょう？」

「そ、それはそうだけど」

「じゃあ良いじゃないの」

私とミカナが言い合っていると、ライラック様がメイドの名前を呼んだ。

「シーニャ、お茶の準備をしてちょうだい」

いつ名前を知ったのか、不思議に思って見つめてみる。ライラック様は私の視線に気が付いたけれど、笑顔を向けてきただけで何も言わない。

私たちと合流する前に、メイドと話をしたのかもしれない。なら、シュガーポットの中身は私が思っているものじゃないのかもしれないわね。でも、ミカナはそれを知らない。

「気になるわ。ミカナ、やっぱりあなた、このシュガーポットに何か良くないものを入れたのね？」

「入れてないわ！」

「じゃあ、飲めるわよね。普段は砂糖を入れなくても飲めないわけじゃないでしょうから」

私が言うと、追い打ちをかけるようにライラック様がミカナを促す。

「さあ、とりあえず、シーニャにお茶の用意をしてもらうから、席に着きましょうか」

「……はい」

ミカナは唇を噛んだあと、渋々（しぶしぶ）といった感じで頷いた。

＊＊＊＊

どうしてこんなことになっちゃったのよ！

大声でそう叫びたかったけれど、この場にはリゼだけじゃなくて、ノルテッド辺境伯夫人もいる。

どうして、辺境伯夫人がリゼと一緒に来るのよ！　本当に邪魔だわ。というか、なんだか足が痛いわ。

——って、そうよ！

あの大きなウサギに蹴られたんだったわ。

思い出すと腹が立ってきてウサギの姿を探すと、リゼに抱っこされて無の顔をしている。リゼが飼っているだけあって、本当にふてぶてしい性格をしてるわね。

人を蹴っておいて、あんなに悪気（わるぎ）のない顔をしているなんて信じられないわ。

心の中で文句を言いながらも、リゼたちに好きな席に座ってもらう。そのあとすぐに、まったく役に立たないメイドを睨みつけてやった。

すると、メイドは泣きそうな顔でわたしを見たあと、肩を落として俯いた。

平民のくせに出しゃばろうとするからよ！

心の中で罵っていると、視線を感じたので、そちらに目を向ける。私が視線を感じた先ではリゼが呑気にノルテッド辺境伯夫人と話をしていた。さっきの感覚はなんだったのかしらと思ったら、わたしを見ていたのは、巨大ウサギだった。

巨大ウサギはリゼに抱っこされた状態でテーブルに前足を置き、いかにも自分もお茶を飲むといった感じに見える。

ああ。どうせなら、このウサギにも毒入りのお茶を飲ませてやりたい！

本当ならリゼに毒入りのお茶を飲ませて、彼女を殺してしまうつもりだった。

わたしが疑われても、お茶を淹れたのはわたしではなくて、学のない子供だと言えば、皆、あのメイドを犯人だと思うはずだったのに！

「ミカナ、毒見役の人は必要かしら？　今日は別にあなたとお茶を飲む気はなかったから、屋敷の中まで連れてきていないの。フローゼル家には毒見役がいないみたいだし、呼んできた方が良い？」

「え、えーと、そうね」

リゼに聞かれて考える。

連れてきてもらえば、毒見役が死ぬんだから、わたしは死ななくてもいいのよね？

「何を言っているのよ、リゼさん。まさかミカナさんが、毒の入った飲み物なんて用意するわけがないじゃない」

「ああ、そうですね！　だって、ミカナと私は一応姉妹なわけですし、仲直りしたいと言うくらいなんですから、まさか、そんな馬鹿な真似はしませんよね？」

ノルテッド辺境伯夫人の言葉に頷いたリゼは、笑顔で私を見て言葉を続ける。

「ミカナ、遠慮せずに飲んでね？　私たちはあなたが飲んだのを確認してから帰るから」

「ちょっ、ちょっと待ってよ！　わたしだけ飲むなんておかしいでしょう！」

「ライラック様も飲まれるお茶なら、毒見は必要でしょう？　あなたが主催者なんだから、何もないと言うのなら、あなたが証明してくれればいいじゃない」

リゼが偉そうに言ってきた。

リゼに腹が立つけれど、こちらをジッと見ているウサギにもイライラする。

あの鼻をヒクヒクさせてるのはなんなのよ！

――そうだわ。良いことを思いついた。

「ねえ！　そのウサギにもお茶を飲ませてあげない？」

「駄目よ。ウサギはお茶を飲まないわ」

「で、でも、ウサギなら万が一死んでも」

「「いいわけないでしょう」」

リゼとノルテッド辺境伯夫人の声が重なったと同時に、ウサギが前足をバンとテーブルに叩きつけた。

なんなのよ。このままじゃ、わたしは毒入りのお茶を飲まないといけないじゃない！　絶対に嫌よ！

リゼを殺すつもりが、自分で自分を殺すなんて間抜けすぎるじゃないの！

「ど……、どうぞ……」

わたしがどうにかして逃げる方法を考えている間に、メイドはお茶を淹れ終え、ご丁寧に例のシュガーポットの砂糖を入れて、わたしの目の前に置いた。

「あ、ありがとう。でも、今は飲みたくないわ」

「……申し訳ございません」

メイドがしょんぼりして謝ってくる。

謝るくらいなら、お茶を下げなさいよ。あ、良いことを思いついたわ！

「ねえ、リゼ。この子はあなたのメイドなんでしょう？　あなたが責任を持って飲みなさいよ」

「どうしてよ」

「わたしはあなたのメイドなんて信用できないの」

「……わかったわ」

「ほ、本当に⁉」

喜びで頬が緩んでしまう。

危ない。喜んでしまったら疑われちゃうわ。

「リゼさん、やめておいた方が良いんじゃない？　毒見役を連れてくるわ」

ノルテッド辺境伯夫人がそう言って席を立った。それを見た私は素早くメイドに指示する。

「ちょっと、あんたメイドなんだから玄関までご案内して」

すると、メイドはこくりと首を縦に振って、ノルテッド辺境伯夫人と一緒に部屋を出ていった。

今のうちだわ！

「リゼ、私を信用して、お茶を飲んでくれない？　何もしていないから」

「あなたがそこまで言うんなら」

やったわ！　さよなら、リゼ！　本当にあんたが馬鹿で良かった！

「じゃあ、もったいないから飲むわね」

そう言って、リゼはわたしの前に置かれていたお茶を飲んだ。様子を窺っていると、リゼはソーサーにカップを置いて首を傾げる。

「なんだか、変な味がするわ」

リゼは眉根を寄せてウサギを床に下ろしたかと思うと、椅子から崩れ落ちて床に倒れ込んだ。

ウサギは心配しているのか、リゼの顔を覗き込んでいる。

ゲホゲホと咳き込むリゼ。

私はテーブルを回り込んで、倒れているリゼの横に立って叫ぶ。

「やった、やったわ、リゼ！　やっぱり、あんたは馬鹿ね！　こんな罠に引っかかるなんて！

あんたはここで死ぬのよ！」

「ミカナ……、ど……うして」

リゼは苦しそうな声を出して、顔を上げずに聞いてきた。

「どうして？　あんたが嫌いだからよ！　早く死になさいよ！」

「恐ろしいことを言うわね」

ノルテッド辺境伯夫人の声に振り返ると、入り口に、辺境伯夫人とメイドの母子が立っていた。

嘘でしょ。なんでいるのよ!?　帰ってくるのが早すぎない!?

「……ミカナ、あなたって本当に最低な人ね」

リゼの声が聞こえて視線を落とすと、リゼが顔を上げて、私を睨んでいた。

どういうこと!?　リゼは毒を飲んだんでしょ!?　それなのに、どうして死んでないのよ!?

＊＊＊＊

ミカナは、私が彼女の罠に引っかかったと言ったけれど、実際は逆だった。

メイドのシーニャが持っていた毒入りと思われるシュガーポットは、私とミカナが話をしている間に厨房に行ったライラック様の指示で取り替えられ、わざと同じ柄のシュガーポットをシーニャに持たせた。

だから、砂糖を入れたお茶を飲んでも何も起こらない。

でも、シュガーポットが別のものだなんて知らないミカナは、毒にやられたふりをした私を見て、ボロを出してくれた。

ミカナの発言を聞いた時は、あまりにもことがうまく運びすぎて、心配になったし笑ってしまいそうにもなった。

「リゼ、あなた、苦しんでたんじゃなかったの!?　あのお茶を飲んで、どうして生きていられるのよ!?」

「あなた、やっぱり私を殺そうとしていたのね」

「そ、そんなわけないでしょう！　どうして、そんな恐ろしいことを言うのよ!?」

「何を言ってるの。苦しんでいるふりをしている私を見て、あなたが何を言ったか、もう覚えていないの？」

服に付いた小さなゴミを手で払いながら立ち上がって尋ねると、ミカナは視線を泳がせて答える。

「あなたの具合が悪そうだったから動揺して、何を言ったかは覚えていないわ」

「じゃあ、教えてあげましょうか？　あなたは私に早く死になさいよって言ったのよ」

「そ、それは、あんたが苦しそうにしているから、早く死ねば楽になるかと思ったのよ！　だから、それは、わたしなりのあんたへの優しさよ！」

これでどうだ、と言わんばかりに勝ち誇ったような表情をするミカナに呆れてしまう。そんなことを言われて、納得する人がいると思ってるのかしら？

もちろん、事情があって安らかに眠ってほしいと願う状況もあるのかもしれないけど、ミカナの場合は、絶対にそれに当てはまらない。

「私にはそうは思えなかったわ。殺意があって、リゼさんに死んでほしいと願っているように聞こえたわ」

「そんな！　想像だけで勝手なことを言わないでください！」

ミカナはライラック様に言い返すと、私を指差して言葉を続ける。

「リゼ！　あなた、どうして苦しむふりをするだなんて、そんなお芝居をしたの⁉　もしかして私に冤罪をかけるつもりなの⁉」

「あなたこそ、どうして私が死ぬと思ったの？」

「そ、それは、あんな風に苦しんでいるから、毒だと思ったのよ」

この感じだと、ミカナは毒の入手ルートに関しては、絶対に自分は疑われることはないと思っているようだった。

伯父様やデフェルに入手させたのかしら？

そうだったとしても、フローゼル家は終わりだと思う。けれど、ミカナは何も思っていなさそうね。

「砂糖は、私の主人が最近買い付けに行ったんです。用意されたものを取りに行くだけだったようですが……」

シーニャのお母様が乱れた長い赤茶色の髪をそのままに、疲れきった声で言った。

「教えてくれてありがとうございます。ミカナ、あなたは毒を、シーニャのお父様が仕入れたように見せかけたかったみたいだけど、えらくお粗末ね」

「な、なんですって⁉　どうしてそんなことを言うのよ⁉」

プライドの高いミカナは、私に馬鹿にされたことに黙っていられないようだった。

「本当にお粗末じゃないの」

「あんたにそんなことを言われたくないわよ！」

「ミカナさん、結局、あなたが犯人なの？」

「いいえ！　毒を仕入れたのはわたしじゃありません！　きっと、メイドの父親がわたしを逆恨みして毒殺しようとしたんですよ！　それで、毒を仕入れたに決まっています！」

ミカナはライラック様に自信満々の笑みを浮かべて訴えた。

でも、逆恨みで毒を仕入れて殺そうとするなんて、よっぽどミカナが酷いことをしたからじゃないの？　それに普通は、そんなことはできやしない。

そう思ったので、茶番だとわかっていながらも、ミカナに問いかける。

「あなた、シーニャのお父様に何をしたの？」

「何もしてないわ！」

「じゃあ逆恨みされる原因はなんなの？」

「えっ⁉　あの、その、そうよ！　そこのメイドをクビにしたからよ！」

ミカナはシーニャを指差して叫んだ。

ミカナがここまで馬鹿だったとは思ってなかった。

相手にするだけ無駄な気がしてきたわ。

「ミカナ、あなた、自分が何を言っているかわかってるの？」

「は？　馬鹿にしないでよ。わかってるに決まってるでしょ」

「その割にはあなた、自分の言っていることの辻褄が合っていないと気付いてないのね？」

呆れてしまい、大きくため息を吐くと、ミカナが食ってかかってくる。

「何よ！　言いたいことがあるなら、はっきり言いなさいよ！　もったいぶらないで！」

「じゃあ聞くけれど、問題の砂糖をシーニャのお父様が仕入れたのはいつなの？」

「え？」

「あの砂糖を、いつ仕入れたのかわかってたの？」

「わからないわ。そんなの調べてないもの！」

それに関しては、ミカナにわかるはずがないのは理解できる。だから、彼女が答えられる範囲で尋ねてみる。

「でも、今日ではないのよね？」

「そ、そうよ。昨日もあったわ。だから、料理長が注文したのよ！」

お茶会で使うシュガーポットに毒入りの砂糖を入れるには、少なくとも今日の朝までには手に入れておかないといけない。砂糖を入手したのが今日ではないことを確認するために、そんな質問をすると、私にとっては都合の良い答えをミカナが返してくれた。

「ありがとう、ミカナ」

「なんなのよ、何が言いたいのよ⁉」

「あなたは、シーニャをクビにしたあなたに逆恨みをした、シーニャのお父様が毒を仕入れたと言ったわよね？」

「そうよ！」

「なら聞くけれど、あなたがシーニャをクビにしたのはいつ？」

「今日だけど」

「……おかしいわよね？」

「は？」

ミカナは眉間に皺を寄せて聞き返してくる。

「別におかしくないでしょ。恨みがあるから毒入りの砂糖を手配したのよ」

「まだ、私の言いたいことがわからないの？　シーニャのお父様があなたを逆恨みするきっかけは、昨日の段階では起こっていなかったのよ？」

「あ……」

「それなのに、どうして毒を手配するの？　それに、シーニャのお父様は平民よ？　どうやって毒を入手したの？」

「そ、それは……！」

ミカナは焦って周りを見回し、誰かに助けを求めようとした。でも、この場に彼女の味方がいるはずもなかった。

パニック状態になったミカナは、とんでもないことを言い始める。

「そうだわ、そうよ！　拾ったのよ！　拾って、捨てるのはもったいないから使おうと思ったんだわ！」

「……誰が砂糖を拾ったの？」

「このメイドの父親よ！」

ミカナはシーニャを指して叫んだ。

ライラック様は、見ているだけでも辛いと言いたげな顔をしているし、ラビ様もミカナを見つめて、キョトンとしている。

呆れ返ってしまう気持ちはわかるわ。私だって理解できないもの。

シーニャと彼女のお母様は、ミカナに怒られないようにか、俯いて何も言わない。

ミカナが自分で気付いてくれそうにないので、私からヒントをあげる。

「フローゼル家って、使用人が拾ってきた砂糖を使わないといけないほどにお金に困っているの？」

「そ……、そういうわけじゃないわ！」

「じゃあ、真面目に話をしてちょうだい」

「私は真面目よ！」

「そうじゃないから言ってるのよ！　あなたが答えられないなら、料理長に確認するわ」

「待って！」

ミカナが慌てた表情で叫んだ。

料理長に確認されるのは困るみたい。ということは、料理長がミカナにとって都合の悪いことを知っているんでしょうね。

予想はつくけれど、一応、聞いておく。

「どうして料理長に質問しては駄目なの？」

「料理長は忙しいからよ！」

「じゃあ、休憩時間まで待っていても良いかしら？」

「駄目に決まってんでしょう！　料理長の休憩時間なんて一生ないわ！」

ミカナはパニックになっているのか、わけのわからないことを言うと、私に向かって「帰れ！」と叫んだ。

料理長の休憩時間が一生ないなんておかしいでしょう。

「帰る前に聞いておきたいんだけど、ミカナ、あなたは私への殺意を認めるの？」

「違うわよ！　言いがかりをつけてくるから帰れって言ってるの！　もう！　楽しくないからとっとと帰んなさいよ！　メイドだろうがなんだろうが、好きなだけ連れて帰ればいいわ！」

「……そうね。シーニャのお父様が帰ってこられたら説明をして、ノルテッド家に来ることを了承してくれたら連れて帰らせていただくわね」

ライラック様に言われ、ミカナはさすがに暴言を吐くことができずに、モゴモゴと口を動かすだけだった。

＊＊＊＊＊

ああ、お父様、早く帰ってきてくれないかしら。リゼを殺しそこねたことを、報告しなくちゃいけないのに何をやっているのよ！

そう思った時、お兄様がノルテッド辺境伯夫人を押しのけるようにして、部屋の中に入ってきた。

「おい、ミカナ！　見たか!?　デカい犬がまた現れたんだ！　リゼ！　お前の仕業だな！　俺はあの犬のせいで、こけて怪我をしたんだぞ！」

「なんのことかわからないけれど、そんなことを言っていられる場合ではないと思うわ」

リゼが呆れた様子でお兄様を見て、言葉を続ける。

「ミカナは私を殺そうとしていたの。立派な殺人未遂だから警察に話すつもりよ。そうなったら、フローゼル家はどうなるかしらね？」

「は？　リゼを殺す？」

お兄様が驚いた顔をしてわたしを見た。

しまったわ！　お兄様にはリゼを殺すなんて話はしていなかった。

お兄様はリゼをおもちゃにしたいから、殺すことには反対だったのよね。

まったく、リゼったら余計な話をするんだから！

わたしはイライラを抑えて、お兄様に答える。

「わたしは何もしてません！　リゼたちが言いがかりをつけてくるんです！　リゼを殺そうとしたのは使用人よ！」

「いや、お前が何もしてないわけはないだろ」

お兄様がヘラヘラ笑いながら言った。

この人、何を考えてるのよ！　ここはわたしを庇うべきでしょ⁉

「これはこれは、ノルテッド辺境伯夫人」

突然、お父様の声が部屋の外から聞こえてきた時は、本当に助かったと思った。

「フローゼル伯爵、ごきげんよう。お邪魔させてもらっているわ」

「こんなところでどうされましたか？　どうぞ中へ」

「もう帰るところなのよ。それにしても、あなたは娘の育て方を間違ったんじゃないかしら？」

「……なんのことでしょうか？」

お父様は不思議そうな顔をする。

お父様、お願い。わたしを助けて！

尋ねられたノルテッド辺境伯夫人が、お父様に厳しい表情で言う。

「ミカナさんがリゼさんを毒殺しようとした疑いがあるの」

「そ、そんな！」

お父様は驚いた顔をした。

そうよ、お父様、誤解だと言って！

心の中で叫んだ時だった。

「そうではないかと思って、先程、警察に話をしに行ったところなのです」

わたしの期待を裏切って、お父様がわけのわからないことを口にした。

「お父様、あの、今、なんて仰ったんです？」

震える声で尋ねると、お父様は悲しげな顔を私に向ける。

「そのままの意味だ。お前は妹であるリゼを殺そうとしていただろう？　私やデフェルが止めても、その気持ちを変えるつもりはなかった。なら、本当にお前がリゼを殺してしまう前にと思って、警察に相談したんだ」

「な……、なんですって⁉」

驚きで頭が真っ白になった。

どういうことなの⁉　お父様は、もしかして、自分が助かるために、わたしを売ったの？

そんな！　そんなわけないわよね⁉

嘘だと言ってよ、お父様！

泣きそうになりながら、お父様を見つめたけれど、視線を逸らすだけで、わたしを助けようとする素振りは、一切見せてくれなかった。

＊＊＊＊＊

伯父様の発言には、私だけでなくライラック様たちも驚いたようだった。ライラック様は手で口を押さえ、ラビ様は私の腕の中でピクピクと耳を動かした。

そんなラビ様の背中を撫でて、自分の気持ちを落ち着けながら黙って見守っていると、ミカナが泣きながら叫ぶ。

「どういうことですか、お父様⁉　どうしてそんな嘘を言うんですか！」

「どうもこうもない。お前が毒を仕入れたことはわかっている」

「お、お父様⁉　何を言ってらっしゃるんですか⁉　それはお父様が仕入れてくれたもののじゃないですか！」

「ミカナ。素直に罪を認めて謝りなさい。わかった時点で、すぐに警察に連絡を入れるべきだったが、お前が思いとどまってくれるかもしれないと様子見をしていたんだ！　それなのにお前はっ……！」

伯父様は苦痛の表情を浮かべて、話を続ける。

「ミカナ、もう諦めるんだ。リゼを殺そうだなんて馬鹿なことを考えるのは。今ならまだ間に合う。自首（じしゅ）しなさい」

「お父様！　わたしを見捨てるおつもりですか⁉　大体、お父様だってリゼが邪魔だと言っていたじゃないですか！」

「見捨てるんじゃない。お前を救うんだよ」

伯父様は強い口調で言った。

ミカナを救うんじゃなくて、フローゼル家を救いたいだけね。なんて最低な人なの。ミカナも酷いけど、父親の方はもっと酷かったわ。

そう思ってミカナを見ると、彼女も自分が見捨てられたことを悟ったようで、ポロポロと涙を流しながらも伯父様を睨んでいた。

すると、黙って話を聞いていたデフェルが口を開く。

「ミカナ、お前は初犯だからすぐに出してもらえるって。まあ、うちには戻ってこられないだろうけどな」

「戻ってこられないって、どういうこと？」

「わかるだろ。犯罪者の妹なんていらないんだよ。フローゼル家の恥になるじゃねぇか」

「あんたに言われたくないんだけど⁉」

ミカナはデフェルの襟首を掴んで叫ぶ。

「あんただって、リゼを襲おうとしてたじゃないの！　あれだって立派な犯罪なんだからね！」

「さあ？　覚えてないなあ。というか、お前、そんなことを言うなら、なんでその時に俺を止めなかったんだ？」

「何を言ってるのよ！　わたしに相談もなかったじゃないの！　何かする時には言えと言って

いたでしょう!?」

「そうだったのか？　覚えがないなあ？」

デフェルは顎に手を当て、考え込むようにして天井を見上げる。その仕草がわざとらしくて苛立ってしまい、つい口を挟む。

「あなたに覚えはなくても、私は覚えてるわ」

「リゼは自意識過剰すぎる。俺がお前を襲うわけないだろ」

「あなた、よくもそんなことを！」

あんなことをしておいてよく言うわ！

その言葉が本当なら、私に興味がないということで嬉しいところではあるけれど、どうせ、この場だけの嘘だろうから意味がない。

それにしても、伯父様もデフェルも、どうしてこんなに焦りが見られないのかしら。普通なら、ミカナが責任を取るだけで済まされる問題ではないはずなのに。

「リゼ、あんまりカッカすんなよ。ミカナは警察に渡すからさ」

「それは当たり前のことよ！　でも、あなたたちも一緒に行かないといけないでしょう！」

「俺や父上は何も悪いことはしてないから捕まらねぇよ」

「いいえ。私も警察に連絡するわ！　あなたに襲われそうになったって伝える」

「無理だって、どうせ信用してもらえねぇよ」

「どういうこと？」

「俺たちのバックには、お前では到底敵わない相手がいるからだよ。あ、ノルテッド辺境伯家でも、難しいと思いますよ」

デフェルはライラック様を見て、にやりと笑みを浮かべた。

「待って！　本当にわたしは悪くない！　こうしたら良いと教えてもらったからやっただけなのに！　お父様だって知っていたはずじゃないですか！　わたしが悪いというのなら、お父様だって同罪です！　どうしてわたしだけのせいにするんですか！」

黙っていたミカナが伯父様の元に駆け寄って叫んだ時、伯父様の後ろから警察の制服を着た人たちが現れた。

「見てくれ！　娘に襲われそうになった！　助けてくれ！」

伯父様が叫ぶと、屈強な男性たちは、驚いて立ち尽くしているミカナの両腕を掴んだ。

「殺人未遂の容疑で連行する」

「ちょ、ちょっと待って！　おかしいわよ！　毒を仕入れたのはわたしじゃない！　お父様なのよ！」

「やっぱり、毒を仕入れていたんだな！　この馬鹿娘が！」

伯父様は訴えたミカナの頬を強く叩いた。

「ひっ、ひどい！　どうして、お父さっ」

ミカナが何か言おうとすると、伯父様はまた彼女の頬を叩く。

自分にとって不利なことを言わせないようにしているのが見え見えだった。

「伯父様！　やめてください！」

「うるさい！　黙っていろ！」

私が止めに入ろうとすると、伯父様が私に向かって手を上げた。すると、ライラック様が後ろから伯父様の股間を蹴り上げた。

ライラック様のあとは、私の腕の中から飛び出したラビ様が飛び跳ねて、しゃがみ込もうとした伯父様の股間にキックをした。

「うお……」

伯父様は変な声を上げ、股間を押さえて床に座り込む。

「ミカナさんのやったことは良くないわ。だけど、あなたが無関係なわけないでしょう。それに父親のくせに、よくもまあ娘に対してそんな仕打ちができるわね」

ライラック様は伯父様を見下ろして、冷たい声で言った。ラビ様も一発では怒りが収まらなかったのか、俯いて痛みをこらえている伯父様の頭にキックをした。

私もライラック様と同じ意見だ。ミカナのやったことは許せないけれど、ミカナに対する伯父様のやり方は酷すぎる。

「助けて……、お兄様……」

ミカナは涙でぐちゃぐちゃの顔で、デフェルに助けを求めた。けれど、デフェルは悲しげな顔を作りながらも、ミカナを突き放す。

「リゼを殺そうとしたから罰(ばち)が当たったんだ。しっかり罪を償(つぐな)えよ?」

「……っ！　酷い！　酷すぎるわ!!　わたしが何をしたって言うのよ!?　リゼ、助けなさいよ！　こうなったのはあんたのせいじゃないの！　こんなはずじゃなかったのに!!　あんたのせいでっ！」

「ミカナ、あなたは私を殺したかったみたいだけど、それができなくて残念だったわね。でも、私だって殺されたくないし、誰かを殺そうとするなんてやってはいけないことなのよ。それに気付いてちょうだい」

「うるさい！　ああ、どうして？　どうして、お父様もお兄様もわたしを見捨てるのよ！」

そうやって喚けば喚くほど、伯父様たちに彼女を助けるつもりがなくなっていくことを、彼女は気付かない。

泣き喚いて暴れ続けたミカナだったけれど、最終的には警察の人に引きずられるようにして連れていかれたのだった。

＊＊＊＊

どうしてこんなことになったの？　だって、わたしは何も悪くない。お父様が毒を仕入れたから、これでリゼを殺せば良いと言ったのよ。わたしは、その指示に従っただけ。リゼへの殺意は認めるけど、毒を用意したのはお父様なんだから、一番悪いのはお父様なんじゃないの？　それなのに、どうしてわたしだけが連れていかれるのよ⁉

「こんなのおかしいわ！」

こんなはずじゃなかった。

わたしは警察に両腕を掴まれて、引きずられるようにして歩きながら思った。

今頃、リゼはわたしのことを、予想が外れて残念でしたね、なんて嘲笑(あざわら)っているのかしら。

そう思うと悔しかった。

でも、お父様やお兄様に裏切られたことが一番悲しくて、悔しかった。

ミカナが連行されていったあと、痛みでうずくまっている伯父様をそのままにして、シーニャたち家族を連れてフローゼル邸を辞去した。

どこか暗い気持ちのままノルテッド邸に帰り着くと、ライラック様は住む家がないというシーニャたち家族のために、空いている部屋に案内するようメイドに指示した。

ミカナがどうなるかについては、ライラック様とラビ様が調べてくれるそうで、連絡を待つことにした。

ただ、伯父様たちの態度があまりにも酷すぎたので、抱きかかえていたラビ様に尋ねてみる。

「どうして、あんなに伯父は自信満々でいられるのでしょうか」

「そこのところはわからないが、ミカナ嬢は少し気の毒だったね。味方から背中を撃たれたようなものだ」

「……はい。しかも、信じていた父親に裏切られたんですものね」

さすがにあの時は、私も見ていて辛かった。

ただ、これでミカナが、自分が悪かったと反省してくれたら良いなとも思う。

「未遂ですから、釈放はされますよね？」

「……と思うけれど、その後はどうなるか」

「どういうことでしょうか？　何か考えられることがあるのですか？」

「うん。フローゼル卿の言っていた『後ろ盾』が、彼女をどう扱うか決めることによって展開が違ってくるだろうね」

「伯父様たちをどうにかできないでしょうか」

「それについては、こちらからも警察に連絡を入れるよ。警察だって馬鹿じゃない。ミカナ嬢が自分で毒を入手できるだなんて本気で思ったりしないと思うよ。だから、ミカナ嬢は思ったよりも早くに釈放される可能性がある。でも、フローゼル伯爵たちは簡単に捕まえられないだろうね」


ラビ様の言う通り、数日後にはミカナの処分が決まった。毒の入手については無罪だったけれど、国内にいれば、また私を狙う可能性があると判断され、彼女は国外に追放されることになった。


しかも、追放される国は決まっており、フローゼル家と繋がりがあると思われる公爵がいる国に送られることになった。伯父様たちも無傷なわけがなく、伯爵の爵位は残されたものの、今までの領地は取り上げられ、彼らが嫌っている王都から離れた領地を任されることになった。

そのことを教えてくれたのはルカ様だった。

学園が休みの日、ルカ様に談話室に呼び出されてその話を聞いたあとは、なんと言えば良いのかわからなかった。

「ミカナは公爵家に保護されるのでしょうか？　それとも？」

「そこは今、調べてるところだ。たぶん、保護されるんだと思う。ミカナ嬢を公爵家に保護してもらうために、わざわざ国外追放だなんて処分にしたんじゃないかと思う。というか、リゼの伯父さんだし、少しは良心があると思いたいんだけどな」

「お気遣いありがとうございます。ですが、伯父もデフェルも最低な人間です。これで終わりだなんて許せません」

「そうだったな。ごめん」

謝ってくるルカ様に苦笑いして首を横に振ってから尋ねる。

「毒の入手経路についてはどうなったのでしょう？」

「フローゼル家の料理人がミカナ嬢に頼まれて入手したと証言したらしい」

「では、伯父様たちは」

「ああ。今のところ、この件で捕まることはないと思う。でも、このままで済ますつもりはない。それだけは約束する」

「……ありがとうございます」

お礼を言ったと同時に、開けていた窓から爽やかな風が流れ込んできた。その風のせいで私の横髪の一部がふわりと舞って、横に座っているルカ様の頬に触れた。

「リゼ」

私の髪を優しく手に取って、ルカ様が私の名を呼んだ。

「はい」

ルカ様の金色の瞳が私の瞳を捉えたのがわかり、心臓がどきりと跳ねた。

「ごめん」

謝ってきたと思ったら、ルカ様が突然、私を引き寄せて抱きしめてきた。

「ル、ルカ様⁉」

予想もしていなかった出来事に動揺していると、ルカ様が私の耳元で囁く。

「驚かせて悪い。落ち着いて聞いてくれ」

「え？　あ、はい」

手をどこに回せば良いのかわからなくて、だらりと下ろしたまま小さく答えを返すと、ルカ様が小声で言う。

「黄色いインコが入ってきたが、たぶん人間だ。知られたくない話はしないでくれ」

「……はい」

話の内容も大事件なのだけれど、今の私は抱きしめられていることへの動揺の方が大きい。

そのことに気が付いたのか、ゆっくりとルカ様は私から身を離し、もう一度、謝ってくる。

「ごめん。そこまでしなくても良いのに、わざとやった」

「あ、謝らないでください！　婚約者ですから、別におかしいことじゃないですし」

わざと、の意味はわからない。でも、そんなことは今の私にはどうでも良かった。

恥ずかしさで目が潤(うる)んでしまい、情けない顔のままルカ様を上目遣(うわめづか)いで見ると、ルカ様は「――っ」と声にならない声を上げた。

「どうかされました？」

「……いや、なんでもない」

ルカ様は耳を赤く染めて、私から視線を逸らしてしまった。

動揺している気持ちをなんとか落ち着かせたあとは、ルカ様の言っていたインコの姿を探す。すると、窓際のカーテンレールの上に、全体的に黄色だけれど、頬らしき部分が丸くて赤い色をしたインコが止まっていた。

「わあ、可愛い！」

笑顔で立ち上がり、警戒しつつもインコに近付く素振りを見せると、インコは羽を大きく広げて威嚇してくる。

「チカヅクナ！　フローゼルケニ、チカヅクナ」

「リゼ」

ルカ様が私の腕を引っ張り、庇うように抱きしめてきた。

これもわざとなのかしら？　こんなことする必要あるの？

動揺している私のことなどおかまいなしに、ルカ様はインコに話しかける。

「普通の鳥じゃねぇな？」

「……」

インコは目を細めて答える。

「鳥じゃなかったら、なんだって言うの？」

「さあな……」

返ってきた声は、とても可愛らしくて耳によく通る声だった。

「まあ、いいわ。本当は私が人間で鳥に変身しているんだと言っても、どうせ信用しないでしょう？　人間の姿に戻ってもいいけど、服を着ていない状態で人間の姿に戻るから、さすがに男性の前では無理だわ。私の本当の姿が見たいなら男性は出てってくれる？」

「なんのことを言ってるのかわからねぇけど、リゼと2人にはさせない」

「……ナイト気取り？　それなら警告しておくわ。これ以上、リゼさんをフローゼル家に関与させないで。あ、リゼさんとの養子縁組はそのままにしておいてあげるから安心して？　そうじゃないと、リゼさんは平民になってしまうものね」

インコは「ふふふ」と笑うと、羽を大きく広げて言葉を続ける。

「ミカナのことも心配しなくていいわ。あの子、生意気だから、私が性根を叩き直すわ。奴隷とまではいかなくても厳しくしてあげるの。だって、彼女もリゼさんに、そういう扱いをしようとしていたのだから、文句は言えないわよね？」

インコはキャッキャッと笑い、再度、警告してくる。

「フローゼル家に近付かないで。下手に動くようなら、ミカナがどうなるかわからないわよ？」

「俺はミカナ嬢がどうなってもかまわないが？」

「ねえ、ルカ様？　リゼさんが大事なら、そのよく喋る口を閉じておいた方が良くってよ？　リゼさんを邪魔者扱いしちゃうかも。彼女を危険な目に遭わせたくないでしょう？」

「……もしかしてお前、ランクロ国のレンジロ家の人間か」

ルカ様が口にしたのは、ミカナを保護するらしいと話されていた公爵家の名前だった。

「わかっているなら話が早いわ。今の段階でフローゼル伯爵と取引ができなくなると困るのよ。これ以上、邪魔をしないでちょうだい」

可愛い声だけれど、強い口調でインコはルカ様に言った。

「俺を脅しても意味がないからな」

「わかっているわ。というか、あなた、普通に話をしてくるけれど、私が本当に人間だって信じてくれてるの？」

「人間が動物に変身するなんて不可能だ」

ルカ様はきっぱりと否定した。

これが普通の人の反応よね？　私だって、最初はルカ様たちのことをそう思ったもの。

レンジロ家の人は、ルカ様たちと同じように動物になれるみたい。でも、動物の姿から人間に戻ると裸の状態だと言っていたから、ルカ様たちとは違っているところがあるみたいね。

あと、記憶の件に関してはどうなのかしら？　今のうちに聞き出せることは聞き出した方がいいわよね？

「あ、あの、インコって話せるって聞きますし、あなたはとても賢いインコなのではないでしょうか？」

「そんなわけないでしょう！　あなた、頭悪いの？」

インコはイライラしているのか、羽を震わせてから言葉を続ける。

「あなたたちには信じられないかもしれないけれど、我が公爵家の人間は、成人になるまでは動物に変身できるのよ」

「……成人になるまで、ですか？」

「そうよ。本来なら大人になっても動物に変われるはずなのだけれど、お父様の代から無理になったのよ」

インコは素直にペラペラと話をしてくれる。

もしかして、何か大きな罪を犯さなければ、動物に変身できるとかかしら？

このインコは罪を犯しそうに見えないというか、言動から考えると無理だもの。

「あなたたち、本当に驚かないわね。どうしてなの？」

「どういう理由か調べたいから、とにかく捕まえる」

そう言って、ルカ様が疑ってくるインコに向かって手を伸ばした時だった。

「いやあああっ！」

インコは悲鳴を上げると、止まっていた場所から移動して外へ飛び出した。

「なんなの、あなた、とても怖いわ！　本能的に怖い！」

それはそうでしょうね。だって、ルカ様は豹なんだもの。豹は肉食動物だし、インコにしてみれば怖い生き物よね。

「逃げるなよ。今日は警告だけか？」

「ええ、そうよ！」

インコは素直に答えると、近くにあった木の枝に止まって叫ぶ。

「私はインコよりも小さな動物なら、なんにでも変身できるの。何か悪いことをしようものなら、動物に変身して、この家の内情を暴いてやるわ！」

「悪いことをしようとしてんのはそっちだろ。今回だって、お前が人間なら不法侵入で捕まるところだぞ。それに、どうしてそこまでフローゼル家に肩入れする？」

「お父様が取引しているからって言ったじゃないの！　ああ、私ったら、また色々と喋っちゃったわ。お兄様に怒られちゃう」

私とルカ様が窓際に立つと、インコは地面に降りて話を続ける。

「知られたくないことがあるのなら、大人しくしていること、きゃあああっ！」

話している途中だったけれど、庭を散歩していたらしい飼い猫のにゃうが、インコに飛びかかった。

間一髪で飛んで避けたけれど、にゃうは必死にインコを追いかける。

「お、お、覚えてなさいよぉ！」

インコは捨て台詞を吐いて飛んでいってしまった。

にゃうは残念そうに、「にゃう」と鳴くと、ふらりとどこかへ行ってしまった。

「逃がしてしまって良かったんですか？」

「良くはないだろうけど、逆に、ああいう馬鹿がウロウロしてくれる方が良いような気がする」

「どういうことです？」

「自分から勝手にペラペラ喋ってくれるだろ？　新しい動きがあれば飛んできて教えてくれそうな気がする」

「そうかもしれませんが、一体、どういうことなんでしょうか？」

問いかけると、ルカ様は神経を集中させるように目を閉じた。

「知らない人間の匂いが近くにないから話す」

ルカ様は窓を閉じて、ソファーに座るように促してから話を続ける。

「正直、動物に変身できるのは俺たちだけじゃないだろうと思ってた。だが、さっきのインコは大人になったら変身できない、元に戻る時は裸だと言ってた。ということは、俺たちとは違う、もしくは」

話の途中でトントンと扉が叩かれる音がして、ルカ様が「どうぞ」と返事をすると、ライラック様とルル様が部屋の中に入ってきた。

すると、何も話をしていないのに、ライラック様が訝しげな顔で口を開く。

「悪事を働いているから、神の加護（かご）がなくなったのかもしれないわね」

「聞いておられたんですね」

「ええ。気になったけれど、門の前に変な動物がいたから、そっちに行っていたのよ。遅くなってごめんなさいね」

「変な動物？」

ライラック様に聞き返すと、困ったような顔をして頷く。

「珍しい動物だったわ。なんだか白くてもこもこしていて。ラクダを可愛くしたみたいな？」

「おかーさま、あれは、アルパカというんですのよ！　とってもかわいかったです！」

ルル様が目をキラキラさせて教えてくれた。

「アルパカ？　よくわからねぇが、レンジロ家には息子と娘がいるから、インコが娘で、アルパカが息子といったところか」

眉根を寄せて言ったルカ様に尋ねてみる。

「どうして動物の姿で来たんでしょうか？」

「インコの姿だと屋敷に入りやすいからだろ」

「では、どうして、もう1人は、かなり目立つアルパカの姿で現れたのでしょうか？　しかも、私たちの記憶は書き換えられていません」

インコは理解できるけれど、アルパカの姿で現れる理由がわからなかった。

「インコを俺たちに接触させるために、皆の意識を逸らせようとしたか、もしくは、他国の公爵家がウロウロしていることを知られたくなかったか」

「とにかく調べないといけないことが山積みだわ」

ライラック様はこめかみを押さえて、大きく息を吐いた。

外伝1　家族の時間

これは、ジョシュ様が辺境伯領に戻られる数日前。学園が休みでよく晴れた日の朝の話だ。

ノルテッド家の人たちと一緒に朝食をとっていると、実家から連れてきた白と黒のハチワレ猫のはっちゃんこと『八』が、私の足下にやってきて「にゃーん」と鳴いた。

今まで知らなかったのだけれど、甘えん坊な子はオス猫の方が多くてよく鳴くのだと、ルル様から教えてもらった。

はっちゃんも例に漏れず、何かあると「にゃーん」と鳴いて、私の足に体を擦り寄せてきた。

はっちゃんと一緒に部屋に入ってきた、同じくハチワレ猫の『にゃう』は、女性が苦手で男性が好きというわかりやすい猫だ。

今は私から見えないけれど、ジョシュ様の太ももの上に乗って「にゃう、にゃう」とご機嫌そうに鳴く声が聞こえる。

にゃうと名付けたのはルカ様で、「にゃうにゃう鳴いてるから」という理由だった。安易な名付け方と思う人もいるかもしれないけれど、ルカ様なりに時間を使って考えたらしい。

にゃうも意味をわかっていないけれど、名前を呼んだら嬉しそうにやってくる。にゃう自身が気に入っているのなら、それはそれで良いと思っている。

「リゼさん、今日は何か予定があったりするのかしら？」

ライラック様に尋ねられて、素直に答える。

「特にありません。部屋でゆっくりしたり、猫たちと遊ぼうかと思っていました」

「なら、中庭でピクニックなんてどうかしら？」

「ピクニック、ですか？」

あまり聞き慣れない言葉だったので聞き返すと、ライラック様が笑顔で教えてくれる。

「どこかへお出かけして、持っていった食べ物をいただいたりすることなんだけど、せっかくだから別邸の中庭でやってみないかという話になったのよ」

「この別邸を作ったのは良いが、忙しくて中庭の散歩もできていないからな。使用人たちには、家族水いらずにしてほしいから、その間は中庭に近付かないようにと伝えておく」

ライラック様の言葉をジョシュ様が引き継いだ。

「ということは、動物の姿になるんですか？」

私が尋ねると、ジョシュ様は笑って頷く。

「ああ。リゼはその方が楽しいだろう？」

「皆さんと一緒にピクニックができるだけで十分楽しいので、人間の姿のままでも大丈夫ですよ？」

「でも、黒豹やホワイトタイガーにヒグマなんて、そう近距離で見られるものではないから珍しい体験ができるわよ」

ライラック様が微笑んで言う。そう言われると、好奇心が湧いてくる。

お願いしても良いのかしら？

「リゼさんは正直で可愛らしいわね」

他の人に言われたのなら嫌味とも取れる言葉だけど、ライラック様がそんな方とは思えないので苦笑する。

「可愛いかどうかはわかりませんが、そう言っていただけるのは嬉しいです。でも、すぐ顔に出るのは良くないことですよね」

両頬を押さえて言うと、ジョシュ様がフォローしてくれる。

「顔に出しても良い時だってあるんだから、時と場合を選べば良い。今は顔に出しても良い時だよ」

「ありがとうございます」

ジョシュ様に笑顔を向けると、優しい笑顔を返してくれた。

ルカ様は、普段はライラック様に似ているなと思う時が多い。でも、こうやってジョシュ様の笑顔を見ると、ルカ様のお父様だということがはっきりとわかる。

　無邪気な笑顔はルカ様と共通するところがあるのよね。

　もちろん、それ以外にも似ているところはあるのだけど、顔立ちで言うと笑顔が一番似ていると思う。

「おい、リゼ。俺の顔に何か付いてるのか？」

　無意識に見つめていたからか、ジョシュ様に不思議そうにされてしまい、私は慌てて視線を逸らす。

「申し訳ございません。素敵な笑顔でしたので、つい」

「お、嬉しいなぁ」

「駄目よ、リゼさん。ジョシュは私の夫なんだから」

　柔らかい表情を浮かべたジョシュ様の耳を引っ張ったあと、ライラック様がからかうような口調で抗議（こうぎ）してきた。

「お二人がラブラブなのはわかっています」

　2人に向かって微笑んで言う。その時、強い視線を感じて横を見てみると、ルカ様と目が合った。

「どうかされましたか？」

「リゼはあんなのが好みなのか？」

「あ、あんなのとは？」

「おい、ルカ！　あんなのってのはどういう意味だ！　お前の父親だぞ！」

ジョシュ様が声を荒げると、ジョシュ様の太ももの上でくつろいでいたにゃうが、大人しくしてと言わんばかりに「にゃうー」と鳴いた。

それから数時間後、私たちはノルテッド家の中庭にいた。

先程はその場にいなかったラビ様も一緒だ。

庭園の少し開けた場所にシートを敷いて、女性陣は全員、パラソルの下に座っている。ラビ様はすでにウサギの姿になっていて、私とルル様の間に全身を伸ばして寝そべっていた。

ラビ様の足がだらんと伸びている姿がとても可愛らしい。まだ人間の姿のルル様も同じことを思っているようで、さっきからラビ様の頭を撫でたり、大きな体に頬ずりをしたりしていて、それはそれで可愛い。

隣のシートにはルカ様とジョシュ様がいる。２人は何やら真剣な表情で小声で話をしていた。

ジョシュ様が辺境伯領に帰る日までに、こうやってのんびりと過ごせる時間ができて本当に幸せだ。

ただ、ここにいるのは、私以外は全てノルテッド家の人たちだ。私だけが部外者だから、家族団らんの邪魔をしているみたいで、とても申し訳ない気持ちになっていた。

すると、そんな気持ちを察してくれたのか、にゃうや、はっちゃんたちが、低木の隙間(すきま)から顔を出した。茶トラ猫のトランがいち早く寄ってきて、ラビ様に頬を寄せているルル様の隣で、自分の体をラビ様にこすり付けている。

トランはメス猫でラビ様のことがお気に入りだった。人間の姿のラビ様も大好きで、見つけたらくっついていることが多い。今も、ラビ様を探してここまで来たのかもしれない。

にゃうやはっちゃんや、他の猫たちも、なぜかラビ様のところに集まってしまった。そのため、パラソルの下は一気に密度が増して、「にゃあ」「にゃう」「みゃー」などという猫の声で騒がしくなった。

「ラビはウサギの時は人気者なのに、人間の時は駄目なのよねぇ」

ライラック様がため息を吐くと、ラビ様はライラック様の方に顔を向けて言う。

「別に僕は、結婚願望はないからいいのだよ。ノルテッド家の跡継ぎはルカに決まっているから、僕はのんびりしていれば良いんだ」

「何を言っているのよ。いつまで実家にいるつもりなの」

ライラック様がラビ様の片耳を軽く掴むと、ラビ様は前足をばたつかせて嫌がる。

「掴むのはやめてくれよ。ルカが辺境伯領に戻ってきたら、家から出ていくつもりだよ。安心してくれたら良い」

「別に出ていかなくてもいいですよ」

ライラック様とラビ様の会話を聞いていたのか、ルカ様が続ける。

「叔父上がいてくれた方が楽しくて良いです」

「そうですわ。おじさまがいなくなるのはいやです！　ルルはおおきくなっても、おじさまをぎゅっとするって、きめているのです！」

「そうだね。ルルもその頃には力の加減ができるようになっているかな？　それに、その頃はリゼがルカのお嫁さんになっているだろうから、それはそれで楽しそうだなぁ」

「「えっ⁉」」

ルカ様と私の驚く声が重なった。

ラビ様は体を起こし、後ろ足2本で立ってから私たちを見る。

「だってそうだろう？　ルカが辺境伯領に戻るということは、ルカもリゼも学園を卒業している。ということは、婚約者であるリゼも一緒に来るんだからね」

ラビ様は鼻をフゴフゴと動かしながら、私に顔を向けてきた。その姿が愛らしすぎて、私も頬ずりしたくなった。そんな衝動をなんとかこらえて、ラビ様が話してくれたことについて考えてみる。

そういえば、卒業したらどうなるのかしら。私も辺境伯領に一緒に行くの？　でも、お飾りの妻なら一緒に行かなくてもいいわよね。

「わかりません。私はここに住むのかもしれませんし」

はっちゃんが「にゃおん」と鳴いて、私の太ももに前足をかけてきた。抱き上げてから、話を続ける。

「猫たちの世話もしないといけません。それに、私がルカ様のお嫁さんだなんて恐れ多いですし、その時になりましたら、愛人という立場でここで働かせていただければ嬉し」

話の途中だったのに、ノルテッド家の人たちが騒ぎ出す。

「何を言っているのよ、リゼさん！　そんなことあるわけないでしょう！　ルカがそんなふざけたことを言い出したら、遠慮なく私に言ってちょうだい！　もしかして、すでにそんな馬鹿なことを言っていたりするの⁉」

「リゼおねーさま、そんなことはぜったいにありませんわ！　おにーさまがリゼおねーさまにすてられるならまだしも！　おにーさまがリゼおねーさまをてばなすだなんてありえません！」

「え？　あ、いえ！　ルカ様は何も言っておられないですし、私からルカ様を捨てることはありません」

慌てて首を横に振ると、苦笑いを浮かべたジョシュ様が尋ねてくる。

「リゼはルカよりも良い男が現れたらどうするつもりなんだ？」

「ルカ様よりも良い男の人、ですか？」

「ああ。親の俺が言うのもなんだが、まあ、ルカの見た目は良い方だ。頭も悪くない。ただ、言葉遣いと性格が問題だ。だけど、見た目が良くて頭も良い上に、性格も良くて上品な紳士がリゼと結婚したいと言い出したら、リゼはどうするんだ？」

「どうするか……、ですか」

返答に困ってしまい、ルカ様の方に視線を向ける。目が合ったルカ様はなぜか、焦ったような顔をしていた。

話を振られるのが嫌みたいだし、私との結婚を改めて考えてみて嫌になったのかもしれない。それなら、安心させるようなことを言わなくちゃ駄目ね。

「そうですね。ルカ様より素敵でなくても、私のことを好きだと言ってくれて、大事にしてくれる方が現れた場合は、その方のお嫁さんにしてくださいとお願いするかもしれません」

「駄目だ」

突然、ルカ様が言葉を発したので、一斉に視線がルカ様の方に向けられた。ルカ様は軽く睨むように私を見つめて言う。

「リゼは俺の婚約者だろ。俺のことを信じてないのか？」

「はい？」

ルカ様がどうして怒り出したのかわからなくて困惑してしまう。

「ルカ、そんな話をして良いのは、ちゃんと告白してからだよ」

「そうよ。あなた、ただの面倒くさい男になっているわよ」

「えっ⁉」

ラビ様とライラック様に苦言を呈されて、ルカ様は驚いた顔になった。

「おにーさま、もう、おにーさまのきもちなんてバレバレなのですから、いってしまわれたらどうなのです？　リゼおねーさまはおやさしいですから、きっとうけとめてくださいますわ。たとえ、おにーさまのことが、タイプではなくてもです」

そう言って、ルル様は私の太ももの上で横になっている、はっちゃんを撫でる。

「すなおにならないといけないときもありますのよ。ねぇ、はっちゃん？」

話しかけられたはっちゃんは「にゃー」と返事をした。

「ルルは素直すぎるだろ」

「ときにはすなおもひつようですわ。おにーさまのばあいはすなおになれないというよりかは、はずかしいだけかもしれませんけれど」

ルル様がルカ様を見て笑う。ルカ様は何も言い返せないのか、口をへの字に曲げて黙ってしまった。

「ルカもまだまだ若いな。俺じゃなくライラックに似れば良かったのに」

「うるせぇな」

拗ねてしまったのか、ジョシュ様に答えるルカ様の言葉が乱暴になった。

「ライラック様に似ておられたらどうなるんですか？」

話題を変えたいためではなく、実際に気になってジョシュ様に尋ねてみた。すると苦笑してルル様を指差す。

「ああなる」

「えっと」

一瞬、どういう意味かわからなかったけれど、ルル様のイグル様への愛情表現を思い出して驚く。

「え!? じゃあ、ライラック様もジョシュ様にはあんな感じだったのですか？」

「そうだぞ」

「そうよ。ジョシュに何度断られても諦めなかったわ」

ライラック様が得意げに胸を張って微笑んだ。思いがけず、お二人の昔の話が聞けてテンションが上がってしまう。

「わぁ、素敵です。どうやって口説き落とされたんですか？」

それからは、ライラック様とジョシュ様の昔のお話や、ラビ様の若い頃のお話などを聞かせてもらったりした。

そうこうしているうちに、お腹が減ったという話になり、持参していたサンドイッチを食べることになった。

飲み物は数種類の果実ジュースで、まずは、どれを飲むかで盛り上がる。

「わたくしはオレンジジュースがいいですわ」

「私もそれでお願いします」

「うふふ、リゼおねーさまといっしょですわ」

ルル様は私に笑顔を見せてくれたあと、なぜか、ルカ様の方を見た。

「俺もオレンジジュースにする」

「あら、あなたはいつもアップルジュースでしょう？」

仏頂面で言ったルカ様にライラック様が笑いながら、アップルジュースの入ったコップを手渡した。

「ルカ様はアップルジュースがお好きなんですね」

「別に、他のも飲める」

「たべものやのみもののしゅみが、おなじとのがただと、よいですわね。イグルさまも、オレンジジュースがおすきなんですのよ」

「そうなんですね」

ルル様に微笑んで頷くと、ルカ様が「これからは、オレンジジュースも飲む」となぜか意地を張ったような発言をしてきた。

ジョシュ様は自分で持参したお酒を飲もうとしていて「昼間から飲まないでちょうだい」とライラック様に怒られた。

好きなサンドイッチの具材について話をしたりしていると、あっという間に時間が過ぎてしまった。

「せっかく今日はリゼにもふもふを味わわせてあげようと思ったのに、僕のもふもふを実感したのは猫とルルだけになってしまった。ごめんよ、リゼ」

ラビ様がお詫びだと言わんばかりに、私の前でごろりと横になった。そんなラビ様を撫でながら微笑む。

「いいえ。とっても楽しかったので満足です。今日はありがとうございました」

「待って。じゃあ、家族写真を撮りましょう！　私たちは動物の姿でね」

ライラック様が立ち上がると、ジョシュ様が近くに置いていたカメラと三脚を持ってきた。写真はこの国ではとても高価なもので、カメラを持っているということだけで、ノルテッド辺境伯家の財力がわかる。

こんなお家に私が嫁に行っても良いのかしら。

カメラの準備をしているライラック様たちを見つめながら思っていると、ルカ様が近寄ってきた。

「リゼ」

「はい」

「リゼは自分の事情を知っている奴としか結婚しないよな？」

「……そうですね。両親の仇を討ちたいです。それがどんな形であっても」

「なら、嫁に行くなら俺のところじゃないと駄目だろ。まあ、その、詳しいことを知ってるのはノルテッド家だけじゃないけど」

「この国の高位貴族の方なら知っておられるとのことでしたし、万が一、どなたかに見初められることがあったら、すぐにルカ様に言いますね」

そんなことはありえないと思う。でも、ルカ様の気持ちを少しでも楽にしてあげたくて言ったつもりだった。

「違う！　そういう意味じゃなくって！」

「どういう意味でしょう？」

ルカ様が焦った様子なので、余計にわからない。

どうしたらルカ様は納得してくれるのかしら。やっぱり、婚約を解消しないと駄目なの？

「何してるのよ、ルカ。早く、黒豹になりなさい！」

カメラの準備を終えたライラック様が近寄ってきた時には、ジョシュ様たちは動物の姿に変わっていた。

「お邪魔だろうから避けておくよ」

そう言って、ラビ様が今いる場所から離れていこうとしたので、私はラビ様を慌てて抱き上げる。

「私も邪魔ですから避けておきます」

「駄目よ！　リゼさんもラビも来なさい！　猫たちもよ！　家族写真なんだから！」

ライラック様に叫ばれたラビ様は、「やれやれ、おっかない。大人しく写してもらおうか」と言って私を促す。

手招きしているライラック様の隣に立つと、右隣に黒豹になったルカ様がやってきて、スリスリと私の足に頭を押し付けてきた。

「ル、ルカ様？」

困惑の声を上げた私を見たライラック様が叫ぶ。

「ちょっと、ルカ！　それは痴漢（ちかん）行為よ！　やめなさい！」

「ち、痴漢!?」

ライラック様がルカ様に飛びかかる瞬間、シャッターが自動で切られる音が聞こえた。

「おい、そんなに何度も撮れるもんじゃないんだぞ」

ジョシュ様の呆れた声を聞いたライラック様は、ルカ様を押さえつけていた体を離し、しょぼんと頭を下げた。

◆◇◆◇◆

後日、辺境伯領に戻ったジョシュ様から、手紙と現像（げんぞう）した写真が送られてきた。

現像してもらった写真は、他の人が見たら、私がウサギのラビ様を抱えて、ノルテッド家の人たちと笑顔で写っているものらしい。

でも、私やノルテッド家の人たちが見ると、ホワイトタイガーのライラック様が、黒豹のルカ様に攻撃を仕掛けている写真になっていた。そして、ウサギのラビ様は呆れるように2人を見つめていて、私は目と口を大きく開けて驚いているものになっていた。

後ろ足2本で立っているヒグマのジョシュ様も、「あ」と言わんばかりの顔をしていて可愛らしい。

ルル様と猫たちはカメラ目線で大人しく収まっていて、ルル様は写真を見てご満悦だった。

「わたくしや、にゃうたちはかわいくとれていますわ」

「これは撮り直さないといけないわね」

「そうですね」

写真を見て頭を抱えるライラック様とルカ様だったけれど、そんな2人を見たラビ様が笑って言う。

「これはこれで良い写真なんじゃないかなぁ」

「私もそう思います」

笑顔で頷くと、ライラック様とルカ様は眉根を寄せはしたけれど、それ以上何も言わなかった。

「とっても素敵な写真だわ」

談話室の飾り棚の上に置かれた写真を見て、私は満足げに微笑む。
ハプニングはあったけれど、この1枚は私にとって最高の家族写真になった。

外伝2　ノルテッド辺境伯家の、リゼには内緒の話

「ルカと結婚したら、魔法の家系図にはリゼさんの名前を書くわけだけど、リゼさんはどんな動物になるのかしら」

夕食を終えてリゼが入浴中の間は、俺と父上、それから叔父上は、なぜか母上と一緒にいなければならないことになっている。

若い女性の風呂上がりを見て、変な気を起こしてはいけないと母上は言うけど、父上と叔父上がそんな気を起こすとは思えない。

もちろん、俺だってそうだ。それくらいの理性はある。というか、リゼに泣かれる方が嫌だから、絶対に大丈夫だ。

「ねえ、ルカ、聞いてるの？」

「聞いてます。そんなの、結婚して、そこに書いてみないとわからないんじゃないですか」

「それはそうかもしれないけれど」

母上は不満そうに口を尖らせた。

「おにーさまはリゼおねーさまがどんなどうぶつになるのか、きになりませんの？」

ルルに聞かれて、素直に答える。

「気にはなるけど、どうせいつかわかることだろ」

「わかりませんわ。おにーさまがリゼおねーさまにフラれてしまう、かのうせいだってありますもの」

「フッ⁉　フラれる⁉」

俺が動揺したことが面白いのか、向かい側に座っている父上と、俺の隣に座っている叔父上が声を上げて笑う。

「リゼは優しいからお前をフルだなんてことはないだろうが、よっぽど良い男に迫られたら、迷うだろう。それに、リゼにだって選ぶ権利はあるからな」

「そうだね。リゼは良い子だし、彼女の良さを知ったら、他の男性も放っておかないんじゃないかなぁ。もちろん、ルカも良い子だと僕は思っているけれど、ちょっと言葉足らずというか、女性慣れしていないところがあるから心配だよ。リゼは自己肯定感がまだまだ足りない子だから、口に出してあげないと伝わらないよ？」

叔父上は動物の姿が気に入っているのか、今もウサギの姿だ。だから、嫌なことを言われても、つい許してしまいそうになる。それに、叔父上の言うことは間違っていない。

にしても、叔父上のウサギの姿は可愛い。リゼもとても気に入っている。

リゼは動物全般が好きみたいだけど、その中でも見ていて可愛い仕草をする動物が好きみたいだ。だから、リゼは俺たちみたいな肉食獣じゃなくて、草食動物とか、可愛い動物になりそうな気がする。

「俺は、リゼは小動物のような気がする」

「あら、どうして？」

俺の意見を聞いた母上が首を傾げる。

答えは簡単で、普通に可愛いから……、なんだが、そんなことを口にすれば何を言われるかわからない。だから、無難な答えを返しておくことにする。

「リゼの性格上、そう思っただけです」

「小動物というと何かしら？　リゼさんには戦ったりしてもらうつもりはないから、愛玩動物みたいな感じも良いかもしれないわね」

「しょうどうぶつといっても、たくさんありますわ！　いぬもちいさいものは、しょうどうぶつ、ですわよね？　でも、リゼおねーさまなら、どんなものになっても、ぜったいにかわいいですわ！」

父上と母上の間に挟まれたルルがご機嫌な様子で言う。

正直、ルルがリゼにここまで懐くとは思っていなかった。それについては、母上たちも驚いている。
辺境伯領にいた頃も明るかったけれど、子供のくせに、どこか遠慮しているように見えた。でも、今のルルは大人びた発言が多いけど、以前と比べて、ワガママをよく言うようになったと思う。

父上曰く、兄と姉は違うのではないかということだった。

まあ、俺は女子の気持ちがわかるかと言われれば、絶対と言っていいくらいにわからない。だから、ルルも俺のことを頼りにならないと思っていた部分があったのかもしれない。

「そうね。でも言われてみると、私もリゼさんは小動物って感じがするわ。だけど、猫や犬とかじゃなくて珍しい動物のような気もするのよ」

「戦闘能力は低そうだな。まあ、リゼはルカが守ればいいから、強くなくても良いが」

父上が俺を見て言うから、無言で頷く。

「おにーさまとリゼおねーさまのこどもでしたら、わたくしのことを、おねーさまとよんでくれるでしょうか」

「呼んでくれると思うわよ。リゼさんとルカの子供は、人間でも動物でも可愛い子なんでしょうね。初孫が早く見たいわぁ」

「そういうことをリゼの前で言うなよ。冗談の通じない子だ」

夢見るような表情を浮かべる母上に叔父上が注意すると、母上はしゅんとした顔になる。

「そうね。リゼさんのことだから、ご期待に応えられないかもしれないからルカと別れるとか言い出しそうだものね。それに、子供を急かすなんて、いくら義理の親でも言って良いことじゃないわ」

ため息を吐いた母上に、父上も頷く。

「そうだな。そういうことをプレッシャーに感じる人だっているからな。お前にそのつもりはなくても受け取る側の気持ちも考えないと」

「わかったわ」

母上がこめかみを押さえて頷いた時、談話室の扉がノックされた。リゼで、入ってきた瞬間、真剣な表情の俺たちを見て不思議そうな顔をする。

「どうかされましたか？」

「いや」

今日のリゼはタオルドライが足りなかったのか、いつもよりも髪が湿(しめ)っていて、雰囲気が違う。心臓が早鐘(はやがね)を打った。

慌てて視線を逸らすと、そんな俺を父上と叔父上が見つめてきた。

「ルカは見張っておいた方が良さそうだな」

「そうだね。見張っておいた方が良さそうだ」

父上と叔父上に言われて、俺は何も言い返すことができなかった。

あとがき

こんにちは、風見ゆうみです。

この度は「こんなはずじゃなかった？　それは残念でしたね～私は自由気ままに暮らしたい～」をお手に取っていただきありがとうございます。

「幸せに暮らしてますので放っておいてください！」に引き続き、ツギクルブックス様で書籍化できることになりましたのも、本作品を読んでくださり、応援してくださった皆様のおかげです。本当にありがとうございます。

もふもふが出るファンタジーものが書きたいと思い、この作品が出来上がりました。書いていくうちに、もっともふもふを！　という欲求が出てしまい、現在、連載中の「小説家になろう」様のほうでは、最後に出てきた鳥たちも含め、新たな動物たちが出ております。もふもふ好きな方には、そちらも楽しんでいただけたら嬉しいです。

そして、普段はリゼの一人称になっておりますが、書籍のほうではルカの一人称も増やしましたので、そちらもweb版との違いとして読んでいただけますと幸いです。設定やエピソードも微妙に変わっていたりしますので、その辺も楽しんでいただければと思います。

書き下ろし番外編につきましては、ほのぼのとした日常を楽しんでもらえましたら嬉しいです。

　今のところ、自由気ままに暮らせてはおりませんが「暮らしたい」ですので、暮らせるまで、ぜひ、リゼたちにお付き合いくださいませ。

　もふもふは現実でも大好きなんですが、実家に犬がいた時に、アトピーが酷くなり調べたところ、犬アレルギーと診断されました。シーズーという犬種で比較的、毛が抜けにくい犬種だったので良かったですが「あなたはアレルギー体質だから、どの動物も飼ってはいけない」とも言われました。

　現在、アレルギーの薬を飲んでおりますので、まだマシではありますが、保護したりする以外はお迎えできないことは確かですので、お話でもふもふを書いて楽しんでいたりします。

　最後に、書籍化にあたりご尽力いただいた担当編集者様、素敵なイラストを描いてくださったしあびす様。直接やり取りするなどはできておりませんが、本の制作に携わってくださった皆様。この本を手にとってくださった皆様に心より感謝申し上げます。

　この作品に出会っていただき、本当にありがとうございました。

　またどこかで、お会いできますことを心より願っております。

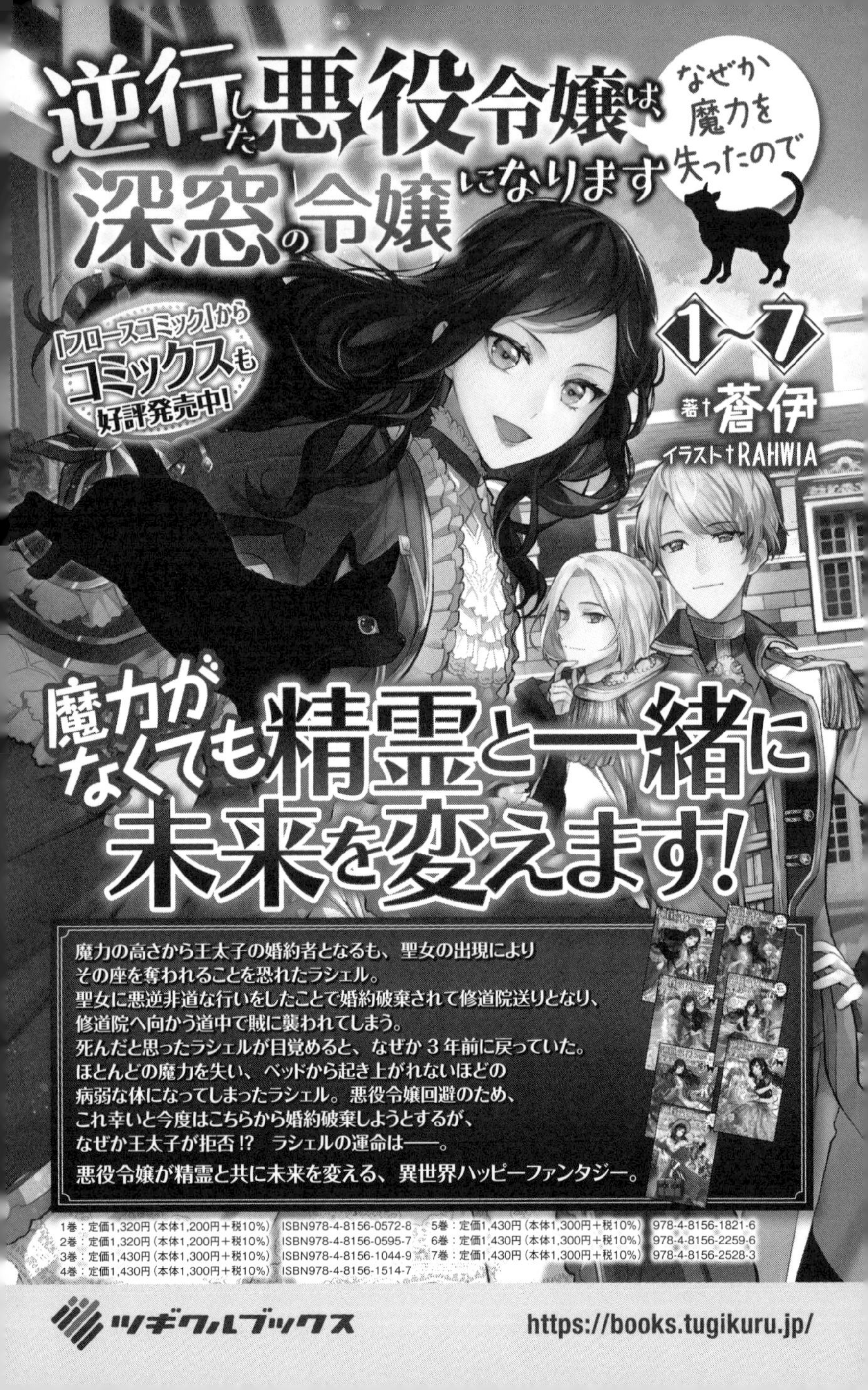
逆行した悪役令嬢は、なぜか魔力を失ったので深窓の令嬢になります
1～7
著†蒼伊
イラスト†RAHWIA
「フロースコミック」からコミックスも好評発売中!
魔力がなくても精霊と一緒に未来を変えます!
魔力の高さから王太子の婚約者となるも、聖女の出現により
その座を奪われることを恐れたラシェル。
聖女に悪逆非道な行いをしたことで婚約破棄されて修道院送りとなり、
修道院へ向かう道中で賊に襲われてしまう。
死んだと思ったラシェルが目覚めると、なぜか３年前に戻っていた。
ほとんどの魔力を失い、ベッドから起き上がれないほどの
病弱な体になってしまったラシェル。悪役令嬢回避のため、
これ幸いと今度はこちらから婚約破棄しようとするが、
なぜか王太子が拒否!? ラシェルの運命は――。
悪役令嬢が精霊と共に未来を変える、異世界ハッピーファンタジー。
1巻：定価1,320円（本体1,200円＋税10%） ISBN978-4-8156-0572-8
2巻：定価1,320円（本体1,200円＋税10%） ISBN978-4-8156-0595-7
3巻：定価1,430円（本体1,300円＋税10%） ISBN978-4-8156-1044-9
4巻：定価1,430円（本体1,300円＋税10%） ISBN978-4-8156-1514-7
5巻：定価1,430円（本体1,300円＋税10%） 978-4-8156-1821-6
6巻：定価1,430円（本体1,300円＋税10%） 978-4-8156-2259-6
7巻：定価1,430円（本体1,300円＋税10%） 978-4-8156-2528-3
ツギクルブックス
https://books.tugikuru.jp/

幸せに暮らしてますので放っておいてください!

著 風見ゆうみ
イラスト CONACO

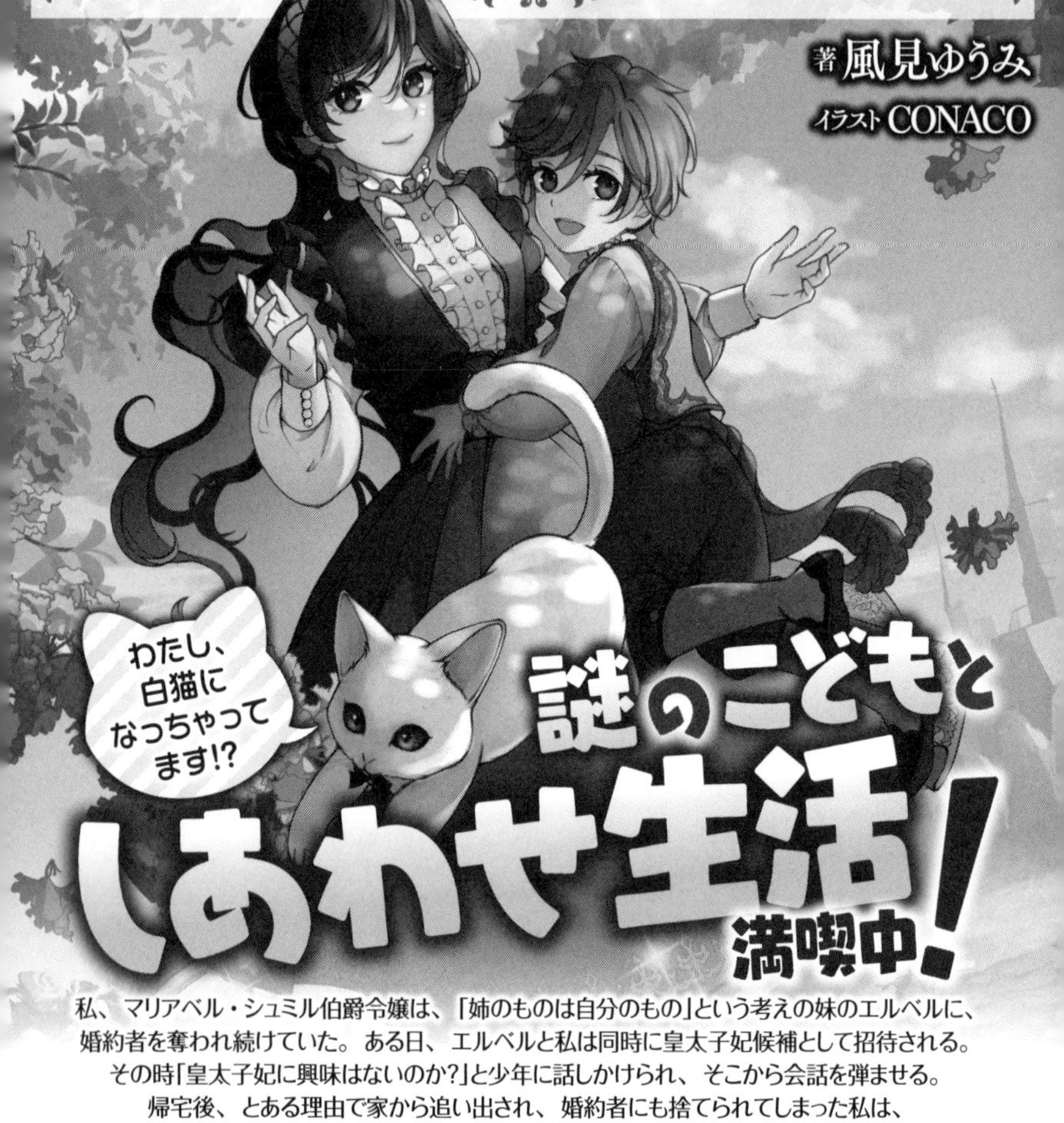

私、マリアベル・シュミル伯爵令嬢は、「姉のものは自分のもの」という考えの妹のエルベルに、
婚約者を奪われ続けていた。ある日、エルベルと私は同時に皇太子妃候補として招待される。
その時「皇太子妃に興味はないのか?」と少年に話しかけられ、そこから会話を弾ませる。
帰宅後、とある理由で家から追い出され、婚約者にも捨てられてしまった私は、
親切な宿屋の人に助けられ、新しい人生を歩もうと決めるのだった。
そんな矢先、皇太子殿下が私を皇太子妃に選んだという連絡が実家に届き……。

定価1,320円(本体1,200円+税10%)　ISBN978-4-8156-2370-8

ツギクルブックス　https://books.tugikuru.jp/

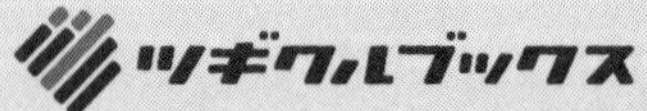

愛読者アンケートに回答してカバーイラストをダウンロード！

愛読者アンケートや本書に関するご意見、風見ゆうみ先生、しあびす先生へのファンレターは、下記のURLまたは右のQRコードよりアクセスしてください。

アンケートにご回答いただくとカバーイラストの画像データがダウンロードできますので、壁紙などでご使用ください。

https://books.tugikuru.jp/q/202403/konnahazujanakatta.html

本書は、「小説家になろう」（https://syosetu.com/）に掲載された作品を加筆・改稿のうえ書籍化したものです。

こんなはずじゃなかった？　それは残念でしたね
～私は自由気ままに暮らしたい～

2024年3月25日　初版第1刷発行

著者　風見ゆうみ

発行人　宇草 亮
発行所　ツギクル株式会社
〒105-0001　東京都港区虎ノ門2-2-1
発売元　SBクリエイティブ株式会社
〒105-0001　東京都港区虎ノ門2-2-1

イラスト　しあびす
装丁　株式会社エストール

印刷・製本　中央精版印刷株式会社

ISBN978-4-8156-2561-0
Printed in Japan

【プロローグ】

念入りに手を洗い、時間をかけて温風で乾かす。それからネクタイを締め直し、小声で「頑張れ、自分」と三回唱えた。だが、鏡に映った僕は明らかに帰りたそうな顔をしている。とりあえず、微笑みかけてみた。

トイレから出ると、奥原さんがスマホを退屈そうに弄っていた。二つ下の後輩。男性社員からはいい噂を、女性社員からは愚痴を聞かされるけれど、僕自身は彼女のことをあまり知らない。

「坂井さんはカラオケになるとトイレが近くなりますよね。苦手なんですか？」と彼女はくにゃっと首を傾げて訊ねる。

「聴くのは嫌いじゃないんだけど」

この一時間で僕が席を外すのは三回目。少々露骨だったか。うちの部署の飲み会は決まって二次会がカラオケなのだが、本音を言えば宴会自体が苦手だ。

「私も。だから頻繁にトイレに逃げて、猫の画像を見てリフレッシュしてるんです」

「へー。いつもSMAPの曲を上手に歌っているから、得意なんだと思ってた」

「廣田さんがSMAPファンだから、ワンカラで特訓したんですよ」と明かしながら小悪魔的な笑みを見せる。

賢い処世術だ。お局の廣田さんに気に入られておけば、他の女性社員など怖くない。

「廣田さんのSMAP愛はすごいよね。解散からもう十年くらい経つのに、冷めるどころか年々熱くなっている。あれこそ、ファンの鑑だよ」

「坂井さんには何か熱くなれるものはありますか？」

「今は特には」

「私は坂井さんに熱を上げています。一緒に抜け出しません？」

「そういうわけにはいかないよ。同期の送別会だから、最後までちゃんと祝いたい」

今夜は三次会にも参加するつもりだ。

「まだ五年目、これから戦力になるって時にデキ婚かよ。って部長たちが陰で文句言ってましたよ」

「寂しさの裏返しだよ。入社した時からみんなに可愛がられていたから」

「そうですかね？」と首を捻ってから一歩近くに寄る。「じゃ、今度デートしてくれますか？」

「随分と積極的だね」

「だって坂井さんはモーションをかけても全然気付かないから。けど、鈍感なふりだったりして？」

なんとなく察していた。

「いや、本当に鈍いんだよ」

「彼女、いないんですよね？」

「まあ」

僕がフリーであることはリサーチ済み。勝算があると踏んで待ち構えていたのか。

「なら、お試しデートの一回や二回、いいじゃないですか」

「よくない」

「どうして？」

凄むような訊き方に怯み、半歩後退りする。同時に、口から「他に好きな人がいるか

ら」という言葉が零れた。

「その人ってどんな女性ですか？」

「高校時代の同級生」

「もしかして、ずっと好きなんですか？」

「まあ」

「まさか、初恋？」

「あっ、うん」

強く意識したことはないけれど、初恋と言えなくもない。

「その人に告白してください。ふられたら、私とデートしましょう」と奥原さんは一方的な要求を涼しい顔で言う。

「できない。連絡先を知らないんだ」

「同級生なら知り合いの何人かに訊けばわかりますよ」

「その人がどこで何をしているのか誰も知らないんだ」

「それって付き合えるチャンスがないってことですよね？ それなのに、何年も好きなんですか？」

「ああ」

気味悪がられるだけだと思い、みんなには直隠しにしていた。だけど言わざるを得ない状況になってしまったのだから、しょうがない。

「ひょっとしたら、もう死んでいる可能性だってありますよ」

「あるね。でもいいんだ。実際に死んだようなものだし」

「そんなに私のこと嫌いですか？」

「えっ？　嫌いではないけど……」

「嫌いなら男らしくはっきり言ってほしかったです。回りくどい断り方は余計に傷付きます」

　何か誤解が生まれたようだ。

「いや、本当なんだ。九年ほど片想いを続けている」

「もういいです。坂井さんの気持ちはよーくわかりましたから」

　そう言い放って僕から離れて行く。しかし同僚たちがいる部屋とは逆方向だ。見るからに不機嫌そうな歩き方でエレベーターへ向かう。先に帰るのか？

　自由奔放な恋愛を楽しんでいる奥原さんには、望みのない片想いは作り話にしか感じられないらしい。わからないでもないが、僕なりに彼女のまっすぐな気持ちを酌んで誠意のある対応をしたつもりだ。こんなことになるなら、適当な嘘で誤魔化せばよかった。

　僕もみんなのところへ戻る気になれない。徒らに過去を穿られて胸が落ち着かない。かと言って、帰るわけにはいかない。困り果てて立ち尽くす。右に行けば同僚、熱唱、拍手。左に行けば、エレベーター、出口、雑踏。どっちも喧しい。

頭を左右に振って考えあぐねていたら、避難口誘導灯が目に留まる。僕は白と緑の矢印に沿って歩いて行く。同僚のいるカラオケルームを通り過ぎ、突き当たりのドアを開けて非常階段に出た。

剝き出しの鉄骨がそこはかとない寂寥感を漂わせている。確か、十一階建てだ。エレベーターで四階まで昇った時に、階数表示の最大が『11』だった。

カンカンと踏み鳴らして最上階まで上ると、屋上へ続く階段が封鎖されていた。格子状のドアが嵌め込まれていて、鍵がないと開かない。ドアの上も格子になっているから、よじ登って入ることはできない。

だが、このタイプならそう難しくない。がら空きになっている横から回り込めばいい。僕は革靴と靴下を脱ぎ、ドアの前に置く。それから格子のパイプを摑みながら階段の手摺の上に乗る。誰かが見ていたら、「飛び降り自殺をする気だ！」と通報しかねない。でも非常階段は繁華街の通りに面していない。真逆なので人目に付かない。

そろりと下を覗く。ビルとビルの間。暗くてよく見えないが、高さは三十メートルはある。落ちたら即死だ。だけど両手を同時に格子のパイプから離して移動しない限り、悲惨な目に遭うことはほぼない。

常に片手はパイプを力いっぱい握る。それを強く心掛ける。裸足だから足を滑らせる可能性も低い。公園のジャングルジムとそう変わらない。幼児にできて大人にできないことはない。無闇にビビらなければ、危険性は限りなくゼロに近い。

難なくドアの裏側へ回り込めた。格子の間から靴と靴下を取って履く。そして階段を上り、このビルの頂点に到達する。屋上らしい光景が広がっていた。空調機器、変電設備、貯水槽、換気扇。どれもこれも人が造ったものだけれど、人の温もりを感じさせない。ほどよい殺風景さが今の僕の心にそっとフィットする。

幼い頃から高いところに登るのが好きだった。木登りに始まり、塀の上や駐輪場の屋根に登った。道路標識や電柱や野球場のバックネットにも。動機はとても単純だ。優越感。偉くなった気分に浸れるから、馬鹿みたいに登った。

でも「そんなところに登れるなんてすごい！」ともて囃されるのは、精々小学生の低学年まで。容姿やユーモアセンスや運動神経で評価される年頃になると、みんな相手にしない。僕がどんなに高いところに登っても、無意味な行為でしかなかった。

僕が見下ろしても、誰も見上げない。行き場のない虚しさが込み上げてくる。もう優越感を抱けない。だけど地上に僕の居場所はない。僕はパッとしない子供だった。ちょっと身軽なだけのガリガリ男子。同じ目線にいてもみんなの目の中心に入ることはない。高所だけが僕の安らげる場所だった。

僕の生まれ育った町と違って東京は高層ビルが立ち並んでいる。十一階建てのビルの屋上に登っても、周りには仰ぎ見る建物がいくつもある。そのため、ここは僕だけの避難場所にはならない。どこからか僕を見ている人がいるかもしれない。

だが、もう僕は思春期の少年ではない。二十七歳の大人だ。自意識に雁字搦めに囚われている時期は、とうに通り過ぎた。孤独は求めていない。一人になりたくてここに来たんじゃない。むしろ、逆だ。寂しさに耐えかねて高所へ登ったのだ。

屋上にいると、僅かだが『兎人間が現れるんじゃないか？』という期待を持てる。本当に僅か。雲を掴むような儚い願いだ。でもここしかない。高所以外では僕たちは会うことができない。地上では『会いたい』と望むことさえ許されない。

彼女に一目会いたい。いつかのように、ふわりと舞い降りてきてほしい。顔を隠し、名を伏せ、声を変えていてもいい。また兎人間と話ができるなら、多くは望まない。いや、無言でも構わない。横に並んでくれるだけでいい。そう強く望んで、僕は九年前に思いを馳せる。

風の匂いを嗅ぎ、町の寝息に耳を澄まし、言葉にならない気持ちを喉の奥に留め、兎人間と同じ目線で世界を傍観した。彼女の大きな赤い瞳には、僕たちが暮らしている窮屈な町がもっと狭苦しく映り、僕は兎人間の目を通して世界を見渡すことができた。

あの頃みたいに君と並んで寝静まった町を眺めたい。一度でいい。それが叶うなら、もう人生で何もいらない。

「もし叶ったら、二人で飛び降りる？」

僕は振り向く。兎人間の声が聞こえたような気がした。だが、誰もいない。空耳か？

あるいは、僕の内側から出た声か？

「飛び降りないよ」と僕は呟く。

今も昔も、失うものはほとんどない。皆無に等しい。いつ死にかけても後悔することはあまり思い浮かばないだろう。でももう大人だ。生まれてきた意味、生きなければならない理由は未だにわからないけれど、わからないままでもこの世に存在し続けることの尊さは薄らと実感できるようになった。

「僕が生きている長さが君を守り続けている年月だ。だから一緒に飛び降りられない」

あれから九年、彼女を守ることの価値と困難さを痛切に思い知った。何もしないことは何もできないことよりも辛い。無知で愚鈍な少年には知る由もないことだった。

第一章　兎角

——現実に存在しないものの喩え。兎に角がないことから。

夜が明け、海面が煌めき始める。沿岸の工場地帯に光が射し、製鉄所の煙突や造船所のクレーンの影が朝日から逃げるように住宅地に伸びる。少しずつ闇が追い払われ、町が眠りから覚めようとしている。僕が立っているギザギザマンションの屋上も光が満ち溢れていく。

何度見ても壮観だ。ただただ美しい。毎回、胸を打たれる。もう三ヶ月近く、雨の日以外はここに来ているけれど、見飽きることがない。僕の知る限りでは、朝日を望むのに最適な場所はこのマンションの屋上だ。

階段を横に倒したような個性的な外観から、『ギザギザマンション』という俗称がつけられている。だが、半年ほど前にアメリカの新大統領が誕生すると、「トランプタワーと似てない?」と話題になり、最近は流行に乗って『トランプマンション』と呼ぶ人もいる。

老朽化した十四階建てのピンク色のマンションを絢爛豪華な超高層ビルに準えるのはおこがましい気がするが、屋上からの眺めは抜群だ。周辺に眺望を遮る建物はなく、沿岸エリアを一望できる。

侵入するのにも適している。オートロックも防犯カメラもついていないから、部外者でも最上階までエレベーターで昇れる。ただ、屋上へ続く階段は屋内にあり、扉は施錠されている。屋上までは外廊下から雨樋を伝って登らなければならない。

そんなに難しいことではない。だけど人目に触れる心配がある。泥棒や自殺志願者と誤解されて騒ぎになったら、僕は袋の鼠だ。屋上に逃げ道はない。登る時は暗いから目撃されにくいけれど、日の出後は見つかる危険性が高まる。

すでに僕の目は朝早くから活動する人々の姿を捉えている。新聞配達員、ジョガー、散歩中の老人、始発に乗ろうと駅を目指すサラリーマンや中高生。町から闇が取り払われた途端に、散見されるようになった。

首を上げれば向こうからも僕を目視できる。いつまでもここでのんびり朝日を見物しているわけにはいかない。引き上げ時だ。また明日だな、とさっと気持ちを切り替え、登ってきた雨樋に向かう。

ふと、足が止まる。ペントハウスの前を通り過ぎた時に、視界の端に妙なものが入った。小屋のような建築物にはドアがついているのだが、そのドアの上のあたりに何かがぶら下がっていた。なんだろう？　首を捻って確認してみる。

脚だった。スニーカーを履いた二本の脚が交差している。反射的に視線を上げると、ペントハウスの屋根にセーラー服を着た兎の怪物がいた。頭が兎、首から下が人間。脚を組んで座り、頬杖をついている。

思わず飛び上がった。激しく狼狽する僕を嘲笑うかのように、怪物はゆっくりと脚を組み換える。一瞬、スカートの奥の暗闇が見え、違ったドキリにも襲われた。その驚きが怪物と遭遇した驚きを打ち消してくれたのか、気持ちが落ち着いてくる。

パニクるな。あの大きな頭は精巧な被り物だ。普通の人間が白兎のマスクを被っているだけ。リアルな毛並も、天に伸びた長い耳も、南国の果実みたいな真っ赤な目も、凛々しい眉毛と髭も、全て作り物だ。

セーラー服の左胸には、僕が通う公立高校の校章が刺繍されている。実在する学校の制服だ。こいつは実在しているんだ。ただの人間だ。そう言い聞かせてみたが、怪しげな生き物に見えてしょうがない。作り物だとわかっているのに、目の前の現実が歪む。朝日のせいか？　照らされた毛先の一本一本が淡い輝きを放ち、マスクの周りに妖艶な光の膜を作っている。

「ここへ何をしに来たの？」と兎人間は訊ねる。

アニメのキャラクターのような幼い声だった。素性を隠すための裏声？　やはり僕の生活圏にいる人か？　元々、知り合いで『学校で底辺の坂井なら安牌だな』と侮ったから大胆な行動に出られたのかもしれない。僕を見くびっていれば、姿を見せることもさほど難しくない。

何はともあれ、声を聞いて安心した。怪物じゃない。普通の人間だ。そして女子の声であることに間違いない。

僕が頭の中の整理に忙しくて返答を後回しにしていたら、兎人間は「びっくりしすぎて言葉が出なくなっちゃったの？」と質問を変える。

彼女から緊張感や警戒心がまるで感じられない。だけどマスクの下では訝しげな表情を浮かべているはずだ。『なんの目的でこの屋上に？』と不審がっているに違いない。とりあえず、ここは相手のフランクな調子に合わせるのが得策だ。朗らかに受け答えしよう。

「ここから見る夜明けが好きなんだ」

「綺麗だものね。寂れた町には勿体ない絶景」と褒めて朝日の方に顔を向けた。「けど、落ちたらあの世行きだよ。人間はひ弱な生き物だもの。ひょっとして死にたがりなの？」

「死ぬ気はないよ」

「生きたい理由はある？」

「特にない。でも雨樋を登っている時は、『死にたくない！』って強く思える。地上にいる時には『生きたい！』なんて思うことはないんだけど」

「ふーん」と兎人間は頷くと、両腕を突っ張って体を前方に投げ出す。

ふわりと僕の目の前に降り立った。重力を無視するかのよう。ペントハウスの高さは二メートルはあるのに、スカートがほとんど捲れなかったし、着地の音もしなかった。また現実感が薄れる。彼女はこの世の生き物じゃないんじゃ？

兎人間は僕の前を横切り、朝日に向かって歩いて行く。そして屋上を囲っている低い塀の上に軽やかに飛び乗る。

「人間くん、ここに立てる？」と訊く。

愚問だ。僕も彼女の真似をして飛び乗った。塀の高さは五十センチほどしかなく、塀の上の足場は三十センチはある。簡単なジャンプだ。地上なら百回やって一回失敗するかどうか。必要以上に『跳びすぎたり、躓いたりしたら地面へ落下する』と臆さなければ、なんてことはない。

「怖くないの？　十センチ先は、死よ」

「怖いよ。けど、地上の方が怖いものがたくさんある。下でビビりまくっているから、上に逃げてきたんだ」

「地上で何を怖がっているの？」と言って体の向きを変え、塀の上を歩き始めた。

僕も彼女についていく。

「自分でコントロールできないこと」

「例えば？」

「人間関係、コンプレックス、宿命」

高所は自分次第で恐怖を克服できる。怖さを感じるのは落ちることを想像するから。悪いイメージは万遍なくプラス思考へ転換させる。落ちるはずがない。高いところも低いところも一緒。地上でできることは高所でも難なくできる。まっすぐ歩くだけなら、どんなに運動音痴の高校生でも朝飯前だ。万が一ふらついたとしても、屋上側の左手に倒れればいい。

「ふーん」

「君は何が怖いの？」

「生かされていること」と兎人間は言って立ち止まった。

僕もストップする。彼女の足の爪先（つまさき）から五センチ前は宙だ。右も。だが、左折することは可能だ。

兎人間はくるっと振り返り、スカートのポケットからスマホと自撮り棒を出してセットする。棒を伸ばして左手に持ち、右手を僕に差し出した。

「握手」と言う。

僕は意図を察せないままその手にそっと触れる。すると、ギュッと握られる。

「踏ん張ってて」と指示し、体を仰け反らせていく。

慌てて右手に力を込め、体重を後方へかける。彼女の体はどんどん傾き、上半身が屋上から飛び出る格好になる。もし二人の手が離れたら、兎人間は地面へ真っ逆さま。

「よく知らない人に命を預けるって、すっごいスリル！」と彼女が更に声を高くしてはしゃぐ。「そっちはどんな気分？」

この状況でも平然と裏声を使える兎人間と違って、こっちは楽しむ余裕はこれっぽっちもない。僕は身長百六十三センチの華奢な男子。兎人間も同じくらいの背格好だから体重はそう変わらない。重さのアドバンテージがないので、全力で踏ん張っていないと体を持っていかれる。

僕の手の中に人の命がある。未だかつて感じたことがないプレッシャーが左胸を圧迫する。苦しい。今にもぶっ壊れそう。心臓が悲鳴を上げる。激しい鼓動に交じっておかしな音を立てている。

落ち着け。ガチガチに力むな。高所で最も大事なのは平常心を保つことだ。緊張すればするほどミスが起こりやすくなる。また、僕の動揺が兎人間に伝わったら、彼女の集中力が乱れるおそれもある。平静を装い、『できて当たり前のこと』という空気を作るんだ。

「なんか言ってよ」と彼女は催促する。

「僕、女子の手を握るの、初めてかも」

兎人間がプッと噴き出す。何がツボに入ったのかわからないけれど、しばらく笑い続けた。

「じゃ、デートだと思って楽しみなよ」

「本物の初デートだったら、緊張でテンパって、楽しむ余裕なんてないと思う」

「人間くんは女子に全然免疫がないの？」

「うん」

「女子に興味がないわけじゃないよね？」

「人並みにはあると思うけど、女子って何を考えているかわからなくて、なんか苦手なんだ」

男子よりも群れるのが好きなのに、男子よりも仲間の悪口を叩く。それも辛辣なのを。

表と裏の顔が乖離（かいり）しすぎていて、しばしば面食らう。どっちが本当？　本心はどれ？

「お姉ちゃんか妹はいないの？」

「三つ上に姉がいる」

「道理でなよなよしているわけだ」

「偏見だし、決めつけるにしても普通は『だから物腰が柔（やわ）らかいんだね』って言うところだよ」

「私に普通を求めてどうすんの？」と小馬鹿にしたように言った。「とにかく、女子も男子もみんなまともじゃないって思えば平気よ。まともな人ばかりなら、私のフォロワー数は八千も行かない」

彼女は自撮り棒を持った左手を真上に挙げ、一段と仰け反る。そしてシャッターボタンを押した。カシャッという音が響くと、兎人間が僕の腕を強く引く。こっちに戻ろうとしているのだ。僕は右腕に力を集め、彼女の傾いた体をまっすぐにする。

「サンキュ」と兎人間は軽く感謝し、安全な方へジャンプする。

手を繋（つな）いだままだったので、引っ張られて僕も塀から下りる。彼女は着地と同時に手を離し、スマホを操作し始める。きっと撮ったばかりの写真を投稿しているのだろう。この町の若者の間では、白兎のマスクを被ったインスタグラマーは有名人だ。週に一回くらいの頻度で自撮り写真をアップしている。

「私たち、いいコンビになれるんじゃない？　命知らずな馬鹿と命が惜しい臆病者。バランスが取れている」

「そう言えなくもないけど」

「それじゃ、また撮影に付き合ってよ。一人に限界を感じていたところだったの。相棒がいれば色々な写真が撮れる。どうせ暇なんでしょ？」

「暇人扱いされて喜ぶ人はいないと思うけど」と僕は精一杯冗談っぽく言った。

割と時間を持て余している方だけれど、難色を示すポーズをとっておいた。誘いに二つ返事でほいほい乗ったら、彼女がやましさを感じそう。それに安請け合いはなんかカッコ悪いし。

「女子にデートに誘われて嬉しくない男子はいないと思うけど」

「デートなの？」

「人気のない場所で手を繋いで記念撮影。デートって呼んでもよくない？」

兎人間は一つも間違ったことは言っていない。額面通りに受け取ればデートに思える。だが、甘ったるい感情は一つも抱かなかったのだから、事実とは異なる。

「なんでもいいけど、ゴールはあるの？」と駄目元で訊いてみる。

「ゴールって？」

「年内まで、とか。最高の一枚が撮れるまで、とか。この町で一番高いところに登るまで、とか。『いいね！』が千件を超えるまで、とか」と僕は列挙する。

「死ぬまで」

「えっ？」

「嘘よ。フォロワー数が一万になったら、やめるつもり」

「ホ、ホントに？」と僕は確認せずにはいられない。

「私は暇じゃないの。いつまでもこんなことをやっていられない」

僕と同じ高校三年生なら、約半年後に受験を控えている。勉強に集中するために足を洗うのかもしれない。

「そうなんだ」と胸を撫(な)で下ろした。「でも、なんで一万？　ステータス？」

「そう。どうせなら、インフルエンサーの勲章(くんしょう)をぶら下げてやめるのが乙(おつ)でしょ。キリもいいし」

フォロワー数を気にするインスタグラマーにとって一万は憧(あこが)れの数字だ。一万人以上は世間に影響力のある人物と見なされ、インフルエンサーと呼ばれる。芸能人ほどではないが、ちょっとした人気者だ。アイドルのファンのように、フォロワーはお気に入りのインフルエンサーに感化される。ファッションを真似たり、同じものを食べたり観たり。芸能人同様に消費者の購買意欲を掻き立てられる上に、マーケティング費用を抑えられるので、インフルエンサーは企業からの需要が高まっている。なんらかの報酬を支払って商品をPR・拡散してもらうのだ。フォロワー数一万人以上のアカウント保持者が利用時に写真を数枚投稿するだけで、無料になるホテルや飲食店もある。

一万人を境にインスタグラマーは一般人とインフルエンサーに分けられる。一万を超えれば、大人の世界に存在価値を認められる。特権を与えられ、普通の人々には縁のない恩恵を受けることができる。だから多くのインスタグラマーが躍起になって一万人を目指している。

高所自撮りのような不謹慎なことをするインフルエンサーにスポンサーがつくことはないが、一万人のフォロワーは『社会に認められた存在』という勲章にはなる。子供にとってプライスレスな栄誉だ。目立ちたがりの兎人間が欲するのは無理もない。

「インフルエンサーって、なんか響きがいいよね」と僕は相手の話に合わせる。

「で、私とコンビ組むの？　組まないの？」

「いいよ。暇だから」

兎人間は小さな笑い声を漏らす。

「ケータイの番号を教えて」と言ってスマホを弄る。「名前は『人間くん』で……」

僕には『坂井修二（しゅうじ）』という名前があるんだけどな、と思いつつも一字ずつゆっくりと番号を伝える。

彼女は登録すると、「私は『バケタカ』でいいよ」と呼び名を指定する。俗称だ。うちの高校の生徒たちは、高所で自撮りする正体不明のインスタグラマーのことを『バケタカ』と呼んでいる。

発言力のある誰かが兎人間のアカウント名の『bkt_829』の由来を推理した。馬鹿と煙は高いところへのぼるっていう諺（ことわざ）の頭文字なんじゃね？『b』は『baka』。『k』は『kemuri』。『t』は『takai』。そしていつしか『馬鹿と煙は高いところへのぼる』を略した『バケタカ』という呼称が定着するようになった。

ちなみに『829』は初投稿の日付が由来と見なされている。去年の八月二十九日に兎のマスクを被った人間がネットの世界に現れ、口コミが口コミを呼び、どんどんフォロワー数を伸ばしていった。

「登る時に連絡するから、暇だったら来て」

自分の連絡先は教えてくれなかった。素性がバレないようにするためだろう。

「わかった」

「そんじゃ」とスカーフの結び目を直しながら言う。「目を瞑って十数えて」

「なんで？」

「いいから」と兎人間はきつめの口調で要求する。

言われた通りにする。瞼を閉じ、十をカウントした。

「数えたけど、このあとは？」と僕は問いかける。

しかし返答がない。目を開けると、兎人間は消えていた。

第二章　兎の逆立ち

――耳が痛い。弱点を衝かれて辛いの意を洒落て言う語。兎が逆立ちすると、長い耳が地面に当たって痛いだろうということから。


「坂井！　峰！」

甲高い声で自分の名を呼ばれ、ハッと目覚める。気付かないうちに、頬杖をつきながら居眠りをしていた。

「夢の中でデート中？」と松友先生が冗談交じりに叱る。

教室に笑いが起こる。だけど僕の隣の席の峰さんは机に突っ伏したまま。

「峰！」と松友先生は語気を強める。

峰さんは気だるそうに顔を上げる。陰で『幽霊ヘア』と嘲られている長い前髪を半分掻き分け、眉間を押さえて言う。

「頭に響くんで、大きな声を出さないでください」

「授業中に居眠りしていた人が生意気なことを言わないの」

「眠くなる授業をする松友先生にも非があるんじゃないんですか？　私は三時間目まで睡魔に負けなかった。坂井だって寝たのは四時間目だけ。そうだよな？」

予期せぬ流れ弾が飛んできて慌てふためく。なんで僕に話を振るんだ？　突然のことに言葉が出ない。

「おい、日和んなよ」と峰さんが煽る。「寝たのはこの授業だけだろ？」

僕は俯いて小声で「うん」と認めた。

「ほら。松友先生の授業は退屈なんですよ。惰性で授業してませんか？　毎日、向上心を持って取り組んでいれば、数年で生徒全員を夢中にさせる授業ができるはずです。確か、松友先生の教師歴は十年を超えてますよね？」

どうしたんだろう？　普段なら形だけ謝って済ませそうなのに。峰さんはクラスで浮いている一匹狼だけれど、好戦的な性格ではない。自分からは噛みつかない。寝起きで不機嫌なのか？

「もう一回言ってみなさい」とムキになった松友先生の顔はみるみる強張っていく。

元からヒステリーを起こしやすく、生徒たちは『サイコおばさん』というあだ名をつけている。

「いいですけど、その前に松友先生ももう一度『夢の中でデート中？』って言ってください」と頼んでポケットからボイスレコーダーを出した。「録音するんでお願いします。あれはセクハラ発言ですから」

「そんな態度が通用するのは、今だけよ。学校で協調性を身につけないと、社会に出てから苦労することになる」

「周りのことばっか気にして、何が面白いんですか？」

「面白い面白くない、という問題じゃないの。人間は一人では生きていけない。だから時には周りに合わせたり、空気を読んだりしなければならないの。でないと、社会から弾かれてしまう」

「つまんねー。それって生きてる価値あるんですか？」

「楽しいことだけをやって生きられる人はいない。坂井にはわかるでしょ？」

今度は松友先生が僕に同意を求めた。『坂井、なんて言えばいいかわかっているよね？』というプレッシャーをひしひし感じる。教室の空気も『先生側につけよ。峰を調子に乗らせるな』と僕に圧力をかけている。みんなと足並みを全く揃えない峰さんはクラスにとって悪しき存在なのだ。

「社会に出たことがないので、よくわかりません」と僕は正直に答える。「でも授業中の居眠りが悪いことなのは知っています。すみません。以後、注意します」

「眠くならないよう生活習慣を見直しなさい。夜更かしは厳禁」

「はい。あと……」

みんなの視線が僕を口籠らせた。重苦しい空気が僕を取り囲んでいる。満足に呼吸もできない。

「何？　言いたいことがあるなら、言いなさい」

そう促した松友先生の言葉には期待感が込められていた。僕は澱んだ空気を肺の奥深くまで吸い込み、思い切って「空気は読むものじゃなくて、吸うものだと思います」と言った。

教室が丸ごと海底に沈んだみたいに静まり返った。存在感が薄くて当たり障りのないことしか言わない僕が教師に口答えしたのだから、当然の静寂だ。冷ややかな空気が漂い始める。やっぱり言わなければよかったかも……。後悔が頭をもたげてきたが、さっきまでの息苦しさはない。清々しく呼吸できる。

左隣から笑い声が聞こえてくる。峰さんだ。両手でお腹を押さえて痛快に笑う。更に空気が寒々しくなる。でもその分澄んでいく。教室から不純物がなくなったからか、僕が不純物になったせいか、峰さんの笑い声がクリアに聞こえる。チャイムの音も美しく鼓膜を揺らす。綺麗な音色が教室の隅々にまで響き渡る。

松友先生が気を取り直して「次、居眠りしたら、課題を与えますから」と言い、そそくさと退室した。チャイムに救われる形となったけれど、僕も同じだ。松友先生が激怒しないか内心ビクビクしていた。反応に困っていたクラスメイトにとっても救いの鐘（かね）だっただろう。

峰さんは例外だ。たぶん彼女には不都合なことは何もなかったと思う。教室で飼い慣らされている僕たちとは違う。きちんと構築された自分だけの世界を持っている。だからみんなは脅威を感じて疎外しようとするのだ。特に、この町の子は寛容さに欠けているので、異物に対して排除する傾向が甚（はなは）だしい。

僕たちの町はかつては造船業を中心とした重工業で栄えていた。昭和五十年頃が最盛期で、産業構造が変わるにつれて徐々に生産拠点が海外に移された。空き地や空き工場が目立つようになり、段々と人口が減少していった。

ただ、緩（ゆる）やかな右肩下がり。百年以上の歴史を誇り、世界有数の技術と生産規模を兼ね備えた造船会社が町の景気を支えた。元々は企業城下町。昭和の中頃からの好景気の波に乗って船舶以外の製造業が興隆したが、いつの時代も町の屋台骨は造船業だ。

最盛期から三十年以上が経っても、造船所のある沿岸の工場地帯は一晩中煌々（こうこう）と明るく、どこの工場も二十四時間休みなく稼働していた。製鉄所の高炉で鉄を溶かし、鉄工所で鋼材を加工し、造船所で船を組み立て続けた。

工場周辺の飲食店は労働者の不規則なシフトに合わせて営業した。二十四時間営業の食堂や居酒屋。朝まで飲めるスナック。夜勤明けの客を狙って早朝にオープンするキャバクラ。朝昼晩、繁華街のネオンが燦々と灯っていた。

人々は造船所の庇護の下で安寧な日々を送った。だが、不況の影がそろそろと町に忍び寄ってきていた。造船市場は世界的な過当競争に晒され、年々新造船の受注量が減っていく。不穏な影が濃くなるばかり。

それでも人々は「今は景気がちょっと悪いだけ」「俺たちの町には造船所があるから大丈夫」「そのうち上向く」「天地が引っ繰り返っても、造船所が潰れることはない」などと楽観した。

しかし六年前に国内の旧三大財閥系の造船会社に吸収合併され、生産体制の集約のためこの町の造船所は閉鎖する運びとなった。呆気なく長い歴史に幕を下ろすと、造船会社の社員はもちろんのこと、下請けや孫請けの企業で働いていた人も路頭に迷う。

次々に仕事を求めて町を離れ、労働者のために建てられた団地やマンションの入居率が急降下した。繁華街にもドミノ倒しが波及し、あっという間にシャッター通りと化した。

酒場を始めとした飲食店が軒並み潰れ、スーパーもコンビニも映画館も本屋もボウリング場もカラオケ店もゲームセンターもレンタルビデオ店も姿を消した。

そう遠くない未来に町そのものが消滅するだろう。再び浮上する要素は見当たらない。誰もが町の将来を悲観している。失業しなかった人も同様だ。町に残った人の大半は「できれば他所で仕事を見つけたい」と逃げ出す機を窺い、この地から離れられない事情がある人は町と心中する運命を嘆いている。

町全体がどっぷりと無力感に覆われ、急激な凋落を目の当たりにした子供たちの心にも暗い影を落とす。幼い頃から「繁栄と平和と幸福をもたらす造船所は、この町の誇りだ」と教えられてきた。その社員は町のヒーローで、プロ野球選手や宇宙飛行士やハリウッドスターと同じく憧れの存在だった。

それが瞬く間に消え失せた。大人に裏切られたと感じている子供は少なくない。でも我が子の動揺や不信感を察してケアする親は多くなかった。収入減やリストラや転職のことで頭がいっぱいだったのだ。

親の仕事の都合でたくさんの子供が転校した。僕のクラスからも八人が消えた。涙ながらに見送った子たちの中には「次はうちかも」「お父さんが解雇されそう」「親父の就活がうまくいってない」「クビを切られてから、夫婦喧嘩が絶えない」「中学からは東京の学校だって」「転職できたんだけど、給料が減った」「うちも離婚するっぽい」などと明日の我が身を不安がった。

親がリストラをする側の立場にいたり、造船所の閉鎖の影響を少しも受けない仕事に就いていたりする子供は肩身の狭い思いをせざるを得ない。いつしか『他人の家のことを訊いちゃいけない』という暗黙のルールができた。とりわけ、親の職業の話は御法度だ。

この六年のうちに、町のあちこちで禁句が生まれた。子供たちは教室でも家でも窮屈さを感じ、ギスギスとした雰囲気を蔓延させた大人を恨んだ。「不甲斐ない大人のせいで町は衰退し、何人もの友達を失った」と。

娯楽も奪われた。この町に取り残された子供は潰れた飲食店やレジャー施設の前で立ち尽くした経験が一度はある。『昨日まではやってたのに』と唖然とし、何をして過ごせばいいのかわからずに困惑する。

放課後にファストフード店に寄り道。映画館デート。友達とファミレスでテスト勉強。お洒落なカフェで恋バナ。一人牛丼や一人焼肉。カラオケ店で合コン。コンビニの新作スイーツを購入。それまでは当たり前にやっていたことが、いつか経験してみたかったことが泡と消えた。

至るところで不満が漏れ聞こえてくるけれど、面と向かって「町を没落させた責任をとれ!」と批判する子は滅多にいない。どんなに大人に失望しても、子供のうちは依存する他ない。歯向かっても無意味だ。一文にもならない。大部分の子は身の程を弁え、「町を出られる歳になるまでの辛抱だ」と損得勘定を働かせて、大人の前では言葉を呑み込んでいる。

ただ、着実にフラストレーションは溜まっていく。ストレスを発散させる場所や遊びがなくなったので、尚更だ。子供だからアルコールやギャンブルで解消するのは不可能。それなのに、大人よりもエネルギーが有り余っている。時間もある。

陰気臭い町、腑抜けな大人、退屈な毎日。みんなほとほとうんざりし、大なり小なりの鬱憤を抱えている。気晴らしを求めて「何か面白いものは落ちていないかな」と下を向いてばかり。

中にはスプレー塗料の落書きや喧嘩で憂さ晴らしをする子がいる。虐めでガス抜きをする子も。ここ数年で性質の悪い虐めを見聞きするようになった。捌け口が弱い者に向かうのは世の常なのだろうか?

ともかく、多くの子が娯楽に飢えていた。だから去年の夏の終わりにバケタカが出現すると、忽ち熱狂の渦が巻き起こった。ミステリアスでスリリング。兎のマスクに隠された素顔をあれこれ詮索し、高所での自撮り写真に怖いもの見たさの好奇心を刺激される。

バケタカは町の若者の救世主なのだ。

新しい画像が投稿された日は、バケタカの話題で持ちきりだ。今朝も教室のここかしこで取り沙汰（ざた）された。昼休みになっても、耳に入ってくる。

「トランプマンションの次はどこかな？」

「またマンションじゃね？　最近、マンションの屋上にばっか現れるからさ」

「造船所のクレーンは？」

「さすがに、あれには登れねーだろ」

男子のボスグループが輪になってランチと会話を楽しんでいる。友達のいない僕のランチタイムは、もちろん一人ぼっち。黙々とおにぎりを齧（かじ）りつつ、教室で飛び交（か）う会話に耳を澄ます。左隣の峰さんは昼飯を摂（と）らずに寝ている。相当睡眠が不足しているようだ。

西本（にしもと）くんが廊下側の壁に貼られた地図の左下の方に箸（はし）を向け、「ボウリング場の看板の上は？」と投げかける。取り巻きたちの視線がバケタカ出没マップに集まる。

「あー、あのでっかいピンか。廃墟（はいきょ）ブームだからあり得るな」

「ボウリング場の近くにおっきな病院があったよな。今までどこの病院にも登ってないから、そろそろ出る頃じゃね？」

「ないない。あそこは総合病院だ。夜勤で働いてる人がいるんだぜ。見つかっちまう」

「いや、逆に盲点かもよ」

彼らは西本くんを中心にバケタカ捜索隊を結成した。目的は正体を突き止めること。出没場所と日時を予想し、夜な夜なパトロールや張り込みを行っている。

隊員は多いに越したことはないので捜索隊への勧誘にも力を入れ、クラスメイトに「人手が必要な時はＬＩＮＥで連絡するから、手が空いてたら駆けつけてほしい」と働きかけている。

結成から約三ヶ月、ボスグループがバケタカ出没マップの前で作戦会議を開くのは、もうお馴染みの光景だ。そのマップにはこの町の大雑把な地図が描かれていて、バケタカが現れた場所に横長のポスト・イットが貼ってある。

その出没マークに日付と場所名を記しているから、バケタカの足跡が一目でわかる。全部で五十箇所ほど。小学校、中学校、高校、中層団地、高層マンション、川にかかった橋、歩道橋、銭湯の煙突、廃工場などなど。出没場所に『北に現れたら、次は南』『築年数の古い順』などの法則性は見受けられないが、一度登ったところには出現していない。

出没時間は日の出。撮影のために光が必要なので、空が厚い雲で覆われている日や雨の日には現れたことがない。また、大体週に一回のペースでインスタグラムにうちの高校名のハッシュタグをつけて投稿する。

それらの情報からバケタカが出没する場所と日時はだいぶ絞られる。予想がぴたっと当たらなくても、パトロール中に出くわす可能性もある。更に、バケタカは日の出直後に写真を投稿するから、場所をすぐに特定して急行すれば発見できる可能性も。だから西本軍団は『捕まえられる確率はかなり高い』と踏んでいるのだ。

バケタカ出没マップには赤色の丸シールも貼ってある。それは熊が目撃された場所の印だ。元は『ツキノワグマ出没マップ』と題された地図だった。それをボスグループが『ツキノワグマ』の字の上に『バケタカ』と書いた紙を被せて『バケタカ出没マップ』に替えた。

ツキノワグマ出没マップは山岳部が作ったものだ。ここ数年の目撃情報を模造紙に纏め、全クラスに配布している。新たな情報が出てきたら、部員がその都度シールを貼り、時には校内放送で「ラクダ山の麓に熊が現れたので、山に入る予定がある人は気をつけましょう」などと注意を促す。

ツキノワグマは町の西側に広がる山岳地帯に生息している。山奥まで踏み入らなければ、遭遇することはほとんどない。ただ、稀に食べ物を探して麓まで下りてくることがある。数年に一度は人里に迷い込むことも。

それで、学校は不測の事態に備えて山岳部に警鐘を鳴らさせている。でもほぼほぼポーズだろう。生徒が熊の被害に遭った際に、『きちんと注意喚起していたので、自己責任です』と言い逃れするための保険だ。

学校側の魂胆を生徒たちは見透かしている。その上、山岳部以外の生徒は山に入らないし、人里で熊に襲われたニュースを聞かないこともあって、大半の人はツキノワグマ出没マップに見向きもしない。どこのクラスでも何かしらの落書きがされている。自分の家がある場所に印をつけたり、町がゴジラに襲撃されている風にしたり。

西本くんが「今朝アップした画像は今までで一番スリル感があったな」と言い出すと、仲間が口々に同意する。

「バケタカの上半身は完全に屋上の外に出ていたもんな」

「マジで半端なかった」

「あいつの体幹、ガチでヤバいよ」

「イナ・バウアーも真っ青って感じ」

兎人間は足元の塀と約四十メートル下の地面をフレームに入れて撮った。だから危険度がよく伝わる写真になった。補助の存在を知らない人は「屋上のギリギリに立って極限まで体を仰け反らせるなんてスゲー！」と驚嘆する。

写真には特徴的なピンク色の外壁も写っていたので、ギザギザマンションを割り出す大きな手掛かりになっただろう。バケタカのファンや捜索隊たちは背景や影の向きなどから、どこで撮影したか導き出している。

「あんたたち、馬鹿なんじゃない？」と今別府さんが西本軍団の話に割り込んできた。

「下半身の踏ん張りだけであんな体勢をキープできるわけないじゃん。自撮り棒を持っていない方の手が切れていたでしょ。手摺にでも摑まっていたのよ」

西本くんが鼻で笑う。

「今別府、馬鹿なのはそっちだ。トランプマンションの屋上には手摺やフェンスはねーんだよ」

「そんなら、あれよ。あれ……」

「なんだよ、あれって？」

「あれはあれよ」

「どれだよ？」と西本くんはニヤニヤしながらからかう。

女子のボスである今別府さんは人一倍行動力に長けているけれど、聡明さに欠ける。頭よりも先に体が動くタイプ。悪く言えば、単細胞だ。ただ、姉御肌の気質を持っているため、仲間からの人望は厚い。下の名前の『茜』をもじって『あか姉』と呼ぶ人もいる。

個人的には彼女の名にちぐはぐな印象を抱いている。茜は夕焼けの空を想像させる色だ。一日の終わりを連想させるから、エネルギッシュな今別府さんにはそぐわない。朝や始まりのイメージが湧く名前の方が合っている。

「誰かが支えていたのよ」と今別府さんがいかにも苦し紛れという感じで言った。「そう。手を摑んでもらっていたんだよ」

一瞬にして僕の心臓が跳ね上がった。

「あり得ねーよ。仲間がいたら自撮り棒はいらねーだろ。撮ってもらえばいい」

「単独犯だと思わせる偽装よ」と今別府さんはこじつける。

「理屈に合わねー。バケタカが共犯者の存在を隠す理由はなんだよ？」

「一人の方が偉業っぽさが出るじゃん」

「そりゃそうだけど……」と西本くんの勢いが衰えた。

息を吹き返した今別府さんが「あんたたちは視野が狭いのよ。そんなんだからいつまで経ってもバケタカを捕まえられ……」と畳みかけている最中に、彼女の背後から「どこかにロープを結んで片手で摑まっていた可能性もない？」という意見が出てきた。

鈴木さんだ。我が校きっての才女で、今別府軍団のナンバー2。頭の足りないボスの頼れる参謀だが、権威を笠に着ることはしない。彼女はスクールカーストの上位にいるのに、誰に対しても謙虚で人当たりがよく、分け隔てなく優しい。底辺の僕のことも見下さずに気さくに挨拶してくれる。日陰者たちは『今別府軍団の天使』と敬っている。

「おー。あるある。その可能性もあるよ」と西本くんは賛同する。

今別府さんも「ロープ説の方が安全か。さすがに他人に命を委ねられないよね」と納得した。共犯説が下火になり、僕は密かにホッとする。

「捕まえられそうなの？」と鈴木さんは首を少しだけ斜めにして西本くんに訊ねる。

「もう一息ってところだ。今週末からは夏休みだから、パトロールを強化する。うまくいけば、二学期までに解決できるさ」

「高校最後の夏休みをバケタカ捜しに費やすなんて、やっぱ馬鹿よ」と今別府さんは呆れたように言う。

「そんなことない。西本くんたちは人命尊重の精神で行動しているんだから、立派なことだよ。あんな危ないことを続けていたら、いつか命を落としちゃう。早くバケタカさんを止めてあげなくちゃ」

鈴木さんが真剣な面持ちでバケタカの身を案じた。

「おう。任せておけ。俺たちがきっちりバケタカに命の尊さを説教してやっから」

西本くんが自信たっぷりに言ったところで、意識を向けていた反対側から「おい、坂井」と呼ばれた。僕はボス軍団の視線を感じながら首を捻る。

「今日、暇か？」と峰さんは高圧的に訊く。

「暇だけど」

「じゃ、うちに来てくれ。モデルになってほしいんだ」

「モ、モ、モデル？」と僕はまごつく。「なんの？」

「漫画の」

峰さんはよく授業中や休み時間にノートに漫画のネームのようなものを描いている。彼女のボサボサの長髪と個性的な赤いフレームの眼鏡（めがね）が漫画家を連想させることもあり、『同人作家』『腐女子（ふじょし）』『オタク先生』などと陰口を叩く人もいる。

「僕なんかがモデルでいいの？」

「次の作品に女装キャラを出すつもりなんだけどさ、そのモデルのイメージが坂井と重なったんだ」

「えっ！」

女装キャラ発言に気が動転する。確かに僕は男らしさが不足しているところが大いにあるけれど……。右側のボス軍団から隠そうとする意思がまるで感じられない嘲笑（ちょうしょう）が聞こえてくる。

「暇ならいいじゃん。どうせ家に帰っても、じめじめしたことばっかしてんだろ」

否定したかったが、一刻も早く話を収束させたくて「いいよ」とＯＫする。冷や汗が人知れず背筋を伝っていった。

第三章　年劫の兎

――一筋縄ではいかない人のことを指す。長い年月を生きて悪賢くなった兎の意。

峰さんと口を利いたのは今日が初めてだ。去年も同じクラスだったけれど、二年の時も三年になってからも会話したことがなかった。僕は教室で大人しくしている日陰者だし、彼女は自分の世界に籠っているので他者と馴れ合わない。

社交的な人でも峰さんのパーソナルな領域に踏み込むのは難しい。世界観が独特すぎる。嘘か実か、峰さんには幽霊が見えるらしい。時々「この教室には霊がいるから、保健室に避難する。先生に言っておいて」と学級委員の鈴木さんに頼んで音楽室や化学実験室での授業を欠席する。授業中に「悪寒がするんで保健室に行きます」と言って退室することも。

みんなは「嘘くせー」「私って霊感が強いんですってアピールがウザい」「ただのサボり魔」「キャラ立ちしたいだけ」「保健室で寝てんだよ」と信じていない。大部分の人が峰さんのことを快く思っていない。しごく当然の成り行きだ。学校は集団生活の場。足並みを揃えない人は叩かれる。

盗み聞きした話だが、一年の時に峰さんの机に『キモオタは死ね！』『おまえが幽霊になっちまえ！』と油性マジックで書かれていたことがあった。彼女があまりにも協調性に乏しいので、血の気の多いクラスメイトが成敗に乗り出したのだ。

登校してきた峰さんは落書きを目にするなり、スマホを手にして机を撮影した。そして教室中に聞こえる大声で「三秒以内に名乗り出たら許してやる。さもなければ、通報する。侮辱罪と脅迫罪で訴える。警察が荷物検査と指紋採取を行えば、犯人はすぐに判明する。示談には応じない。少年院で反省しろ」と言ってから、カウントダウンを始める。

一秒前で、犯人がおどおどと名乗り出て謝った。峰さんは「おまえの机と交換だ」と命じ、犯人が机を取り換えると、着席して漫画を描き始めた。それ以来、彼女に嫌がらせをする人は現れていない。敵意を抱いている人は少なくないが、仕返しを恐れて峰さんの厚顔な振る舞いに目を瞑っている。

学校から十五分ほど歩くと、それまで無言だった峰さんが口を開いた。

「あとちょっとで着くんだけどさ、うちに上がった瞬間から坂井は数学が全国トップクラスの高校生になってくれ」

「えっ？」

「今の時間帯はババアしかいないんだけど、うちはお母さんもジジイもババアも勉強勉強うるせーんだよ。あっ、離婚してることは知ってるか？」

「うん」

それも盗み聞きで知った。彼女は中学二年生の時に、家庭の事情で東京から引っ越してきた。一番速い新幹線を利用しても片道五時間近くかかる『東京』は、町の子供にとって憧れの都市だ。と同時に、羨望が反転してコンプレックスを刺激するワードでもある。また、親の仕事の都合で東京の学校へ転校した子が多かったので、一部の子たちは『東京に友達を奪われた』と嫌悪感を抱いている。おそらく峰さんの転入を歓迎するクラスメイトは多くなかっただろう。

「教育熱心な家の方に引き取られちまったから、馬鹿正直に『漫画のモデルを連れてきたよ』なんて言ったらどやされる。ジジイなんて模試の結果がちょっと下がっただけで手を上げるんだぜ。おまけに飯抜きにもなる」

思考を追い抜いて「ひどいよ」という言葉が飛び出た。

「半分以上は八つ当たりだ。私さ、甲斐性無しだったお父さんと顔が似てんだ。だからジジイは私の顔を見ると苛々すんだよ。それで頭に血が上った時に、咄嗟に手が出ちまう」

「だからって……」

「結果さえ出せば」と峰さんは僕の発言をカットした。「なんでも買ってくれるからチョロいもんだよ。まあ、そんなわけで、坂井に数学を教わるってことにする。私、数学だけはちょっと苦手だからな。わかったか？」

「う、うん」

彼女が言う『ちょっと苦手』は、僕の『得意』を遥かに凌駕する。峰さんは学校の成績は並だけれど、全国模試では鈴木さんよりも上位に名前が載っている。

「峰さんは家庭教師とかつけているの？」

「独学。人から教わるの嫌いなんだよ。ちっちゃい頃に『自由形』って響きに誘われて水泳教室に通ったんだけど、クロールしか教えてくれなくてさ」

「僕は幼稚園で先生に『林檎を描いて』って言われて黄緑色を塗ったら、『林檎は赤でしょ』って怒られたことがあるよ」

彼女が小さな溜息を吐いた。

「あのさ、小話を『怒られた』で締められるとさ、リアクションは『感心』か『同情』の二択に制限されるんだよな」

「言われてみれば、ワル自慢か不幸話にしか聞こえないね」と僕は認めた。「ごめん。リアクションの選択肢が少ない話し方をして。気をつけるよ」

「頼むよ。『怒られた』で締めなければ、坂井の話に『教える人はさ、自分が子供の才能を潰すかもっていう危機意識を持ってやってほしいよな』って共感できたんだからさ」

「ごめん」

「あと、忠告がもう一つ。女装キャラは主人公じゃない。引き立て役の三番手だから、自惚れんなよ」

「うん」

「ついでに言っておくけど」と更に付け足す。「坂井に惚れてるからモデルを頼んだわけじゃないからな。私には好きな人がきちんといる。そこんとこ、勘違いするなよ」

「うん」

「ちゃんと聞いてんのか？　さっきからきょろきょろしてっけど」

「ごめん。初めての道って興味津々になるんだ」

子供の頃からの恥ずかしい癖で、つい『あの家は登りやすそう』『そこの木も適しているな』『あれは難易度が高くて燃える』などという目で見てしまう。

「ガキかっ！」と突っ込むと、立ち止まった。「ここが、うち」

峰さんの自宅は『サザエさん』の主人公たちが暮らしているような家だった。平屋の日本家屋。古い家ならではの趣のある佇まいに身が引き締まった。いかにも頑固ジジイが住んでいそう。

家の中は現代風にリノベーションされていて、少しも昭和の香りが漂っていなかった。峰さんが玄関から大声で祖母を呼び、僕のことを紹介する。初め、老婆は胡散臭そうな目で僕を眺めていたが、孫が「坂井は数学のスペシャリストなんだよ」と嘘をついた瞬間に、目を細めて快く僕を迎え入れた。

峰さんは僕を統一感のない食器棚が三つある居間に通し、「ちょっとここで待ってて」と命じる。そして奥の部屋に消え、僕は食卓で日本茶をちびちび飲みながら、祖母との会話に神経を磨り減らした。

志望校は？　全国模試は何位？　お父さんどお母さんの出身大学は？　そんな質問の連続に青息吐息。峰さん、早くしてくれないかな。掃除機をかけているような音が聞こえるけれど、埃まみれでもいいよ。足の踏み場もないくらい散らかっていたって構わない。早く呼んでほしい。

今か今かと待ち侘びていたから、「いいよー！」という声が飛んできた時に、峰さんが慈悲深い女神に思えた。僕は喜び勇んで彼女の部屋に向かう。二十分近く待たされたことはさっと水に流した。

半開きのドアを押して入室すると、コンサバ系女子大生っぽい人がデスクチェアに座っていた。峰さんの姿はない。あれ？　綺麗な人だが、お姉さんか？

「すみません。部屋を間違えました」

上擦(うわず)った声で謝り、退室しようとする。

「坂井、なんの冗談だ？　時間が勿体ないからとっとと始めるぞ」とコンサバ系の女性はぶっきら棒に言う。

「えっ？　峰さん？　峰美菜津(みなつ)さん？」

「なんでわかんないかな」と文句を垂(た)れて端整な顔を歪めた。

「だって眼鏡してないし、髪が綺麗に整っているし」

化粧もしている。服装も華(はな)やかで学校にいる時とは大違い。垢抜(あかぬ)けていて同い年に思えない。

「勘違いすんなよ。坂井のためじゃねー。イズミ様のためだからな」

「イズミ様？」

「おまえの目はホントに節穴(ふしあな)だな。部屋を見回してみろよ」

壁が二次元キャラのポスターで埋め尽くされていた。天井も。どれもこれもスマートなイケメンが一人だけ。見たことのないキャラだ。インテリ眼鏡、紫色の髪、三角形の顎(あご)、詰襟の学生服、帯刀。

僕は一番大きなポスターに右手の人差し指を向ける。

「あれがイズミ様？」

「指を差すな。無礼だぞ。『あれ』呼ばわりもすんな」

「ごめん」と急いで手を引っ込めた。「イズミ様のためにお洒落しているの？」

「当たり前だろ。デートなんだから」

「そうなんだ。放課後にいつもデートができていいね」と言いつつドアを閉める。

峰さんがデスクチェアから立ち上がり、僕に歩み寄る。そして至近距離で僕の目を覗き込んだ。ほぼ身長差がないので視線は平行なのだが、威圧感からか見下ろされているように感じる。

間近で見てもかなり可愛い。家の外でもお洒落すれば、学校でモテるはずだ。少なくともイメージは飛躍的に上がる。だけど彼女の価値観は僕たちとは異なる。

「ごめん」と僕はプレッシャーに耐えかねて先に沈黙を破った。「デートのことをおちょくったつもりはないんだ。でも峰さんが気を悪く……」

「最近、彼女でもできた？」と僕の言葉を遮った。

「彼女？」

「以前と目付きが違う。童貞を卒業して自信がついたのか？」

「彼女なんていないよ」

これと言った長所のない僕に恋人ができるわけがない。

「じゃ、なんでそんなに余裕たっぷりなんだよ？」

「余裕？　全然ないよ」と僕は否定した。「気のせいじゃない？」

「そんなはずない。二年の頃の坂井だったら、先生に『空気は吸うもの』なんて言わないし、周りの目を気にしてモデルの依頼を断る。二次元のキャラに恋してる私にドン引きもする。ずっと『そうなんだ』って受け入れたりはしない。何が坂井を変えたんだ？」

「何がって……」

言葉が続かなかった。

「私の秘密を知ったからには、ただでは帰さないぞ」と脅して更に顔を近付ける。

もう十センチもない。

「気になっている人はいる。その人のことが頭から離れないせいか、他のことにあまり関心が向かないんだ。逆に余裕がなくて人の顔色を窺えないって感じ」

「へー」と疑わしそうな目をする。「誰が気になってんの？　うちのクラス？」

「言えないよ」

「私が好きな人のことは知ってるくせに」

「知りたくて知ったわけじゃない」

「どうせ、鈴木だろ？」と彼女は鎌をかける。「あんなぶりっ子のどこがいいんだか。ちょっと男受けする顔をしてるだけでどいつもこいつもころっと騙されやがって、馬鹿ばっか」

鈴木さんは性格だけじゃなく見た目もいい。もし校内でミスコンがあったら、間違いなく上位に入る。運動神経もよく、なんでもそつなくこなすので『ミス・パーフェクト』の異名を持ち、学校の人気者だ。この地域は鈴木姓が多くてクラスに三、四人はいるのだが、我が校では『鈴木』と言えば『鈴木冴香』のことを指す。

「鈴木さんじゃないよ」

「まあ、誰でもいいけど、後ろにいる子に嫉妬されないようにうまくやんなよ」

「後ろ？」と僕は振り向く。

誰もいない。ドアに貼られたポスターの中で、イズミ様が体をくねらせて日本刀を構えている。女子のキャラはいない。

「前からちょっと目についてたんだけど、坂井には女の霊が憑いてるよ」

「冗談でしょ？」

僕が気になっている人を隠したから、その腹いせにからかったんだ。本当に憑いているなら、真っ先に僕の変化の原因を霊と結びつけるはずだ。『彼女でもできた？』とは訊かない。

「そう思いたければそう思えばいい」と峰さんがはぐらかした。「とりあえず、ドアの前で敬礼ポーズしてくれ。ゴリ押し大根女優の一日署長っぽく」

幽霊のことがだいぶ引っかかったけれど、素直に応じる。峰さんはデスクチェアに腰かけ、描き始める。鉛筆の先っぽでスケッチブックを切り裂くみたいにして描いていく。

剣士らしきキャラのポスターに囲まれているせいか、一筆ごとに自分が斬られるイメージが生じる。改めて見回してみれば、奇抜な部屋だ。峰さんの変わり様に度肝を抜かれたから、驚き忘れていた。なんて部屋だ！　どこもかしこもイズミ様だらけ。フィギュア、缶バッジ、団扇、ぬいぐるみ、抱き枕、掛け時計、カレンダー。

勉強机に数学の問題集と思しき本とノートが開かれた状態で置かれている。祖母の抜き打ちチェックに備えてのことだろう。ベッドの上には卓上ミラーとドライヤーがある。掃除機の音だと思ったが、髪をセットしていたようだ。

僕たちの背丈ほどの高さの本棚は八段あり、六段目まで漫画がぎっしり。見聞きしたことがないタイトルばかり。七段目からはフィギュアが所狭しと並び、本棚の上にはフィギュアの空箱が不安定に積み重なっている。

今にも崩れそう。よく見てみると、所々にヘッドフォンや外付けＨＤＤやスマホの箱、洋菓子の缶や靴箱なども交じっている。

「なんか物珍しいものでもあったか？」と峰さんは睨みつけながら訊く。

いや、違う。真剣な眼差しをモデルに向けているだけだ。

「落ち着かない理由を探していたんだ」

「見つかったか？」

「うっかり忘れていたんだけど、女の子の部屋に入るの初めてだった。それでそわそわしているみたい」

「初体験おめでとう」と素っ気なく言った。「ところで、坂井って体操かなんかやってた？」

「体操って吊り輪や平均台の？」

「平均台は男子にねーよ」

「そっか」と間違いに気付いた。「習ったことはないけど、どうして？」

「姿勢がいいから」

「三歳から五年くらいバレエ教室に通っていたせいかな」

子供にバレエを習わせるのが夢だった母は姉を教室に入れた。週に二回、片道一時間かけて車で送り迎えした。わけもわからず一緒に連れて行かれ、レッスンの様子を眺めていた僕はいつしかバレエに興味を持つようになり、進んで『僕もやりたい』と言った。

「それで女々しいんだな」と峰さんは決めつける。

「偏見だよ。バレエをやっている男子の中には、『ゴリラが白タイツを穿いているんじゃないか？』って思わせるほどの野性的な人もいる」

「笑わせようとするな。手元が狂うだろ。喋ってもいいけど、エッジの利いてない話にしてくれ」

冗談を言ったつもりはなかったけれど「ごめん」と謝る。

「坂井ってさ、案外コミュ力があるんだな。クラスでぼっちなのに」

「八歳までは普通に喋る子だったんだ。割と活発な方だった。でも親の仕事の都合で隣の隣の小学校に転校したら、そこで軽い虐めに遭って、それから人付き合いが苦手になった。一人の方が楽だなって」

「学校で群れてても疲れるだけだからな」と彼女は理解を示す。

だけど峰さんと僕は大きく違う。彼女には一人でいられる強さがある。それに対して僕は弱いから目立たないように息を潜めている。誰の目にも入りたくない。忘れられた存在でいたい。

「峰さんは東京でも一匹狼だったの？」

「狼って言うよりは、ライオンだな。自分が一番偉いんだって思い上がってたから、気に食わない奴には手当たり次第に噛みついた。しょっちゅう問題を起こしては親が呼び出されたんだけど、お母さんが来る時は決まって私を擁護(ようご)して逆ギレするんだ。先生たちはいつもほとほと困り果ててたよ」

「娘思いのお母さんなんだね」としか言いようがない。

父親の方はモンスターペアレントではないようなので、東京時代の思い上がりは母親の過保護に因(よ)るものか？ ひょっとしたら教育方針の違いが夫婦間に亀裂を生み、離婚へと繋がる一因になったのかもしれない。

「ワル自慢じゃないからな。マジで人生の汚点だと思ってる。黒歴史なんだよ」

「うん。でもこの町じゃ東京の学校に通っていたってだけで自慢になるよ」

「坂井も羨(うらや)ましいのか？」

「強い憧れはないけど、興味はある。どんなところなの？」

学生時代に東京で一人暮らしをしたことがある僕の父は、『住めば都って言葉があるけど、本当の都は東京だけだ』と言っていた。僕の想像力が及ばないほどの大都会なのだろう。

「人間が住むところじゃないよ」

「えっ？」

「どいつもこいつも同じ質問ばっかするから、そう答えることにしてんだよ」

「ごめん」と言ってから別の話題に変える。「峰さんは霊がはっきり見えるの？」

「信じなくてもいいけど、その日の調子や霊の強弱によって鮮明度は変わる」

「今はどうなの？」

「調子は普通。坂井に憑いてる霊は弱い方。だからいくら気を張ってもぼんやりとしか見えない」

「それじゃ、僕に憑いている幽霊がどんな顔かわからないか」

「なんで顔を気にするんだよ？」

「憑かれるなら可愛い方がいいじゃん」と僕は男子高校生らしい返しをする。

「クリアに見えても、その霊の場合は顔の良し悪しの判別がつかないぜ」

「どうして？」

顔が髪で隠れているから？　血まみれで？　頭が欠損している？

峰さんがスケッチブックのページを捲り、鉛筆を滑らかに走らせた。そして「こんな感じだから」と僕に輪郭を一筆描きしたものを見せる。

愕然として言葉を失う。女子トイレのマークみたいにスカートを穿いていたけれど、首から上がおかしい。頭が異様に大きく、細長いものが二本頭から飛び出ている。

「角みたいなものが見えるんだよ。なんかのお面を被ってるっぽい。鬼かな。節分の豆撒きで鬼の役をやってたら、豆で転んで打ちどころが悪くて死んだのかもな。そりゃ、無念で成仏できないわ」

角なんかじゃない。それは、その細長い菱形は、兎の耳だ。

「バケタカを知らないの?」

「知らねー。みんな、いっつも話題にしてるよな。どうせ頭の沸いた変質者かなんかだろ」

知らないのにバケタカの輪郭を描けるってことは、本当に霊が僕に憑いてる?　まさか?

「解説はいらないぞ。ド田舎の高校の話題を追っかけてもなんの糧にもならねー」と峰さんが吐き捨てるように言った。「次は、肩越しに振り返ってくれるか?」

新たなポーズを指示され、僕は従う。その後も、いくつかのポーズをとらされたが、記憶があやふやだ。完全に『心ここにあらず』の状態。気がついた時には、彼女に「ネームが固まったら、またモデルになってくれよ。夏休み中になると思うけど」と頼まれ、連絡先を交換していた。

第四章　兎兵法

——本当の兵法を知らないで、下手な策略を巡らし、却って失敗すること。

「えー、『エリザベート』は十三票。『セーラー服と機関銃』は五票。『シンデレラ』は十五票。『アナと雪の女王』は二票となったので、演目は『シンデレラ』に決定です。では次に配役を決めましょう」と鈴木さんがスムーズに進行させていく。「先ず、主役から。やりたい人、やってほしい人がいたら、挙手してください」

今別府さんがいの一番に右腕を天井に伸ばした。

「はい。今別府さん」と鈴木さんは発言権を与える。

「冴香がぴったりだよ」

鈴木さんは視線を落として恥じらう。私には荷が重いよ、といった具合に。でも彼女は一年の時も二年の時も演劇祭でヒロインを務めている。人魚姫と白雪姫。本人は恐縮していても、お淑やかな鈴木さんはプリンセス役が似合う。

「他にいませんか？」と呼びかける。

もう一人の学級委員の西本くんが黒板に書かれていた演目の候補と票数を消し、『シンデレラ　鈴木冴香』と書く。

「いませんか？」

誰の手も挙がらない。当然だ。このクラスに鈴木さんに対抗できる女子はいない。自薦しようが他薦しようが、多数決でボロ負けするのは火を見るよりも明らか。恥をかくだけ。

「じゃ、私が推薦します」と鈴木さんが言う。「峰さんがいい」

教室がざわつく。なんで峰さんを？　みんなと打ち解け合ってほしいから？　これまでも鈴木さんは遠足や体育祭で『私たちの班に入らない？』『一緒にムカデ競走やろうよ』と声をかけたことがある。峰さんが誘いに乗ったことはないが。

「私は峰さんがぴったりだと思う」と鈴木さんが説明する。「シンデレラは地味な女性が魔法で華麗に変身する話だよね？　それなら適役はクラスで一番華美じゃない女子。メイクや衣装で峰さんを大変身させれば、観客に大きなインパクトを与えられる。金賞も夢じゃない。結果が全てじゃないけど、みんなで金賞を勝ち取れたら一生の思い出になる。卒業してバラバラになっても、ずっと繋がっていられる気がするの」

胸に訴えかけるものがあった。日頃の行いのおかげだ。鈴木さんは普段から善人だから綺麗事に聞こえない。もし僕が同じことを言っても、誰の心にも響かないに違いない。

「いいじゃん、それ。いけるよ」と今別府さんは鈴木さんに靡く。

彼女の軍団の取り巻きたちも賛成の声を上げ、二軍にも三軍にも支持の輪が広がっていく。西本くんが黒板に『峰』と書いた。

出し抜けに、峰さんが拍手を始める。教室中の目が彼女に向かった。

「見事な演説だったよ。不覚にも感動しちまった。だからここに誓うよ。私は演劇祭への協力を惜しまない。金賞を目指そう」

「本当に？」と鈴木さんは声を弾ませる。

「生半可な気持ちで誓いを立てる奴らと私を一緒にすんな」

「ごめんなさい。でもありがとう！　一緒に頑張ろう！」

「私からも提案があるんだけど、いい？」

「もちろん。どんどん言って」

「その前に、配役は『クラスで一番ぴったり』を重視して決める。インパクト勝負で挑む。この二つは決定事項なんだよな？」

「うん。それが金賞への一番の近道だと思う。普通のことをやっても印象に残らない。去年も一昨年も金賞を獲ったクラスは発想が突飛だった」

「クラスの総意か？」

今別府さんがじれったそうに「総意だよね？」と呼びかけ、クラスメイトは口を揃えて同意する。

「じゃ、心置きなく提案する。インパクトを与えたいなら、私よりもシンデレラに適した奴がいる」

「誰？」

鈴木さんの顔に戸惑（とまど）いの色が見えた。僕も思い当たらない。峰さん以上のインパクトを起こせる人なんているか？　誰のことを言っているんだ？

「こいつだよ」と峰さんは立てた親指を僕に向ける。

教室全体がきょとんとする。あちこちから冷笑が漏れ、今別府さんがみんなを代表して

「なに言ってんの？　坂井は男じゃん」と突っ込む。

「男だからいいんだよ。クラスで一番、いや学年で一二を争う冴（さ）えない男子が美女に変身したら、どうなる？　観客は色めき立つぞ。坂井はこう見えて、意外と美形なんだよ。ばっちりメイクすれば、そのへんにいる女子よりもずっと可愛くなる。声も高い方だし、体の線も細いし」

僕の顔にみんなの視線が突き刺さる。とんでもないことになった。僕が主役に！　しか

も女装とは……。顔が火照らずにはいられない。

「鈴木、どうかな？　私と坂井、より大きなインパクトを与えられるシンデレラはどっち？」

「普通はシンデレラを演じるのは女だから、ちょっと比較しようが……」

「自分の発言に責任を持てよ」と言葉を被せて最後まで言わせない。「普通のことをやっても印象に残らないって言ったのは鈴木だろ。ちゃんと比較しろよ。坂井が主役やったら、王子と濃厚なラブシーンができるメリットもある。男同士でガチのキスをしたら、盛り上がると思わないか？」

「う……ん。そうだね、坂井くんの方が適役だと思う」

「推薦者がそう思うんだから、私の推薦は取り下げだな。もちろん、私よりもインパクトの弱い鈴木の推薦も」

鈴木さんが力なく頷き、今別府さんも「坂井でいいよ」と投げやりに言う。それを受けて西本くんが『鈴木冴香』と『峰』の字を消し、荒々しく『坂井』と書いた。その後、自薦も他薦も出なかったので、シンデレラ役は僕になった。

「では、次は王子役を決めま……」

「ちょっと待った」と峰さんがまた発言を止めた。「劇は脚本が命だ。先に脚本の担当を決めよう」

今別府さんが椅子を吹っ飛ばすようにして立ち上がった。

「脚本は演劇部がやるって決まってんの。知ってるでしょ」

「決まりじゃない。ただの慣例だ」と峰さんは事も無げに言う。

僕たちの高校には文化祭がない。代わりに演劇祭が催される。初代校長が演劇に造詣の深い人だったらしく、全クラスの十五作品が上演される。そして全生徒で投票して優劣を競う。

ただ、演劇のいろはを知らない生徒たちだけで一から作品を仕上げるのは大変なので、各クラスに経験者が振り分けられる。合唱のことを考慮してピアノを弾ける子を均等に配分するのと同じ要領だ。だが、演劇部員は裏方に徹するのが約束事になっている。大抵は脚本を担当する。

うちのクラスにも演劇部員が一人いる。山口由紀。いつも休み時間に文庫本を読んでいる物静かな女子だけれど、よく通る声を持っている。役者に向いていそうなのに、何故か部での担当は照明だ。

「慣例も決まりと変わらない」と今別府さんは激しい口調で言い返す。

「普通のことをやっても無駄っておまえが偏愛してる鈴木も言ってたぜ」

「いい加減にしてよ。峰の狙いはわかってる。自分が脚本をやって滅茶苦茶な劇にする気なんでしょ！」

もうほとんど喧嘩腰だ。今別府さんの堪忍袋の緒は切れてしまったらしい。本来なら担任が間に入るところだ。しかし園田先生は『生徒の自主性を育む』という名目でなんでもかんでも生徒に丸投げする無責任教師だから、今回も静観している。

「山口」と峰さんが呼んだ。「おまえは他のクラスの脚本より面白いもの書ける自信あんの？」

「いや、私は脚本が本職じゃないから、自信はない」

「峰にだって書ける自信はないでしょ。あるなら証拠を見せてよ」と今別府さんは要求する。

「私にもない。でもやる気は満タン。クラスのために最高の劇にしたいって想いはある。脚本は劇の心臓。一番気持ちの強い人間が務めれば、作品全体に熱い血が通う」

「熱い気持ちだったら、私にだってある。絶対に私の方が峰より熱い」

「証拠は？」と峰さんはさっきのお返しをする。

「ない。けど、峰より面白いものを書いてやる。論より証拠。それぞれが脚本を書いてみんなに面白い方を選んでもらえばいい」

自分が脚本を担当することは今別府さんの本意じゃなかっただろう。だけど『峰なんかがやるよりはいい』と割り切って勝負を吹っかけた。

「今別府は鈴木よりもクラスを想う気持ちが強いって言い切れる？」

「は？」

「質問に答えろよ。言えるか？　いつもみんなに平等に優しく、仲間に入れない人に手を差し伸べ、学級委員としても献身的にクラスを支えてる。そんな鈴木を差し置いて言い切れるか？」

「言えないよ。冴香は別格だもん」

「じゃ、脚本は鈴木で決まりだ」

「私！」と鈴木さんはたまげる。

「金賞を勝ち取りたいって言い出した鈴木が適任だ。この中で誰よりも演劇祭に熱い気持ちを傾けてる鈴木なら、クラスのために必死になって脚本の執筆に取り組める」

「私も面白いものが書ける自信はないよ」

　鈴木さんは困り顔で弱音を零した。

「才能よりも情熱が大事だ。ずぶの素人（しろうと）が書いた方が斬新（ざんしん）なものになる可能性が高いし、鈴木は一位が大好物なんだから自分のためにも燃えられるだろ」

「好きなわけじゃないんだけど……」と鈴木さんの声がか細くなっていった。

「情熱がないから脚本なんて書きたくないってことか？」

「そんなことは……」

「じゃ、できるな？」

「う、うん」と鈴木さんは勢いに負かされて返事する。「やってみる」

今別府さんは何か言いたげな様子だったけれど、口をへの字にしたまま着席した。彼女は峰さんにいいように操(あやつ)られ、鈴木さんに脚本を押しつけるお膳立(ぜんだ)てをしてしまった。苦々しくてしょうがないに違いない。

やはり峰さんは不用意に干渉してはならない存在なのだ。善意からの行為であっても、彼女は敵意と受け取る。誰であっても触った者には祟(たた)りが訪れる。時に、近くにいた無関係な人も巻き込んで罰が下される。席が隣になったのを不運と思って諦(あきら)めるしかない。

第五章　兎の耳

――人の知らない事件や噂などをよく聞き出してくること。地獄耳。

寝ぼけ眼（まなこ）でスマホの画面を確認する。『公衆電話』と表示されている。時刻は四時十二分。電話に出ると、相手は「これから五丁目団地の給水塔へ登る。暇なら来て」と言って切った。アニメ声だった。兎人間だ。

僕はパジャマを脱ぎ、Tシャツとハーフパンツのジャージに着替える。そしてタオルを首にかけてそっと自室を出る。忍び足で玄関に向かったが、母が寝室から出てきた。物音に気付いたのか、たまたまトイレに起きたのか？

なんであれ問題ない。僕は無言で母の前を横切り、スニーカーを履いて家を出た。母も何も言わなかった。驚いた顔をしただけ。僕の格好から『きっとジョギングに出かけるんだな』と予測はつくだろうから、質問する必要はない。

僕たちは会話のない親子だが、今の関係にどちらも不満はない。僕は構われるのを嫌い、母は僕に関心がない。双方のニーズは満たされている。

マンションの駐輪場から自分の自転車を出す。五丁目団地がうちから近かったら走って向かうけれど、どう頑張っても四十分以上かかる。途中で横っ腹が痛くなって走れなくなったり、給水塔に登るのに手間取ったりしたら、夜が明けてしまう。

自転車に跨り、薄闇の中を疾走する。まだ眠りこけている町は人の気配が薄い。大通り以外は車が走っていないし、人通りもない。ゴーストタウンみたいで不思議な爽快感がある。

だけど夏休み中はちらほら若者の姿が目につく。友達と夜遊びしたい年頃なのだろうが、終末世界っぽい雰囲気を壊さないでほしい。僕に遊び相手がいない寂しさも加わり、目障りで仕方がない。

高校最後の夏休みもろくな思い出はできそうにない。あと一ヶ月以上も休みは残っているのに、楽しみな予定は何もない。まあ、そもそも青春を謳歌する気はないからいいんだ。負け惜しみが若干含まれているけれど、今は夏を楽しんでいる場合じゃない。一応受験生でもあるし。

進路について明確なビジョンは持っていない。やりたいことが何も見つからないから、とりあえず大学に進もうかな。経済的に厳しいなら奨学金制度を利用しよう。猛勉強しなくても入れそうで、家から通える大学がいい。通学時間が片道二時間かかっても構わない。スマホで動画を視聴していれば苦にならないだろう。そんなぼんやりとした受験生だ。

五丁目団地が見えてくると、自転車を降りて歩道の脇に放置した。念のためだ。給水塔の近くに停めていたら、何か不都合な事態を招くかもしれない。粋がった若者たちが自転車に悪戯しませんように。そう祈って施錠し、目的地へダッシュした。

給水塔は剝き出しの鉄骨造で、二十棟ある団地群のほぼ中央にある。四方を囲っている金網のフェンスは高さが二メートルほどあり、上部には有刺鉄線が張られている。だけどすっかり錆びついて朽ちているので、弛んだり切れたりしている箇所だらけ。おかげで容易に侵入できた。

あとは、垂直の梯子を登るだけ。頂上まで三十メートルくらいか。この給水塔は四本の太い支柱の上に、円形の足場と円柱形の高架水槽が載っている。ロボット掃除機のルンバに細長い脚が四本生えたみたいなフォルムだ。見ようによってはクラゲみたいに見えるから、『クラゲ給水塔』と呼ぶ人もいる。

登りきると、高架水槽の上に兎人間が座っていた。今回は待ち合わせだったのに、前回と同様にびっくりしてしまった。朝日に照らされていた時とは異なる奇っ怪な空気を纏っている。あまりの気味の悪さに、別世界に迷い込んだかのような錯覚に陥る。

「夜明けまでまだ十五分もあるけど、私とお喋りがしたくて早めに来たの？」と彼女は組んだ脚をぶらぶらさせて訊く。

「心配性なだけだよ」

「ふーん」

僕は足場をぐるりと囲う手摺に寄りかかって体を斜めにする。ちょうど僕の目線の高さに彼女の足の爪先がある。薄暗くなければ目のやり場にひどく困っていただろう。給水塔の近辺には等間隔に街灯があるが、頂上まではほとんど光が届かない。ホラー映画が上映中の館内と同じくらいの暗さだ。

「この間から気になっていたんだけど、その声ってドラえもんを真似てるの？」と僕は訊ねる。

水田（みずた）わさびの声にかなり近い。声優ばりに裏声の使い方が板についているので、得意な物真似なのかもしれない。

「これは地声よ」

「本当に？」

そんな特徴的な声の持ち主が身近にいたら、真っ先に『あっ、その声は！』と気付く。僕の生活圏にいない人なのか？

「生まれつき変な声で嫌になっちゃう。コンプレックスなの。小さい頃に数えきれないほど馬鹿にされたし、親に話し方をこっぴどく注意されたこともあって、地上では意識して甲高い声を抑えるようにしている」

「えっと……」と頭の中を整理する。「普段が声色を変えてるってこと？　地声より低くして？」

「そう。今がナチュラル」

なるほど。地声ならスムーズに喋れて当然だ。

「その声を物真似に応用すれば、クラスの人気者になれるんじゃないかな？」

「そういう短所の克服の仕方は私には無理。もう心に『地声は恥曝し』っていう思いがびっしりこびりついているから、この声で笑わせることに成功しても、『笑われている』って感じちゃう」

「そっか」

「よく『新しいドラえもんの声に似てる』って言われたし、『なんか道具を出せよ』って弄られたこともあったよ」と兎人間は忌々しそうにぼやいた。「あっ、もしかして、兎のビーストが猫のアニメキャラの声を出しているから、人間くんはモヤモヤしてるの？」

「考えすぎだよ。似ているから、ただ単純に『物真似かな？』って思っただけ」

「ふーん、人間くんは何か物真似ができる？」

「なんにもできないよ。披露する相手がいないと、コピーする必要がないんだ」

「できないって思ったら一生できない。先ずはやってみる。そうすればあなたの人生は豊かになる」

格言のような口振りだった。

「誰かの言葉？」

「どんな言葉も誰かの言葉よ」と濁して出所を教えなかった。「とりあえず、トライあるのみ」

「猫の鳴き声でいいなら」

やったことはないけれど、去年の夏の初めまで猫を飼っていた。『プリマ』という名の雌のロシアンブルーを十四年間。家族よりも長く同じ時間を過ごし、大の仲良しだった。

「よーし、やってみよう」

兎人間は元気よく促し、両手を兎の耳に添える。聞き耳を立てるポーズだ。僕は目を閉じ、思い出の中のプリマに呼ばれる。頭を撫でてほしい時の長い鳴き声。体を擦り寄せて甘えてくる。そのイメージを唇の隙間から体外に柔らかく放出する。

「結構うまいじゃん。本物っぽい」

僕は瞼を開けて「そう?」と不安を含んだ声を出す。半信半疑だ。自分では上手か下手かわからない。

「うん。いいな」と羨ましがり、彼女も猫の鳴き声を出した。「あれ? なんか違う気がする」

少し音程が外れていた。僕がもう一度鳴くと、兎人間が真似る。ちょっと違う。こう。英語の授業の『Repeat after me!』みたいに交互に言う。徐々に本物に近付いていき、僕たちは給水塔の上で鳴き合う二匹の猫になった。

「これで、警備員とかに『そこに誰かいるのか?』って見つかりそうになった時に、猫の真似で切り抜けられるね」と兎人間は得意気に言う。

映画やテレビでよくあるシーンだ。見張りが『なんだ、猫か』と呟き、潜入者は難を逃れる。

「でもさ、警備員が猫好きなら『猫ちゃん、どこにいるの? 出ておいで』って逆に鳴き声の方に向かってこないかな?」

彼女が笑い声を漏らした。

「そういえば、なんで真似る時に目を瞑るの?」と兎人間は引っかかる。

「飼っていた猫を思い浮かべていたんだ」

す。

「残念だね」としんみり言うと、彼女は両腕を突っ張って高架水槽から自分の体を押し出
「うん」

「死んじゃったの？」

兎人間はふわりと宙に舞い、僕の前に降り立つ。またしてもスカートが僅かしか翻らない。音もしなかった。だが、今回は彼女の足に注目していたから、着地した時に踵をつけなかったことに気付けた。

足の指だけで衝撃を吸収すれば、静かに着地できる。バレエ教室で上手だった子はほぼ無音で飛び跳ねていた。兎人間はダンス経験者なのかもしれない。ただ、初心者が見よう見まねで優雅にジャンプできることもあるので、生まれつき柔軟性やバネが備わっているド素人、という可能性もある。

彼女は顔を前に突き出し、内緒話をする時みたいに「それで目が光っていたんだね」と囁く。

「えっ？」

指摘されて初めて自分の瞳が潤んでいることを知った。いつの間に？

「大好きだったんだね」

「うん」

唯一の心の拠り所だった。

「傷口を抉るようなこと、訊いていい？」

「どうぞ」

「私、死ってものがいまいちよくわかっていなくて、単純な好奇心から訊くけど、死別ともう二度と口を利かない絶交って何が違うの？　どっちが辛いの？」

大きく違う。でも会えないのは一緒だ。もし喧嘩別れしていたらどうだったんだ？　プリマの悪戯に嫌気が差したり、僕に懐かなくなったりして里子に出していたら？

僕は時々プリマのことを思い出し、『他所の家で幸せに暮らしているといいな』と願えたのだろうか？　わからない。少なくとも、鳴き真似をして涙ぐむことはなかったに違いない。

「ごめん。うまく答えられない。死別はすごく辛い。だけど絶交だと、別れを哀しめないことが辛い。その二つの辛さをきちんと比較できないんだ」

「大好きな猫が死んだら哀しいけど、大嫌いになった猫がどこかで生きていても嬉しくない。なんか奇妙ね。同じ命なのに」

命の価値は時価なのだ。人それぞれがその時々で値を付けるから、立場が変わった途端に暴落するし、ちょっとした気の持ちようで高騰もする。

「ある意味では、死別の方が幸せなのかも。甲斐性無しの父親のことを離婚後も恨み続けるよりは、亡き父のことを思い出しては涙する方が豊かな人生を送れそう」

「なんで離婚を引き合いに？」と兎人間は気にかける。

「特に意味はない。ちょっと前に学校で隣の席の子から離婚の話を聞いたからかな。ふと頭に浮かんで」

「ふーん」

「とにかく、君の質問のおかげで愛猫（あいびょう）が死んじゃった哀しみがだいぶ和（やわ）らいだ。ありがとう」

「それはよかった」

　もしプリマが亡くなった直後に兎人間と出会っていたら、喪失感と上手に折り合いをつけることができただろう。自分を見失わずに済んだ。だが『プリマの死が僕と彼女を結びつけた』と解釈できなくもないので、不毛な仮定だ。

「死んじゃったと言えば、三ヶ月くらい前にその学校の子が」と僕は兎人間の胸元を指差す。「ラクダ山で死んだの、知ってる？」

　自然な流れで切り出せたつもりだったけれど、どことなくあざとさが言葉に滲（にじ）んでしまったように思える。

「ツキノワグマに食べられちゃった子でしょ。でも撃ち殺された熊も不運よね。本来は獣たちのテリトリーなんだから」

「そうだね」

町の西側に稜線(りょうせん)の形がフタコブラクダを連想させる山があるのだが、その中腹で山菜採(と)りに来たお爺(じい)さんが血溜(ちだ)まりを発見した。そばに人の指らしきものが一本だけ落ちていて、人が引き摺られたような跡もあった。ツキノワグマの足跡も。

熊にはお気に入りの場所へ獲物を運んで食べたり、その場で食べきれなかった獲物を隠したりする習性がある。保管しているなら、被害者の生存の望みが僅かにあるので、通報を受けた警察が直(ただ)ちに猟友会に出動要請を出した。その日のうちに、指が見つかった場所のすぐ近くの山林で一頭が射殺される。

同日に、警察に「昨日の朝から娘の行方がわからなくて」という届け出があった。娘の私物から採取した指紋と熊に食い千切(ちぎ)られた指の指紋が一致し、僕の一学年下の大堀温子(おおほりあつこ)であることが判明した。

駆除された熊の胃から人体の一部が出てきた。体毛と肉。組織片の状態が悪化していて

DNA鑑定をすることはできなかったけれど、現場の状況や過去の事例から大堀温子のものであると見なされた。

ただ、他の熊の仕業や複数犯のおそれもあったので、引き続き駆除活動が行われる。更に、四頭が撃ち殺された。でもそれらの胃には被害者の手掛かりは入っていなかった。単なるとばっちりだ。

二週間かけて被害者を捜索したものの、血が付着した右足のスニーカーしか見つからなかった。熊は所有欲が強いから残骸(ざんがい)を巣穴にでも隠したか、丸ごと食べたか？あるいは雨が運び去ったか？近くに河原があるのだが、大堀温子が行方不明になった翌朝に上流で雨が降り、水嵩(みずかさ)は増していた。熊が河原に食べ残しを放置したのなら、流されてしまっても不思議じゃない。

いずれにせよ、もう生存の見込みは薄いとの判断から、捜索は打ち切られた。無事ならとうに自力で下山している。動けない状態だったとしても、百人規模の山狩りで発見されないのはおかしい。死んだと考えるのが妥当だ。家族も諦めざるを得ない。

兎人間が「人間くんは『死んだ』って言ったけど、法律上はまだ『失踪(しっそう)』なんだよ。一年経たないと『死亡』が認められないの」と専門的なことを教えてくれた。

「へー」

「ツキノワグマは東京の端っこにも生息しているのよ。野生の熊がいない都道府県の方が少ないって、なんか意外じゃない？」

「そうだね。じゃ、熊が犯人じゃないって噂は知ってる？　食べはしたけど襲ってはいないんだって」

彼女が首を斜めにして兎の左耳を僕の口元に向け、パーにした左手を耳の付け根に添えた。

「誰が犯人なの？」

「高圧線の鉄塔」と僕は兎の左耳に向かって言う。「血溜まりは鉄塔の真下にあって、鉄塔のてっぺん近くにその子のスマホがあったんだ。だから転落したんじゃないかって」

鉄塔から落ちて亡くなった大堀温子を熊が発見し、少し齧ってからどこかへ運んで食べたのだ。元から、よほど腹を空かせていない限り、ツキノワグマが動物を襲って食べることはない。

植物を好んで摂取し、肉食性を発揮するのは、主に鹿や猪などの野生動物の死骸を見つけた時だ。骨まで食べるので、『山の掃除屋』と呼ばれる。残飯処理をするサバンナのハイエナと同じだ。死の恩恵を余すところなく享受する。

「人間くんって情報通なのね」

「うちの学校に『親戚の警察官から聞いたんだけどさ』が口癖の生徒がいて、あっちこっちで言い触らしているんだ。一応『まだ捜査中で公式発表されてないから、ここだけの話だからな』って大声で釘を刺しているけど」

兎人間も同じ高校の在校生なら彼女の耳にも入っていそうだが……。すっ惚けているのか、他校の生徒がうちの高校の制服を着ているのか。我が校の卒業生の可能性もある。

「その子はなんで鉄塔に？」

「生徒の大半は『死のうとして登った』って思ってる。結構きつい虐めに遭っていたらしいから」

「遺書は？」

「出てきていないけど、その子のスマホは脚がぐにゃぐにゃ曲がる三脚で鉄骨に括りつけられていたんだ」

「撮影のため？」

「そう。でもスマホに遺言の動画は入っていなかった。それで『虐めっ子たちへの恨み辛みをぶちまけてから飛び降りる映像を残そうとしたが、撮る直前に誤って落ちた』っていう憶測が主流になっている」

「事故ってことか。虐めっ子たちにとってはラッキーだったのね」

「本当にそうなら、この世には神も仏もいないね」と僕は嘆かわしく言った。「あと、一部の人たちは『自殺じゃなくて、バケタカの真似をしようとして落ちたんじゃ？』って噂している」

「本当に記念撮影をしようとしてうっかり落ちちゃったってことなら、バケタカのせいになるね」

あっけらかんと言った。彼女は何を思っているんだ？　表情が見えないから、心の動きがわかりにくい。

「あの、僕が言えた義理じゃないけど、もし模倣だった場合、少しは責任を感じる？」と恐る恐る訊いてみる。

「気の毒には思うけど、自己責任でしょ。のび太くんは勉強しなくても、なんでもドラえもんが解決してくれるし、可愛いガールフレンドがいる。だから僕も勉強しない。そうやって子供が怠けたら、藤子・F・不二雄先生の責任になる？」

「ならないと思う」

「ひょっとして、人間くん？　その虐められっ子とただならぬ関係だったんじゃ？」

「ない、ない。話したこともない」と僕は強く否定した。「誤解させてしまったのなら、ごめん。君を責める気持ちは全然ない。むしろ、励ましたくてその子のことを話題にしたんだ」

「励まし？」

「責任を感じて気落ちしてないといいなって心配してて。僕、君のことを全面的に支持しているんだ。僕とは器が違うから、いちファンとして応援している。バッシングにめげずに頑張ってほしい」

「その子のことで私、一部の人たちから叩かれているんだ。知らなかったな」

大堀温子の死に関して、自殺派は八割ほど。残りの二割の模倣派の大部分は『パクりに失敗した間抜け』『虐められっ子のくせに目立とうとするから』と嘲っている。

なんでもそうだが、オリジナルの足元にも及ばない物真似は相手にされない。バケタカに倣って高所自撮りをしても、白兎のマスクがなければインスタ映えしない。本家より遥かに劣る写真をアップするのは醜態（しゅうたい）を晒す行為に他ならない。

愚行であることをみんな理解しているので、これまでバケタカの跡追い写真を投稿した人はいない。だから模倣派は大堀温子を軽んじ、『安易に二匹目のどじょうを狙うなんて、とんだ恥知らずだ』と見下げる。でも時折『本を正（もと）せば、オリジナルが悪い』『バケタカのせいで死んだ』という意見も出る。

「ほんの一部だよ。けど、君の言った通りで、完全に自己責任だ。自業自得だよ。それに、やっぱり自殺の線が濃いと思うから、気にすることはない」

「人間くんって地上にいる人たちとちょっとズレているよね。ファンの厚意はありがたいけど」

「高所にいる時だけズレているんだよ。ここでは人の目を気にしなくていいから」

「そっちの言い方が正解だね」

不意に空が慌ただしくなる。東から夜と朝のグラデーションが放射線状に広がり、闇があたふたと西へ逃げて行く。

「さてと、私も目一杯ズレよう」と兎人間は言って僕にスマホを渡す。

そして手摺をひょいと乗り越え、右手一本で柵にぶら下がった。見ているこっちは心臓が止まりそうになったが、心の片隅では伸び伸びと楽しんでいる彼女の様子に安堵感も抱く。

大堀温子のことは気に病む必要はない。もし本当に模倣だったとしても、兎人間に責任はない。大堀温子にもない。彼女たちは白い兎に誘われて高所に登ったに過ぎない。責任を追及したいのなら、その兎の足跡を辿っていけばいい。

第六章　兎に祭文

——兎に祭文を聞かせてもそのありがたみがわからないように、言い聞かせてもその価値がわからないさま。馬の耳に念仏。

八月になってすぐに、また公衆電話から着信が入った。だけど午後の六時二十三分だ。なんでこんな時間に？　今からどこの高所に登るんだ？　疑問に思いながら電話に出ると、「坂井か？　明日、暇？」と訊いてきた。峰さんだ。

彼女はスマホを持っていない。一年ほど前に不注意で壊し、『あんま使わねーから』という理由で解約したそうだ。

「暇だけど、なんで公衆電話？」

連絡先を交換した時に、自宅の番号を教えてもらった。

「自分で考えろ」と突っ撥ね、一方的に時間と場所を指定した。

朝の十時に、港のフェリー乗り場。

「どこに行くの？」

「ビーチ」

「何しに？」

「坂井の裸が見たいんだ」

「僕の？」とびっくりしすぎて声が滑稽に裏返る。「なんで？」

「モデルだよ。裸のシーンを描くためだから、勘違いすんな」

「峰さんの家じゃ駄目なの？」

「っとにポンコツだな。坂井がパンツ一丁になってるところに、うちのババアが入ってきたらどうすんだ？」

「なるほど」

この会話も家族の人に聞かれたら、言い訳しようがない。だから自宅の電話を使わなかったのだろう。

「理解したんなら、よろしくな。水着忘れんなよ」

僕の返事を待たずに電話を切りそうな流れだったが、「あと、坂井をシンデレラに推したのは、嫌がらせじゃないからな」と付け足す。

「うん。成り行き上、仕方がないことだったよね。峰さんが避けた弾が偶然僕に当たっただけのこと。気にしていないよ」

「そんなんじゃねーよ」

「えっ？　じゃ、何？」

「自分で考えろ」と言うと、通話を遮断（しゃだん）した。

僕はスマホを見つめて頭を絞る。嫌がらせやとばっちりじゃないのだとしたら、厚意か？　ひょっとしてモデルのお返しをしようとしたんじゃ？　好きな子の前でいいところを見せるチャンスを僕に与えたのかもしれない。

峰さんは僕が鈴木さんに気があると疑っていた。学校に好きな人がいた場合、全校生徒が鑑賞する演劇祭は勇姿を見せる絶好の機会だ。見事に主役を演じきれば、株は鰻（うなぎ）上（のぼ）り。

もし本当に厚意だったのなら、申し訳ない。僕が曖昧（あいまい）な言い方をしたばかりに誤解を生み、余計な気遣（きづか）いをさせてしまった。だけど峰さんの口から『嫌がらせじゃないからな』と聞けたことで、胸にあったわだかまりがすっと解ける。前向きに演劇祭に取り組めそうな気がしてきた。

港のフェリー乗り場から小型の連絡船に二十分ほど揺られると、周囲が五キロメートルもない小さな離島に着く。十年くらい前からハワイみたいなリゾートアイランドを目指して開発が進められている。

ラグジュアリーなホテル、シュノーケリング、スキューバダイビング、温泉施設、アスレチック、トレジャーハンティング、海中展望船、南国風コテージ、バリ式エステなどど。あの手この手で集客数を増やそうとしているものの、未だに遠方からの客はほとんど訪れない。

近辺の客は夏場に海水浴をするだけ。扇状の白い砂浜は美しく、海の透明度も高い。その割に混雑しないから、地元では人気のスポットだ。

学校の誰かと出くわさないといいけど。そう思いつつモデルを務めていたら、近くを通りかかった女の子と目が合う。今別府さん！

「坂井じゃん！」とやたらと大きな声を出す。「何してんの？」

僕は砂の上で正座していた。峰さんが描こうとしている漫画には、女装キャラがパンツ一丁で土下座するシーンがあるらしい。

「あっ、いや……」

僕が返答に困っていると、フリルのついたボタニカル柄のビキニを着た今別府さんの目が横に動く。パラソルの下でスケッチしている峰さんを見てハッとする。

「まさか、彼女？」

そう訊いたのは、峰さんが女子力をマックスにしているからだ。誰だかわかっていいない。僕が峰さんのモデルを引き受けて一緒に彼女の家に行ったことは今別府さんも知っているはずだ。だけどあまりにも別人すぎて、スケッチという大ヒントがあるにも拘わらず峰美菜津を導き出せない。

「えっと、姉。僕のお姉ちゃん」

「へー」と安心したような顔をする。「どうも、坂井くんと同じクラスの今別府です」

今の峰さんは大人っぽく見えるから、どうにか誤魔化せそうだ。

「どうも、姉の峰美菜津です」

「へ？」と今別府さんは目を見開く。

「おまえが自分のことをクラスで何番目に可愛いと思ってるか興味ねーけど、たった今、ランキングが一つ下がったよな？」

「は？」

「私たちの前では認められなくても、自分には嘘つけないだろ。すでに胸に敗北感があるはずだ」

「なに言ってんの？」

「忠告だ。自分のランキングを下げたくないなら、他言するな。もう私たちの近くに寄ってくるなよ。返事はいらねーから、ソッコーで失せろ」

「ふざけんな、ブス！」と今別府さんは毒づき、砂に足を減り込ませるほどの力強い歩みで去って行った。

ここまで無様な負け惜しみを目の当たりにするのは初めてで、同情が胸から染み出てくる。

「今別府さんのこと、嫌いなの？」

「嫌いだね」と峰さんが鉛筆を滑らせながら即答する。「教室で一軍ぶってる連中には反吐が出る。あいつら、テレビでは大人しくしてるくせに、自分のラジオ番組で粋がったことを連発するダセー芸能人みたいで気持ち悪いんだよ」

「えっと、『ドラえもん』のスネ夫タイプってこと？」

「自分より強い人がいないところで踏ん反り返ってる奴のことは好きか？」と反対に質問する。

「あまり」

「井の中の蛙なんだから謙虚にしやがれ。どんなに二軍や三軍を見下したって自分が小物だって事実は変わらねーんだよ」

「今別府さんには強引なところが多少あるけど、鈴木さんは割かし公平じゃないかな」

「っとに節穴だな。あれが一番ヤバいんだよ。どう見ても、頭のてっぺんから足の爪先までぶりっ子だろ」

　僕は首を傾げる。

「あいつこそ、ランキングの権化なんだよ」と峰さんは腹立たしそうに解説する。「自分の地位を上げることしか考えてない。常に一軍でナンバー2のポジションをキープして、軍団への批判をボスに受け止めさせ、二軍三軍に愛嬌を振り撒いて好感度を根こそぎゲット。ツイッターでテストのヤマを拡散してんのも、人気取りのため。私をクラスの輪に入れようとするのだって、みんなへのいい子ちゃんアピールでしかない」

　俄かには信じ難い。僕の目が曇っている？　それとも峰さんが斜めから見すぎているのか？

「学校も嫌い？」と僕は話題を逸らす。

「苦痛だね。先生の九割は無能。生徒はもっとひどい。一軍は人を見下すことしか考えてねーし、二軍以下は見上げることだけ。侮辱と羨望。優越感と嫉妬。傲慢と卑下。どっちもどっち。くだらないガキばっか。学校なんてクソ狭い場所でランキングを競ってどうすんだよ。退屈でマウンティングしかすることがないからか？　だったら、広い世界に目を向ければいいだろ」

　この町の閉塞感が元凶かもしれない。大人たちは仕事を奪い合い、安定した地位を確保することに躍起になっている。それを間近で見てきた子供たちがヒエラルキーを過剰に意識するようになるのは無理もないことだ。

子は親の背中を見て育つ。親に余裕がないと、偏狭さが子に伝播する。だからみんなが、みんな、自分より上か下かを重視している。強い者には媚び諂い、自分よりも弱い者を見つけて安心する。反骨や助け合いの精神はない。

親にないものを子が身につけるのは難しい。特に、『何をしても無駄』『努力は無意味』『正直者が馬鹿を見る』などの諦めムードが充満している環境では、親を反面教師にして『自分はあんな大人にはならないぞ』と抗うのは非常に困難だ。

「くだらなくてごめん」と僕は町を代表する気持ちで謝る。

「最近の坂井はどっちでもねーよ。蔑んだ目で見下さないし、妬ましそうに見上げない。例の『気になっている人』って女以外は眼中にないってか？」

途中から棘のある物言いになった。

「眼中にないってわけじゃないよ。なんて言うか……」と適切な言葉を探そうとする。

「なんでもいいよ。坂井が覚醒してなきゃ、モデルにしなかった。ずっと女装キャラの造形に悩んでたんだよ。周りに流されない強い意志を持った女装キャラのイメージが固まんなくて。それで苛々して松友に当たっちゃってさ」

「そうだったんだ」

「言いすぎたな、昔の悪い癖が出ちまったって思ってたら、坂井が『空気は吸うもの』って言い出した。その瞬間にビビッと来たんだ。正に、灯台下暗し。隣にいたとはな」

「峰さんはプロの漫画家を目指しているの？」

「まあね」

「いいね。ちゃんとした目標があって」

「ふわふわした夢を抱いてる方がいいよ。現実は甘くない」

言葉に重みがあった。教室で飛び交う会話には感じられない重み。彼女は学校の外の現実を知っているのだ。

「あの、前に言っていた幽霊のことなんだけど」と非現実的な話に切り替える。「まだ僕に憑いてる？」

「マジで信じてんのか？　普通、信じねーぞ」

「ちょっと気になって」

「心配すんな。それは悪さをするタイプの霊じゃない」

「今日も後ろにいるんだ」

「ひょっとしたら坂井を守護してくれてんのかもよ」と言うと、スケッチブックを閉じた。「よし、休憩だ」

本当に守護霊だといいが、呪い殺される恐怖が背筋に貼りついている。じわじわ生気を搾り取られているのかも？

「何してんだ？　楽にしろよ」と峰さんは声をかける。

まあ、なるようにしかならないか。全ては因果応報。報いは甘んじて受ける他ない。僕は脚を崩し、脛についた砂を払う。そういえば、今別府さんは誰と来たんだろう？　軍団の人たちか？　手で庇を作って彼女が去って行った方向を眺める。

「おい、坂井も入れよ」とパラソルの日陰を勧める。

「いや、ちょっと眩しかっただけで、大丈夫だよ」

庇を壊し、その手を胸の前で振って『いらないよ』のジェスチャーをする。肌が焦げつくような炎天下だけれど、我慢できないほどじゃない。

「金は取らないから入れって。モデルが倒れたらどうにもなんねーだろ」

そのパラソルは峰さんがレンタル料を払って借りたもの。彼女が座っているレジャーシートは持参したもの。なんとなく気が引けたが、「じゃ、お言葉に甘えて」と言って峰さんの横に腰を下ろす。

僕たちの間には、透明のビニール袋に入ったイズミ様のフィギュアが置いてある。『漫画のためとはいえ、坂井と二人きりで出かけるのはマズい。イズミ様に浮気だと思われちゃう』という理由から、三人で海に来ることになった。

峰さんはせっかくの機会なので、デッサンの合間にイズミ様との屋外デートを楽しんでいる。持ってきたデジカメでツーショット写真を撮ったり、恥じらいながら水着姿を見せたり、お弁当を作ってきたり。

僕はカメラマンにされ、面積の小さい白色の水着にどぎまぎし、『坂井の分はないから、勝手に食べてきて』と言われて海の家で一人寂しくラーメンを啜った。彼女の方こそ僕のことなど眼中にないのだ。

峰さんが上を向いてペットボトルに口をつける。喉がごくごく鳴り、みるみる容器の中の烏龍茶が減る。少しだけ零れて口元から顎へ伝う。更に滴は彼女の皮膚を下っていく。首を通過して胸元へ。

なんとなしに滴を目で追っていたら、視界に険しい谷間が飛び込んできた。思わず目を瞑る。モデルをしている最中も目のやり場に困っていたのだが、この近さじゃ煩悩を刺激してやまない。パーカーでも羽織ってくれないかな。

「どうした、坂井？　鈴木の水着姿でも想像してんのか？」

瞼を開け、「あっ、いや……」と狼狽える。エロいことを妄想するも何も、目の前に魅惑的な光景が広がっているのだから想像力を必要としない。

「今別府は仲間を引き連れて来てるかもしれないけど、鈴木はいねーと思うぞ。あいつんち、うちより勉強にうるさいから」

僕も小耳に挟んだことがある。休日に友達と遊ぶのも、放課後に寄り道するのも禁じられているそうだ。

「親が異常に厳しいんだよね」

「鈴木は中学受験も高校受験も当日に熱が出ちゃって、ろくに問題を解けなかったんだってな。二回も私立受験に失敗したもんだから、親がしゃかりきになって娘の尻を叩いてんだ。毎日家庭教師をつけて勉強漬け。一秒も無駄にさせないために、学校から家までちゃんとまっすぐ帰ってるかスマホのＧＰＳでチェック。とんでもねー親だ。虐待に近いよな」

「うん。やりすぎだよ」

徹底した監視っぷりに驚いたけれど、峰さんが鈴木さんについて詳しいのは意外だ。他人に無関心だと思っていた。自分の家庭と通ずるところがあるからか？　もしかしたら仲良くなれるんじゃ？

「でも本人は不満に思ってないみたいだぜ。『私の将来のために心を鬼にして厳しくしているから、頑張って親の期待に応えたい』ってさ」

「その言い方だと、親が上手に飴と鞭を使い分けている感じがしないね」

「できて当然ってタイプの親っぽいよな。できても飴を与えないで、できないと鞭をビシバシ浴びせる。ひでー親だけど、ミス・パーフェクトの鈴木なら家でもうまく立ち回ってんだろ」

　鞭しか与えない親に育てられたから失敗や欠点を見せられないのでは？　そう思ったが根拠の乏しい憶測に過ぎないので、僕は「そうだね」と話を合わせるに留めた。

「坂井の親はどうなんだ？」

「うちは真逆だよ。放任主義」

「なら、気楽でいいな。そんじゃ、『うん』って言ってみて」と要求する。

　行間が読めなかった。『気楽でいいな』と『そんじゃ』の間にどんな繋がりがあるんだ？　とりあえず、流れに任せて「うん」と言った。

「もっと低い声で」

「うん」

「もうちょっと」

「うん」

「貫禄がある風に」

「うん」

「もう一回」

「うん」

「よし、それでいこう」とＯＫを出してフィギュアを手に取った。「これからイズミ様に愚痴るから、適当なところで相槌を打って」

ようやく読めた。イズミ様の声に似せようとしていたんだ。

「うん」

「まだ早いよ」

地声を忘れていた。

「ごめん」

「ったく」

峰さんはフィギュアを両手で包み込むように持ち、イズミ様に向かって話す。

「私、漫画家になりたいの。絵を描くのが好きだし、頭の中にあるイメージを具現化するのがすごく楽しい。真っ白だった紙が私の想像力で埋め尽くされていく。ゼロだったところから閃き一つで誰も見たことのない世界が生まれる。気分は宇宙のビッグバンを起こした神様。創造主になって世界を構築する快感は何物にも代え難い。描き上げた時は万能感にどっぷり浸れる」

情感を込めて言うと、間を置いた。

「うん」と僕は声色を遣って相槌を打つ。

「でもいつの頃からかそれだけじゃ満足できなくなった。自分の力を見せつけたい。漫画で『どんなもんだ！』ってみんなを圧倒したいの」

「うん」

「不純だってことは、わかってる。本当に漫画を描くのが好きなら、一人でこそこそ描いて自己満足に浸っていればいい。わかってるんだけど、抑えが利かない。胸の奥から邪悪なものが溢れ出てくるの。漫画で世界中の人間をひれ伏させてやるぞって」

「うん」

「私、もう描くのが好きじゃないのかも？　成り上がるための手段や現実逃避の道具にしている人が漫画家を目指していいのかな？　私には漫画を描く資格が……」

「いいんだよ」と堪(たま)らず意見する。「全然不純じゃないし、もし不純でもいいんだ。そういう不純さって誰もが持っているものだ」

「おまえ、許可なく喋んなよ」

「ごめん。でも『力を見せつけたい』って悪いことじゃないよ。それは『自分を見て』っていう純粋な願いだから。峰さんは漫画でみんなと繋がろうとしているんでしょ？　正しい心の動きだよ」

「繋がりたくなんかねーよ。気色悪いこと、言うな」

「さっき、『気になっている人』の話を振られた時にうまく言えなかったけど、僕が一軍の人たちを崇めなくなったのは、顔の見える距離にいることのありがたみを知ったからなんだ」

「顔の見える距離？」

「見下ろす時って、相手の姿が見える距離だよね？　羨ましいなって見上げる時も。目に入る近さに相手がいるからこそできる。そう思ったら、下層にいることが気にならなくなったんだ。周りにいる人たちの顔がみんな見えないくらい遠かったら、表情がわからなかったら寂しくない？」

高層マンションの屋上に立っても、得意な気持ちになれるのは一瞬だけ。次第に虚しさが込み上げてくる。眼下にいる通行人は僕の存在に気付かない。足早に各々の目的地へ向かう。

僕はここにいる。見てよ。こんな高いところに登れたんだよ。すごいでしょ。そう叫んでも、遠くて声が届かない。憐れに響き、孤独感を増幅させる。人の目に入らなければ、僕は存在しないも同じだ。

「何が言いたいのかよくわかんねーよ。勝手にぐだぐだ喋りやがって。坂井のフォローなんていらねーの。あのあと、イズミ様に頭をポンポンしてもらって、『ありがとう。イズミ様の気持ちが伝わってきた。真摯に漫画と向き合っている美菜津こそプロになる資格があるって言いたいんだよね？』って流れを用意してたのに。おまえは頷き人形でよかったんだよ」

「ごめん」と僕は意気消沈する。

「もういいよ。がっつり白けたから、憂さ晴らしに泳いでくる。坂井はイズミ様を団扇で煽いでろ」

そう言ってフィギュアをレジャーシートの上に優しく寝かせ、すっくと立ち上がる。そしてキラキラ輝く海に向かって勢いよく駆けて行った。

第七章　兎の糞（ふん）

――物事がぽつぽつ切れて続かないことの喩え。兎の糞はころころしていて繋がっていないことから。

夏休み明けの教室はあちらこちらで思い出話に花が咲く。友達のいない僕はじっと耳をそばだて、夏の余韻を分けてもらう。クラスメイトたちは遠出ができるチャンスを活かし、町の外で思い思いに高校最後の夏を過ごした。キャンプ、花火大会、青春18きっぷの旅、帰省、野外フェス、プールなどなど。

僕の夏は、峰さんのモデル依頼を三回、兎人間のカメラマン依頼を五回引き受けた以外に、これと言った出来事はなかった。僕に話し相手がいたとしても、何も語れなかっただろう。峰さんの話題は反応に困りそうだし、兎人間のことは口外できない。

バケタカ出没マップには、すでに夏休み中の足跡が更新されている。朝イチで西本軍団のお調子者がポスト・イットを五枚貼った。給水塔、高層マンション、結婚式場の廃墟、電波塔、高層マンション。ほぼ週一ペースで出現。

西本軍団は実直に捜索活動をしていたらしく、兎人間との待ち合わせ場所に向かう途中で彼らと鉢合わせになりかけたことが二回あった。僕はバケタカ捜索隊に警戒していたが、向こうは女子しかマークしていないようで、遠目から男子だとわかると僕に近寄ってこなかった。

僕がクラスメイトであることに気付いていない様子だった。注意深く見ないからか、教室で存在感が薄い僕の特徴など少しも把握していないからか？　どんな理由にせよ、見過ごされたのは幸いだった。運が悪かったら、『あれ、坂井じゃね？　こんな時間に何やってんだ？　なんか怪しくね？』と尾行されていた。

今別府さんは『高校最後の夏休みをバケタカ捜しに費やすなんて、やっぱ馬鹿よ』と呆れていたけれど、彼らは本気だ。バケタカの捕獲に執念を燃やしている。でも人命尊重の精神に衝き動かされているのではない。

きっかけは西本くんの軽口だった。仲間との会話の中で何気なく「いくら正体を推理したって空論だよ。捕まえてマスクを剝ぎ取った方が早いんじゃね？」と言ったら、取り巻きたちが「その手があったか！」「名案だ！」「やってやろうぜ！」などと活気づき、バケタカ捜索隊が結成された。

十代特有の軽率なノリが彼らを後押ししたのだが、徐々に捜索活動にのめり込んでいった。今では異常なほど力を入れていて、もはや暇潰しの遊びじゃない。骨身を削ってバケタカを捕らえようとしている。

坂道を駆け下りる時みたいに、勢いがつきすぎて止まれなくなっているのだ。軽く背中を押されてなだらかな坂道を小走りで下り始めた。だけどみるみる傾斜がきつくなって意図せずにスピードが上がっていく。下り坂はどこまでも続く。もう止まれない。もし坂道の先が断崖絶壁になっていても、西本軍団にはどうすることもできない。そのまま猛スピードで崖からダイブ。彼らは暴走状態に陥っている。ブレーキもハンドルもきかない。

坂道を下り始めたばかりの時にはブレーキがかかった。ハンドルも切れた。西本軍団が止まろうとしなかったのは『どうなってもいい』と自暴自棄にさせる失望が町の隅々に行き渡っているからだ。大人が町を狂わせ、町が若者を狂わせている。

兎人間も負の連鎖の犠牲者と言える。きっと初めはバケタカ捜索隊のようにちょっとした軽い気持ちだったのだろう。遊び半分で始めたことが後戻りできない戦いになってしまった。もっと高いところへ、よりインパクトのある写真を。強迫観念に駆られるようにして高所撮影を続けている。

スリリングな写真を求める兎人間にとって、僕との出会いは思い掛けないラッキーだったに違いない。僕をカメラマンにしたことで彼女は両手が使えるようになり、一段と危険な画像を投稿した。

片手で手摺にぶら下がってVサイン。屋上の縁に指四本で摑まって絶体絶命のピンチを演出。塀の上で側転したり、右手一本でぶら下がっていた鉄骨を離して瞬時に左手で摑まったりする動画もアップした。

間近で見ている僕は寿命が縮(ちぢ)まる思いだった。今すぐにでも止めたかったが、言ってやめるなら苦労はしない。逆効果でムキになるおそれがある。僕が注意したことによって危険な行為であることを強く意識し、平常心を削(そ)ぐ心配も。

下手に刺激すると、兎人間に徒らな緊張や恐怖が生じて却って危ない。だから僕は『なんでもないこと。地上では誰だって片手で鉄棒にぶら下がれる』というリラックスした雰囲気を作ることに専念し、いつでも飛びつけるよう重心を前に置いた。

もし彼女が少しでもバランスを崩したら、すぐに手を伸ばすつもりだ。何がなんでも体に触れる。絶対に摑む。支えきれずに一緒に落ちることになっても構わない。死への憧れや願望など微塵(みじん)もないけれど、兎人間を一人では死なせられない。

僕には彼女を扇動した責任がある。僕の浅はかな思いつきが兎人間の命を危険に晒すことになった。本当に考えが足りない。安易に相棒を引き受けたばかりに彼女をより危うい方へ進ませてしまった。カメラマンがいなければあんなパフォーマンスはできなかった。兎人間が転落死したら僕のせいだ。

死なせるものか。どんな手段を使ってでも、この命に代えても助けるんだ。僕なんかの命で彼女を救えるなら本望だ。毎回、そう覚悟しながら無事に撮影が終わることをひたすら祈った。

あとちょっとの辛抱だ。ショッキングな写真と動画でフォロワー数が急激に増えた。それまではやや停滞していたのだが、九千を超えた。この調子なら遅くとも年内には目標の一万に達するだろう。

始業式後のロングホームルームの時間は演劇祭の準備に充てられ、みんなで空き教室に移動する。生徒数がピーク時の半分に減少したので、使われていない教室がたくさんある。ぞろぞろと廊下を進む。一歩ごとに主演のプレッシャーが僕の肩に伸し掛かってくる。やっぱり気乗りはしない。できることなら、逃げ出したい。

そんな僕を尻目に、前を歩く今別府軍団が夏休み中に催した肝試しの話でわいわい盛り上がっている。三、四年前に潰れたラブホテルに忍び込んだらしい。年々業績が悪化していたところに、とどめを刺すように宿泊客の心中事件が起こった。それを機に一斉に閑古鳥が鳴き始め、また一つ不幸の抜け殻が生まれたのだった。

「廃墟ってなんか不気味だよね」

「おどろおどろしい感じがあるもんね」

「でもさ、お化けがいなかったのは残念」

「ビビってたくせに」

「全然平気だったよ」

「自分の足音にびっくりして絶叫してたじゃん」

「あれは、演出。ムードを高めるための」

「よく言うよ。じゃ、また肝試しやる？」

「いいよ」

「今度はさ、廃病院にしようよ」

「いいね」

「それは、ちょっと……」

「やっぱ、怖がってんじゃん」

「全然ビビってないよ。いきなりレベルを上げすぎかなって思って。段階を踏んでいこうよ」

「なら、ブリキンにする？」

「遠くない？」

「あそこはアクセスが悪いよ」

「そこんところも潰れた理由だよね」

「一番の原因は死者の怨念(おんねん)でしょ」

「そうそう、今も成仏できなくて彷徨(さまよ)ってるらしいよ」

ブリキンとは『ブリリアント・キングダム』の略称で、僕が八歳の時にオープンした遊園地のことだ。町の主要産業である造船業に陰りが見え始め、緩やかに活気を失いつつあった。再び町に繁栄をもたらそう。その起爆剤として、山を切り開いて中世の王国をモチーフにしたテーマパークが造られた。

僕は開業して間もない頃に家族と一度だけ行ったことがあるのだが、ちょうどその日に『トムキャット』という名のジェットコースターが死亡事故を起こした。走行中に安全バーが外れて乗客の一人が投げ出されたのだ。原因は整備不良だった。途端に客足は遠のき、官民一体となった大プロジェクトは三年で幕を閉じた。

今別府さんが「廃病院は卒業前のビッグイベントにしようよ。受験が終われば冴香も肝試しに参加できるし」と言ったところで、うちのクラスに宛(あ)てがわれた空き教室に着いた。彼女らに続いて僕も入室する。憂鬱で堪らないけれど、僕に拒否権はない。最善を尽くそう。

鈴木さんが「役者班と裏方班に分かれて段取りを話し合ってください」と指示し、二つのグループができる。僕は去年も一昨年も裏方だった。適材適所。地味な僕には下働きがぴったり。

自分の場違いさに恐縮しつつ役者班に交じる。鈴木さんが演者たちに台本を配り、少し緊張した声で「各自で目を通したあと、読み合わせをしましょう。おかしいところは修正するから、指摘してください」と言う。僕は心して『シンデレラ』と題された表紙を捲る。みんなも読み始める。

すると、魔女役の峰さんが台本をペラペラと捲りながら「鈴木、これで金賞を獲れると思ってんの？」と挑発的に訊いた。

「ごめんなさい。私なりに一生懸命書いてみたんだけど」

「ちゃんと質問に答えろよ。おまえがマジで獲れると思ってんなら、もうなんも言わねーよ」

鈴木さんは押し黙る。

「いい加減にしてよ。冴香が全力で書き上げたんだから、これでいいじゃん」と継母役の今別府さんは果敢（かかん）に擁護する。

続いて王子役の西本くんも「俺はこれでいけると思うぜ」と後押しする。

「鈴木、よかったな。金賞に届かなかったけど、頑張ったことに意義がある。これはこれで素敵な思い出だよねって脚本がもうできあがってる。いいな、鈴木には自分に都合のいいストーリーを書いてくれるお抱えの脚本家がいっぱいいて」

「ふざけないで！　なんで峰は和を乱すことばっかするのよ！」と今別府さんが摑みかからんばかりの勢いで詰め寄る。「冴香に魔女役に推されたことを根に持ってんの？　冴香がリベンジなんかするわけないじゃん。身勝手な逆恨みはやめて！」

鈴木さんの推薦理由は『クラスで一番謎（なぞ）めいている峰さんが適役』だったが、峰さん側からは『脚本を押しつけられた仕返し』と捉えられないこともない。

「おまえらの友情って甘やかすだけか？　鈴木がだんまりになったことで、『この台本じゃ金賞を獲るのは難しい』って本人が認めたことはわかってんだろ。なんで『時間を与えるから、もう一回頑張って書いてみようよ』って提案ができないんだ？」

「それは……」と今別府さんは言葉がつっかえた。「あっ、あれよ、冴香は受験勉強で忙しいんだよ」

「授業中にでもこそこそ書いてりゃいいんだよ。この学校の勉強なんて鈴木のレベルには一つもためにならねーんだから、授業を聞かなくても何も問題ない。そうだろ？」

「問題ないことは……。ためになることもあるし……」と鈴木さんは控え目に言う。

教室の隅でぼさっと座っている園田先生を気にしたのだろう。この悪巧み（わるだくみ）が彼の耳に入ったとしても『授業中に関係のないことはするな！』と本気で注意することはないと思うが、それでも一応教師だ。担任がいるところでは学校や先生の悪口は言えない。

「じゃ、両立は？　要領がいい鈴木なら、低レベルの授業を聞きながら脚本を書くことくらい簡単だよな？」

「頑張ればできるかもしれないけど……」

鈴木さんの歯切れが悪い。見兼ねた今別府さんが「無茶苦茶（むちゃくちゃ）なこと言わないで」と庇（かば）った。

「鈴木が両立できるって仮定した場合、今別府は一ヶ月待てるか？」

「は？」

「あくまでも仮定の話だけど、私は鈴木が望むなら一ヶ月くらい待てる。自信のある脚本が上がったら、それから死ぬ気で稽古（けいこ）してやるよ」

「私だって待てるよ」

「他の奴らは？」と峰さんは役者班に問いかける。

演劇祭は十月の下旬に開催される。一ヶ月後から劇の練習を始めて間に合うだろうか？主演の僕が一番セリフは多そう……。

不安が過(よぎ)ったけれど、「僕も待てる」と二人に倣う。そうしたら、西本くんも「俺だって」と続き、他の人たちも次々に追随(ついずい)した。

「鈴木、どうする？」と峰さんが本人の意思を確認する。「気持ちが折れてんなら他の奴に脚本を任せていいんだぞ。勇気ある撤退も、時には必要だ」

「私、もう一度頑張ってみる。みんなありがとう」

頭を深く下げて感謝すると、峰さんに「私、どうすればいい脚本になるかよくわかっていなくて、できたらアドバイスしてほしい。峰さんは漫画を描いているから、創作について詳しいよね」と頼んだ。

「いいけど、私だけじゃなくみんなからも駄目出ししてもらえよ。匿名の目安箱でも作れば、辛口な意見も集められんだろ」

早速、鈴木さんは目安箱を作り、裏方班の分の台本をコピーしてクラス全員に行き渡らせた。役者班は満足のいく脚本が完成するまで、裏方班の手伝いをすることになった。

第八章　兎の昼寝

――油断して思わぬ失敗をすることの喩え。イソップ寓話（ぐうわ）『ウサギとカメ』に因（ちな）む。

いつかは登ることになるだろう。そう腹を括っていたけれど、いざ見上げてみるとあまりの巨大さに腰が引けた。ゴライアスクレーン。高さは九十メートルもある。まだ、早くないか？　他にも高い建造物は残っている。ここは最後にとっておくべきじゃ？

　この造船所に来るのは二回目だ。最初は小学五年生の工場見学。ゴライアスクレーンを操縦するおじさんから「全長が東京タワーと同じくらいの三十万トンクラスのタンカーを造っている」「船の分かれたパーツを積み木みたいに組み合わせて造るから、上から吊り上げる大きなクレーンが必要なんだ」「クレーンの上でアクション映画が撮影されたことがある」と教わった。

　クレーンと聞けば、普通は釣竿（つりざお）のような重機を連想すると思う。でもゴライアスクレーンは漢字の部首の『冂（けいがまえ）』に似た形をしている。二本のぶっとい脚の上に鋼鉄の橋を渡し、その橋に取りつけた吊り下げる装置がＵＦＯキャッチャーのアームみたいに水平移動する。

以前は町の繁栄のシンボルだった。門のようにも見えるので、パリのエトワール凱旋門に準えて『凱旋門』と呼ぶ人もいた。しかし六年前に造船所が閉鎖されてからは忌まわしい墓標となった。

大人たちはこのクレーンを見る度に、過去の栄光を懐かしみ、将来を悲観する。子供たちは負け犬の象徴と見なし、ヒーロー視していた過去を忘れたがっている。誰もが解体を望んでいるのだが、お金の都合がつかないのか放置されたままだ。

とっとと解体していれば登らずに済んだのに。だけど、愚痴ってもどうにもならない。後ろ向きな気持ちは命取りになる。平常心、平常心。なんてことはない。垂直の梯子を登るだけ。

クレーンの片方の脚に備えつけてある梯子は転落防止のために筒状の柵が設置され、公園にあるくぐって遊ぶ輪っかのトンネルみたいになっている。うっかり手が滑ったり踏み外したりしても、強風に吹き飛ばされても、滅多なことじゃ地上までは落ちやしない。疲れたら柵に腕や脚を絡めて休もう。公園の遊具と思えばいい。

だだっ広い廃工場には電灯と呼べるものは一つもないけれど、月明かりのおかげで手元や足元が見えないことはない。半月でも充分に明るい。今夜が月の出ている夜で幸運だった。全ての面で視界は良好。何も恐れることはない。

十メートルほど登ると、梯子が途切れて踊り場みたいなところに出た。約一メートル四方の狭いスペース。登ってきた梯子の体一つ分ずれたところに上に続く梯子がついている。

それをしばらく登る。また踊り場があった。どうやら安全に配慮して一定の間隔で梯子をずらしているようだ。親切設計に気持ちのゆとりが生まれる。何十メートルも下の地面まで落ちる心配はないし、疲れが溜まった時には、踊り場でゆったり休める。

よくよく考えてみれば、当たり前のことか。これはエレベーターが故障した際の非常用の梯子だから、従業員が安全に上り下りできるよう設計されていないわけがない。ちなみに、エレベーターはクレーンの脚の内部にあり、操縦士のおじさんはそれに乗って頂上のコックピットまで昇っていたそうだ。

今、あのおじさんは何をしているのだろう？　我が子のことを自慢するみたいにして「なんと、百トンも吊り上げられるんだよ」と誇らしげに語っていたのが、今となっては侘(わび)しい。

あの時「操縦席からはどんな景色が見えるんですか？」と質問した子供は、兎のマスクを被った女の子に会いにゴライアスクレーンをせっせと登っている。人生とは何が起こるかわからないものだ。

班のみんなを押し退けて訊いたのに、おじさんは「見たかったら、このクレーンの運転手になってごらん」と言うだけで、教えてはくれなかった。僕はがっかりし、発言したことを後悔した。自己主張するといつも裏目に出る。じっとしていなくちゃいけない宿命なんだ。

その後も同じような後悔を幾度か繰り返した。自分の宿命を痛感する羽目に陥ることもあったが、またしても僕は抗っている。数々の後悔を地上に振り落としながら梯子を一段一段慎重に登る。

今の僕に操縦席からの景色を見たい気持ちは一撮みもない。兎人間の暴走を食い止めるために登っている。それ以外の動機はない。もう後悔したくないから宿命に抗っているのだ。

僕が相棒を務めたことで彼女はそれまでよりも危険な写真を投稿するようになった。でも専属のカメラマンがつかなくても、兎人間は一人で同じようなことをしていたはずだ。フォロワー数の伸び悩みを打開するには、危険度を上げるしかない。遅かれ早かれ片手でぶら下がるパフォーマンスを見せたに違いない。

自撮り棒を持った腕をぴんと伸ばして撮るのは、体のバランスが崩れるので転落のリスクが大きくなる。三脚を使ってセルフタイマーで撮影するのも、準備や撮り直しで高所を動き回ることになり、事故の起こる可能性はぐんと高まる。カメラマンがいた方が危険性は減る。

消極的な介入しかできないのが歯がゆい。いつ命を落としてもおかしくないので、できることなら一刻も早く高所撮影をやめさせたい。だけど有効な手立てがない。今の関係性では説得は無駄だ。正体を突き止め、親や学校に報告してもやめる保証はない。むしろエスカレートするおそれがある。峰さんと同じで、内なる欲求は押し留められない。

僕たち若者の世界は狭く、一握りの人しか自分のステージを持てない。選択の幅が広く、自己アピールする場や機会がある大人とは雲泥（うんでい）の差がある。持たざる若者は指を咥（くわ）えて他人のステージを眺めるか、ＳＮＳの世界でリア充の真似事をするかの二択のみ。どっちを選んでも大差ない。喉から手が出るほど望んでも、万雷（ばんらい）の拍手喝采（かっさい）を受けることは到底不可能。だから多くの若者は大人よりも『自分を見てほしい』という欲望を溜め込んでいて、その衝動に駆られやすい。

そもそも、承認欲求は根源的な渇望だ。多かれ少なかれ誰もが胸に秘めている。そして一度でも眩（まばゆ）いスポットライトを浴びたら、その恍惚（こうこつ）感の虜（とりこ）になる。また煌びやかな舞台に立ちたい熱情に衝き動かされ、我を忘れてしまう。

兎人間も恍惚感の中毒にかかっている。その病気には特効薬も治療法もない。何故なら、『自分を認めてほしい』『みんなと繋がりたい』という想いは正常な感情だから。間違っていないものは正すことができない。中毒者が虚しさを覚えて自分の力で克服する他ない。

彼女が『フォロワー数が一万になったら』と線引きをしたのは、きっとキリがないことを自覚しているからだ。いくら高いところに登っても恍惚感と虚しさを行ったり来たりするだけ。満たされることはない。おそらく随分前から引き際を窺っていたのだろう。でも一万に達したら本当にやめられるのか？　注目を浴びる快感をすっぱり忘れることができるのか疑わしい。また味わいたくなって引退を撤回するかもしれない。

頭では『いけないこと』『身を滅ぼしかねない』『取り返しのつかないことになる』と理解していても、やめられないのが中毒者だ。兎人間がずるずると続ける可能性は充分に考えられる。

もし彼女が身も心もすっかり病魔に冒されていて、更なる欲求に駆り立てられた時は、この体を擲ってでも食い止めるまでだ。そう心に固く決めて梯子を登っていった。

頂上に着いた時、ちょうど月が雲に隠れていてほぼ真っ暗だった。そのせいで、兎人間がいつも以上に現実感がなかった。エレベーターが入っていると思しきペントハウスの上で佇んでいる彼女はまるで亡霊のよう。

「案外、大したことなかったね」と落胆した兎人間が不平を零す。「あっさり登れちゃったから暇を持て余すことになった」

僕は「確かに、見かけ倒しだった」と同意し、脇にあった階段を上がって彼女の隣に並んだ。ペントハウスの上は手摺で囲われ、展望台のような造りになっている。

「夜景もパッとしないし」とまた文句を吐き出す。

見晴らしはすこぶるいい。町を一望できる。黒い山々を背景に疎らな光が遠慮がちに灯っていた。

「一万ドルの夜景って感じだ」

「そんなにする？　高すぎよ」

「うろ覚えなんだけど、何十年も昔に神戸かどっかのお洒落な町の電灯の電気代が……、一ヶ月の電気代が百万ドルぴったりだったんだって」

「それが由来なの？　でもなんでドル？」

「当時のレート換算でキリがよかったらしい」

「ふーん」

「今のレートにしたら、由来になった町の夜景は一千万ドルになるそうだよ」

「だけど、このみすぼらしい夜景が千分の一もあるかな?」と彼女は疑問を抱く。

「キリがいいから一万ってことにしておこうよ」

一万は目標にしているフォロワー数と同じでもあるし。

「どっちにしても、いずれ百ドルの夜景になるよ。どんどん光が少なくなっている。前は『眠らない町』だったのにね」

「今では『死にゆく町』って言ってる人もいるよ」

「問題です」と急にクイズを出す。「今、この町で一番儲かっている商売はなんでしょうか?」

「うーんと……」

「三、二」と兎人間はカウントダウンを始める。

「引っ越し屋」

「ブー! 答えは……」

「ちょっと待って」と止めた。「もう一回、チャンスを」

「特別だよ」

「ヒントくれる?」

「しょうがないな。えーと、人を助ける仕事」

　ピンと来た。

「弁護士」と僕は自信たっぷりに言う。

　あるテレビドラマで主人公の検事が『弁護士は他人の不幸を商売にしてる』というセリフを吐いていた。この町には不幸せな人が多い。倒産、借金、離婚、破産。弁護士が必要なトラブルだらけ。

「ブー！　正解は病院。年寄りを薬漬けにして年金を搾り取っているらしいよ。大人や子供が減った分を補うために」

　なるほど。年金暮らしの老人は職を求めて他所の町に移らないでいい。繁栄期にしこたま貯め込んだ人もいるだろう。病院にとっていい金蔓（かねづる）だ。

「山の手にある病院が三年くらい前に潰れたけど、そこはあくどいことをしなかったのかな？」

「知ってるでしょ。この町じゃ正直者が馬鹿を見るの。でも悪い病院が蔓延る（はびこる）のも今だけ。あと十年もしたら忙しくなるのは死神と葬儀屋。病院も商売が成り立たなくなる」

「病院も全滅したら、うちのお母さんが困るな。看護師なんだ」

　兎人間が「どこの病院に勤めているの？」と訊ねたので、僕は町で唯一の総合病院の名称を言った。

「あそこはどうにかこうにか生き残ると思う。代々政略結婚で病院を大きくした医者の一族だから、うまいことやるはず。代議士と結婚させて補助金や助成金を融通してもらうとか、他の町のでっかい病院の院長と親戚になって、自分のところの病院を系列の老人ホームにするとか」

「仕事にあぶれないなら、僕も看護師になろうかな」

「町を出て行かないの？」と兎人間がひどく驚いた声を出す。「なんで？　家の仕来りでもあるの？」

この町に未来はない。大人も子供も泥舟だと思っている。いずれ沈む舟に留まる人はいない。特に、子供は一目散に逃げ出す。抱えきれないほどの荷物を持っている大人と違って身軽だから。

「そういうしがらみは何もないよ」

「じゃ、愛着？」

「これと言った愛着はないんだけど、この町の行く末を見守りたいんだ」

「どうして？」

口を半開きにした状態で躊躇う。隠すべきか？　いや、彼女には話しても問題ないだろう。今更、取り繕(つくろ)うことはない。

「十年前のブリキンの事故、トムキャットが事故を起こす少し前、うちの家族はちょっと揉(も)めていたんだ。僕がトムキャットに乗るのを怖がったのが原因で。お父さんに励まされたり、お姉ちゃんにキレられたり、お母さんが仲裁に入ったり」

「うん」と神妙な頷き方をする。

不吉な予兆を感じ取ったのだろう。

「結局、僕は宙返りにビビってお母さんとベンチに残って、お父さんとお姉ちゃんが乗ることになった」

背後から強い風が吹きつけた。兎の長い耳が揺れ、スカートとスカーフが慌ただしく靡く。僕は風がおさまるのを待たずに声を張って「もし僕がぐずぐずせずにさっさと家族みんなでトムキャットに乗っていたら、お父さんは死ななかった」と言う。

通り抜けたと思ったが、また轟音(ごうおん)を伴った強風に襲われる。九十メートルもの高さになると今までとは勝手が違う。風の勢いが激しい。

「ごめん」と兎人間が謝った。「なんて言葉をかけていいかわからない」

「大丈夫だよ。とっくに割り切れていることだから。ただ、お父さんの死がこの町に与えた影響が気になるんだ。拡大解釈になるけど、お父さんが原因でブリキンは潰れ、町の衰退に拍車がかかった。このまま町も死んでしまうのか、この目で確かめたい」

本当に『死にゆく町』だとしても、町が息を引き取るのを静かに見届けたい。

「町にも死んでほしいの？」

「町を恨んじゃいないよ。誰のことも」と言ってから訂正する。「いや、ちょっとは憎らしく思ってるかな。だけどしょうがないこと。不慮の事故だ」

「でも町がどうなるか気になってしょうがない？」

「うん。なんて言ったらいいかな……」と心の底に埋もれている想いを探る。

どうしてそうまでして町の行く末に関心を向けるんだ？　町がどうなろうが父の命は戻ってこないのに。

「無理して言わなくていいよ」と兎人間は気遣う。

「あれに似ているかも。サッカーのＷ杯で日本代表が敗退した時の気分に」

「どういうところが？」

「日本に勝ったチームが次の試合でボロ負けしてほしい気持ちと、勝ち進んで優勝してほしい気持ちが鬩（せめ）ぎ合う。そんな感じ」

「お父さんの遺産なんだね」

「遺産？」

「うん。悔しいから滅んじゃえ。お父さんの分も頑張れ。正反対の気持ちだけど、どっちもお父さんが遺してくれたものでしょ？」

彼女の言葉が撫でつけるように僕の鼓膜を震わせると、瞬く間に体の奥深くまで沁み込んでいった。父が死んで十年、その間ずっと僕を苛んでいたものの正体がようやくわかった。

心に相反する想いがあるから、身を裂かれるような苦しみが生じ、深い混乱に振り回されている。そしてその痛みが父の遺産だから、僕はこの町に囚われているのだ。

父が事故を免れたとしても、別の乗客が亡くなってブリリアント・キングダムは廃園に追い込まれ、町の再興への道は閉ざされたに違いない。亡くなったのが父だから衰退したわけじゃない。どの乗客が犠牲になっても町は同じ運命を辿ったはずだ。

でも僕にとってたった一人の父親だった。父の命と釣り合うものはこの世にない。僕の掛け替えのないものと引き換えに町は何を得るのか、何を失うのか見届けないわけにはいかないんだ。

「そうだ。遺産だ」と僕はその言葉の尊さを噛み締めて言った。「ありがとう。君のおかげでモヤモヤが晴れた」

「役に立ててよかった」

「本当にありがとう」

正に、目から鱗が落ちた気分だ。兎人間に大きな借りができた。一生の恩人と言っても過言じゃない。

「そんなに感謝する必要はないんじゃない？　だって、モヤモヤの中にあったのが遺産だってわかっただけで、人間くんはこれからも大きな遺産を背負ってこの町で生きていくんでしょ？」

彼女の言う通りで、問題は何も解決していない。心の霧が晴れて正体が判明しただけ。今後も僕はこの町に縛られ、父の遺産の重みに苦しむことになる。解決できる見込みは薄い。

だけどわけもわからずに悶々としているよりは遥かにいい。自分に伸し掛かっているものがなんなのか、何が心を引き裂こうとしているのか、その原因がわかっていれば無闇に不安にならないで済む。

「モヤモヤが晴れただけでも大満足なんだよ」と僕は言い張る。「幽霊とか妖怪とかって、あやふやだから不気味なんだと思う。クリアに写った心霊写真は全然怖くないよ」

「一理あるね」

「だから君は僕にとって一生の恩……」

ドン！　突風が背中にぶつかった。僕も兎人間もよろけ、手摺に掴まる。

「なんか、さっきから変じゃない？」と彼女は心配そうな声を出す。「風が」

話に集中していたからあまり気にかけなかったが、確かに様子がおかしい。この風は普通じゃない。ぐんぐん強まっている。それに暗すぎないか？　そろそろ空が白んできてもいい頃だ。

僕は見上げる。ぶ厚い雲が空を覆っていた。しかも低くて速い。頭のすぐ上を真っ黒な雲が渦を巻きながら流れている。僕に釣られて空を仰いだ兎人間が「天気予報に騙された」と呟く。

その時、額に冷たいものを感じた。手で触って確認する。指先が湿った。雨だ。また一粒。更にもう一粒。次々に落ちてくる。体に雨が当たる間隔が段々と短くなる。それに比例して雨粒が大きくなる。

「激しくなる前に下りよう」と僕は避難を促す。

「うん」

ペントハウスの階段を駆け下り、梯子へ急行した。兎人間から下り始め、僕も続こうと梯子に足をかけたと同時に、白い光が空を割る。目が眩む。雷か？　そう思った数秒後、雷鳴が轟いた。彼女が短い悲鳴を上げる。僕も心臓が口から飛び出さんばかりに驚く。

けたたましい音が体中に響き渡った。

でも雷雲はまだ遠い。今のうちだ。雷は高いところを目がけて落ちる。この町で一番高い場所にいる僕たちは生命の危機に晒されている。早く下りなくちゃ。ところが兎人間が動かない。梯子にしがみつき、全身を震わせる。

「雷、苦手なの?」

答えない。声のボリュームを上げてもう一度訊いてみたけれど、駄目だった。苦手というレベルじゃない。天敵だ。

雨が激しくなってきた。土砂降りになったら、手や足が滑りやすくなる。頂上も危ないから、せめて踊り場まで下りよう。僕は転落防止の柵に背中を押しつけつつ、柵を伝って兎人間のところへ。かなり窮屈で彼女の背に負ぶさるような格好になった。

また空にギザギザの光が走る。頭の上で爆音が弾け、兎人間の肩がビクッと動く。僕は兎のマスクの毛を掻き分け、彼女の耳元に口を近付ける。マスクには周囲の音を聞き取れるようメッシュ構造になっている箇所がある。

「踊り場まで下りるよ。大丈夫。僕がついている」と優しく囁く。

兎人間の右の手首を摑み、「先ずは右手から。一段ずつ」と言って、その手を梯子から引き剝がし、一段下のバーを握らせる。そして「次は左足」と指示し、彼女の左膝(ひざ)を軽く叩く。なかなか言うことを聞いてくれなかったけれど、根気強く働きかける。
益々(ますます)雨風が強まる。横殴(よこなぐ)りの風に体をさらわれる度に、踊り場に叩きつけられる恐怖が頭を掠(かす)める。雷鳴はどんどん大きくなっていく。こっちに迫ってきている。焦燥(しょうそう)感が募る中、僕たちはカタツムリよりも遅いスピードで梯子を下っていった。

やっとのことで踊り場に辿り着いた時には、本格的な土砂降りになっていた。すっかりびしょ濡れだ。風は狂ったように暴れ回り、突風に乗った雨粒は小石を投げつけられたみたいに痛い。雷は縦横無尽に空を駆け巡っている。二度ほど沖の方で落雷があり、凄(すさ)まじい音が空気を震わせた。

兎人間はゴライアスクレーンの脚を背にして体育座りをし、両膝の間に顔を埋(うず)める。僕が片膝をついて彼女の背中に手を置くと「一人で、下りて」と声を絞り出した。アニメ声じゃなかった。普段使っている声？　パニクって間違えたのか？

「一人で、下りて」と兎人間は再び言う。

今度は地声だった。地上まで踊り場はあと六つか七つある。今と同じことを六、七回繰り返す体力は僕にない。もし雷がこのクレーンに落ちたら、二人とも死ぬだろう。だから彼女は僕を逃がそうとした。

僕は兎人間に覆い被さる。自分の薄っぺらい体が恨めしい。こんな体じゃ雨風をほとんど凌げない。それでもほんの少しでもいいから彼女の恐怖を和らげたい。守りたい。その一心で嵐の中、ありったけの力を振り絞って彼女の傘になり続けた。

第九章　脱兎

――逃げて行く兎。転じて、非常に速いものの喩え。

鈴木さんが「坂井くん、おはよう」と左手をちょこんと挙げて話しかけてきた。僕も挨拶する。

「峰さんはまだ来ていないよね？」

「うん。見てない」

彼女の席は空で、机の脇に鞄はかかっていない。あと五分でチャイムが鳴る。いつもなら十分前くらいに教室に入ってくるのだが。

「そっか」と鈴木さんは肩を落とす。「ちょっと相談したいことがあったんだけどな」

「脚本のこと？」

「うん。峰さんの指摘が一番的確だったから、修正案について意見がほしかったの」

「指摘って直接アドバイスをもらったの？」

「ううん、目安箱。匿名だったけど、峰さんの口調そのままの文章だったから」

「峰さんらしいや」

「うん。まっすぐな人だよね」と同意してほんのり微笑んだ。

そばで西本くんたちが今朝の雷のことを話題にし始め、それに引っ張られて鈴木さんが「雷、すごかったね。びっくりして飛び起きちゃった」と言う。

「僕も」

ほとんど無意識で話を合わせてしまったが、僕が目覚めた時には雷雲は影も形もなくなっていた。兎人間の姿も。朝日に浄化されたかのように踊り場から忽然と消えていた。自分がいつ眠りに落ちたのかよく覚えていない。小雨になった頃か？ 雷鳴も遠のいたからもう平気かな、と気を緩めた記憶が薄らとある。

「うちから造船所のクレーンが見えるんだけど、雷が落ちる瞬間が撮れるかもって期待してスマホを構えていたの」

クレーンに落ちなくてがっかり、と残念そうな顔をされて僕は複雑な気分になる。落ちていたら君は僕とこうして会話していないよ。

「でも無駄だった。元々、あのクレーンには避雷針がついているから、よっぽどのことがない限り落ちないんだって。さっき今別府さんが言ってたの」

「避雷針って高いところに立てて、わざと雷を落とすものじゃなかったっけ？」

被害を防ぐためにあえて落雷を受け、地面へ電流を逃がす。そういう認識だ。

「今別府さんの話だと、それは古いタイプの避雷針で、造船所のクレーンには空中と地面の電位差を少なくして落雷を起こしにくくする避雷針が備えつけてあるの」

「よく呑み込めないけど科学の進歩を感じるね。ところで、なんで今別府さんはそんなに避雷針に詳しいの？」と僕は違和感を抱く。

「小学生の頃に、社会科見学で造船所の人に教えてもらったんだって」

ゴライアスクレーンのおじさんの顔が意識に上る。我が町の主要産業だったから、どこの小学校でも社会科授業で見学に訪れたり、造船所の歴史を学んだりしていたのだろう。

「工場が潰れて六年くらい経つけど、その避雷針は機能しているのかな？」

「私も疑問に思った。でも今別府さんが『潰れたあとも雷がクレーンに落ちたって話を聞かないから、大丈夫なんじゃない』って」

そのことを知っていたら感電死を覚悟しないで済んだ。兎人間を死の恐怖から救ってあげることもできた。いや、落雷を起こしにくくするだけで百パーセントの安全は保障されないんじゃ？

大体、兎人間は雷に当たって死ぬのを怖がったとは限らない。猛々しい光や途轍もない音、雷そのものに絶望的な恐怖心を引き起こされるのかもしれない。

「けど、なんとなくクレーンが可哀想に思える」と鈴木さんがしおらしい声を出す。「閉鎖されたあとも一人で工場を守っているみたいで」

「そうだね」

チャイムが鳴り始める。

「峰さん、遅刻かな? 欠席じゃないといいけど」

鈴木さんの心配は現実のものとなる。朝のホームルームで園田先生が「峰は風邪で休むそうだ」と伝えた。

ロングホームルームの時間に、裏方班が小道具や大道具をコツコツと作っている中、役者班は衣装合わせをする。みんなで持ち寄ったいらない服の中から、役に適していてサイズが合うものを選んだ。

僕もワンピースやドレスを試着した。女装にどぎまぎしたが、衣装を手直しする担当の人にメジャーで体のあちこちを測られることの方が精神的にしんどい。手芸部に入っているそのクラスメイトは「主役の衣装だからね」と言って、念入りに採寸した。

それが彼女の役割であることはわかっているのに、どうしても『僕のために、なんだかすみません』という心持ちになる。この先も何かにつけて自分が中心になることに恐縮しそうだ。

気が重くなった矢先に、「おーい、そこの主演女優！　こっち来ーい」と今別府さんに呼ばれる。彼女は舞台仕様のド派手なメイクを施(ほどこ)していた。目も口も大きさが普段の五割増し。

「坂井もメイクアップしてあげるから、ここに座って目を瞑ってて」

正直あまり気が進まない。峰さんが欠席しているのをいいことに、悪ふざけのメイクをしそう。できることなら『まだ試着中だから、手が空いたら』とやんわり遠慮したいけれど、従う以外に選択肢はない。峰さんの他にこのクラスで今別府さんに逆らえる人はいない。彼女の独壇場(どくだんじょう)だ。

僕はぶかぶかの水色のワンピースを着たまま椅子に腰を下ろし、瞼を閉じた。そして暗闇の中で兎人間が口走った言葉を思い出す。あの声はくっきり脳裡(のうり)に刻まれている。

『一人で、下りて』

どこかで聞いたことがありそうな声だったが、誰だか思い当たらない。切羽(せっぱ)詰まった状況だったから、日常的に使っている声色とは少し印象が異なるのかもしれない。あの言葉には逼迫(ひっぱく)感が満ち満ちていた。

でも大きなヒントだ。知り合いの可能性が高い。身近にいるのか、過去のクラスメイトか？　あるいは、接点がなくても声だけ聞いたことがある人か？　生徒会長、放送部員、活発な子。

だいぶ限定されるけれど、正体を掴んだところで僕の手持ちのカードは増えない。バラされたくなかったらもう危険なことはやめろ、という脅しは通じない。むしろ兎人間には喜ばしいことだろう。自分の力を知らしめたい彼女は心のどこかで正体が露見することを望んでいる。

早く私の素顔を暴いて。本当の私を見て。そういう願望を満たしても、承認欲求に歯止めはかからない。すぐに腹を空かし、『もっと！　もっと！』と求める。僕にできるのは兎人間が自らの意思で高所撮影をやめるのをそばでじっと見守ることだけ。

「もういいよ」と今別府さんは合図する。

瞼を開けて明るい世界に戻ると、みんなが好奇の眼差しを向けていた。だけど小馬鹿にしている感じはしない。どちらかと言えば、いいものを見た時の目だ。

今別府さんが「ほら」と言って、B5ノートくらいの大きさのスタンドミラーに僕の顔を映す。息を呑む。鏡の中の美女もシンクロして驚いた。

「峰が言った通りで、本当に美形なんだね」と今別府さんは褒めながら金髪のウィッグを僕の頭に被せる。「腕毛も脛毛も全然ないし、痩せているから、どっからどう見ても女にしか見えない。だけどさ、女の私より毛が薄くてスリムってどういうことよ」

「ごめん。生まれつきの体質で、僕としてはコンプレックスだったんだけど」

「その体質が役に立つ時が来たね。坂井のシンデレラ、いけるよ。主演女優が観客をメロメロにして金賞をゲットできる」

取り巻きたちが「うん。いける」「ヤバいくらい綺麗だもん」「大女優の誕生だよ」「うっとりしちゃう」「けど、癖付いてそっちの世界に走っちゃ駄目だよ」などと沸き立つ。他の人たちも一緒に活気づく。

メイクで別人になった自分の顔にひどく動揺したけれど、それ以上に柔和に接する今別府さんの物腰に泡を食った。てっきり峰さんの子分のような立ち位置にいる僕を敵視していると思っていた。意外と懐の深いリーダーなのか?

僕が戸惑っていると、今別府さんが「主演なんだから、しゃきっとしなよ」と発破をかける。

「あっ」と気がつく。「今別府さんの声、いつもと少し違わない?」

彼女は小さく咳払いをする。

「喉がちょっと」

「風邪?」

「大したことな……」と言いかけて咳をした。「大丈夫だよ。軽めのヤツだから」

園田先生が「風邪は万病の元だから甘く見るなよ」と忠告しつつ僕たちのところに来る。労りの言葉なのに親身さが微塵も感じられなかった。うちの担任は心をどこかに貸し出しているかのような話し方をする。

いい加減さが売りの教師なので、生徒の評価はきっぱり分かれる。飄々としていてカッコいい。ちゃらんぽらんで信用ならない。僕は後者だが、甘い顔立ちをしているために女子からの人気は高い。三十二歳の独身で、現在は恋人がいないらしい。

「坂井って」と園田先生が僕に話しかける。「坂井小春の弟か?」

「は、はい」

「やっぱり、そうか。そのメイクを見たらパッと思い出したんだ。姉ちゃんと顔が似てるんだな」

「ええ、まあ」

「五つか四つ離れてるんだっけ?」

「三つです」

「おう。そうだったな。確か、大阪の大学に行ったんだよな」

「はい。向こうで一人暮らししています」

今別府さんが「坂井のお姉ちゃんもうちの生徒だったの？」と園田先生に訊く。「おいおい、『だったの？』じゃなくて『だったんですか？』にしろー」と半笑いで注意した。「坂井の姉ちゃんもさ、演劇祭でメイクしたら美人になってたなぁ。なんかの脇役だったけど、今でも可愛かったことはよく覚えてるよ」

姉もひっそりとした高校生活を過ごしていたのか、先生たちの印象に残っていないようで、姉弟だと気付かれたのは初めてだ。園田先生が面食いだからか？

今別府軍団が「なんかやらしくなーい？」「鼻の下が伸びてる！」「顔しか見てないって問題！」「エロ教師！」「ひょっとして手を出したんじゃ？」「顔面偏差値で贔屓するな！」などと弄りまくる。

「変な想像はするな。俺ほど清廉潔白な教師はいないぞ」

担任の反論にみんな大ブーイング。演劇祭に非協力的なことで園田先生への風当たりが少々強まっていたから、容赦ない。ここぞとばかりに関係のない悪口も乱れ飛ぶ。

配役決めの時に、今別府さんたちは園田先生に馬の役を割り当てようとした。劇には担任教師も出演してよく、大人をどうキャスティングするかは優劣を分けるポイントになる。しかし彼は頑なに拒否した。面倒くさがって『生徒の自主性を育む』の一点張り。峰さんが挑発しても糠に釘だった。

ブーイングにたじたじになった園田先生は「本当だって。その証拠に坂井の姉ちゃんからラブレターをもらっても、全く相手にしなかった」と言い出す。

だが、誰も信じない。一斉に野次る。

「作り話にしか聞こえない」

「また嘘のモテ自慢が始まった」

「どこが証拠なの？」

「嘘が下手すぎ。ゼロ点」

「はいはい。負け惜しみ」

「そんな嘘は通じないぞ。生徒を甘く見んなよ」

父の死後、姉との関係も希薄になったから、事実なのかどうか僕には判断がつかない。

「おいおい、信じてくれよ。信じる者は救われるんだぞ」と園田先生は弱りきった声で訴える。

どこからか「明日、証拠のラブレターを持ってこいよ」という要求が出る。

「無理だ。坂井の姉ちゃんに返したから手元にない」

園田先生の言い訳にみんなが反発しかける寸前、鈴木さんが「そろそろ自分の仕事に戻ろう」と言った。学級委員の一声でみんな調子に乗りすぎたことに気がつく。

ところが場が収まりつつあったのに、園田先生が意固地(いこじ)になって潔白を証明しようとした。

「ラブレターはないけど、内容は覚えてる。坂井の姉ちゃんは俺に父性みたいなものを求めてて、理想の父親像を……」

「先生！」という大声がストップさせる。

今別府さんだった。鈴木さんも止めようと口を開きかけていたが、今別府さんの方が一瞬早かった。

「園田先生、人のプライバシーをみだりに明かしちゃ駄目ですよ」と鈴木さんは柔らかい口調で諫(いさ)める。

「ああ。そうだな」

「それじゃ、作業を続けよう」

鈴木さんに促されてみんなはそれぞれの仕事に戻ったけれど、ばつの悪い雰囲気が教室に漂っている。誰もがチャイムが鳴ってほしい、と願う。だけどまだロングホームルームの時間は十五分もある。

僕は今別府さんにそっと「ありがとう」と伝えた。

「いいよ、別に。誰だって家族の恋バナなんてみんなに聞かれたくないもん」

「うん。恥ずかしいよね」

今別府さんが何を思って僕を助けたのかはいまいちはっきりしないが、とにかく救われた。彼女が一喝しなければ、園田先生は姉の秘めた想いをベラベラ喋っていたに違いない。

うちが母子家庭であることを公にされるのは構わない。この数年で離婚率が高まったのでさほど珍しくない。とっくに知っている人もいるだろうし、大部分の人は僕の家庭のことなんかに興味がないと思う。

父の事故の件は町中に知れ渡り、十年経っても多くの人の記憶に残っている。でも僕が遺族であることを知っているクラスメイトはいない。転校に加え、母が『ブリキンの事故の遺族』という目で見られるのを避けて旧姓に戻したから、僕は素知らぬ顔で学校生活を送っている。造船所の閉鎖後に生まれた『他人の家のことを訊いちゃいけない』という暗黙のルールにもいくらか助けられた。

クラスメイトが仲間うちで事故のことを面白おかしく話題にしていても、さらりと聞き流せる。表層的なことに過ぎない。だけど園田先生が口にしかけたのは過去を深く抉る事柄だった。彼はスコップを僕の胸に突き刺したのだ。

姉が園田先生に父性を求めたのは、父が死んだからだ。あの世へ旅立つことになったきっかけは僕が作った。姉の心に果てしない喪失感を生じさせ、姉の人生を大きく捩じ曲げたのは、僕だ。

自責の念が胸の奥から溢れ出し、その罪の重さに押し潰されそうになった。あのまま園田先生が喋り続けていたら、僕は耐えきれなくてへたり込んでしまったかもしれない。あるいは、理性を失って彼に摑みかかったかも。

すんでのところで今別府さんが制してくれた。彼女のおかげで罪深い過去を掘り起こされずに済んだ。しかし僕の胸にはスコップが深々と刺さった跡がくっきり残っている。刺激され、古傷がじんじん疼く。いや、まだ癒えていないんじゃ？　なら、傷口が広がったのか？

どちらでもいい。なんでもいいから、早くチャイムが鳴ってほしい。この教室で一番強く願っているのは僕だ。この学校で、この国で、世界中で、僕が一番にチャイムを欲している。一秒でも早くここから抜け出したい。逃げ場所なんてどこにもないけれど、ここにいたら体が張り裂けそうなんだ。

第十章　兎死すれば狐これを悲しむ

――同類に不幸があると、縁者が悲しむという喩え。兎も狐も共に山野に住む動物であることから。

峰さんは三日続けて休んだが、次の日の朝に彼女の自宅から電話がかかってきて、「もう治っているんだけど、二日も寝込んだせいで受験勉強が遅れちゃった。取り返すために、今日もズル休みする。それで、一つお願いがある。私の机に入っている受験対策ノートを持ってきてほしい」と頼まれた。

「いいけど、ノートの特徴は？　色とか、デザインとか」

「ちょっと捲ればわかるよ」

「中、見ていいの？」

「坂井、自分で考えなよ」と言って電話を切った。

僕はいつもより四十分早く家を出て、誰もいない教室で峰さんの机の中を漁る。受験対策ノートらしきものはなかった。学校の授業で使っていないと思しきノートは落書き帳だけ。漫画のキャラっぽい絵やふと閃いたことを書き留めたような脈絡のない言葉がびっしり。

これは漫画のネタ帳だ。今朝の電話は『漫画のネタ帳を持ってきてくれ』という指令だったのだ。自宅の電話だから『受験勉強』を隠れ蓑にしなければならなかった。普段より言葉遣いが丁寧だったことからも、近くに家族がいたのだろう。

放課後、峰さんの家を訪ねると、「よくやった。ミッション達成だ。坂井が犬だったら『おー、よしよし』って撫でてやりたいよ」と絶賛してくれた。彼女の部屋はいつ来てもイズミ様一色だが、だいぶ慣れてきたようだ。居心地の悪さはもう感じない。女子の部屋に対するドキドキ感も薄らいだ。

デート仕様の峰さんにも免疫ができたらしく、緊張しなくなった。眼鏡をかけていなくても、髪がボサボサじゃなくても、女子力の高い服を着ていても、中身は変わらない。学校にいる時の峰さんと同じだ。気が大きくなったり、かまととぶったりしない。外見の変化に左右されない彼女は本当に格好いい。

「漫画の作業、遅れているの？　ズル休みは漫画のためなんだよね？」と僕は声を潜めて訊ねる。

「ああ。ドジこいたよ。このクソ忙しい時に風邪ひくなんて、馬鹿丸出しだ」

「流行っているみたいだよ。山口さんも四日連続で欠席したし、今別府さんは一昨日と昨日休んだ」

「山口はともかく、今別府とは一緒にされたくねーな。どうせあいつは腹でも出して寝てたんだろ」と峰さんは露骨に嫌がる。

「ネタ帳のお届けは急を要するミッションっぽかったけど、新人賞とかに出すの？」

応募の締切り日が迫っているのか？

「その前段階。私さ、中三の時に出版社に持ち込みに行ったら青田買いされて、一応担当編集者がついてるの。その担当が私の原稿にゴーサインを出さないと、そこの主催の新人賞に参戦できない」

「すごいじゃん！」

つい大きな声を出してしまった。僕は慌てて顔の前で手のひらを合わせて『ごめん』のポーズをとる。

「三年前は私も喜んだよ。夢が夢じゃなくなったって有頂天。だけどその時の私は知らなかった。自分がスタートラインに立っただけってことに。夢が目標になるとさ、ミリ単位で自分の位置がわかるんだ。プロまでの距離。己の未熟さ。才能の差。色々と痛感する。夢だった頃と違って、もう好き勝手に突っ走れない」

峰さんは広い世界で闘っていた。スタートラインの存在すら知らない僕たちのことなんか眼中になくて当然だ。いや、違う。彼女は余所見をしている暇などないのだ。一分一秒を惜しみ、脇目も振らずに目標へ向かっている。

「なんだか峰さんがとんでもなく遠くの人に思える。置いてけぼりにされたみたいでちょっと寂しいし、夢も目標もないから妙な焦りが出てくる」と僕は胸の内を吐露する。

「オーバーだな。みんなより少し早くスタートラインに立っただけだし、私だってたまには学校で寂しさを感じることもある」

「へー。意外だね」

「たまにだよ」と強調した。「気の迷いみたいなもんで、ごくたまに心がよろけることがあるんだよ」

タフな峰さんにも弱気な面があることにじんわりと勇気づけられる。彼女もまだ高校三年生だ。そんなに差はないのかもしれない。

「あの、嫌だったらいいんだけど」と僕は恐々と切り出す。「漫画、完成したら読ませてくれないかな？」

「なんで？」

「えっと、その、ちょっと気になってて」

「ちょっと？」

「違う！」とすぐに訂正した。「すごく気になってるから」

「どっちでもいいけど、坂井はプロのモデルになる気はあんの？」

「あるわけないよ」

「じゃ、ただじゃ読ませない。こっちは売り物になる漫画を作ろうとしてる。それを読みたきゃ、見合った対価を払うのが筋だ」

考えが甘かった。いや、ほとんど考えたことがなかった。彼女はまだプロじゃないけれど、すでにプロ意識が備わっている。僕がお願いしたことは、林檎農家の人に『その木に実ってる林檎、美味しそうだから食べさせてよ』と要求することと同じだ。僕は図々しいことを恥ずかしげもなく口にしたのだ。

「ごめん。軽々しいことを言って」

「わかればいいさ」

「いくら払ったらいい？」

「偉そうなこと言ったけど、今は読ませらんない。売り物になるかどうかわからない漫画で金は取れねーよ。それはそれで素人失格だ」

プロになるまではいくら積まれても読ませるつもりはないのだろう。

「担当さんのところの新人賞を獲ったらプロになれるの？」

「そこの賞はプロへの登竜門だ。大賞を獲って華々しくデビューした人はたくさんいる。その中には人気漫画家になった人も。準大賞や佳作とかでも、売れっ子になった人も」

そう言ってから、矢継ぎ早に漫画家の名前を十人ほど挙げた。聞いたことのあるペンネームがいくつかあった。

「錚々たる面々だね。成功を約束された賞って感じだ」

「でも私の場合は大賞を獲れたとしても、すぐにデビューできない。しない方がいいんだよ。足りないものがまだまだいっぱいある。担当の人にも勧められてんだけど、アシで修業して基礎力をつけてからじゃないと、プロの世界じゃ通用しない」

彼女のゴールはプロになることじゃなかった。更にその先を見据えている。

「卒業したらアシスタントになるの？」

「それが第一志望だ。だけど家族が猛反対するのが目に見えてる」

「家族は担当がついていることを知ってるの？　そもそも峰さんが漫画を描いていることは？」

「担当のことは話してない。漫画の執筆は趣味の範囲だと思ってる。勉強に支障が出てないから、渋々容認してんだ」

「担当のことを話したら、駄目かな？　峰さんに秀でた才能があることを知ったら、応援してくれるかもしれないよ」

「去年応募した漫画が特別奨励賞っていう上から四番目の賞に入ったんだけどさ、それとなく家族に伝えてみたんだ。『賞金目当てで送ってみたら、あっさり入選しちゃった。私って天才かも』って。お母さんがなんて言ったと思う？」

「聞きたくないな」

現代文は得意な方じゃないけれど、この話の流れで峰さんの母親がポジティブな言葉を口にするはずはない。

「聞けよ。名言なんだから」と彼女は楽しげに言う。「一番以外は最下位と一緒だって。すごいだろ？」

何もすごくない。特別奨励賞の方が遥かにすごいことだ。なのに、どうして褒めないいんだ？

「不細工な顔で憐れむんじゃねーよ。逆に考えろ」

「逆？」

「一番になればいいってことだろ。大賞を獲ってプロになれる実力があることをわからせてやる。そんでアシになることを宣言するんだ」

「うん。一番なら文句ないよね」と僕は彼女の意見に力強く賛成する。

「簡単なことじゃないけど、死に物狂いでやるしかねー。大学なんか行きたくねーもん。一度でも親の敷いたレールに乗ったら、そのまま運ばれかねない。絶対に一番になってやる」

確かに、途中下車は難しそうだ。大学生になったとしても漫画を描き続けることは可能だと思うが、入学してからの受賞では意味がない。母親は『大学まで入れたのに、今頃になって何を言ってるの！』と現在よりも聞く耳を持たないだろう。峰さんとしても、学費を出してもらったことが負い目になる。

「僕にできることなら、遠慮なく言って。パシリでもなんでもするよ」

「じゃ、今すぐ帰れ。邪魔だ」

「ごめん」と急いで腰を上げる。

「坂井ってすぐに謝るよな。今のは『そっちが呼びつけたんだろ！』って突っ込まないと、冗談が成立しないだろ。ったく、勘が鈍いなぁ。私ってそんなに横暴なイメージか？」

「うん。怖い」

「そこは気を遣えよ」

「ごめん」

「ほら、また」と指摘してキッと睨む。

「だって、怖いから」

「もうわかったよ。言い直す。わざわざノートを届けてくれた坂井には悪いんだけど、漫画の作業に取りかかりたいから帰ってくれないか？」

「それはそれで怖い」

「とっとと帰れ！」

鋭く言われたけれど、今回は冗談であることがちゃんとわかった。峰さんが僕とたわいない掛け合いをしたがったことが嬉しい。どっちもまだ高校三年生。僕たちはそう変わらないのだ。

玄関で峰さんと祖母に挨拶し、外に出て引き戸を閉めるとホッとする。あのお婆ちゃん、目が笑わないから苦手なんだよな。孫とは種類の異なる怖さがある。僕がいなくなってから玄関先に塩を撒いても全く不思議じゃない。

峰家の敷地を出ようとしたところで、中年の女性とぶつかりそうになった。

「あっ、すみません」と僕は謝る。

女性は僕をまじまじと見てから「坂井くん？」と訊ねた。

「はい」

「美菜津から聞いているわ。数学だけは得意なんですってね」

峰さんの母親のようだが、棘のある言い方だった。僕の耳には『一教科だけ高得点を取ることなんて誰にでもできること、付け上がらないで』と聞こえた。

「ええ、一応」

「あなた、美菜津のことを狙っているんでしょ？」

「狙っている？」と僕はなんのことを言っているのかすぐには理解できなかった。「あっ、ないです。狙ってなんかいません」

「付き合いたいなら、弁護士か検事になって。私も私の父も弁護士なの。当然、美菜津も法律家になる。うちの家柄に相応しくない男との交際は認めない」

キリッとしたスーツの上着の襟に弁護士バッジらしきものが輝いている。その光に気圧されたのか、強烈な親のエゴに当てられたせいか、僕は「あの、マジで、あっ、いえ、本当に付き合う気はないです。ただのノート友達、あっ、えっと、普通の友達です」としどろもどろになった。

「あなた、同じ高校に通っているからって自分が美菜津と同じレベルだと思っているようね」

「えっ？」

「うちの娘が公立の中堅高校なんかに甘んじているのは、家で勉強することに重きを置いているためなの。美菜津が『通学時間が勿体ないから近所の公立高校でいい』って言い張るものだから、親としては子供の気持ちを尊重しないわけにはいかないでしょ？」

なんとか「はい」と頷いたけれど、久し振りに大人に対して激しい怒りが込み上げてきていた。僕は奥歯を噛み締めて堪える。憤慨してもなんにもならない。明らかに最初から僕のことを敵視していた。恋人としても友達としても娘に相応しくない。そう見なしていて、あわよくば排除したいのだ。

僕が挑発に乗って口汚く言い返したら、向こうの思う壺だ。家への出入りが禁止になる。峰さんとの接点を失うのはなんとしてでも避けたい。気持ちを抑えろ。冷静になれ。平常心、平常心。

駄目だ。やっぱり我慢ならない。母親の挑発は受け流せる。見下したいなら好きなだけ扱き下ろせばいい。許せないのは、彼女が僕を怒らせようとしていないポイントで僕が怒っていることに、彼女がまるで気付いていないことだ。

この人が母親ヅラするのが憎らしくてしょうがない。なんにもわかってない。峰さんは漫画を描くために通学時間を惜しんだんだ。親ならそれくらい察しろよ。

「もちろん多少の抵抗はあったわ。世間体も少々気になるしね。でも最終学歴は東大か京大になるんだから、どこの高校でも一緒でしょ？」

「は……い」

「美菜津は天才なの。塾に通わせなくても、家庭教師をつけなくても、独学で全国模試の上位者になれる」

上位者って何位だ？　一番以外は最下位じゃないのか。特別奨励賞は四位だぞ。

「子供の才能を伸ばすのって周囲の理解が不可欠よね。美菜津の独学に異を唱える人もいたけれど、私はあの子を信じ、あの子は私の期待に応えた。結果を出せば、外野は黙るしかないでしょ？」

辛抱しきれなくなった僕はイズミ様の声で「うん」と言った。僕なりの精一杯の抵抗だ。母親は不可解な表情を見せたが、子供の自慢を続ける。

「美菜津は運動だって得意なのよ。体育では『本気を出すと浮くから』っていう理由で手を抜いているだけで、勉強しかできない頭でっかちとは違う。なんでもできる天才なの。坂井くんには得意なスポーツはある？」

「いえ、特には」

「あら、残念」と勝ち誇ったように言う。

勉強も運動も娘に劣っている人が友達ヅラしないでくれる？　そう聞こえた。

「東京にいた頃に、美菜津は体操をやっていたんだけれど、関東大会で二位に入ったことがあるの」

「今はやっていないんですか？」と僕は興味を引かれる。

「こっちには優れた指導者のいる体操クラブがないからね。続けていたら、オリンピックに出られたかもしれない」

万能の天才なら、体操競技も独学で一位を獲れるんじゃないのか？

「あの、もし僕がオリンピック選手や大金を稼げるスポーツ選手になれたら、美菜津さんに相応しい交際相手と認めてくれますか？」

「スポーツも苦手なんでしょ？」

「仮定の話です。『世界を股にかけるビジネスマンやベンチャー企業の社長になれたら』でも構いません。高い地位や名声を得られる職業に就けたら、認めてくれますか？」

「そういう話は就いてからするものよ」

突っ撥ねなかったということは、高収入なら法律家でなくてもいいのだ。結局のところ、この母親が人を測る時に使う物差しはお金だ。その人がいくら稼げるかを重視する。そして自分のことも家族のこともお金で測るに違いない。

彼女が話を切り上げて歩み始めようとしたので、僕は急いで「美菜津さんは絵も得意ですよね？」と言う。

「ああ、漫画ね」

途端にトーンダウンした。

「僕は絵も下手で、物語を生み出すこともできない。取り柄が何もないんで多才の人が羨ましいです。もし美菜津さんから一つだけもらえるなら、漫画の才能がほしいです」

母親があからさまに顔を顰（しか）める。そんなしょうもない能力をほしがるなんて意味がわからない、と言いたげ。

「知っていますか？　前にテレビで『人気漫画家の年収トップ１００』っていうのをやっていて、百位の人でも七千万、一位は三十億も稼いでいるんです。その中には、美菜津さんが特別奨励賞を獲った新人賞からプロデビューした人もたくさんいたので、僕に美菜津さんの漫画の才能があれば大金持ちになれますね」

無能のままでいいから、この母親に僕の意図が届いてほしい。頭がおかしくなるくらい勉強して司法試験に受かっても、血反吐（ちへど）を吐くほど練習して体操のオリンピック代表選手になれたとしても、年収が七千万円を超えるのは容易じゃない。そう聞こえてくれ。母親の心に届いたか定かではないけれど、彼女は「テレビ鑑賞する時間があっていいわね。漫画家も暇な人が多いから成り立つ商売なのかしら」と言うと、玄関へ歩き出す。母親の価値観に僅かでも波紋を起こせただろうか？

きっと峰さんは母親に漫画を褒められたいんだ。一番身近にいる人がきちんと認めないから、承認欲求が暴走する。娘のことをしっかり見てあげてください。そう訴えても改心する母親じゃなさそうだが、僕は友達として言うべきだっ……。

不意に、自分が友達ヅラしていることに気付く。僕と峰さんは友達なのか？　わからない。向こうはなんとも思っていないかもしれない。でも僕は彼女に親しい感情を抱いている。

峰さんが哀しいと僕の胸は痛むし、彼女が喜んでいると僕も楽しい気分になる。だから母親に怒りをぶつけたくなった。きっとそれが友達の証なのだろう。一方通行でも構わない。

第十一章　兎の登り坂

——得意分野で実力を発揮することの喩え。前足に比べて後ろ足が長い兎は、坂を登るのが得意であることから。

鈴木さんは三週間で新たな脚本を仕上げた。タイトルは『シン太郎』。夏休み中に書いたのは可もなく不可もない行儀のいい脚本だったけれど、オリジナリティに溢れているものにバージョンアップしていた。

『シンデレラ』は誰もが知っている物語だ。目新しさがない反面、パロディにはしやすい。鈴木さんは周知の設定や展開を独創的にアレンジした。魔法で男から女に変身し、シンデレラと名乗って結婚詐欺を目論むシン太郎。詐欺に加担するも多額の成功報酬を要求する魔女。足のにおいフェチを持つ王子。実の母親であることを隠す継母。

鈴木さんの発想力に脱帽した。みんなもお世辞抜きに感心する。魅力的なキャラクターにわくわくし、斬新な解釈や切り口に目を見張り、斜め上を行く展開に唸った。

基本はコメディ路線だ。感動仕立てで観客の涙を誘うには役者に演技力が求められる。

ド素人にはハードルが高いから、笑わせる方に比重を置いた。若者に受けがいい弄り芸を武器にして勝負する。

と言っても、笑わせるのだって難しい。陰気臭い僕に人を愉快な気持ちにさせる演技ができるんだろうか？　ユーモアのセンスもないし、勘も鈍いし……。

不安を抱えて稽古に臨んでみると、予想外にすいすいと演じられた。まるで水を得た魚のよう。今別府さんたちが「坂井、素質があるんじゃない？」「うまいよ。マジで女優みたい！」「裏声の使い方もすごく上手！」などと驚いたけれど、僕もすんなり適応できたことにびっくりした。

ただ、皮肉なものだ。僕に人並み以上の演技力が備わっていたとは。

もっと早くにわかっていたら、自分に自信を持つことができた。演劇部に入って充実した青春を送れたかもしれない。少なくとも、徒らに拗らせずに済んだ。

どこでボタンを掛け違えてしまったんだろう？　やっぱり父の死がターニングポイントか。家庭環境が激変した。母が看護学校に通い始めたこともあって、バレエ教室をやめた。抜きん出て上手ではなかったが、続けていたら先生に『表現力はいいモノがある』と才能を見出されていたかも。

いや、そんなことはないか。今、僕が堂々と演じられるのは全く緊張しないからだ。もう人前であがらない。危険を伴う高所登りで度胸がついたし、バケタカフィーバーを体感したことで周囲の目が気にならなくなった。他人からどう思われるかよりも、自分がどう思うかの方がずっと大事だ。

人生とはうまくいかないものだ。プラスとマイナスのジェンガ。複雑に絡み合って積み重なっているから、マイナスのみを取り除くことはできない。たった一本抜いただけでも崩れてしまいかねない。

バレエを習っていたことは僕の人生にとってプラスなのか、マイナスなのか？　今の時点ではわかりようがないが、演劇ではプラスに作用した。舞踏会のシーンで僕は華麗に踊り、みんなから称賛を得た。昔取った杵柄を発揮しただけなのに、一躍「大女優、爆誕！」と持ち上げられる。

悪い気はしないけれど、どうしてもやるせない気分になる。思えば、幼い頃からそうだった。欲しいタイミングで、欲しい分だけ親が褒めてくれたことはない。望んだ時には雑に扱われ、どうでもいい時に頭を撫でられる。タイミングが合っても、足りない。僕が満足のいくまで甘えられない。

「坂井、やるじゃん！」と今別府さんがべた褒めする。「とんでもない爪を隠していたんだね！」

「いや、ちょっと経験があるだけで」

「謙遜しないでいいって。主演なんだからもっと胸を張りなよ」

「自信持っていいよ」と鈴木さんもプッシュする。「ダンスを抜きにしても、充分にすごいもん。変身前のシン太郎も器用に演じているけれど、シンデレラになってからが本当にすごい。佇まいが女子そのものだから、坂井くんが男子であることを忘れちゃった。どこで覚えたの？　お姉ちゃんの影響？」

口が重くなる。僕が言い淀んでいると、今別府さんが「なになに？　冴香に男子として見られなくて凹んでんの？」と茶化す。

「いや、女子の動きを見よう見まねでやってみているんだ。足の爪先の向きとかに気をつけて」

「そうなんだ。観察力があるんだね」

「さすが大女優、コピー上手！」と今別府さんが威勢よく言う。「脚本もいいし、マジで金賞を獲れるよ。他のクラスをあっと言わせてやろう！」

女ボスの掛け声に呼応して「おうー！」「いけるっしょ！」「やってやるぜ！」「ぶっちぎりで金賞だ！」などが飛び交う。みんなも脚本と主演に手応えを感じているらしく、自然と士気が高まっている。

脚本の遅れで稽古のスケジュールがタイトになったけれど、見通しは明るい。本当に金賞を摑み取れるかもしれない。

第十二章　寒の兎か白鷺(しらさぎ)か

——兎の毛は冬に白くなることから、真っ白なものの喩え。

てっぺんまであともう少しのところで、真上から「来ないかと思った」という声がかかった。見上げると、兎人間が煙突の縁に座っている。数分前に地上から見た時は彼女の姿はなかった。死角にいたのか、闇と同化していたのか？

「実は、暇人なんだ」と僕は言いつつ梯子を登っていく。

無事に頂上に到着すると、彼女と梯子を挟むようにして僕も縁に腰を下ろした。円柱形の煙突の直径は一メートルもないので、かなり狭い。高さは十メートルほどで、コンビを組んでから最も低い。ゴライアスクレーンで懲(こ)りたのか？

雷に邪魔されて写真撮影ができなかったことで、更新が滞った。バケタカが二週間もアップしないのは初めてのことだったから、ファンたちに大きな波紋を呼んだ。週刊の漫画雑誌のようにバケタカのインスタグラムが一週間のリズムを刻んでいるのだ。西本軍団もやきもきしながらあれこれ憶測し合っていた。

「ここに来るの、嫌じゃなかった？　他にいい場所が思い当たらなくて」

兎人間がそう訊くのは、今夜の待ち合わせ場所が火葬場の煙突の上だからだ。町の人間は死ぬとここで焼かれる。僕の父もこの煙突を通って空に昇った。兎人間は僕の心情に配慮して、電話口で『気分が乗らないなら、来なくてもいいよ。無理しないで』と気遣った。

　彼女から連絡があって安堵した。ゴライアスクレーンでの一件を最後にもう会えないかも、と心配していた。雷がきっかけで高所恐怖症になることや、ぶるぶる怯（おび）える姿を見られたのを赤っ恥と感じることも懸念材料だったが、兎人間には『さようなら』を言わずに消息を絶ちそうな危うさがある。いつの間にか消えている朝露みたいな儚さ。

「嫌じゃなかったよ」と僕は正直に答える。「お父さんの葬式のことはあんまり覚えていないんだ」

「ショックが強すぎて？」

「たぶん。だからここに来てもほとんど何も感じない。本当のことを言えば、フラッシュバックみたいなものが起こるのをちょっと期待していた。哀しい思い出がパッと蘇（よみがえ）って何も手に付かなくなったら、帰るつもりだった」

「思い出せなくて残念だったね」

「くっきり覚えていたら、忘れたがったんじゃないかな」

「そうかも。人間って欲張りだから」

あたかも『私は人間とは別の生き物だから欲張りじゃない』と言わんばかりの口振りだった。毎度のことながら、兎人間は現実感が乏しい。そこはかとない幻想的な雰囲気が彼女の周囲に漂っていて、不気味なオーラを纏っているかのような印象を受ける。

実際に、錯覚することもある。兎人間の周りの空気が揺らぎ、僕の遠近感を狂わす。彼女が大きく見えたり、細く見えたり。その時々で見え方が変わるので、兎人間がいるところだけ別の空間みたいに感じられる。異次元からやって来た怪物のよう。

今夜は、さながら死神だ。死者を天に送り出す火葬場が、彼女を黄泉の国からの使者に仕立て上げている。

「なんだか君が死神に思えてきたよ」

「私は人間くんが家族サービス中のお父さんみたいに感じる時があるよ」

「お父さん？」

「あっ、他意はないんだよ」と誤解を招かないよう補足する。「人間くんのお父さんとは関係なくて、私が前々から感じていた印象のこと」

「うん。それで、僕のどのへんが家族サービス中のお父さんっぽいの？」

「嫌々なところ。時々、見聞きするでしょ？　日曜は家でごろごろしたいのに、自分の趣味に熱中したいのに、子供にせがまれて仕方なく外出するお父さん」と説明した兎人間は少し早口になっていた。

「嫌々じゃないよ。高いところに登るのは好きだし、君といると楽しいし」

「けど、笑い方が硬い。本心から笑っている感じがしないの。エゴイスティックなお父さんが子供に向ける上辺だけの笑顔と一緒」

ドキリとした。僕の思惑は見透かされているんじゃ？　気が動転しながらも会話のテンポを乱さずに「ずっと友達がいなかったから、上手に笑えないんだ」と返せた。もっともらしい理由だ。

「ふーん」

「本当に嫌々じゃないよ」

繰り返し主張したが、それは本心だ。嫌なら着信拒否にしている。兎人間の相棒を務めること自体は好ましい。ただ、心置きなく楽しむことなどできない。僕には彼女を守らなければならない責務がある。悲劇が起きないよう常に神経を尖（とが）らせている。大切な娘を見守る父親みたいに注意深く。

家族サービスに出かける父親の中には、子供に温かい眼差しを向けつつも、愛する我が子に危険が及ばないよう目を光らせる人もいるはずだ。子供からは硬い表情に見えても、守るべきものがある父親は笑っている時も周囲への注意を怠(おこた)れないのだ。

「なら、いいけど。でも笑えない時は素のままでいて。私、親しみを装った作り笑いが雷と同じくらい嫌いなの」

「うん。わかった」

「ところで、人間くん」と彼女が改まった言い方をした。「この間は、どうして一人で下りなかったの？」

「どうしてかな？」

「他人事(ひとごと)みたいだね」

「この間のことも、よく覚えていないんだ。僕もパニクっていたし、いっぱいいっぱいだったから」

「けど、死ぬかもしれなかったんだよ。怖くなかったの？」

僕は頭を振って否定する。あの時、死神の気配をはっきりと感じて心の底から震え上がっていた。

「ひょっとして、感電死の恐怖と私だけが死んだ場合の恐怖とを天秤(てんびん)にかけて『見殺しにすることの方がもっと恐ろしい事態になる』って考えた？」

「ちゃんとビビっていたし、しっかり損得勘定を働かせていた。だけど、頭の中にあったものが全部ふっと消えて、体が勝手に動いたんだ」

「頭が真っ白になるって現象？」

「そうなのかも……。でもちょっと違うような……。うまく言えないんだけど、誰かに操られているような感覚だった」

背中にべったり貼りついた死神に戦慄し、兎人間を見捨てて逃げた場合に抱え込むであろう罪悪感も想像できた。彼女を救わなければならない使命感、一緒に死ぬ義務、恩返し、贖罪などなど、様々なことを天秤の皿に載せて感電死の恐怖と比べようとした。しかし天秤の針が傾く前に、何かが僕を衝き動かした。

「その『誰か』って本当の自分なんじゃない？　余計なものを排除した真っ白な気持ち。ほら、ギリギリの状況に陥ると、その人の本性が出るって言うじゃん。切迫した事態に直面したから、複雑な思考回路は遮断されて心の赴くままに体が動いたのよ」

「どうかな？」

「絶対にそうよ」

「そう言われると、そんな気がしないでもないかな」

「人間くんは優しい生き物なのね」

「生きたい理由が少ないからだよ。それで、簡単に命懸けの行動をとれる」

「謙遜は置いておいて」と兎人間はさらっと流す。「いいなぁ。私も真っ白になってみたい。混じりっ気のない気持ちに駆り立てられるのってどんな気分だろ？　いっつも頭が体を動かす。心の言うことをちっとも聞かない」

「切羽詰まった状況にならないと、なかなか思考回路はストップしないんだよ。逆に言えば、条件が整った時には自然とスイッチが入って、真っ白な気持ちが作動するんじゃないかな」

「私にも切り替わるスイッチがついていればいいけど」と力なく言う。「なんとなく、私はそう造られていない気がするの」

「誰が君を造ったの？」

「私は神の存在を信じていないんだ」と明言を避ける。

神が存在しないなら、子は天からの授かりものじゃない。人が人を造る。つまり、答えは自ずと一つに絞られる。

「火葬場の周りって静かでいいね」と兎人間は当たり障りのない話題にスライドさせる。

「うん」

「暮らしやすそうなのに、なんで閑静な住宅地にならないか、わかる？」

ラクダ山の裾にある火葬場の周辺に民家はない。畑すらなく、町からぽつんと孤立している。火葬場が稼働していない時間帯には、無人と化す地域だ。バケタカ捜索隊は主に高さが三十メートル以上ある建物をマークしているので、ここには見回りに来ないだろう。

もしかしたら兎人間は話したいことがあって火葬場の煙突を指定したのかもしれない。ここなら周囲に警戒心を向けないでいい。会話に集中できる。

「気分が暗くなるからだと思う」と僕は答える。「食事中に『今頃、近所の火葬場は人を焼いているんだな』って想像したら、食欲が失せそう」

「死体は食事を盗み食いしないよ。死んだ人間には何もできない。騒音も出さないし、ごみ屋敷にもしないし、隣の家に泥棒に入ったりもしない。生きている人間の方がよっぽど厄介よ」

「正論だ」と言って僕はほんの少し顔を崩す。「けど、幽霊が出るかも。怖くない？」

「私は幽霊も信じていないの」

「ギザギザマンションで出会った時、地上で怖いものの話をしたけど、君は『生かされていること』って言ったよね？」

あの時は、彼女との距離感に頭を悩ませていたこともあって、さほど気に留めなかった。日常生活では誰にだって大小様々なしがらみが纏わりつくものだから、そうそう自分の思い通りには生きられない。多かれ少なかれ『なんのために生きているんだ？』と疑問を覚えるものだ。

そのように聞き流していたが、僕の認識が間違っていた。兎人間の『生かされている』は言葉そのままの意味だ。地上での彼女は操り人形のごとく不自由な状態に置かれている。生きている実感がまるでないから、高所に救いを求めたんだ。

「そんなこと、言ったっけ？」と彼女は惚ける。

「高いところでは『生きている』って感じられるの？」

質問を変えた。プライベートに関することは触れられたくないようだ。正体が露見しないためもあると思うけれど、兎人間は自覚的すぎるのだ。自分のことを正確にきっちり理解していて、良い意味でも悪い意味でも身の程を弁えている。自分の力の及ばないものには逆らわない。

そして微力な援助を必要としない。小さな力を寄せ集めても、一緒に叩き潰されるだけ。無力と変わらない。彼女が人に協力を求めるのは、共闘で勝算がある時だ。だから僕の力など全く当てにしない。カメラマンを務めてくれること以外には何も期待していない。

不自由な地上での暮らしを甘んじて受け入れ、高所撮影でガス抜きをするのが利口だ。

無駄な抵抗はせずに賢く立ち回ろう。そう割り切っている。でもそれすらも操られているからなのかもしれない。逆らえないよう造られているんじゃ？

「私さ、九歳くらいから血を見るのが好きになったの」と兎人間は質問に答えないで子供の頃の話を始める。

「えっ？『チ』って血液の？」

「他人のじゃないよ。自分の。転んで膝を擦り剝いた時に、じわっと出てくる血を見て『私にもちゃんと赤い血が通っているんだ』って安心した」

環境が彼女を堪らなく不安にさせたのだ。自分が人間であるか、きちんと生きているか確かめたくなるなんて、不憫（ふびん）でならない。小さい頃からずっともがき苦しみ、心が悲鳴を上げていた。だけど決して声には出さない。無駄だから。そう造られたから。

「十五歳からは、我慢できなくなって血を抜き始めた」

「献血？」

「ううん。瀉血（しゃけつ）。自分で注射器で抜くの。自傷行為の一種なんだけど、リストカットと違って痕（あと）が目立たないから」

そんなことまでも合理的に考えるのか。自傷行為の痕は周囲へのSOSのサインになるのに、それすらもコントロールしていた。自覚的すぎるが故に、あらゆることを自分の中だけで処理してしまう。

「ひどい時はぶっ倒れるほど大量の血を抜いた。病み付きになっていたけど、高所自撮りを覚えてからは注射器がいらなくなった。高いところのギリギリに立つのが一番好き。死と隣り合わせになると、自分が生者側に立っていることを強く実感できる。胸を裂いて確認しなくても、心臓が大きく脈打つのがわかるの。手に取るように。血が沸き立っているのもありありと感じ取れる」とはしゃぐように言ってから、トーンを少しだけ下げる。

「引いたでしょ？　いいよ、ドン引きしても。私、自分が誰よりも異常なこともわかっているから」

「でも、ここでは正常なんでしょ？　『生きている』って感じられるんだよね？」

「うん。今の私は生きている。フォロワーが増えていくのも楽しいし。たくさんの人に認知されると、生まれてきた意義みたいなものを感じられる」

「なら、ノープロブレム」

嘘だった。問題だらけだ。僕が考えていたよりもずっと深刻だった。フォロワー数が一万に届いたら本当にやめるのか？　高所でしか生きられない彼女がすんなり足を洗えるとは思えない。他に生き甲斐があるなら話は別だが……。また血を抜くのか？　それとも……。

最悪の事態が頭を過る。操り人形が自由になる方法は一つしかない。自ら繋がれた糸を切る。だけどそんなことをしたら、もう二度と動くことができない。一万に達した時、兎人間は命を絶つつもりなんじゃ？　それだけは何に代えても阻止しなければならない。

「そうだ」と僕は努めて明るい声を出す。「フォロワー数が一万になったら、プレゼントしたいものがあるんだ」

「何かな？」

「それはその時のお楽しみってことで」

苦し紛れの策だ。一万の達成後の約束があれば、自殺を先延ばしにするかもしれない。

「ふーん、なんか怪しい気もするけど、楽しみにしてる」と言うと、また改まる。「そうそう、人間くん。私にも『そうだ』ってことがあった。すぐに電話で伝えようとしたんだけど、やっぱり直接言った方がいいと思って」

「なんだろ？」

「あのね、この間は一緒にいてくれてありがとう」

言葉にはちきれんばかりの恥じらいが含まれていた。きっとなんでもかんでも自分一人で処理してきたから、他人に心から感謝することが滅多になかったのだろう。たどたどしい感謝の仕方は少々コミカルだったが、その不慣れな感じが可愛らしくもあった。

「いや、別にいいよ。大したことはしてないし」

「ううん。人間くんがそばにいなかったら、恐怖で発狂していたと思う。本当にありがとう」

隣にいるだけで兎人間の心の支えになれるなら、いくらでもこの体を差し出す。もっと彼女の力になりたい。もっともっと力が欲しい。兎人間を救えるだけの力があれば、僕に助けを求められる。

彼女の口から聞きたいのは感謝の言葉じゃない。『人間くん、助けて。私を止めて』と言ってほしい。僕がほとんど無力だと理解していても、頼ってほしい。

わかってる。僕にどうにかできる問題だったら、兎人間がとっくに自力で解決している。僕なんかじゃ太刀打ちできないのは、痛いほどわかってる。だけど、それでも頼られたい。彼女の孤独を僅かでも癒したい。それが今の僕の真っ白な気持ちだ。

第十三章　獅子搏兎

——簡単なことでも全力で取り組むこと。獅子はライオン。搏兎は兎を捕まえることで、ライオンは兎のような弱い動物を捕まえる時も、全力を尽くすということから。

僕たちのクラスの前に思わぬ障害が立ち塞がった。王子役の西本くんの演技力に問題があったのだ。呑み込みが遅いだけだと思っていたのだが、一向に上達しない。どうも大根のようだ。ダンスもリズム感が悪い。その上、やる気がないから向上する気配が見られない。

西本くんは推薦されて王子役になった。背が高くて目鼻立ちがはっきりした彫りの深い顔は王子役にぴったり。ただ、クラスにはもう一人イケメンがいたので、多数決が行われて一票差で西本くんが選ばれた。

だが、不正な票が紛れていた。西本くんは演劇祭で鈴木さんとラブシーンをすることを企んでいたのだ。そのために、演目選びでは『シンデレラ』に、主役選びでは鈴木さんに、王子役選びでは自分に票を入れるよう取り巻きたちに根回しした。

その企みは峰さんが僕をシンデレラ役に推薦したことで打ち砕かれた。取り巻きたちは峰さんに臆して『やっぱり主役は鈴木さんがいいよ』と意見できなかった。それなのに、西本くんを王子役に推して票を入れた奴がいた。これ以上計画を無視するとあとでどやされる、と焦って挽回(ばんかい)しようとしたらしい。

そのうっかり者は軍団内で制裁を受け、冷遇された鬱憤を他所のクラスの友人に吐き出した。そしてどういう経路で伝わったかはわからないけれど、その極秘情報が今別府さんの耳に入り、「そんなわけでさ、やる気のない西本をうまくリードしてほしい」と内密で頼まれた。王子とのシーンが最も多い主演の僕に白羽(しらは)の矢が立つのは当然の帰結だ。だけど荷が重い。どうやって西本くんのモチベーションを上げたらいいんだ？　元々、僕とのキスシーンや何人もの足のにおいを嗅ぐシーンがある汚れ役だから、意欲が湧かなくてもおかしくない。

褒めて伸ばすしかなさそうだ。西本くんのプライドに障らない塩梅(あんばい)で煽(おだ)てていこう。そう方針を定めた直後に、峰さんが「いつになったら普通にできるようになるんだよ？」「足を引っ張んな！」「棒読みをどうにかしろ！」「マジでやってそのレベルなのかよ？」と捲(まく)し立て、西本くんはすっかりしょぼくれてしまった。

近頃の峰さんは気が立っているので辛抱ならなかったのだろう。漫画の執筆に追われていることに加え、イズミ様との関係がうまくいっていない。詳しいことは教えてくれなかったが、「作家が露骨に腐女子に媚びだした」「安易にBL要素を入れやがって」「運営が金儲けの道具としか思ってない」「キャラがブレブレで目が腐りそう」などと不満を零していた。

あれほど熱を上げていたにも拘わらず、今はイズミ様のグッズが部屋に一つもないそうだ。「彼とはしばらく距離を置く。執筆に集中できて一石二鳥だし」と思い立ち、全て撤去して庭の物置小屋にぶち込んだ。

女子は気持ちが冷める時は一気にゼロになる。そういう話を聞いたことがあるけれど、ここまで極端なのか。落差と温度差に唖然とするばかりだ。

演劇祭まで二週間を切り、とうとう峰さんが「西本を降板させるべき」と主張した。今別府さんと鈴木さんは「今から王子役を一から始めるのはリスキー」と反対した。西本くんは「好きにしろ」というスタンスだ。

話し合いは平行線を辿る。言い争っている暇などないことは誰もが理解していたが、どっちも引かない。西本くんが『わかったよ。俺が死ぬ気で頑張る！』と気概を見せることもないまま時間だけが刻一刻と過ぎる。成り行きを見守るクラスメイトたちの顔がどんどん曇っていく。

「そっちが折れる気がないなら、西本のところだけ大幅に書き直せ」と峰さんが折衷案を出す。「セリフを減らして、王子を西本に合ったキャラに変えろ。できるか？」

鈴木さんは少し考え込んでから「うん。やってみる」と承諾する。だが、今別府さんが「冴香、本当に大丈夫？　家でやることにならない？」と勉強時間が割かれることを心配した。

「大丈夫も何も、そもそもは鈴木が王子を西本にそぐわないキャラにしたのがいけねーんだ」

「言いがかりはやめてよ」と今別府さんが反発する。「西本が大根だってわかるわ……」

失言に気がつき、言葉が途切れた。渦中の人は苦虫を嚙み潰したような顔をしている。

教室が刺々しい雰囲気に包まれ、今別府さんが体を小さくして「西本、ごめん」と謝る。

「私がいけないんだよ。西本くんの個性に合った王子を書かなかったから、窮屈な芝居をさせることになった。クラスメイトのことを一人一人ちゃんと見ているつもりだったけど、なんにもわかっていなかった。ごめんね、西本くん」

「いや、台本通りに演じられない俺が悪いんだ」

そう言った時に、西本くんが一瞬だけ僕を睨んだ気がしてゾクッとした。もて囃されている僕を妬んで？　恨みたくなる気持ちはわからないでもないが……。

　鈴木さんは三日で脚本を書き直した。王子を特殊なフェチを隠し持つクールな紳士から、人の足のにおいに敏感でちょっと間抜けな純朴青年にモデルチェンジ。二枚目から三枚目の変更に、西本くんが気を悪くすることが懸念されたけれど、彼は精力的に新しい王子役に取り組んだ。

　普段の西本くんに近いキャラになったことで、彼の演技からぎこちなさが抜けた。若干拙(つたな)いところはある。棒読みだし、ダンスにも難がある。でも自然体だからキャラの個性と感じられる。

　それにしても素晴らしい。たった三日で、それも受験勉強の合間を縫って、下手さを愛嬌に転換させるなんて、本当にすごい。きっと鈴木さんは脚本家としての天性の才能を持っているのだろう。

　峰さんにそのことを話してみたら、「知ってるよ」と冷淡に言った。

「最初から鈴木さんの才能を見抜いて脚本の担当に推したの？」

「どういうことをすれば人から好かれるのかってことを追求してきた鈴木なら、浅はかな観客の反応をコントロールすることなんて楽勝だ。聡明だし、視野も広いし、洞察力もある。応用力も。そんだけ揃ってりゃ、役者の良さを最大限に引き出す脚本を書ける。ただ、あいつにはいい子ぶる癖があるから、そこんところは不安材料だった。案の定、最初は型に嵌まったクソつまんねーのを上げた」

「なんでもお見通しなんだね」と僕は感服する。

「坂井が節穴なんだよ。よく見て、よく考えろ」

「肝に銘じとくよ。とりあえず、きちんと仕上がってよかった」

部活や勉強に差し支(つか)えるので、放課後や土日に演劇祭の準備をすることは禁じられている。週一のロングホームルームの時間と昼休みをフル活用して稽古に励み、どうにか間に合わせた。演劇祭は週明け。三日後だ。

「油断してると、本番でとちるぞ」

「変なプレッシャーをかけないでよ」

「よく食べて、よく寝ろ」

土日はゆっくりする予定だけれど、もう一度「肝に銘じとくよ」と返した。そして「峰さんもちゃんと食べて、ちゃんと寝て」と言う。彼女が担当編集者と取り決めた締切りは九日後の日曜。この週末が正念場だが、執筆に没頭すると食事や睡眠を疎(おろそ)かにしがちになるから、無理しすぎないか心配だ。

「私には間に合ってるから、人食い熊にでも忠告してろ」

「それって『ツキノワグマ本来の食生活に戻して、とっとと冬眠しろ』ってことだよね？」

「もう手遅れかもしんねーけど」

二日前、ラクダ山の中腹で登山者が左耳の欠けた熊に襲われた。顎と腕を負傷したものの命からがら逃げおおせた。出動要請を受けた猟友会が草の根を分けて捜しているけれど、まだ発見に至っていない。

その害獣は大堀温子を食べたツキノワグマの可能性がある。一度人の肉の味を覚えた熊は人間を食料と認識して襲うようになる、と言われている。人食い熊を野放しにすると被害が拡大するので、猟友会は『複数の熊が大堀温子を食べた』と仮定し、半年もの間積極的に駆除活動を続けてきた。数多くの熊が撃ち殺されたが、人間に牙(きば)を剝く熊が生き延びているおそれは充分にあった。

「熊に罪はないのにね」と僕はやり場のない気持ちを口にする。

「罪深い生き物は人間だけだ」

「全く」

「じゃあな」

いつものぶっきら棒な言葉を残して峰さんは左の道に進む。

「また、明日。あっ、月曜」とダサい挨拶をして僕は駅へ向かう。

三週間くらい前から途中まで一緒に帰っている。五分ほど。初めはウザがられたけれど、ストーカーばりに付き纏っているうちに、いつしか隣を歩かせてくれるようになった。

ネタ帳を届けて以来、彼女の家には上がっていない。モデルを必要としていないのか、母親に何か言われたか？　もしくは、イズミ様との関係がぎくしゃくしているから？　なんであっても、峰さんとじっくり喋る機会がないのは寂しい。彼女ともっと色んな話がしたい。取るに足らないことも、冗談も。悪口でもいい。

兎人間には定期的に呼ばれている。ゴライアスクレーン、火葬場とイレギュラーな場所が続いたが、以降は平常運転に戻った。現在のフォロワー数は、『9351』。一万までもう少し。

ただ、どんどん登る場所が限られてきているため、バケタカ捜索隊に見つかるリスクが高まっている。先日も、撮影後に家路を急いでいる途中で西本軍団らしき二人組とニアミスしかけた。

兎人間はバケタカ捜索隊のことを問題視していない。僕がいくらガンガン警鐘を打ち鳴らしても「私は人間ごときに捕まらない」と軽んじる。その自信はどこから来るのだろう?

　裏返しで本当は捕まりたいのか? 誰かに止めてもらいたいから? それとも素顔を晒して更なる脚光を浴びたい? ともかく『捕まるくらいなら死を選ぶ』などと思っていないといいが……。

　駅から自宅へ向かってしばらく歩いていると、背後に気配を感じた。幽霊? そう思うや否や駆け出していた。足音が追ってくる。ヤバい。ヤバい。本当に幽霊だ。取り憑く気だ。やっぱり嫌だ。呪い殺されたくない。

　無我夢中で走ったけれど、徐々に足音が迫ってくる。家までまだある。このままじゃ追いつかれる。だけど家に逃げ込んでもドアを擦り抜けてくるんじゃ? 五階のベランダからだって侵入可能だ。

　ん? 待てよ。飛べるなら、走って追ってこなくてもいいんじゃ? そもそも脚があるのか? いや、峰さんが一筆描きした幽霊には脚があったか。でもすでに僕に憑いているんだから、追いかけるのは変だ。

　あの時、峰さんに強く刷り込まれた。それで真っ先に幽霊と思ったが、現実的に考えれば誰かにつけられていた可能性が高い。僕が急に駆け出したから、尾行者は『バレた？逃がすか！』と慌てて追走したのでは？

僕は十字路を家とは逆方向に曲がる。そしてお誂え向きの街路樹に素早くよじ登った。歩行者の視界に入らない高さまで登り、色づき始めた葉っぱの中で息を潜める。

大きな足音がものすごい勢いで桜並木の通りに突入してきた。だが、僕の真下を通過すると立ち止まり、あたりをきょろきょろする。見失って焦っている様子の尾行者は、西本くんだった。

僕は音を立てないよう適当な高さまで下に移動し、彼の背後に飛び下りた。着地音に反応して振り返った西本くんは呆気に取られる。どこから現れたのかわからず混乱しているのだろう。

「決闘がしたいなら、受けて立つよ」と僕は言う。「この近くに廃校になった小学校があるから、そこでやろう」

相手の返事を待たないで歩き出す。西本くんが無言でついてくる。思った通り、僕を襲撃するつもりだったのだ。彼の中で燻り続けていた『坂井のくせに調子に乗りやがって！』という怒りにとうとう火がつき、瞬く間に燃え盛った。僕を焼き尽くさないことには鎮火しない。

西本くんは中学一年までボルダリングに夢中な少年だったそうだ。数々の大会で上位に入賞し、将来を嘱望されていた。本人も「世界一を目指す！」と息巻いていたけれど、練習場のボルダリングジムが潰れると、少年の無垢な夢はあえなく散った。

持て余すことになったエネルギーと行き場のない憤りが西本くんを荒くれ者に変えた。些細なことで逆上し、気に障る人は片っ端から腕力で捩じ伏せていく。キレやすい上に、一度キレたら歯止めが利かない。典型的な危ない奴になってしまった。

高校に入ってからも度々いざこざを起こし、上級生の不良たちも「西本には関わりたくない」と震え上がる。彼の名前の『一将』には、一番上に立つ男になってほしい、という親の願いが込められているらしいのだが、幸か不幸か我が校で一番恐れられた。誰がつけたのか、『狂犬』という異名が学校中に浸透した。

ところが三年生になると、人が変わったように丸くなった。気に入らないことがあっても喧嘩を売らずに、寛容な姿勢を見せる。仲間を大事にし、自分勝手な行動を控える。そんな西本くんを「狂犬じゃなくてポメラニアンだな」と弄った人がいた。でも癇癪を起こすことなく和気藹々としていた。

園田先生が「学級委員になってリーダーシップが身についたな。あの暴れん坊が大人になって先生は嬉しいよ。涙が出ちまう」と冗談交じりに西本くんを褒めたことがあったけれど、角が取れた理由は他にあると思う。

何故なら、彼は嫌々やらされているうちに、リーダーの自覚が芽生えたわけじゃない。自分から進んで学級委員になった。鈴木さんが女子の学級委員に選ばれてから立候補した。鈴木さんへの恋心が西本くんをポメラニアンに変えたのだ。

彼女に好かれたくて尻尾を振っている。がらりと素行を正し、ぶっ飛ばしたくなってもグッと堪え、鈴木さんを見習ってクラスのために尽くした。彼なりに一途に想い続けている。

なのに、意中の子は自分に振り向いてくれない。底辺のヒョロガリの演技を絶賛し、俺には『落ちこぼれ』のレッテルを貼る。もう我慢できねー！　坂井を叩きのめしてやる！あいつがいなければ、俺の大根ぶりはここまで悪目立ちしなかった！　そもそもは、俺と鈴木がラブシーンをする予定だった！　坂井が主演を辞退すればよかったんだ！　あいつのせいで何もかもが台無しだ！

そう怒るのも無理はない。これも因果応報だ。巡り巡って罰が廻ってくる。甘受する他ない。

閉じられた校門を乗り越え、小学校に侵入する。校舎のここかしこにスプレー塗料の落書きがあるのだが、中には本格的なストリートアートもあるので、若者は『ストリート小』や『スト小』と呼んでいる。

ただ、少し見ないうちに単なる落書きが増えていた。『全米が吐いた』『死にゆく町』『相殺返金』『続きはＷｅｂで』『あるある詐欺』『母校消失』などなど。汚らしいだけの廃墟になる日も近そうだ。

僕の母校でもある。二年前に近くの小学校に吸収されて廃校になった。着実にゴーストタウン化が進む。町の人々は、次は何がなくなるのか、と怯えて暮らしている。僕たちは奪われていくだけの存在だ。そう思わせる閉塞感が町をすっぽり覆い尽くしている。

校庭の真ん中で、僕は立ち止まった。ここなら邪魔は入らないだろう。小学校の周囲には民家があり、校庭は人目に触れる。まだ陽は落ちていない。だけど目撃されても『また悪ガキどもが馬鹿なことをやってる』くらいにしか思われないはずだ。

振り返り、西本くんと向き合う。僕がバッグを地面に落とすように置くと、向こうも手を離す。彼のバッグの落ちた音が決闘の合図となった。西本くんはゆっくりと僕との間合いを詰める。

見るからに警戒している。僕が逃げるどころか反対に勝負を吹っかけたので、用心しているのかも。空手でも習っていたのか？　護身用の武器を隠し持っているんじゃ？

僕に格闘技の経験はない。奥の手もない。だからあっという間に伸された。体格差、筋力、喧嘩の経験値。どれも西本くんに遠く及ばないから、何回立ち向かっても一矢を報いることすらできない。僕のパンチは簡単にかわされ、倍返しの攻撃を食らって倒れる。その繰り返しだ。

体のあちこちが叫び声を上げる。顔も腕も腹も太腿も痛くて痛くて堪らない。悶絶しそうなほどだ。できることなら、唸りながら転げ回りたい。でも僕は歯を食いしばり、全身の力を掻き集めて立ち上がる。よろよろと西本くんに近付き、腕を振る。

彼は手のひらで軽く受け止めた。

「しつこいぞ」

そう言うと、両手で僕の胸倉を掴んで膝蹴りする。みぞおちに深々と突き刺さり、僕は両膝をつく。お腹を押さえて悶える。息ができない。血が混じった胃液が口の端から滴り落ちる。

「なんなんだよ、おまえは。弱いくせに、カッコつけやがって」

激しく咳き込んでから、「僕は弱い」という言葉を絞り出す。

「なんだって？」

見上げて彼と目を合わせ、お腹に力を入れて言う。

「僕は喧嘩が弱い。喧嘩じゃ西本くんに敵(かな)わない」

「演技は勝ってるから引き分けってか？」

僕は頭を左右に振る。

「人にはそれぞれ得意なものがある。だから得意なもので勝負すればいい。西本くんは喧嘩で僕を負かした。それでいい」

「意味わかんねーよ」

「得意分野で勝負してくれたことが嬉しかったんだよ」

全てが劣っている人なんていない。逆もまた然(しか)り。みんな自分が勝てるものを一つは持っている。だから他人の土俵に上がって張り合う必要はない。どんなに隣の芝生が青く見えても、自分のところの芝生にも唯一無二の美点はあるのだ。

「益々わかんねー」

「僕が造船所のクレーンの上に登ったら、西本くんも登る？」

ボルダリングをやっていた彼でも九十メートルの高さは不慣れだ。高所では、恐怖心を抑え込む方法を心得ている僕に分(ぶ)がある。

「そんな馬鹿なことするかっ」

「そういうこと」

「どういうことだよ？」と理解に苦しむ。「ボコボコにされた顔でニヤつくな。キモい野郎だな」

彼の健全な反応にただただホッとした。西本くんは大丈夫だ。真似して高所に登らない。兎のマスクを被って注目を浴びようとはしない。

「得意なことも、苦手なことも、自分なりの精一杯を出せば、自分もみんなも納得すると思う」

「んなこと知ってるわ。舐めやがって。あー、むしゃくしゃする。クソチビの雑魚のくせによー」

西本くんは悪態をつきながらバッグを肩にかけ、僕から離れて行く。途中で振り向き、「顔、ちゃんと冷やしとけよ！」と怒鳴り声で忠告する。僕が手を振ると、振り返すことなく苛々した足取りで校門に向かった。

僕はぺたんと地面に尻をつける。西の空が茜色に染まっている。個人的には朝焼けの方が好きなのだが、この夕日は何十年経っても記憶に残っているに違いない。確信めいたものが胸の中にあった。

第十四章　二兎を追う者は一兎をも得ず

——同時に二つのことをしようとする者はどちらの成功も得られない。二羽の兎を同時に捕まえようと欲張ると、一羽も捕まらない。


兎人間が開口一番に「人間くんだよね？　その顔、どうしたの？」と訊ねた。

「目が覚めたらこの顔になっていたんだ」

「残念ね。前の顔の方が好きだったのに」

「ホント？」

あいたっ！　決闘で口の中がざっくり切れたので、注意して喋らないと痛みが走る。

「だって、それ」と彼女は僕の顔に人差し指を向ける。「チープすぎるもの」

西本くんに言われた通りに帰宅してすぐに氷で顔を冷やしたのだが、腫れが引かなかった。兎人間の電話に起こされた時も、顔はパンパンのまま。左目の下と右頬にできた大きな青痣は色が濃くなっていた。

僕はクローゼットの奥からゴム製の白兎のマスクを引っ張り出した。去年の夏に、ネットショッピングで購入したものだ。二千円くらいした。

それを被って顔を隠したのは、生々(なまなま)しい日常を高所に持って行きたくなかったからだ。喧嘩した理由や殴られた相手のことを話したら、高所の神聖さが削がれてしまう。兎人間との非日常の世界を穢(けが)したくない。

「キスしたら、元の顔に戻るかな?」と彼女は悪戯っぽく訊く。

「たぶん戻らない」

「試しにやってみようよ」

「いや、いいよ」

「いいじゃん。一応、デートなんだし」

兎人間に強く促された僕は気後(きおく)れしつつ彼女と正対する。それぞれが首を少しだけ右に傾け、自分たちの本物の鼻先をつけ合うみたいな感じで、マスクの口の部分をくっつけ合おうとする。

あと数センチのところで、兎人間が「なんか、恥ずかしいね」と躊躇い、顔を遠ざける。

「う、うん」

僕はドキドキしすぎて心臓が痛くなっていた。決闘で負ったダメージは一つ残らずどこかへ消えた。

「なんでかな？　ラップ越しにキスするみたいに緊張する。マスクしているから、顔が茹で蛸になっても相手にはバレないのに」

「僕たちが兎人間だからじゃないかな」

「兎人間？」と彼女はピンと来ていない声を出す。

「僕が勝手に呼んでいるんだ。『バケタカ』って『禿鷹』みたいでしっくりこないし」

「兎人間か。なんかB級映画に出てくる妖怪っぽいね」

「とにかく、今の僕たちは兎でも人間でもない生き物なんだ。だからこれもそれもマスクじゃない。本物の顔なんだよ」

「そうだね。私たちは恥ずかしがり屋のビースト。どんな高いところにも登れるけど、シャイだからキスはできない」

「ビースト同士のキスじゃ人間に戻らないしね」

「そうだった」と納得すると、ポケットから自撮り棒を出した。「せっかくだから並んで撮影しよう」

　その要望には気安く応じられた。無意味だとわかっていながらも、マスクの下でニッコリ笑ってみる。フラッシュの光が目を痛くしたけれど、記念すべき写真になった。初めてのツーショットだ！

やけに気持ちが高揚している。マスクのせいだと思われる。マスクで顔を覆うと、別人になったような気分に浸れるからか、マスクが心理的バリアーの役目を果たすからか、普段よりもいくらか気が大きくなり、感情をストレートに表に出せる。

マスクには本心を曝け出しやすくする効能があるのだろう。ひょっとしたら兎人間は素の自分を取り戻したような感覚に酔い痴れているのかもしれない。それも彼女を高所撮影に駆り立てる要因になっていそうだ。

写りをチェックした兎人間が「これ、いいね。写真だと思ったほどチープじゃない」と言う。

「うん。僕はスマホの画面を覗き込む。マスクの白色が光を飛ばしていい感じになってるね」

反対に、薄暗い中では実際よりもずっとショボく見えるのかも。

「これを投稿したら、フォロワー数が増えそう」

「協力者がいることを知られても平気なの？」と僕は確認する。

これまでカメラマンの存在を悟られないよう気をつけていた。兎人間の伸ばした腕を手首から先が切れるように撮って自撮り風にしたり、動画の際は手でしっかりスマホを固定して三脚で撮っている風にしたり。

「頭打ちになった時の最終手段よ。って言っても最近はネタ不足なんだけどね。あらかた登っちゃったからなぁ」

一時間ほど前の電話で、兎人間に『今日のデートの待ち合わせ場所は、人間くんが決めてくれないかな？』と求められた。瞬間的に、昨日西本くんと決闘したスト小が頭に浮かんだ。

駄目元で提案してみると、彼女は『高さは物足りないけど、今回はノスタルジック路線ってことにしよう』と受け入れた。僕としては低いに越したことはない。四階建てで十五メートルくらいしかないので、万が一屋上から転落しても大怪我だけで済む可能性がある。

「トラウマの克服も兼ねて、もう一回造船所のクレーンにトライするしかないかも。それか、ＬＩＶＥ動画をやってみようかな」

「中継するってこと？」

本気か？　捕まるリスクがぐんと高まる。生配信中に居場所を特定されたら、バケタカ捜索隊が急行してくる。やっぱり正体を明かしたい願望があるのか？

「そう」

「それはちょっとリスク……」とやんわりと反対しようとしたら、ポケットの中のスマホが震える。

すぐに収まった。ＬＩＮＥか？　無視しようと思ったが、峰さんの顔が過る。ワン切りかも？　僕に連絡してくるのは彼女か兎人間のどちらか。こんな時間になんの用だ？　何か大変なことが起こったんじゃ？　相談しようとして思い直した？　僕は「ちょっと、ごめん」と断ってスマホをチェックする。

クラスのグループＬＩＮＥだった。鈴木さんの働きかけでスマホを持っている人はみんな入った。

〈スト小の屋上で何かが光った。カメラのフラッシュ？　バケタカがいるかも？　暇な奴はスト小に集合！〉

「ちょっ、こ、これ。うちのクラスの」と僕は懸命に声を潜めてスマホの画面を兎人間に見せる。

「あら」

「早く下りよう」

「落ち着いて。確かめたいことがあるの。人間くん、学校で襤褸を出していない？　誰かにバケタカの相棒であることを疑われていない？」

「わからない。自分では襤褸を出していないつもりだけど、自信はない」

僕は愚鈍だ。よくケアレスミスをするし、客観性を欠いた言動も多い。大きな前科もあるから『絶対に疑われていない』とは言い切れない。

「もし人間くんが尻尾を摑まれていると仮定した場合、そのLINEは罠になる」

「罠？」

「クラスメイトの中にバケタカの相棒がいるかもって疑っているのに、そんなメッセージをクラスのグループLINEに流すのはおかしいでしょ？　相棒がバケタカに伝えたら、包囲網が整う前に逃げちゃう」

すごい。瞬時にそこまで考えられるなんて。間違いなく彼女は切れ者だ。冷静沈着で思考力が人並み外れている。

「つまり、バケタカに『人手が足りていないうちに逃げよう』って思わせて、下りてくるのを待ち構えている？」

「本当にそうなら、なかなか強かね」と悠長に褒める。

「だけど僕が全然疑われていなくて、罠じゃなかった場合は、逃げるのは今しかない。増援が駆けつけてきたら取り囲まれる。夜が明ける前なら、闇に紛れて逃げやすい」

メッセージの送信者は西本くんを王子役に推薦した男子だった。彼は普通の人よりも頭の回転が鈍いから、深く考えずにクラスのグループLINEを使った、という線が濃厚だ。まだ包囲されていないはず。

ただ、数人はいるだろう。送信者の男子が一人で捜索しているとは考えられない。西本軍団が少なくとも二人はいる。数人なら手薄なところから下りればいいのだが、闇に隠れて見張っていたら彼らの配置を把握できない。結局は、一か八かになる。

「どっちみち、破れかぶれで下りるしかないのよね。屋上で持久戦をやっても警察を呼ばれるだけだろうし」と兎人間も当然選択肢がないことを理解している。

「なら、急ごう」

空が白んできている。時間が経てば経つほど状況は厳しくなる。

「その前に、キスしとかない？　今夜でお別れになるかもしれないから」と言って兎人間は首を右に傾け、僕に顔を接近させる。

さっきとは違い少しも胸が弾まない。今の今まで知らなかった。世の中には哀しいキスもあるということを。こんなキスはしたくない。でも彼女が「早く」と急かす。僕はキュッと締めつけられる胸を右手で押さえつつ、傾けた顔を前に出す。あと数センチ。

「やっぱり、駄目だ」と今度は僕がストップさせた。

兎人間の両肩を摑んで顔を離す。そして後ろを向いてマスクを外し、フード付きのトレーナーを脱いだ。

「どうしたの？」

「君も制服を脱いで」

「えっ？　どうして？」とちょっとだけ声が大きくなる。

「服を交換するんだ。似たような体形だから着られると思う」

「なんで交換？」

「僕がバケタカになってクラスメイトを引きつける。君は様子を見ながらうまいこと逃げて」

たとえコンビを組んでいることが知られていても、彼らが捕まえたいのは相棒じゃない。バケタカが地上に下りたら、総がかりで捕獲しようとするはずだ。相棒の追跡に人員を割くとは考えにくい。

「そんなことできないよ」

「大丈夫だよ。囮(おとり)にはなるけどマスクは取り換えない」と説明してロングTシャツを脱いだ。「君のマスクは大きすぎて満足に走れない。けど、僕のチープなマスクなら普段と変わらないスピードを出せる。逃げ切ってみせるよ」

遠目からならマスクのチープさに気がつかないだろう。長い耳とスカートのシルエットで本物だと思い込んでくれる。

「でも絶対じゃない。捕まったらどうするの？」

「模倣犯ってことにする。真似ただけで本物のことは何も知らない。そう言い張る」

ジョガーパンツも脱ごうとしたが、スニーカーを履いたままだったので足首のところでつっかえた。先に靴を脱がなくちゃ。

「実際にほとんど知らないじゃん」と僕は口も動かす。「顔も名前も連絡先も知らないから、どんなに拷問(ごうもん)されても君の情報を吐きようがない。でしょ？」

「そうだけど……」と煮え切らない。

もうタンクトップとトランクスだけになったんだから、僕の気持ちを酌んでよ。

「合理的に考えて。君はその大きくて重いマスクを被って逃げ切れるの？　僕は身軽だし、この小学校の造りや周辺の道をよく知っている。もし僕が捕まっても君に不都合はない。今まで通りに高所撮影を続けられる」

「でも……」とまだ渋る。「でも人間くんが人柱(ひとばしら)になる理由がないよ」

「君のことが好きなんだ。これは理由にならない？　好きな子の前でいいところを見せたいから、黙って守られてよ」

一瞬の静寂のあと、彼女は「冗談でしょ？」と言う。

「君に関して思うところはいっぱいある。けど、それとは別に好意も抱いているんだ」

「いつから？」

「わからない。気付いたら特別な感情が芽生えていた。たぶんギザギザマンションで手を繋いだ時に、種が蒔かれたんだと思う」

何故だか、言葉がすらすらと出てくる。決闘の痛みなど意に介さずに、舌が軽快に回る。

「私が仰け反って写真を撮った時だよね？」

「うん」

「それって吊り橋効果じゃない？」

吊り橋の上のような不安や恐怖に襲われる場所で出会うと、恋愛感情を抱きやすくなるらしい。

「悪い？」

「だって、錯覚みたいなものでしょ。心が誤作動を起こしたに過ぎない」

「誤作動でもいいんだ。お父さんが亡くなってから、僕は死んだように生きてきた。周りが何をしても僕の心に光は射さなかった。一人で高いところに登っても、虚しさしか残らなかった。でも君が僕に命を預けた時、一筋の光が射した。僕にとっては錯覚でもなんでもいい。『光が射した』ってことが大切なんだ」

「やっぱり、それは恋じゃないよ。人間くんは女の子をちゃんと好きになったことがないんじゃない？　恋がなんなのかわかっていないのよ」

確かにわかっていない。経験値はゼロに等しい。だけど関係ない。

「恋じゃなくてもいい。友情でも、同情でも、好きなものは好きなんだ。きっと、いや、絶対に、もうこれっきりだ。君が最初で最後。百歳まで生きたとしても、誰かの命をこの手に託されることは二度とない。誰かのために自分の命を懸けるようなことも起こり得ない。そんな一生に一人の女子を好きにならない理由はないよ」

この先、どんなに魅力的な女性と出会っても、自分とは釣り合わない素敵な女性と交際することができたとしても、おそらく僕はこう思う。僕はこの人のために命を懸けられるだろうか？　この人は僕に命を託せるだろうか？

恐ろしいほどの愚問だ。相手に命を捧げられるからと言って、愛の重さを証明することにはならない。そもそも僕の兎人間への献身は責任感に因るところが大きい。情だけではない。だが、この世に命よりも重いものがないのは事実だ。

この胸にあるものが恋心じゃなくても、この気持ちよりも重い感情はもう抱けない。どんな感情であっても敵いっこない。そして『僕と兎人間は命を懸け合った』という事実よりも、重い事実は二度と生まれない。そう断言できる。それほど重いんだ。

「返事は次の時でいい？」と彼女が訊ねる。「この場で聞かない方が『必ず逃げ切ってみせる！』ってモチベーションが上がるでしょ？」

「うん」

「私も反対を向くけど、振り返らないでね」

そう言うと、マスクを外す音、制服を脱ぐ音が僕の背中に伝わってくる。否も応もなく背後の情景が頭に思い描かれる。

およそ十三時間前、西本くんと訪れた時には、スト小の屋上で肌着姿になるとは夢にも思わなかった。しかも兎人間と背中合わせなんて。

「今、私たち人間だね」

変わらず調子の外れた地声だったけれど、いつもよりよく響いた。

「原始人に近いけど」

「そうだね。現代人は下着だけで外を出歩かないもんね」

「そういえば、水着って不思議だよね。面積的には下着とほぼ変わらないのに、海やプールでは羞恥心（しゅうちしん）がどっかに行っちゃう」

「不思議だね」と同意してから一呼吸を置いた。「さっきのは『私の顔、今が見るチャンス。人間でいる時の顔を見る最後のチャンスかもしれないけど、見なくていい？』っていう意味だったんだけど」

　彼女はみんなにじゃなくて僕に正体を知られたい？　僕に素顔を見てほしいのか？　僕も見たい。だけど、素顔を知ったら兎人間との世界を失ってしまいそう。その恐怖が僕の喉を詰まらせた。地上では僕と彼女はこうやって背中合わせになれるだろうか？　高所で育んだものは日常に持ち込めないんじゃ？

「はい。時間切れ。また魔法をかけられてビーストに戻ります」と彼女はさらりと言った。「ズボン、渡してくれる？」

「う、うん」

　僕たちは脱いだ服を手探りで渡し合い、原始人から現代人に戻っていく。うちの高校のセーラー服は夏も冬も白色で、スカーフは赤。スカートは濃紺。冬服は上下ともに夏のよりも生地が厚いのだが、スカートの裾の裏に等間隔に五円玉が縫いつけられていた。風やジャンプで捲れないための重しだ。

　マスクを被ってビーストに戻ると、兎人間と僕は「気をつけて。無茶しないでね」「目を瞑って十数えて」と言い合って別れた。何か気の利いたセリフを吐きたかったけれど、何も浮かばなくて兎人間がいつも去り際に使う言葉を借りた。

　ふと、妙な疑問が浮かんだ。なんで毎回手をパーにするんだろう？　彼女は『目を瞑って十数えて』と言う時に、決まって胸の前で両手を開く。指を十本立てて『十』を強調するのは、姿を消すのに十秒が必要不可欠だから？　僕にしっかり数えさせるための念押しか？　もし途中で目を……。

待て、待て。今は余計なことを考えている場合じゃない。集中しろ。すでに包囲網が敷かれている可能性もあるんだぞ。神経を研ぎ澄まして用心しなくては。

周囲の様子を窺いつつ雨樋を伝って地上に下りた。人の姿は見当たらない。気配を消して物陰に隠れているのか？　どこに潜んでいようと、先ずは見つからなくてはならない。バケタカ捜索隊に僕を追わせ、その隙に兎人間を逃がす。

僕は正門に向かってみる。昨日僕と西本くんが乗り越えた校門まで二十メートルくらいのところで、前方から「いたぞ！」という声が発せられた。僕の目は相手の姿を捉えられなかったが、即座に踵（きびす）を返して駆け出す。

「逃げたぞ！」

「追え！」

「捕まえろ！」

三人の声が聞き取れた。きっと裏門にも見張りがいる。僕は体育館の裏へ回り、フェンスをよじ登って小学校の敷地から出た。追っ手も次々にフェンスに飛びつく。

「外に逃げた。校舎の裏っかわ」

聞き覚えのある声だったけれど、今は思い出している暇はない。誰であっても、たぶんスマホで援軍を呼んだ。急げ！　逃走ルートを塞がれたら終わりだ。

　僕は全速力で住宅地を突っ走る。マスクとスカートの重しは走るのにほとんど影響がない。決闘のダメージも支障を来すほどじゃない。背後の足音は遠のかないものの近付きもしない。このまま狭い路地裏に逃げ込めば、彼らを撒ける。

　そう思った矢先に、追っ手たちが「頼むぞ！」「行けー！」と叫んだ。振り返ると、自転車が二台向かってくる。ママチャリとマウンテンバイク。やっぱりか。クソ！　僕は力を振り絞って地面を蹴り、腕をがむしゃらに振る。次の十字路を右に曲がったら、上り階段がある。

　自転車に追われることは予想していた。だからこのルートを選んだ。追っ手は階段で自転車を捨てざるを得ない。上った先には入り組んだ路地があるから、階段まで辿り着けば逃げ切れる。

　想定していた通りの展開だったが、僕には自分が思っていたほどの体力がなかった。階段の手前で自転車が僕を追い抜き、行く手を塞いだ。後ろからは三人が駆けつけてくる。

　知っている顔触れに取り囲まれた。

不甲斐ない。大見得（おおみえ）を切ったのに、呆気なく失敗するとは……。息もこんなに乱れているし。こんなんじゃ、階段に到着できても駆け上れなかった。せっかくの土地鑑が貧弱な体のせいで台無しだ。

西本くんが「観念しろ」と言ってマウンテンバイクから降りる。こうなったら、腹を決めて模倣犯作戦に切り替えるしかない。どんな目に遭ってもしらばっくれてやる。

取り巻きたちはボスに手柄を立てさせるために静観している。西本くんが両腕を広げてじりじりと近付いてくる。そのジェスチャーは『もう逃げられないぞ、無駄な抵抗はするな』なのか、『女子に手荒な真似はしないから、安心しろ』なのか。

彼の右手が僕の頭に迫る。じたばたしてもしょうがない。大人しくマスクを剝がされよう。

「本物はここよ！」

甲高い声が飛んできた。兎人間だ。僕たちから三十メートルは離れた十字路で仁王立ちしている。東の白んだ空が彼女の姿をはっきりと照らし出す。西本軍団があたふたする。明らかに面食らっている。相棒の存在に思い至っていなかったようで、せわしなく頭を振って兎人間と僕を交互に見る。

バケタカが二人？　こっちのはマスクが安っぽいぞ。でも制服だ。あっちは私服だけど、見慣れたマスクを被ってる。あれが本物だとしたら、この偽者はなんなんだ？

西本軍団がパニックに陥って動きを止めていると、兎人間は反転して走り出す。

「追え！」と西本くんは命じ、マウンテンバイクに跨ろうとする。

取り巻きたちが慌てて追走を始めたと同時に、僕は階段を駆け上がる。背後から「俺たちはこっちだ！」という声と自転車が倒れたような音が聞こえた。自転車の二人が僕を追ってくるなら、兎人間が捕獲される可能性はかなり低くなる。

僕は懸命に走った。心臓が破裂したって構わない。死んでも捕まるわけにはいかない。彼女は十字路を右にも左にも逃げなかった。背中を見せて走り、追っ手を引きつけた。僕を逃がすためだ。

本当に情けない。何が『黙って守られてよ』だ。逆に助けられた。ダサい。ダサすぎて死ねる。死ねるなら、死ぬ気で走ってやる。今こそ命を懸けろ。息苦しいくらいなんだ？息なんて吸わなければいい。

猛ダッシュで階段を上りきり、スピードを更に上げて路地に入った。追っ手の一人は引き離せたようだが、西本くんは僕のすぐ後ろに張りついている。距離が少しでも空けば、ちょこまかと曲がって撒けるのに。真後ろにいるんじゃ、僕の姿を見失いっこない。逃げ切れないかも。

弱気になった瞬間、二の腕を掴まれた。圧倒的な力に引っ張られ、僕の体が前に進まなくなった。足が止まり、へたり込む。地面に両手をつき、全身を震わせて呼吸する。肺の奥から聞いたことのない不気味な音が出てくる。それは僕に悪魔のファンファーレを連想させた。絶望の入り口で吹き鳴らされるラッパ音。

僕は二度目の観念をする。もう一歩も動けない。なんて情けないんだ。こんな僕なんか斬首(ざんしゅ)されればいい。僕の首を差し出しますから、兎人間だけは見逃してください。悪魔と契約したい。

西本くんは腕から手を離し、黙って立っている。僕の呼吸が落ち着くのを待っているのか？　女子への労りなのだろうが、その気遣いが敗者の傷口に沁みる。いっそのこと本当に女の子になりたい。女子なら彼に泣き顔を見せられる。気にせずにわんわん泣ける。

淡い光が射し込んできた。それは夜の終わりを告げると共に、西本くんにゴーサインを送る。彼はマスクの耳を摑み、剝ぎ取った。そして腰を落として僕の顔を覗き込む。

「おまえ……」と目を丸くし、口をあんぐりさせる。

驚愕(きょうがく)のあまり声が出ない様子だ。彼の衝撃が治まるのを見計らって、『出来心でバケタカの真似をしたんだ』と切り出そう。本物が西本軍団の前に姿を現したことで仲間疑惑をかけられると思うけれど、白を切り続けてやる。昨日以上にボコボコにされても絶対に口を割るもんか。

不意に、足音が聞こえた。駆け足が段々とこっちに近付いてくる。西本くんが腰を上げ、白兎のマスクを僕の手元に放り投げる。そして足音がする方へ向かう。角を右に曲がり、視界から消えた。

よくわからないが、逃げよう。でも体に力が入らなかった。立ち上がれない。足の踏ん張りが利かなくてよろける。何度挑戦しても地面に体を転がすだけ。もういいや。顔が割れているんだから、逃げてもどうにもならない。

一分ほどで西本くんがスマホを弄りながら戻ってきた。

「なんだ、まだいたのか。ひょっとして、立てないのか?」

僕は無言で認める。

「しょうがねーな」と彼は屈んで背中を僕に向けた。「ほら、乗れよ。家まで送ってやる。近所なんだろ?」

「いや、いいよ」

「うだうだしてっと、お姫様抱っこにするぞ」

脅しに屈し、西本くんの背中に負ぶさった。彼は軽々と僕を背負い、僕のナビ通りにきびきびと歩く。

「さっきの、仲間を追っ払ったの？」

西本くんは僕の質問には答えずに「本物のバケタカはうまく逃げたみたいだぜ。取り逃がしたってさ」と言う。

「どうして僕を庇ったの？」

「おまえの顔、親はなんも言わねーの？」

父の死に因って家族の形が大きく変わった。僕と母の間には深い溝ができ、ほとんど言葉を交わさなくなった。痣を見ても、ギョッとしただけで一言も触れなかった。

「顔の痣を見て、やりすぎたって後ろめたくなった？」

「まあ、そんなところだ」

どことなく取ってつけたような口振りだった。

「喧嘩の口止めのために、庇ったの？」

「ああ」

やっぱり空々しい。

「なんで何も訊かないの？」

「うっせーな」

「ちゃんと答えてよ。なんで？」

「女みたいにギャンギャン質問ばっかすんじゃねー。俺だってよくわかんねー。なんでかわかんねーけど、おまえの噛ませ犬みたいな諦めきった目を見たら、これ以上苦しめなくたっていいだろって、そう思っただけだよ」

心の底の底に穴が開き、底の底に隠していたものが零れ落ちかける。反射的に「同性からの同情は屈辱でしかないよ」と減らず口を叩いた。

「タイマンの時にもちょっと思ったけど、そんなに自分のこと虐めんなよ」

急いで手に持っていた兎のマスクを被る。だけど「僕が本物のバケタカなんだよ」と打ち明けた言葉から湿り気を抜くことができなかった。

「どっちが本物でもいいよ」

もう一度、今度は涙声を抑えずに「僕が本物のバケタカなんだよ」と言った。

第十五章　兎のひり放し

——兎は糞の始末をせずそのままにしておくことから、自分のしたことの後始末をつけないことの喩え。

父が亡くなってから、僕は家でも学校でも息を殺して過ごした。母と姉の目が「修二がお父さんを殺した」と責め立てているようで怖かったから、転校先で「ブリキンの事故の息子じゃね？」と見つからないために、死んだように生きた。

時折、クラスメイトが教室で大人しくしている僕をからかったり、軽く虐めたりした。その度に人付き合いに嫌気が差したけれど、慣れてくると対処法がわかるようになった。決して反抗しない。そしてリアクションを薄く。そうすれば、心ない連中は「無反応でつまらない奴だな」と別の標的を探す。

でもそうやって何年も何年も自制し続けたことで、真逆の欲望が溜まっていった。目立ちたい。自分を見てほしい。本当はみんなと繋がりたい。承認欲求が胸の奥でもぞもぞと蠢く。もし猫を飼っていなかったら、もっと早くに自意識が外へ溢れ出てしまっただろう。プリマを抱き締めていると、自己顕示欲を押し留めることができた。

父の死が僕を変えたように、愛猫の死も大きな転機となる。高二の夏、僕はプリマの喪失感を紛らわすためにノートパソコンで面白い画像や動画を漁りまくった。

手当たり次第に次から次へと観ていたら、外国の若者が高所で自撮りをした画像に衝撃を受けた。地上数百メートルの高さで、縁に立ったり、寝転がったり、ぶら下がったり。思わず声に出して「スゲー！」と感嘆した。なんなんだ、この人たちは！

僕も時々高いところに登る。気晴らしにこっそり団地やマンションや学校などの屋上に忍び込んでいる。だけど空や町並みを眺めつつ自分の世界に浸るのが目的で、スリルは求めていない。死にたくはない。転落のリスクの低いところしか登らない臆病者なので、命知らずなクライマーたちを目にして激震が走った。

だが、興奮が治まると悪い考えが頭をもたげる。僕も同じことをしたら、注目を浴びられるんじゃ？　徒らに怖がらなければいいんだ。バランス感覚はバレエで培われている。縁ギリギリに立ってもそうそう落ちやしない。数百メートルは無理でも、数十メートルの高さなら自分にもできるはずだ。

ただ、顔を晒すのは抵抗がある。学校で広まっても、「底辺の奴が目立とうとしてる。キモい」と蔑まれて終わりだ。カーストの低い人は何をしても馬鹿にされる。それが学校の掟だ。

だから顔を隠すことにした。ネットショッピングでゴム製の白兎のマスクを買った。馬、犬、虎、猫などもあったのだが、猫と兎以外はどれも間抜けっぽく見えた。できるだけよいイメージを与えたい。猫はプリマを思い起こさせるので、消去法で兎が残った。ところが、送られてきた兎のマスクを被って姿見の前に立ってみたら、ひどくチープだった。安っぽい仮装だ。渋谷のハロウィンイベントでテレビに映し出される人は、みんな手の込んだ仮装をしている。見栄えの悪いものに人は目を向けない。注目を集めたいのなら、マスクのクオリティーを上げることはマストだ。

僕はほぼ全財産の十二万円を叩いて東京の小さな劇団で使われていた精巧な白兎のマスクをネットオークションで落札した。十三万円で出品されていたものを負けてもらった。どうも解散してしまう劇団の不用品だったらしく、僕に交渉術があればもっと値切れただろう。

届くのを今か今かと待ち望み、うきうきしながら被ってみたら、今度は頭と体のバランスが悪いことにがっかりした。大きな頭に貧弱な体。滑稽だ。これじゃ「ガリガリ兎」や「三頭身兎」と虚仮にされるのが目に見えている。

十二万円もしたのに、無駄になった。女みたいな体が憎らしい。なんでこんなに線が細いんだ。背も低い方だし。もっと逞しい体に生まれてきたかっ……。

女みたいな？　何かが引っかかった。脳裡にハロウィンのニュースが浮かぶ。テレビで取り上げられた仮装者は女性が多かった。しかも露出度が高めのセクシー路線ばかり。被写体は男よりも女の方が人々の目を集められるのか？　エロならもっと？

僕は大阪の大学に進学して蛻の殻となった姉の部屋に無断で入る。そしてクローゼットを開ける。数着しかハンガーにかかっていなかったが、高校の制服に手が吸い寄せられる。これだ！　女子に成りきれば、アンバランスさはなくなる。

いざ、姿見の前に立ってみると、鏡の中に得体の知れない生き物がいた。兎でも人間でもない。僕は無意識に「兎人間だ」と呟いていた。頭は白い毛並の兎、体は可憐な女子高生。一見、変な組み合わせだ。だけどそのギャップがミステリアスな存在へと押し上げている。

小躍りして靴下を丸めたものを胸に詰め、ウエストの部分を数回折ってスカート丈を短くしてみたら、鏡に映った兎人間から妖艶さが漂いだした。いける！　このマスクがみんなの関心を呼ぶ。このセーラー服が学校中の生徒を引きつけ、「あいつは誰なんだ？」と話題にする。確実に大勢の注目を集められる。

僕は母に「スマホを持ってないと、クラスで浮くから」と強請り、みっちりSNSについて勉強した。マスクの構造や被った時の動きにくさも学習し、深夜に自宅マンションの屋上で予行演習も行った。そして父の命日の八月二十九日に決行する。

夜明けと同時に僕が通う高校の屋上で自撮りし、その写真を学校名のハッシュタグをつけてインスタグラムに投稿した。すると、思惑通りに口コミでぐんぐん広がっていき、僕の耳にも入るようになる。

みんなが噂して嬉しかった。驚嘆の声が心地よかった。誰かがアカウント名からこじつけた『バケタカ』という呼称も聞こえがよかった。しかしその快感は長続きしない。燃費が悪い。すぐに心が空になり、また脚光を浴びたくなる。それももっと強い光を欲する。

今までよりも目立ちたくて、みんなに飽きられないためにも、どんどん高いところへ登った。目指すは、フォロワー数一万人！　インフルエンサーになって社会からも認められるんだ。

初投稿から三ヶ月が経った頃、自宅の郵便受けに僕宛ての手紙が入っていた。茶封筒にうちの住所と僕のフルネームが印字されていたけれど、差出人の住所と名前はない。消印は隣町の郵便局。新手(あらて)の詐欺か？　そう怪しみつつ封を切ると、新聞の活字を切り貼りした便箋(びんせん)が出てきた。

九年前の八月二十九日に、ブリキンのトムキャットで死んだ人の息子へ

十二月四日の深夜三時ちょうどに、貴様の自宅マンションの出入り口の前に、インスタグラムのパスワードのメモと兎の被り物を置け。置いたら振り返らずにエレベーターに乗れ。

言うことを聞かなければ、貴様がバケタカであることをバラす。正体を知ったみんながどんな反応をするかは、想像するまでもないことだろ? 貴様はヒーローの器じゃない。下層の人間が町の救世主を気取っているとは、とんだお笑い種(ぐさ)だ。俺様の方がバケタカに相応しい。

追伸、足の爪先が外側に向きすぎ(笑)

アカウント名の『bkt_829』は『Brilliant Kingdom』と『Tomcat』の頭文字と父の命日。強く自覚してはいなかったが、心の奥底に素顔を晒したい気持ちがあったから僕に繋

がる手掛かりを埋め込んだのだと思う。

あの事故が起こった日付を正確に覚えている人は多くないと思うけれど、「このアカウント保持者は八月二十九日に何か強い思い入れがあるのか？」と推理するのはそう難しくない。その日付と一緒に町の名称をネットで検索すると、父の事故のことがヒットするので、「ブリキンの事故の遺族か？」と的中させる人が出てきてもおかしくはない。

父に近しい人なら、遺された家族が母親の姓に変えたことを知っている。ネットで情報を掻き集めれば、遺族の足取りを掴めるかもしれない。そんな大ヒントを与えるとは、どうかしていた。承認欲求と破滅願望は紙一重なのだろう。

高所自撮りを始めた頃は『バレたら、底辺のくせにってバッシングされる』とびくびくしていた。でも評判を耳にする度に自信がついていき、次第に発覚することをさほど問題にしなくなった。

すでにバケタカはたくさんの人が認めた存在だ。畏敬の念を抱く人すらいる。正体が明らかになっても、バケタカの株が急降下するわけはない。僕がみんなにはできないことを成し遂げた事実は動かしようがない。これまでの偉業は輝きを失わないのだから、自ずと僕に称賛の声が集まるに決まっている。

もし僕を馬鹿にする人が現れたら、「同じことできんの？」と言い返してやるまでだ。

もう正体が公になることを恐れはしない。却って喜ばしいことだ。そう開き直っていたが、怪文書の追伸を読むなり全身が粟立った。『足の爪先が外側に向きすぎ（笑）』に凍りついた。

僕は自分の女装を自画自賛していた。手足は細長い。無駄毛の処理をしなくてもツルツル。ゴム風船を詰めた胸はリアリティが充分。どこからどう見ても女子だ、という自負があった。仕草にも気を配っていたつもりだ。だが、脅迫状の送り主はあっさりと『男の立ち方だ』と見破った。

慌てふためいて投稿した写真をチェックしてみると、指摘された通りだった。ガニ股ではないけれど、ほんの少しだけ爪先が外側に向いている。その『ほんの少し』が男子と女子の差なのだろう。もし爪先をまっすぐ前に向けることができたら、もっと女子力の上がった写真になっていた。

送り主は僕の正体に行き着いたあとに、立ち方の不自然さに気がついたのか、最初に立ち方から男だと見抜いて、それからアカウントの暗号を解読したのか？　どちらであっても、天狗になっていた僕は鼻っ柱をボキッと圧し折られた。

自信満々に写っている自分が恥ずかしくて堪らない。顔だけが異様に熱い。きっと天狗並みに真っ赤になっている。穴があったら入りたい。いや、その前に今すぐネット上に広まった僕の女装画像を全部削除したい。

もちろんそんなことは不可能だ。僕にできるのは、送り主が僕の女装の欠点を公表しないことを祈るのみ。おそらく『追伸』は軽い弄りだったと思われる。でも僕にとっては何よりも恐ろしい脅しとなった。

送り主は僕のアカウントを乗っ取る気だ。パスワードを得て『bkt_829』にログインし、メアドとパスワードを変更する。そうすれば僕はログインできなくなってしまう。コツコツとフォロワー数を積み上げてきたアカウントを没収されることになるのだが、従順に応じる以外に選択の余地はない。

全財産を擲って買った兎のマスクにパスワードのメモを貼りつけ、指定された日時にマンション前に放置した。当然のことながら、誰がマスクを取りに来るのかそっと確認したり、現れた奴を取っ捕まえたりする気は毛ほども起こらなかった。ただただ穏便に済ませたい。

それから三日後、『bkt_829』のユーザーが高所で撮った自撮り画像を投稿した。十二万円の白兎のマスクとうちの高校のセーラー服に身を包んだ偽者を学校のみんなは誰も不審に思わない。すんなり僕に成り代わった。

その後も、僕を真似て大体週一のペースで危険な写真をアップしていく。僕と同じように躍起になってより高いところへ、より高いところへ登る。そんな偽者のことを僕は過去の自分と重ね合わせて見ていた。哀れだ。単なる目立ちたがり屋。それ以上でもそれ以下でもない。信念や主義は皆無。

同じことをしていた僕には偽者の画像からさもしさが透けて見える。みんなから注目されたい。その一念だけ。あとは空っぽ。なんにもない。高所自撮り画像は世界中に『自分は低俗な人間です』と公言しているようなものだ。僕もこんなにみっともなかったのか。拙い女装よりも遥かに恥ずかしい行為だ。

虚構に過ぎないフォロワー数や『いいね！』に一喜一憂している暇があるなら、片っ端からクラスメイトに話しかける方が断然有意義だ。一人くらい友達ができるかもしれない。たった一人でも心を開いてくれる人がいれば、一瞬でも心を通い合わせることができれば、眩いスポットライトなんていらないんじゃないか？

少なくとも、不特定多数の人に『誰でもいいからみんな僕を見て！』と望むのは無意味だ。発展性のない願望は捨てて『この人に自分を見てほしい』と思える友達を探そう。僕が馬鹿な真似をした時にぶん殴ってでも止めてくれる。そんな友達を作れたら、僕の心は本物の光に照らされるだろう。

僕は幸運だった。偽者にバケタカの称号を奪われたことによって目を覚ませた。もしあのまま自意識が暴走を続けていたら、悲劇的な結末を迎えていたに違いない。

その時の僕は自分が『もっともっと僕を見て！』という負のスパイラルから抜け出せたことに安堵しただけで、偽者の身を案じることはなかった。心配するどころか、自ら底なし沼に飛び込んだ偽者をせせら笑っていた。強請（ゆすり）なんてするから罰が当たったんだ、と。

だが、四月の終わり頃に「大堀温子は自殺じゃなくて、バケタカの真似をしたんじゃ？」という噂を聞きつけると、罪悪感と一緒に焦燥感が怒濤（どとう）のごとき勢いで押し寄せてきた。自分がしでかした事の重大性にやっと気付く。

もし大堀温子が模倣しようとして高圧線の鉄塔に登ったのなら、僕のせいだ。偽者のバケタカが撮った写真に触発されたのだとしても、元凶は僕にある。僕が浅はかな思いつきで始めたことが彼女を死に追いやったんだ。

偽者もいつ命を落としても不思議じゃない。一刻も早く僕の真似事をやめさせなくちゃ。マスクとアカウントを奪われたことなんかどうだっていい。全ては身から出た錆だ。危険な愚行を広めた僕に他人を嫌悪する資格などあるものか。

僕は偽者を説得するためにギザギザマンションの屋上で張った。バケタカが未踏の高層マンションはかなり絞られる。張り込みを続けていればいずれ現れるはずだ。うまく説得できる自信はないけれど、どうにかしなくては。僕が蒔いた種だ。自分で刈り取らなければばならない。この命に代えても偽者を救うんだ。決して死なせはしない。

偽者の出現を待ち焦がれる一方で、僕は大堀温子が自殺なのか模倣に因る転落死なのか気掛かりで仕方がなかった。いくら待てども、警察は捜査結果を発表しない。何かトラブルがあって進展していないのか?

もし僕が原因で起こった事故だったのなら、できる限りのことをして罪を償うつもりだ。大堀温子の家族に懺悔し、警察に洗い浚い自供する。そう心に固く誓いながら偽者を待ち続けた。

第十六章　兎の字

――『兎』と『免』の字形が似ているところから、免職を言う隠語。

登校すると、みんなが僕の顔を指差して青ざめる。今朝になっても痣がくっきり。腫れも引かなかった。どうにかこうにか「階段を転げ落ちた」で押し通すことができたものの、「その顔で舞台に立つのはまずいんじゃ？」という問題が持ち上がる。僕も朝からずっと危惧していた。

メイクで隠せることを期待したが、青痣を完全に消すには不自然なほど塗りたくらなければならないし、たとえ白塗りにしても腫れは誤魔化せそうになかった。それに加えて、口を大きく開けると切った箇所が痛むので声を張れない。長ゼリフは難しい。

「こりゃ、坂井は降板だな」と園田先生はどこか楽しそうに言う。「みんなで話し合って代役を立てるしかないよ」

軽率な行動を取ったことを猛省した。自分の頭の足りなさにうんざりする。なんで後先のことを考えられないんだ？　みんなのこれまでの努力が水の泡になってしまった。本当に申し訳ない。

クラスメイト一人一人に平謝りする僕を西本くんがやるせない目で見ていた。ちらっと視線が合うや否や彼は顔を背ける。西本くんのせいじゃない。勝敗はとっくについていたのに、僕が自己満足に浸りたいがために、何度も挑みかかったのがいけないんだ。

一昨日の朝、僕が初代のバケタカだったことを打ち明けると、彼は後始末をつけたい僕の心情を酌み取ってくれた。承認欲求の中毒にかかっている人には言葉が通じないことも理解し、「坂井が好きなようにやれ。バケタカ捜索隊はフォロワー数が一万に達するまで、活動をセーブする」と約束した。そして二人だけの連絡方法を決めた。

本番当日に主演がクビになり、クラスが浮き足立つ。誰が代役を？　主役を務められる人って？　自然とみんなの目が鈴木さんに集まる。脚本を書いた彼女ならセリフが頭に入っているはず。それに上演中は手が空いている。

「冴香がやるしかないよ」と今別府さんはみんなを代表して言う。

鈴木さんは渋い顔で思い悩む。

「他に誰がいるんだよ」と峰さんも後押しする。「今から配役をごちゃごちゃ変えたら、カオスになるぞ」

「私がやったら、普通の『シンデレラ』になる。観客にインパクトを与えられない作品では、金賞は獲れない」

「もうしょうがねーだろ。『シン太郎』は諦めろ。裏方の男子にバエる奴がいないんだから、男から女に変身する設定は抜くしかねー。鈴木のくせにわがまま言ってんじゃねーよ」

　峰さんの発言に僕は肩を竦める。居た堪れない気持ちが益々大きくなる。クラスのお荷物になっている僕は身の置き場がない。

「何よ、『鈴木のくせに』って？」と今別府さんが不快感を顕にする。

「いつもみたいにいい子ぶりっ子してろってことだよ。反論なんかしてっと、大事にしてる好感度が下がるぞ」

「もう、なんなの！　峰が階段から転げ落ちればよかったのに」

「私は青痣の二、三個くらいじゃ降板しねーよ。そういう顔の魔女ってことにして、意地でも出てやる」

「あー、ムカつく！　その生意気な口を……。あっ！」と急に今別府さんが素っ頓狂な声を上げた。「痣だらけのシンデレラって、逆にインパクトが増すんじゃない？　坂井の痣は特殊メイクってことにして、ボコボコにされたシンデレラのサクセスストーリーにすればいい。そういう設定なら、ちょっとくらい声が出なかったり、滑舌が悪かったりしても、迫真の演技ってことになるよ」

「それ、いいと思う」と鈴木さんが弾むような調子で賛成した。「冒頭でシン太郎が継母に痛めつけられるシーンを加えれば、その設定は成立する。あとは、王子が顔じゃなくて心の美しさに惹かれたことにして……。うん。いけそう。私、すぐ書き直してみる」

マイナスをプラスに転換する名案だ。今別府さんは思いのほか機知に富んだ頭を持っているようだ。以前も、ギザギザマンションで撮った写真のカラクリを『誰かが支えていたのよ』とずばりと言い当てていた。鈴木さんの陰に隠れてしまっているだけで、本当は知的なリーダーなのかもしれない。

僕が「余計な仕事を増やし……」と鈴木さんに謝ろうとすると、横から峰さんが割り込んできた。

「ちょっと待て。さすがに主役のセリフが聞き取りにくいのは減点だろ」

「この際、仕方がないでしょ」と今別府さんは譲歩を求める。

「僕、頑張るよ。腹から声を出せば、なんとかなると思う」

痛いなんて言っていられない。口の中が血だらけになっても平然とやりきってみせる。

「足手まといは引っ込んでろ。根性論でどうにかできる世界だったら、負け犬はみんな根性なしになるぞ。違うだろ? のこのこ負け戦に参加するから負けんだよ。ちゃんと頭を使え」

「峰さんにいいアイデアがあるの？」と鈴木さんは単刀直入に訊ねる。

「坂井のセリフを極力短くして、他のキャストが代弁する形にしろ。できんだろ？　うちのクラスの番は二時半からだから、午前中に脚本を直して、昼休みに練習すれば余裕で間に合う」

「やってみる」

「違う。『やる』だ。おまえはいっつも『みる』って言うよな。ここは『絶対にやってやる！』だろ」

「うん。絶対にやってやる！」と鈴木さんははにかみながら宣言する。

「それでいい」

クラスに和やかなムードが漂い始める。方向性が定まり、次々に安堵の顔が浮かんでいく。

「やっぱ、まずいな。うん、まずい」

水を差したのは園田先生だった。

「なんだよ、今になって。どんだけ間が悪いんだよ」と峰さんが嚙みつく。「いつもの『生徒の自主性を育む』はどうした？」

「生徒が間違った方向へ進みそうになった時は、体を張って止めるのが教師の務めだ。坂井のその顔は刺激が強すぎるよ。特殊メイクってことにしても一時凌ぎだ。あとあとで嘘がバレて、虐めや暴力を助長する事態を招く」

「これは本当に階段で転んだんです」と僕は言い張る。

「俺は信じるけど、本人の証言だけじゃ説得力は弱い。あれこれ詮索する人が出てくると思う。特に、先生たちは常に最悪のケースを想定するから、坂井が舞台に立ったら『先生、僕をこんな目に遭わせた犯人を突き止めて』っていうメッセージだと受け取る。十中八九、学校中を巻き込んだ大騒動になるな」

心が怯んだ。喧嘩両成敗なんて少しも望んでいない。決闘のことはすでに僕と西本くんの間で片がついている。蒸し返さないでほしい。

「御託を並べやがって。ただの保身だろ。教育委員会やPTAの連中も観に来るから、坂井の痣を隠したいだけだ」

「聖職者として虐めのない学校を目指してるだけさ。まあ、峰がどう思おうと坂井は降板させる。こういう言い方はしたくないんだが、坂井には暴力行為に関わった疑惑がかかってるから、連帯責任でうちのクラスの上演を取りやめにすることも可能なんだぞ」

「ほざくな！」と峰さんは目を吊り上げて凄む。「おまえら大人がそんなんだか……」

「わかりました。私が代わりに主演を務めます」

鈴木さんが唐突に名乗り出た。

「寝ぼけてんのか？　さっき自分が言ったこと忘れてんじゃねーよ。おまえがやったら金賞は獲れねーぞ」

「任せて。絶対にやってやる。脚本にちょっと手を加えれば、問題ない」

「勝手にしろ」と峰さんは易々と引き下がる。

予想外だ。過去の発言を穿り返してボロクソに扱き下ろすかと思った。呆れて馬鹿らしくなったのか？　演劇祭へのやる気を失って投げやりに演じないといいが。

「よーし、主役は鈴木でいくぞー」と園田先生が能天気に言う。「オーソドックスな『シンデレラ』でも、大丈夫だ。鈴木なら飛びっきりのヒロインを演じられる。逆に、金賞に近付いたんじゃないか」

そして「九時までには体育館に集まるんだぞ」と注意し、教室を出て行った。続いて峰さんもドアを開ける。気分を害して帰るんじゃ？　そう心配したけれど、ドアから頭を出しただけで廊下に出ない。まるであたりを警戒する小動物のよう。

峰さんは頭を引っ込めると、ドアをぴしゃっと閉めて「で、鈴木のアイデアはなんだ？　あの保身野郎が戻ってくるかもしれねーから、手短に話せ」と要求した。

「私が主演を務めても負け戦になる。代役は勝機のある人にやってもらう。でも園田先生に話すと反対されるから、内緒にして進めようと思う」

「うちのクラスにそんな奴はいるか？」

僕も心当たりがない。ひょっとして峰さんを抜擢するつもりなのか？

「みんな」と鈴木さんが呼びかける。「私に考えがあるの。パンチがききすぎているからボツにしたアイデアなんだけど、それを応用した劇にしたい。だいぶ面倒で大失敗に終わるリスクもある。でも無難に纏めるよりは希望がある」

ざわざわする。本番五時間半前に大幅に変更して平気か？　滅茶苦茶になるんじゃ？本当に間に合うの？　あとで園田先生に怒られない？　教室が不安に揺れる。

「面白そうじゃん」と峰さんが乗っかる。「金賞以外はビリと一緒だ。チャレンジする価値はあんだろ」

しかしざわめきはおさまらない。みんな顔を見合って各々の不安の色を確かめるだけ。

「んだよ、とんだ腰抜けばっかだな」

峰さんが憎まれ口を叩いて煽ったが、ほぼ無反応。却って冷ややかな空気が流れてしまった。

「高校最後の演劇祭なんだからドカンとかましてやろう」と今別府さんが豪快な調子で言

う。「自爆することになってもド派手に散った方がいい思い出になるよ」

すると、忽ちクラスの気持ちが一つになった。

「よし、やろう！」

「ドカンとかまそう！」

「デカい花火を打ち上げてやる！」

「最後だもん」

「園田なんて怖くないさ」

「みんなで怒られるのもいい思い出になりそう」

「無難な劇にした方が後悔するよ」

さすがリーダーだ。彼女の言葉には人を引っ張っていく力がある。時に強引さを感じることもあるけれど、『この人についていけば大丈夫だ』と思わせてくれる。そういう安心感を与える能力を備えていなければ、人の上に立てないのだろう。稀有(けう)な才能だ。

鈴木さんは脚本家としての才能を遺憾なく発揮した。他のクラスの演劇を鑑賞しているふりをしつつ密かに観客席で脚本を書き換え、演目の合間にそれぞれの担当と打ち合わせし、てきぱきと指示を出した。

彼女が僕の代役に選んだのは園田先生だ。土下座して頼んでも空振りに終わるのは明白なので、上演が開始されてからシン太郎役を押しつける。『黒子』と書かれた紙を胸と背中に貼りつけた裏方の男子たちが、ぼんやり鑑賞していた園田先生を担ぎ上げ、舞台へ運んだ。

そして魔女に扮した峰さんが「シン太郎よ、そんなに継母たちが憎いのかい？　口に出さなくても全てお見通しだよ。なんてったって魔女だからね。おまえの望み通り女に変えてあげるよ。その代わり王子を射止めた暁には、分け前はたんまりもらうよ」と言って呪文を唱えた。

黒子たちは園田先生に無理やりウィッグを被せ、水色のドレスを着せ、雑な化粧を施す。僕の体に合わせて作られたドレスは彼には小さいから、背面をまっぷたつに裂き、割烹着みたいにした。両腕を通してから首と腰の部分に縫いつけた紐を後ろで結べば、大柄な園田先生でも着られる。つんつるてんではあるが。

一度舞台に上げてしまえば、こっちのものだ。園田先生が『俺はやりたくない』と役を降りたら僕たちのクラスの演目はそこで終了する。観客はざわつき、校長や教頭は監督不行き届きを咎めるだろう。保身が何よりも大事な教師には逃げ道がないのだ。

シン太郎にはセリフは用意されていない。他の役者が代弁する。「恥ずかしがっているんだね」「君の気持ちは伝わってる」「さては、こう思っているな」「君が何を考えているか当ててあげよう」などの前置きをしてから、または、耳に手を添えてシン太郎から耳打ちされる演技をしてから、僕が言うはずだったセリフを発する。

園田先生はほぼ棒立ちだったけれど、役者陣が押したり引っ張ったりして動かした。シン太郎は魔女に馬車に押し込まれてお城へ行き、王子と手を取り合って激しいダンスを踊り、十二時に魔女と馬に引き摺られながら舞踏会から逃げ出し、落とした靴の持ち主を捜索中の王子に足の臭さをクソミソにけなされるものの、靴のにおいと一致したことで王子から熱く抱擁(ほうよう)された。

シン太郎が無茶な弄りに四苦八苦する様子が大いに受けた。本気で嫌がっているだけなのだが、観客には迫真の演技に見えるのだ。普段がちゃらんぽらんだから、『身を削ってリアクション芸をする園田先生はとても新鮮だ』と映る。

シン太郎と絡むシーンが多い西本くんはひたむきに演じつつ、園田先生をしっかりサポートした。本番に強いタイプらしく、稽古の時よりもずっといい芝居をしている。

書き直されたシーンも滞りなくこなした。ラストは王子じゃなくてシン太郎がキスを嫌がるオチに変更されたのだが、西本くんは苦悶(くもん)の表情を浮かべる園田先生を観客にたっぷり見せてから、濃厚なキスをお見舞いした。

体育館に大きな爆笑と悲鳴が起こり、笑い声が絶えないまま閉幕となる。舞台の袖(そで)にいた裏方たちも愉快そうにしている。たぶん生気の抜けた園田先生のことを「いい気味だな」「ざまあないよ」と笑い物にしているのだろう。

だけど小道具担当の山口さんの顔は険しかった。僕と視線が交差すると、目配せを送る。彼女の目の動きに従って横を向く。隣にいる鈴木さんが泣いていた。無事に終わった安堵感からか、責任感から解放されてホッとしたのか、目から大粒の涙がぽろぽろと零れ落ちる。

「大丈夫？」とおろおろしながらも声をかける。

「みんなすごくて」

「うん。鈴木さんも」

僕のせいでみんなに大変な迷惑をかけてしまった。中でも、短時間で脚本を書き直さなければならなくなった鈴木さんには、多大な苦労をかけた。どんなに謝っても謝り足りないし、心苦しすぎて感謝のしようがない。

「坂井くんもすごいよ」と涙を拭って言う。

「僕は何もやってない」

足を引っ張っただけだ。挽回しようにも僕にできることはほとんど何もなかった。肩身の狭い思いをしつつ黙々と誰にでもできる雑用に取り組んだ。

「そんな顔になるまで激しくぶつかったのに、どっちにも遺恨が残らないなんてすごいことだよ」

「えっ？」

「西本くんの拳に何かを殴ったような痕がある」

「僕がいけないんだ。西本くんは何も悪くない。ホントに」と泡を食って事情を話そうとする。「喧嘩を吹っかけたのは僕の……」

「いいよ。無理に説明しなくても。男同士にしかわからないことがあったんでしょ？」

「うん」

「西本くん、潑剌と演技していた。憑き物が落ちたみたいに。仲直りして前よりもいい関係になったみたいだから、みんなには黙っておく」

「ありがとう」

「でも暴力は大っ嫌い。だから十秒だったキスシーンを三十秒に変えちゃった」

そう言うと、女優陣のところへ小走りで向かう。そして今別府さんたちとハグして達成感を分かち合った。

第十七章　兎は好きだば苦木も嚙む

——苦木を好んで食べる兎がいるように、人の好みは様々であるということ。

夜の九時過ぎに、峰さんから電話がかかってきた。

「漫画、ボツになった」

喉が詰まった。どんな言葉をかければいいんだ？　今日始発で東京に行って担当者に原稿を見せることは聞かされていたけれど、きっとうまくいくと信じていた。

「坂井って疫病神なんじゃね？　モデルになっても、主演になってもろくなことがねー」

「ごめん」

演劇祭は銀賞であと一歩及ばなかった。みんなは『全力を尽くした結果だから仕方がない』と納得していたが、やはり僕は責任を感じずにはいられない。

「憂さ晴らしにちょっと付き合え」

峰さんの自宅の近くにある公園に呼び出される。電灯の下で待っていた彼女を見てびっくりする。

「髪、切ったの？」

「見ればわかんだろ。何か？　ボツのショックで髪の毛が縮んだってか？」

「いや……」

「憂さ晴らしの一環だよ。代官山でバッサリ切って、ついでにカラコン入れてマツ……」

「あっ！」と気がついた。「目がおっきい」

ロングをショートにしただけでなく、黒目が大きくなっていた。

「なんでマツエクはスルーなんだよ？」

「マツエク？」

「睫毛のエクステのことだよ」

「ホントだ。ふさふさだ」

睫毛がボリュームアップしていた。

「ったく、どこに目をつけてんだよ」

「ごめん」

「これもついでだ」と言って東急ハンズの紙袋の中から羽子板を出し、僕に差し向ける。

「今、やるの？」

「正月にやるために、『年が明けたら一緒にやろう。それまで持ってて』って今渡す奴がいると思うのか？」

いない。正月まであと六十回近く寝なくてはならない。

「なんで、今やるの？」と僕は訊き直す。

「うちのババアが今年の正月にこの公園でバドミントンをやってる親子を見たんだ。『世も末だわ』って嘆いてたから、その帳尻合わせだ」

意味がよくわからなかったけれど、僕は羽子板を受け取り、電灯のそばで峰さんと羽根を打ち合った。ひっそりとした夜の公園にコーン、コーンが響き渡る。

未経験の僕は空振りしたり、あらぬ方向に飛ばしたり。彼女は的確に羽根を捉えて僕の手元に返す。

「羽根をよく見て、ゆっくり振れ」と峰さんは助言する。僕が打ち損なっても難なく拾う。

「うん」

「白けるから空振りだけはすんな。とにかく板に当てろ。どこに飛ばしても拾ってやるから」

「わかった」

「いいぞ。その調子だ」

「峰さんは経験者？」と僕は訊ねるのと同じタイミングで羽子板を振る。

「初めて」

そう答えて発言権を打ち返す。

「運動神経もいいんだね」

以前、彼女の母親が自慢していた。

「も？」

「頭もいい」

「そんだけ？」

「見た目は可愛い」

「『は』ってなんだよ？」

「時々、中身も可愛い」

羽根の動きに合わせて会話も応酬（おうしゅう）。

「他には？」

「新しい髪型も似合ってる」

襟足（えりあし）がすっきりしたフェミニンなヘアスタイルが彼女の小顔によくマッチしている。

「他には？」

「カラコンとマツエクも」

「他には？」と峰さんは僕をどんどん追い詰めていく。

「ムーンサルトができる」

魔法で南瓜(かぼちゃ)を馬車に変えるシーンで、彼女は呪文を唱えながら体操の回転技を見せた。ぴたっと着地したあとに、『えいっ！』と言って南瓜に指先を向けると、観客がどっと沸いた。アドリブでやったのだが、彼女は目立ちたかったのではない。クラスのために披露したのだと思う。

「他には？」

「打たれ強い」

「他には？」

「えーと、意志が強い」

タイミングがずれて羽根が思うように上がらなかった。でも峰さんが素早く前進し、ラリーを途切れさせない。

「他には？」と言って事も無げに羽根を戻す。

「タフ」

「駄目。『打たれ強い』と被ってる」

「大人」と僕はなんとか捻り出す。

「どこが？」

「考え方が」

いきなり峰さんは僕が返した羽根をスマッシュする。彼女の羽子板が大きな音を立てたと思ったら、僕の胸に羽根が直撃していた。

「大人じゃない。全然ガキだよ」

いつもと様子が違う。やはりボツになったことがショックで気持ちが不安定になっているのだ。

「そうだよね。峰さんも同じ高校生だもんね。子供らしいところがまだまだいっぱいあっても、ちっと……」

「知ったようなことを言うな！」と鋭い口調で僕の言葉を吹き飛ばす。「私は坂井が考えてる以上にガキなんだよ。クソガキだ。いつもクラスの中心にいる今別府みたいな奴のことを羨ましく思ったりもする。だからみんなの興味を引きたくて『霊が見える』って嘘をついた」

「えっ、嘘なの？」

「大嘘に決まってんだろ」

「だって、バケタカのことを知らないのに、幽霊をスケッチできた」

あの一筆描きを見た僕は『大堀温子の霊だ！』と直感した。やっぱり彼女はバケタカの真似をしようとして死んだんだ。最後までやりきれなかった未練やバケタカへの強い憧れから、兎のマスクを被った姿で現世を彷徨っている。そう解釈していたのだけれど……。

「知らないふりをしてただけだよ。ブームに乗っかるのがダサいってのもクソガキの考えだ」

「あれは冗談だったの？」

「そうだよ。『バケタカは幽霊なんじゃ？』って噂も流れてるだろ？　それでちょっと坂井をからかったんだ」

ミステリアスで神出鬼没なバケタカには『朝日と共に消える幽霊』『死にゆく町が生んだモンスター』『早く人間になりたい妖怪』『神が遣わした町の救世主』などのキャッチフレーズがある。どれも生徒が面白半分につけたものだが、極少数の生徒は本気でこの世の生き物ではないと信じている。

「鈴木に脚本をやらせたのだって」と峰さんが暴露話を続ける。「頭の端っこに『勉強の時間が減って夏の模試の点数が下がればいいな』っていうクソみたいな考えもあったからだ。本当は鈴木のことをライバル視してる。意識しまくってんだよ」

「誰にだって狡(ずる)さはあるよ。僕は峰さんにずっと謝れなかったことがある。二年の頃は、周りに流されて峰さんのことを色眼鏡で見ていた。よく知りもしないのに、キモいって思っててごめん。今更なのも、ごめん。怒る気がして謝れなかった。せっかく仲良くなれたから、嫌われたくなかったんだ」

以前は彼女を避けていた。そばに近寄らない。言葉を交わさない。目を合わせない。集団無視に加担していたようなものだから、峰さんに『最近の坂井はくだらない人間じゃない』『坂井は覚醒した』と認められたことが後ろめたかった。僕の変化のきっかけが大堀温子の死であることも手伝って、自責の念に駆られていた。

早く謝らなくちゃ、と思っているうちに徐々に彼女に親しみを覚えていった。過去をきちんと清算して友達になりたい。でも峰さんとの関係を壊したくない。彼女との距離が縮まれば縮まるほど、相反する気持ちが平等に大きくなり、拮抗(きっこう)し続けた。

「ちげーよ。そういうカミングアウト大会がしたいんじゃねーんだよ。下準備してるだけだから、邪魔すんな。坂井のぶっちゃけ話なんて聞きたくない」

「下準備？」

「自分で考えろ！」とがなる。

「ごめん」

「もう坂井の『ごめん』は聞き飽きた」

「すみません」

「ふざけてんのか？」

「違うっ！　つい」と急いで否定する。

　本当に咄嗟に出た言葉だった。

「もういいよ。今日は謝られ疲れしてんの。私の担当者、ズバッと駄目出ししないんだ。耳が詰まるほど褒めてから、スゲー気を遣って悪い点を指摘する。そんで『自分は描けないくせに、言いたい放題言って』って謝りまくる。そういうのって結構応える」

「近所に『痛い？　痛い？』って気にしながら時間をかけて治療する歯医者があったんだけど、一思（ひとおも）いに虫歯を削ってほしかった。そういう感じ？」

「近いけど、ややこしい例を挙げんなよ」

「ご……」と言いそうになったけれど、途中で呑み込んだ。「峰さんと共感したくて」

彼女は辟易（へきえき）したように頭を横に振った。話の腰を折られたことにムカムカしているのだろう。悪気はなかったのだが……。

「あの女装キャラ、好評だったよ。『しっかりキャラが立っていて魂が宿っている』って。あと『キャラデザも細かいところまで丁寧に描き込まれていて、艶（あで）やかな美しさを醸（かも）し出している』とも言ってた。坂井のおかげでいいキャラになったよ」

「それはよかった」

「けど、『三番手のくせに主人公を食ってる』ってさ。いや、こんなきつい言い方はしなかったな。なんだっけ、えーと、『このキャラに並々ならない思い入れがあるのは伝わってくる。すごくいいんだけど、良すぎて作品のバランスが崩れている』ってな感じのことを言われたよ」

テレビドラマでも時々ある。脇役が主演よりも目立つと、大抵は失敗作になる。

「それがボツの理由？」

「他は問題ないって。だから女装キャラの見せ場をちょっと削って、描き込みすぎてたキャラデザのクオリティーを下げたら、充分に大賞を狙えるらしい」

「描き直す時間はあるの？」

「無理。でも担当者が『上に掛け合って、特別に応募の締切りを一週間から十日くらい延ばしてもらう』って」

「じゃ、間に合うんだね」

「学校を何日か休めば、なんとか」

やった！　希望は途絶えていなかった。むしろ目標に向かって大きく前進した。

「だけど、直す気はない」と峰さんはきっぱりと言い切る。「今年は応募を見送ることにした」

「どうして？」

「もう決めたことだ」

「アシスタントの件は？」

「とりあえず、一度お母さんに相談してみるよ」

あの母親がすんなり娘に将来の選択権を渡すとは思えない。

「反対されたら？」

「駆け落ちでもすっかな」と冗談めかす。

「誰と？」

「誰かと」

彼女は笑みを浮かべたけれど、僕の頬はぴくりとも動かない。

「峰さんは『鎖(くさり)につながれた象』って話、知ってる？」

「南米の人が書いた寓話だろ。私がビビりの象ってか？」

サーカス小屋の象は小さい頃から杭(くい)に鎖で繋がれている。初めは、鎖を引っ張って杭を引き抜こうと試みる。だが、何度挑戦しても徒労に終わると、『絶対にできない』と諦めてしまう。

その無力感は体が大きくなっても心に沁みついている。だから決して逃げ出そうとしない。杭も鎖も小象だった頃と同じものなので、その気になれば簡単に外せる。でも『絶対にできない』と思い込んでいるために、すっかり人間に飼い慣らされているのだ。

「ずっと不思議に思っていたんだけど、どうして峰さんは面と向かって家族に反抗しないの？　暴力や飯抜きが怖くても、学校にいる時みたいに頭を使えば、家族を出し抜けるよ。児童相談所を利用するって手もあることはわかっているんでしょ？」

「鎖の象の話はバチッと私に当て嵌まってんだよ。深層心理に『逆らえない』が刷り込まれてる。誰だって幼い頃は母親が神のような存在に思えるだろ？　一人じゃ何もできないし、何も考えられないからさ。けど、成長するにつれて『なんだ、ただの人間か』ってがっかりする。そうだろ？」

「うん」

「私は気付くのが普通の子供よりだいぶ遅かったんだ。お母さんがあまりにも完璧すぎたから、中学生になっても母親を崇拝してた。お母さんの言うことは正しい。従ってれば安心だって信じきってた。そんな洗脳状態の私の目を覚まさせたのは、お父さんだった」

「お父さんのことは好きだったの？」

「全然」と頭を大きく左右に動かす。「女にだらしないくせに綺麗事ばっか言う俗物だから、徹底的に見下してた。自分に同じ血が流れてるのがマジで嫌だった。でも書斎に飾ってあった絵を眺めながら『百点満点の答案用紙よりもこの似顔絵の方がずっと価値がある。だって美菜津が俺のことを想って描いたんだからさ』って言った時、母親への信仰心が揺らいだ」

「褒められて嬉しかった?」

「ああ。お母さんの教えの一つに『勉強に関係のないものは無駄』ってのがあるんだ。そのせいで、他所の家じゃなんでもないことがやけに胸に響く時がある」

スイミングや体操競技を習えたのは、父親の後ろ盾があったからか? あの母親は渋々習うことを許可しておきながら『美菜津は体操をやっていたんだけど、関東大会で二位に入ったことがあるの』と自慢したのか。なんて見栄っ張りな親なんだ。

「お父さんの教えは真逆で、『無駄なものにこそ、人生の素晴らしさが詰まってる』って熱弁して、お母さんとしょっちゅう言い争ってた。水と油の二人なのに、よく結婚したよな。自分にないものに惹かれたって王道のパターンか?」

「好きになった理由と嫌いになった理由が同じになることは珍しくないんだって。テレビで心理学者が言ってた。恋が冷めると『頼もしい』は『横柄』に、『情熱的』は『暑苦しい』に、『顔がいい』は『中身が空っぽ』に、『優しい』は『優柔不断』に変換されるらしい」

「人間って勝手だな」

「全く」と僕は同意する。

「漫画を描くようになってからは、お母さんのことも『勝手な人間だな』って思えるようになったんだけど、それまでずっと崇めてたから昔の感覚がどうしても抜けない」

「峰さんはもう小象じゃない。いつだって自由になれる」

「骨の髄まで信仰心が沁みついてるんだよ。頭じゃ『ただの人間だ』ってわかってても、お母さんの前に立つと畏縮する。蛇に睨まれた蛙みたいにさ、『敵わない』って固まっちまう。そん時に、私の体に流れるお母さんの血が『どんなに抵抗しても美菜津は私の同類。こっちに来た方が楽になる。以前のように一心同体になろう』って誘ってくんだ。血は争えないってヤツだな」

峰さんの中で両親の血が主導権を争っているのだ。真逆の性質がぶつかり合い、娘を引っ張り合っている。だが、母親の影響力は甚大で、峰さんが父親に加勢しても歯が立たない。父親の手は離れ、娘は母親に引き摺られていく。

「それじゃ、アシスタントのことをお母さんに相談しても無意味なんじゃ？」

「ほぼ負け戦になるだろうな」

「やっぱり勿体ないよ。まだ大賞を獲れる可能性があるじゃん。描き直そう。今年がラストチャンスなんだよ」と僕は声を張って訴える。「生み出したキャラに強い愛着があるのはわかる。自分の分身、自分の子供みたいなものなんでしょ。手塩にかけて育ててきたキャラを削るのはすごく辛いことだと思う。けど、大賞に手が届くところまで来ているんだから、踏ん張るべきだ。じゃないと、きっと後悔する」

「キンシか？　ランシか？」

「えっ？」

なんのことを言っているんだ？

「とんでもなく節穴だから、目に問題があるんじゃないかって思ってさ」

近視と乱視のこと？

「冗談を言ってる場合じゃないよ。僕と羽根突きをやっている暇があるなら、早く漫画を直そう。僕にできることがあればなんでもやるから」

「っとにわかってないな。私はあのキャラが坂井の分身だから描き直せないんだよ。担当に指摘されるまで全く気がつかなかった。私、坂井のこと考えて描いてた。現実世界の邪念に引っ張られて描いた漫画なんか応募できねーよ」

「それって……」

思い掛けないことを言われ、声が出ない。どこかへ置き忘れてしまったかのよう。

「自分で考えろ」

考えるまでもないことだ。頭の中で散り散りになっていたピースが速やかに一つになる。さっき言った『下準備』は告白をする前に自分の汚点を曝け出すことだ。つまらない嘘で特別感を演出したり、上に立つためにライバルを蹴落としたりする女子だけど、私のこと好きか？　そう問いかけられている。

なんて潔い人なんだろうか。僕には逆立ちしても真似できないことを簡単にやってのける。だから彼女と一緒にいるのが好きなんだ。だけどこの『好き』では胸はときめかない。人として惚れているんだ。尊敬に等しい感情だ。

「ごめん」

「聞き飽きたって」とシニカルに笑う。

その強がりが更に強く胸を揺さ振る。

「他に好きな子がいるんだ」

「誰のことが気になってんだよ？　なんだかんだ言って鈴木か？」

「バケタカ」

「アホくさ」

「本当なんだ」

峰さんが深く溜めて「っとにアホ。目が腐ってん……」と言っている最中に、怒鳴り声が飛んできた。

「おまえら！　うるさいぞ！　周りの迷惑を考えられんのか！」

綺麗に禿げ上がったお爺さんが鼻息を荒くして向かってくる。

「謝っといて」と峰さんは言い残して逃亡する。

僕は急展開にまごまごしつつも「ごめんなさい」と頭を深く下げる。でも相手の怒りは治まらない。余計にエスカレートした。鬼の形相で延々と説教を垂れ、僕はぺこぺこを繰り返す。

いったい何をやっているんだろう？　僕が謝らなければならないのはこの人じゃない。もっと誠実に峰さんに謝りたかったのに。まっすぐに気持ちを伝えてくれたこと、僕なんかを好いてくれたことに感謝したかったのに。なんで僕は見ず知らずのお爺さんに謝り続けているんだ？

今頃になって羽根が直撃した箇所が痛んだ。胸がじんわりと疼く。なんだ、このちゃちな痛みは？　いっそのこと立っていられないほど痛めつけてほしかった。

第十八章　兎の罠に狐がかかる

——思わぬ幸運がやって来ることの喩え。兎を獲ろうとして思いがけず大物の狐がかかったことから。

園内マップの案内板が落書きでアート作品になっていたから、記憶を頼りにティーカップへ向かう。すると、ガラガラという音が聞こえてきた。耳障りでギシギシに近いガラガラ。

歪(いびつ)なもの同士が擦れ合っているような音に導かれ、荒れ果てた園内を進む。メリーゴーラウンド、バイキング、お化け屋敷、フリーフォール、どれもこれも朽ちつつある。観覧車の真ん中にある看板も所々が欠けていて原形を知らない人には解読不可能だ。元は『Brilliant Kingdom』だった。

兎人間が乗って遊んでいるティーカップもあちこちの塗装が剥がれ、錆びついている。僕に気付いた彼女はハンドルから手を離した。惰性で三回ほど回転してから止まる。

小さく手を振ったので、僕も軽く手を挙げる。お天道様の真下で見る兎人間は愛らしいマスコットキャラクターみたいだ。セーラー服じゃないのも影響していそうだ。花柄のシャツが『秋の行楽日和』的な爽やかな印象を与える。

いつもの怪しげなオーラは片鱗すら感じられないが、代わりに柔らかい光が彼女を包んでいる。キラキラと眩い。そう見えるのは恋心が生む錯覚か？　兎人間の内側から迸る魅力か？

どちらにしても、高所で撮影する時と同じで彼女を見ていると遠近感が狂う。纏っている光が体の輪郭をぼやかす。実際よりも兎人間が大きく見えたようで、すぐそこに思えたティーカップになかなか辿り着かない。

おまけに足の裏の感覚までおかしい。地面がふかふかしている。マシュマロの上を歩いているみたいに柔らかく感じられる。おそろしく気持ちが舞い上がっているのだ。

夢見心地な足取りで兎人間のそばまで行くと、僕は「まだ動くんだね」と声をかける。

「結構、力がいるけどね。やってみる？」

「うん」と返事して乗り込む。

「そこの新聞紙に座っていいよ」

彼女は尻の下に新聞紙を敷いていた。脇に置いてあるリュックと紙袋の下にも。服や鞄を汚さないために持ってきたのだろう。

「ありがとう」と感謝し、メッセンジャーバッグを下ろして腰かける。

そして中央にあるハンドルを掴み、回し始める。確かに重い。相当力を込めないとスピードが出ない。

「よーし」と兎人間が加勢する。

一緒になってティーカップをぐるぐると回転させる。初めは遠心力や目まぐるしく変わる景色を楽しんでいたけれど、いつの間にかどちらも『先に音を上げさせてやる』と対抗心を燃やし、狂ったようにハンドルを回した。その結果、二人揃って気分が悪くなった。

「あー、目が回る」と彼女はげっそりとした声を出す。

「やりすぎちゃったね」

「こういうのを若気の至りって言うのかな？」

「たぶん。だけど、高所自撮りの方がずっと無鉄砲な気がする」

「同感」

「そうだ」と僕は思い出したように言い、バッグからビニール袋に入ったセーラー服を取り出した。「本当は洗って返したかったんだけど」

「私だって洗濯してないよ」

兎人間は紙袋を手に取り、それぞれの持ち主のもとへ戻し合う。

服を交換したのはちょうど二週間前の土曜だった。彼女はその日のうちに『大丈夫だった？　逃げられた？』と電話してきたが、『しばらく預かっておいて』と制服の返却を求めなかった。もう一着持っていて学校生活に差し支えがないのだろう。

「吐き気はする？」と兎人間は訊ねる。

「大丈夫。頭がくらくらしただけだし、もう治まった」

「じゃ、ランチにしよう」

彼女は角ばった革製のリュックからカラフルなハンカチに包まれたものを出し、平べったいハンドルの上に置く。結びを解く（ほど）と、ラップされたサンドイッチが出てきた。シーチキンサンドと玉子サンド。

「作ってきたかったんだけど、諸事情により近所のパン屋を頼っちゃった」

「その気持ちだけで充分だよ」

「あと、これも既製品」と申し訳なさそうに言ってペットボトルをサンドイッチの隣に置く。

五百ミリリットルのストレートティー。

「持ってきてくれただけで本当にありがたいよ。僕なんか食事のことを全く考えていなかった」

頭の中の大半は『何を着て行ったらいいんだ？』で占められていた。四日前の深夜に、『トラウマになっていないなら、ブリキンに行かない？　昼間に人間くんとちゃんとデートできる場所が思い当たらなくて』と誘われた。

葬式の時とは違ってトムキャットの事故のことはよく覚えている。未だに瞼の裏にくっきり焼きついているので、この遊園地は陰惨な記憶を呼び起こす禍々(まがまが)しい場所だ。当然、トラウマのようなものを抱えている。

でも父の隣に乗っていた姉が受けた心的外傷は僕の比じゃない。致命的な深手を負った姉のことを思うと、僕の傷口は塞がる。痛みは鈍化(どんか)する。姉よりも軽傷な僕に『ブリキンはトラウマを刺激されるから、近寄りたくもない』と拒む資格はない。大体、父を死に追いやった僕がどのツラ下げて『トラウマになっている』と言える？

だから僕は兎人間の誘いを断らなかった。どちらかと言えば、峰さんのことの方が心に引っかかった。彼女の告白を断って間もないのに、遊園地デートなんかしていいのだろうか？　あれ以来、峰さんと口を利いていない。避けられている。しかし恋心は僕を非情にする。日に日にやましさは薄まっていった。

正真正銘のデートだ。初デートと言ってもいい。兎人間が電話口で『観覧車とかによじ登ったりしないよ』と約束したから、これまでと違って気を張る必要はない。心置きなくゆったりと二人の時間を楽しめる。

今は目の前にいる女の子のことしか考えられない。僕のためにランチを用意してくれたことが嬉しい。頬が緩んでしょうがない。

「せっかくの機会だから魔法瓶に老舗ブランドの紅茶を入れてきて、可愛いカップで飲みたかったんだけどな」と兎人間が残念がって持参した紙コップにストレートティーを注ぐ。「遊園地のティーカップでティーパーティーって乙じゃない？」

「既製品でも紙コップでも、ティーパーティーに招待されて光栄だよ」

「でも、このお茶、不味そうじゃない？　あの」と言ってこのアトラクションの真ん中にある大きなティーポットに目を遣った。「錆だらけのポットから出たお茶みたい。せめてレモンティーにしておけばよかった」

言われてみると、ストレートティーは赤茶色なので錆を連想させる。荒廃した遊園地のティーカップで飲む紅茶は錆の味……。やめろ。僕は急いで悪い想像を振り払う。

「そんなことないよ。このビビッドなハンカチがパーティーらしい雰囲気を演出しているし」

ハンドルの上にテーブルクロスのように敷かれたハンカチには、花を咥えた鳥のプリントが鏤められている。色鮮やかで南仏とか北欧とか、そういうお洒落なイメージが湧いてくる。

「焼け石に水じゃない？」と兎人間はまたネガティブな言葉を口にする。

仕方なく、僕は膨らます前のフィルム風船とヘリウム缶を彼女に見せた。

「遊園地っぽさが出ると思って持ってきた。これで少しは華やかになるかな？」

「なるよ！　なる！　すっごく嬉しい！　最高！」

ネットショップのおかげだ。ふとした思いつきを翌日には現実にしてくれる最高のお店だ。ただ、いいムードになったら満を持して披露しよう、という思惑はご破算だ。

「星とハート、どっちがいい？」

星形は十五インチで黄色。ハート形は十四インチで赤。

「ハート」と彼女はうきうきした声で選ぶ。

「じゃ、僕が星で」

ヘリウム缶に表示された使用方法に従ってガスを入れた。ところが缶が空になってもハートの風船が浮かない。お店のホームページには『十五インチ程度の風船なら一缶で一個膨らみます』とあったのだが、入れ方が悪いのか？　お父さんは簡単にやっていたのに。

五歳の頃、姉がお気に入りのフィルム風船が萎んで泣きじゃくっていた。住宅展示場のイベントでもらったものだ。姉のために父がヘリウム缶を買ってきて膨らませた。途端に機嫌がよくなった姉は風船を持って走り回る。

萎む度に父がガスを入れた。四ヶ月ほど家の中を浮遊し、よくプリマがじゃれついていたけれど、姉の興味が他に移るとどこかへ消えた。大掃除の時に、テレビの裏からくたっとした風船が出てきて、母が指二本で摘まんでごみ箱へ入れた。

僕は焦りを隠しながらバッグからヘリウム缶をもう一つ出し、慎重に風船に入れていく。三分の二くらい使ったところで浮き始め、心配そうに見守っていた兎人間が歓喜の声を上げる。予備のヘリウム缶はないので星の風船は膨らませられない。だが、どうにか体裁を保てた。どっと肩の力が抜ける。

あとは、凧糸を風船に括りつけ、持ち手の方には手から抜けないようゼムクリップをつけて、完成だ。

「ありがとう。でも飛んで行っちゃうかもしれないから、手に結ぶ」と言って、糸を左手の薬指に巻きつける。

その行為にどんな意味があるのかわからないが、胸の奥がキュンと鳴った。彼女を好きな気持ちが倍に膨らむ。

「それじゃ、食べにくくない？」

心にもない言葉だった。本当は『糸も赤にすればよかったね』と言いたかった。意気地なしの自分にうんざりする。

「元々、食べにくいからいいの。マスクマンなんだもの」

兎人間はサンドイッチを小さくちぎり、マスクと首の隙間に手を捩じ込ませて食べた。ストレートティーはストローを使って飲んだ。

「このシーチキンサンド、美味しいね」と僕は舌鼓を打つ。

「うん。私も好き。けど、玉子サンドは物足りないでしょ?」

「こっちも普通に美味しいよ」

「平気だよ。私も六十点だと思っているから。前は玉子サンドも美味しかったんだよ。夫婦でやっていたパン屋だったんだけど、奥さんが亡くなってから玉子サンドだけ味が落ちちゃったの」

「そうなんだ」

「私、この美味しくなくなった玉子サンドを食べると、奥さんが死んじゃったことを実感できるの。でもね、もし反対に奥さんがいなくなってからもっと美味しくなっていたら、実感できたと思う?」

「難しい問題だね」と僕はしばし悩んだ。「うーん……。実感できそうな気がするけど、できてもできなくても、たぶん僕はもう買わない」

「私も。だから今も玉子サンドを買い続けているの」

不思議だ。どちらも変化したことに変わりはない。だけど不在になった分、きちんと不足してくれないと何故か不安になる。美味しくなった方がお客にはいいことなのに。

「食後の散歩に行かない？」と兎人間は手を払いながら提案する。「風船の散歩に付き合ってよ」

「喜んで」

荷物をそのままにして散策に出かけた。僕はスマホも置いてきた。誰にも邪魔されたくなかったから。ただ、いざという時に備えてバッグに入れていた熊撃退スプレーだけは携帯した。モッズコートのポケットに押し込んである。

左耳の欠けた人食い熊はまだ駆除されていない。ここはラクダ山から十二キロほど離れているので、ばったり遭遇する可能性は万に一つもないと思う。だが、校内放送で山岳部が『他県では雄（おす）のツキノワグマが一日に十キロ以上移動した例があります。どこに出没してもおかしくありません』と注意喚起していた。用心しておいて損はない。

二人並んで当てもなく園内をぶらつく。廃墟は見る者の心まで空っぽにさせる寂しさがあるけれど、今は目に映るもの全てが僕の心に彩（いろど）りを与えてくれる。腐食が進んだアトラクションは遺跡のように神々(こうごう)しく、生(お)い茂った雑草の逞しさに圧倒され、卑猥(ひわい)なスプレー塗料の落書きに人間の底知れぬ生命力を感じる。どれもこれも美しい。

そんなユートピアに等しい廃墟の中を兎人間は飛び跳ねるように歩く。彼女の動きに合わせてハート形の風船が元気よく揺れる。連動して僕の気持ちも飛んだり跳ねたり。兎人間の薬指に繋がれているのは僕の心臓なのかもしれない。

「今更なんだけど、私って風船売りみたいじゃない？」

「そんな、そんなふうには全然見えないよ」

そんな可愛い服を着ぐるみの風船売りは着ない。シャツだと思った服はレトロ風のフレアワンピースだった。紺のボレロとワイン色のパンプスとよく合っている。その上、西洋の城郭(じょうかく)都市を模した園内の風景に溶け込んでいるので、首から下は中世のお嬢様のようだ。でも『その服、可愛いね』という一言すら出せなかった。

「よかった」

「けど、風船一つでそんなに大喜びしていると、子供みたいに見える」

「だって、本当に嬉しいんだもん」と故意に子供っぽく言う。「アトラクションに乗れなくても、ソフトクリームが食べられなくても、行列に待ちくたびれなくても、お土産(みやげ)を買えなくても、これがあれば何もいらない。この風船が大好き」

「ありのままの気持ちよ。この風船を見ているだけで胸が高鳴る。私の気持ちはふわふわ。どこにでも飛んで行けそう」

「本当に風船で飛べたら、梯子や雨樋を登らずに済むね」

「風船がなくても、もう危険なところには登らないよ」

「ホ、ホント?」

思いも寄らない引退宣言にたまげる。想像だにしていなかった。フォロワー数を『9413』まで増やしたのに、目標の一万を目前にして自らやめるとは。

「うん。せっかく一万達成のご褒美(ほうび)を用意してくれていたのに、ごめんね」

「いや、大したものじゃないから、いいんだよ」

「何をプレゼントする気だったの?」

「映画のチケット」と嘘をつく。

本当は僕の命をあげるつもりだった。『もし死ぬ気なら、付き合うよ』という言葉を添えて。

「映画デートも悪くないね。でも館内への風船の持ち込みは禁止かな」

「いつも風船を持ち歩く気なの?」

「大袈裟(おおげさ)だよ」

「もちろん」と力強く頷いた。「待ち合わせの時とか、はぐれた時とかに目印になるし」

「まあ、見つけやすいのは確かだけど、恥ずかしくない？」

「ちっとも。人の目を集めたくて持ち歩くわけじゃないもの。私に生きる活力を与えてくれるから手放せないの。いけない？　瀉血や高所自撮りよりは真っ当でしょ？」

「うん、風船の方が断然いい」

「けど、摑んでないと」と言いながら風船が結ばれた手で僕の右手を、お互いの指と指を絡ませ合うようにして握った。「ホントに空に昇って行っちゃうから気をつけて」

グサッときた。僕には刺激たっぷりすぎて『ドキッ』を通り越して突き刺さった。僕の心が風船だったら弾けているところだ。

兎人間が「ほら」と言って繋いだ手を挙げる。あたかも風船に引っ張り上げられたかのように、二人の腕が空に伸びる。

「踏ん張っていないと飛んで行っちゃう。しっかり摑んでて」

「わかった」と承知した僕は右腕に力を込め、ゆっくりと彼女の手を下ろさせた。「それで、どうしてインスタグラマーを引退することにしたの？」

「他にやりたいことを見つけたの」

「何？」

「この町じゃできないこと」

「どっかに行くの？」

「おっきな町。そこで地に足をつけて生きていくことにした。正確に言うと、『這いつくばって生きること』なんだけど、私はこの町では生きていけないから」

「家出？」

「そう」

「無謀だよ」と僕は止める。「どんなに大きな町に逃げても、身元がちゃんとしていないと住むところも働くところも見つからない」

まともな生活なんてできやしない。住み込みのいかがわしい仕事でもする気なの？『這いつくばって生きること』って体を売ること？　悪い大人にいいように使われるだけなんじゃ？　安直だが、不健全な生き方しか思い浮かばない。

「警察庁の統計によるとね、年間で八万人以上が行方不明になっているんだって。その中で未成年は二割くらい」

「そんなに！」

「ほとんどはすぐに発見されるんだけど、数年見つからない人もいる。何十年経っても消息が不明の人も。概算だと、毎年千人もの老若男女が行方不明のまま。警察に届け出をしていない家族もいそうだから、実際はもっと多い」

　その千人の中の二割が未成年なら、毎年二百人以上も見つからないまま？　うちの高校の一学年の生徒がみんな行方不明になっても足りない数だ。どこに消えてしまったんだ？

「犯罪に巻き込まれているケースもあるんじゃ？」

「普通に暮らしているケースもある。家出のノウハウが確立されているから、未成年でも成功者がうじゃうじゃいるの。最も安全な方法は、信頼できる人に匿（かくま）ってもらうこと。食事や寝床に困らないで済むし、その人が身元保証人になってくれればバイトもできる」

「当てがあるの？」と訊くと、彼女の手が少し緩んだ気がした。

「急に思い立ったわけじゃないの。ずっと前から計画だけは一応進めていた。これまでの人生を捨てても構わないほどの目標と覚悟ができた時には、家出しようって決めていた。とりあえずの保険ではあったけどね。だからその時に備えて密かに人選を行っていた。幸いなことに、この町から全国に散らばっていった知り合いはたくさんいるし」

　一人暮らしをしている親切な知人の当てがあるなら、家出の成功率は格段に上がる。頭の切れる兎人間が潜伏先の手掛かりを残すはずはないので、家族はそう簡単に捜し出せないだろう。

「やりたいことって？」

「それは言えない。人間くんのことを信頼していないわけじゃないけど、足が付いちゃう可能性があることは避けたいの。共犯者にもしたくないし」

知らず知らずのうちに手に力が入っていた。どこにも行ってほしくない。彼女を摑まえておきたい。今日でお別れなんて嫌だ。フォロワー数一万を目指そう。二万でも三万でも、いくらでも付き合う。高所撮影を続けようよ。

「ありがとう」と言って強く握り返した。「私も寂しい。でもね、こうして人間くんと手を繫いでいられるのは、私が兎のマスクを被っているからなの。このマスクが私の醜い心も隠してくれている」

「みんなに注目されたいって思うことは醜くなんかないよ。誰の心にも巣くっている気持ちだ」

「私の場合は手段に問題があった。このマスクは卑劣な手で奪ったものなの」

一番に問題があるのは高所自撮りを始めた僕だ。そう言おうと口を開きかけたが、彼女が続けた「大堀さんのものだったのに」に一瞬金縛りに遭った。

「お、おお、大堀さんって、あの？　ラクダ山で死んだ大堀温子？」

「そう。彼女が初代のバケタカなの」

えっ？　どういうこと？　そんなわけない。先駆者は僕で、隣にいる兎人間が二代目だ。なんで大堀温子が初代なんだ？　頭が混沌とする。話がまるで見えない。

「私、ずっとバケタカのことを鬱陶しく思っていた。『誰だか知らないけど話題をさらってんじゃねー』『みんなもみんなよ。高いところに登れるだけでちやほやしやがって』って。だから夜な夜なバケタカを捜した。成敗して自分がスーパースターになりたかったの」

ようやく理解が追いついてきた。大堀温子が僕からバケタカの称号を奪った二代目なんだ。そして彼女も正体を突き止められ、マスクとアカウントを譲らざるを得ない状況に追い詰められたようだ。ただ、そのことと大堀温子の死に何か因果関係がある気がしてならない。不穏な気配が立ち込めてくる。

「ある日、ついに遭遇したの。自転車の籠に大きな袋を載せている女子を見かけた。そっとあとをつけると、袋を持ってラクダ山に入り、高圧線の鉄塔に行き着いた。そして兎のマスクを被って登り始めた。下りてきたら捕まえようと木の陰から見張っていたら、人が降ってきた」

「どうして落ちたの？」

「その瞬間は見えなかった。まだ夜が明けていなくて暗かったから。けど、数秒後に鉄塔の上が光った。そうしたら、てっぺんのあたりに兎のマスクがぶら下がっていたの。たぶんセルフタイマーで撮ろうとしている最中に、兎の耳が鉄骨に引っかかったんだと思う。それでバランスを崩して」

きっと日の出前に予行演習を行っていたのだろう。アングルやポーズを確認しようとフラッシュを焚(た)いて撮ろうとしたら……。

「大堀温子は即死だったの？」

「たぶん。呼びかけても返事はなかったし、首がおかしな方に曲がっていたから」

瞬く間に罪の意識が僕を呑み込んだ。僕の責任だ。僕が高所自撮りを始めなければ、脅迫状に従ってアカウントのパスワードと兎のマスクを譲渡しなければ、彼女は死ななかった。

「一応救急車を呼ぼうとスマホを手にした時に、ふっと魔が差した。どこからか『バケタカに成り代わったら、絶大な人気を集められるんじゃ？』って声が聞こえたの。私はその声に抗わずに、鉄塔を一心不乱に登った。鉄骨に括りつけられていた大堀さんのスマホを操作してバケタカのアカウントを乗っ取り、高所自撮りに関連するデータはみんな消去した。それからこの兎のマスクを自分のものにした。どう？　血塗られているでしょ？　もう手を離してもいいんだよ」

僕はさっきよりも強い力で兎人間の手を握る。

「大堀温子は二代目のバケタカだ。僕が本当の初代なんだ」と打ち明け、ここに至るまでの経緯を話し始める。

僕たちはずっと思い違いしていたのだ。ギザギザマンションの屋上で出会った時、僕は兎人間を『脅迫状を送りつけ、僕に成り済ました偽者』と信じ込んでいた。だから彼女が『待ち伏せなんかしてどういうつもり？　マスクを取り返しに来たの？』と敵対心を顕にすることを懸念した。

そしてどうやって高所自撮りをやめさせるか考えあぐねていた。彼女はすでに恍惚感の虜になっている。力尽くで兎のマスクを没収したとしても、暴走は止まりそうにない。別の精巧なマスクを用意して高所自撮りを続けるか、他の危険な方法でスポットライトを浴びようとするだろう。本人がさもしい行為であることに気付いて自発的にブレーキを踏まなければ、なんの解決にもならない。

その気付きに至るよう働きかけたいところだが、信用ならない人の言葉に耳を貸すはずはない。信頼関係を築かないことには、僕がどんな説得をしても彼女の心には届かない。先ずは接点を作らなくては。焦らずに時間をかけて親交を深め、少しずつ懐柔していくのが得策だ。

なんとかして相手の懐に入りたい。だけど僕と兎人間は被害者と脅迫者の関係。一歩距離を詰めるのも相当難しい。まだ彼女は露骨な敵意を見せていないけれど、間違いなく僕の柔和な態度を訝しんでいる。腹の中では『威嚇(いかく)してバケタカの地位を奪ったのに、坂井は根に持っている感じがしない。なんでだ？　演技か？　すっかり油断させてから仕返しをする気じゃ？』と。

とにかく、相手の警戒心を解かなければならない。どこかに突破口はないものか？　僕は神経を張り巡らせて活路を探した。ところが、兎人間がフランクな調子で「私たち、いいコンビになれるんじゃない？」と持ちかけてきた。向こうから歩み寄ってくるとは！

きっと兎人間はフォロワー数の伸び悩みを解消するために、僕を利用することを思いついたのだろう。女装や父親の事故の秘密を握っているからいざとなれば脅して坂井を屈服させられる、と目論んでいるのかもしれない。それで、彼女はふてぶてしいまでにしれっとしているのか？

そうだとしても僕に不都合はない。願ってもない申し出だ。助手でも子分でもなんでもいい。逆らう気は毛頭ない。僕が高所自撮りに付き添えば、いくらかは兎人間を転落死から遠ざけることができる。ふらついたら支えられるし、滑りやすい箇所があったり風向きが変わったりした時は、さり気なく注意を促せる。彼女の代わりに犠牲になることも。

死ぬのは怖い。でも僕の真似事をして死なれるよりはいい。僕の命と引き換えに兎人間が助かるなら本望だ。場合によっては、僕の死に彼女が『明日は我が身』と恐怖して高所自撮りをやめ、『人間くんの分も生きよう』と決意することもあり得る。

脅迫状に関しては、向こうから話題にしない限り触れない方がいい。機嫌を損ねてコンビを解消されてしまったら、元も子もない。兎人間に合わせて僕も何事もなかったように振る舞おう。

そのように僕は彼女の腹を探りながらカメラマンを務めていたが、全くの徒労でしかなかったのだ。脅迫者は大堀温子で、兎人間は何も知らない三代目。大堀温子が初代で自分が二代目だと思っていたので、先代二人のいざこざは知る由もない。

兎人間の腹の中には、僕への敵対心も罪悪感もない。僕のことは『ギザギザマンションの屋上から朝日を眺めるのを趣味にしている顔見知り』くらいにしか捉えていなかった。

当然、兎人間は僕の父が事故死したことも知らなかった。ゴライアスクレーンの頂上で僕が父の話題を出した時、初耳だった彼女はマスクの下で驚きの表情を浮かべていたに違いない。

まさか、秘密裡に白兎のマスクが大堀温子から兎人間に引き継がれていたなんて。そのことを少しも想像できなかった僕は、終始一人で空回りしていただけだった。だけど思い違いし続けたからこそ、ここまで辿り着けたのだ。父の事故や拙い女装を知っている兎人間の前で自分を取り繕う必要はない。人畜無害な人間くんなら身構えないでいい。そう誤解し合ったことで、僕たちは無防備な心を重ね合わせることができたのだった。

僕が包み隠さずに話している間、兎人間は何度か短い声を発したものの、概ね静かに耳を傾け続けた。僕が口を閉じると「まさか、人間くんが元祖だったなんて、正しく人は見かけによらないね」と言う。

「黙っていてごめん」

「この間、『バケタカ』って『禿鷹』みたいでなんちゃらって言っていたけど、元祖だから私のことを一度も『バケタカ』って呼ばなかったの？」

「バケタカは自分のものだって気持ちは全然ないんだ。僕が高所自撮りをやっていた時に、みんなが話題にする度に『バケタカ』の存在がどんどん大きくなって、自分が自分じゃなくなっていくような感覚に陥った。言霊ってあるんだと思う。ただの人間も『怪物』呼ばわりされていたら、本当に怪物になってしまう。だから『バケタカ』って呼ばなかった」

彼女を怪物にも救世主にもしたくなかった。普通の人間に戻したい。

「私のことをずっと人間扱いしていた人を『人間くん』って呼んでいた私って馬鹿みたいね」

「ごめん」

「いいよ。陥れようとしていたわけじゃないんだし、私も嘘をついたし」

「なんの？」

「人間くんが団地の給水塔で大堀さんの死因のことを話したでしょ？　その時、気まずくてすっ惚けた。だからお互い様ってことにしよう」

同じ高校に通っていることを隠すためもあったのだろう。

「ありがとう」

「でも運命的な出会いだと思っていたから、そこはちょっとショックだったな。待ち伏せだったなんて」

そう嘆いてから、オーバーアクションでうなだれる。

「何かしらの運命を感じたから、僕に命を預けられたの？　相棒にしたのも？」

「それだけじゃないんだけど、大きなウェイトを占めていたのは否定できない。こんなんじゃ、吊り橋効果にケチをつけられないね」

「錯覚や思い込みだったとしても、それも運命の一端なんじゃないかな。いくら僕に一日の長（ちょう）があるからと言って、待ち伏せがドンピシャで成功するには運命の導きが多少は必要だと思う」

「そうだよね。私も『運命の導き』ってあると思う」と声を弾ませる。「だってさ、学校のイベントがある時って恋が生まれやすいでしょ？　体育祭、修学旅行、卒業式とか」

「うん」

「それまでは毎日顔を合わせていてもただのクラスメイトだったのに、イベントで急接近ってケース。あれって、その場の勢いや偶然や錯覚が接着剤になっているって思っていたけど、そういうのも全て運命の為（な）せる業（わざ）なのかも」

僕と兎人間にも当て嵌めることができそうだ。おそらく彼女は同じ学校の誰かだ。クラスメイトの可能性もある。でも身近にいても、それだけでは特別な関係に発展しなかった。運命が『高所』という接着剤で僕たちを繋げたのだ。

「学校のイベントも吊り橋効果も、運命がシチュエーションを用意したからドキドキが生まれたってことだね」

「そう」と彼女は嬉しそうに頷く。

僕は話の流れに乗って「そういえば、あの返事は？」と切り出す。

「えっと……。人間くんのことは嫌いじゃないんだけど……。どっちかと言うと、好きな方なんだけど……」

ひどく窮屈そうに口籠った。

「もっと好きな人がいるの？　他に？」

「うん」

その人のところに匿ってもらうのかもしれない。おっきな町で同棲か……。

「なら、仕方ないよ」と無理やり明るい声を出す。

「ねぇ、修二くん？」

いきなり下の名前を呼ばれて困惑する。返事もできなかった。

「私と一緒に町を出ない？」と思いも寄らない提案をする。

「一緒に！」

「うん。人間くんとは難しいけど、修二くんとなら一緒に出られるの」と彼女は僕の頭がこんがらかることを言った。「それに、修二くんはこの町から離れるべきだと思う。修二くんが過剰に自分を責めるのは、町に囚われているから。一度、外から町のことを、自分のことを見た方がいいよ。じゃないと、町の呪いは解けない」

「呪い？」

「この町はもう不幸の連鎖から抜け出せない。死を待っているだけの老人、死んだ目をした大人、そこら中に死臭が漂っているから子供は暗い夢しか抱けない。殺伐とした空気が蔓延して、人々から寛容さが失われていっている。この数年で空き巣や引っ手繰りの犯罪が激増した。詐欺や暴力事件や小動物の虐待も。学校では度を越えた虐め。大堀さんも凄惨な虐めを受けていた。どんなにひどかったかは修二くんも知ってるでしょ？」

「うん」

「大堀さんが兎のマスクを欲したのは、誰も彼女を認めなかったせい。家族、先生、クラスメイトのうち一人でもしっかり彼女を受け止めていれば、バケタカになることはなかった」

大堀温子の親が警察に届け出たのは、娘が行方不明になった翌日だ。ラクダ山で血溜まりと食い千切られた指が発見されたニュースを耳にし、『まさか？』と不安になって一一〇番に電話をかけたのだろうが、丸一日も何をやっていたんだ？　娘に関心が薄い親の可能性が高い。

「もし修二くんが兎のマスクを引き渡さなかったとしても」と彼女は若干早口になって続ける。「修二くんがバケタカを始めなかったとしても、大堀さんは別の形で自分の存在を誇示したと思う。承認欲求は自制できるものじゃないから。違う？」

「違わないけど、やっぱり僕が一番の悪だ」

兎人間の言う通り僕がバケタカを始めようが始めまいが、大堀温子の自意識は暴走したに違いない。でも僕が『こういう目立ち方がありますよ』と教えなければ、彼女は模倣しなかった。もっと安全な方法で自分をアピールしたはずだ。

「私にも罪悪感はある。大堀さんの家族に対して、『鉄塔に登る前に声をかけたら、死ななかった』『救急車を呼んでいれば、遺体を熊に食べられずに済んだ』『遺品のスマホを弄ってごめんなさい』って気持ちがある。寝ても覚めても罪の意識が心に刺さっている。よく悪夢を見るの。血だらけの大堀さんに突き落とされたり、引き摺り落とされたり。だけど……」

少しずつ弱々しくなっていった声が途切れた。彼女の心にも大堀温子の死が重く伸し掛かっているのだ。

「だけど、私だって修二くんだって被害者」と声を震わせて続ける。「大人が寄って集って私たちを抑圧したから、その反動で承認欲求が高まった。そして大人たちを偏狭にさせたのは、この町。ここは呪われた町なの。呪いが私たちをビーストに変えたのよ」

僕たちが生まれ育った町には負の感情が渦巻いている。絶望。逼迫。閉塞。焦燥。無力。悲哀。それらを一言で表すと『呪い』になるのかもしれない。

呪いが不幸の連鎖を起こしたのだろうか？　ドミノ倒しの一枚目を倒したのが呪いだっ

たのなら、この町に加害者はいない。後ろから押されたから前の人を押さざるを得なかった。みんな町の呪いに困る被害者だ。

「ブリキンの事故、修二くんには悪いなって思いながらもちょっと調べてみたの。人為的ミスの背景には安全管理の不徹底があったんでしょ？　開業に間に合わせることを最優先にした結果、修二くんのお父さんがその皺寄せを受けることになった」

「うん。知ってる」

「知ってるのに、修二くんは『自分のせいでお父さんは死んだ』って思っている。なんで町のせいにできないの？」

母も姉も『修二のせいじゃない』と言った。でも僕は信じなかった。二人とも僕のことが憎らしくて堪らないに決まっている。じゃなかったら、なんでお母さんは僕を見ないんだ？　いつも僕を目に入れないよう努めている。瞳に映った時は、見えていないふりをする。

お姉ちゃんが正月すら帰省しないのもおかしい。お姉ちゃんも僕を見たくない。顔を合わせたくないほど忌み嫌っている。僕はもう家族じゃないんだ。

「それは……。そう思う方が、なんか座りがいいから」

「自分を責める方がまだ幸せ。その考え方が呪いにかかっている証拠」

確かに、罪を背負う方が少しだけ心は軽くなる。だから僕は『自分のせいだ』と言い続け、家族と距離を置いたのか？

「私と一緒に逃げよう。この町にいたら、修二くんも私もビーストになっちゃう。新たな呪いをかけられて兎人間とは別のビーストにされちゃう」

おそらくバケタカがいなくなっても、町は代わりのビーストを生むに違いない。生んでは消え、生んでは消えを繰り返し、やがては町そのものがなくなってしまうのだろう。だけど町が死んでも呪いは解けないかもしれない。

町の行く末を見届けたい、と僕は願ってやまなかった。その想いは父が僕に遺してくれたものだから、ずっと大事に背負ってきた。でも自主的じゃない。町が有無を言わさず父の遺産を僕の背中にのせた。僕にとって掛け替えのないものであることに変わりはないが、『願い』じゃなくて『呪い』の一端なのでは？

どちらなのか確かめるには、この町の外から過去を顧みるのが最善の手のように思える。兎人間の言葉『一度、外から町のことを、自分のことを見た方がいいよ』が心の隅々に浸透していく。

この町に僕の居場所はない。家にも、学校にも。高所ももう安らげる場所ではなくなった。僕の心が落ち着けるところは彼女の隣だけだ。

「うん。一緒に町を出よう」

兎人間が足を止め、こちらを向く。僕も立ち止まる。

「じゃ、私を普通の女の子に戻して」とお願いする。

僕の手を放して両手を後ろで組み、顔を前に突き出す。僕は兎のマスクの口元にそっとキスした。彼女の背後で赤いハートが小刻みに揺れる。風船が肩越しに僕たちの口づけを覗き見しているみたいだった。思いのほか緊張しなかったのは、僕たちが旅立つために欠かせない儀式だからだ。

「ありがとう。次は、目を瞑って十数えて」と言ったけれど、今日は胸の前で両手を開いて『十』を強調しなかった。

妙に思いながらも無言で指示に応じる。心の中で十をカウントしつつ彼女との未来を想像する。間違いなく、世の中の厳しさを嫌というほど痛感することになる。でも一撮みの甘ささえあれば、どんなところでも生きていけるはずだ。

目を開けると、足元に白兎のマスクがあった。彼女の姿はどこにも見えない。今日はスニーカーじゃないのに足音が全く聞こえなかった。きっとパンプスを脱いで忍び足で物陰に隠れたんだ。そう思ったが、不安感に襲われて見上げる。本当に飛んで行ってしまったんじゃ？

第十九章　兎追いが狐に化かされたよう

――茫然(ぼうぜん)自失の様を言う。

一人きりの夕食を済ませたあと、メモ用紙に『今までお世話になりました。捜さないでください。』と書き、それを勉強机の上に残して家を出た。母は夜勤明けに僕の部屋に入るだろうか？　何があっても干渉してこない、と断言できるほど僕に無関心だから、しばらく家出に気がつかないことも充分にあり得る。

この一週間、元兎人間と電話で何度も相談して町を脱出する計画を立てた。彼女が厄介になる予定の知人に話を通して、僕も住まわせてもらうことになった。仕事の面倒も見てくれるので至れり尽くせりだ。

アンダーグラウンドな労働も覚悟していたけれど、その知人の友達が経営している食品サンプル工場を紹介してくれた。顔が広い人のようで、元兎人間には焼肉屋のバイトを宛てがった。

未成年の家出は難しいことだと思っていた。だけど行き当たりばったりじゃなければ案外どうにかなるようだ。僕が世間知らずだっただけで、世の中には困っている人を見過ごせない情に厚い人や、家出人が通れる秘密の抜け道が存在している。

ネットで調べてみたところ、同情心からわけありの人を雇う自営業者は少なくない。特に、大都会には身元がしっかりしていない人が入り込む隙間があちこちにあるみたいだ。

また、元兎人間が言っていた通りで、家出のノウハウが確立していた。自分を筆頭者とする戸籍を作って本籍地と住民票を移すことで、親に居場所が発覚することなく国民健康保険に加入したり、就職したりできるそうだ。

中には、法に触れるものもあった。書類の偽造や戸籍の購入。そういった奥の手があるから、指名手配犯は捕まらないのかもしれない。全国に七百人ほど逃げ延びているらしい。警察に追われる犯罪者も大都会にたくさん潜伏していそうだが、少なくとも指名手配犯よりは家出人の方が雲隠れするのは容易(たやす)いはずだ。

元兎人間が口にした『おっきな町』とは東京のことだ。隣町に東京行きの夜行バスの停留所があり、そこに二十一時三十分に待ち合わせをしている。チケットは事前に各々が隣町のコンビニで買った。

荷物は服がほとんど。外出着、部屋着、下着。安物ばかりだけれど、現金と洗面用具以外に持って行くものがなかったので、大型のリュックと二つのボストンバッグに詰められるだけ詰めた。

家族の写真とプリマの首輪には後ろ髪を引かれたものの部屋に残してきた。この町に付随するものとは決別しなくてはならない。スマホも置いてきた。所持していると居場所を特定されかねない。

スマホに入っていた僕の高所自撮り画像は全て削除した。ロックは鉄壁じゃない。どうにか解除した母が僕の愚行を知ったら、警察に伝えるかもしれない。最悪の場合、僕は大堀温子の事故の重要参考人となり、大規模な捜索が行われるおそれがある。

だから僕とバケタカを結びつけるものは一つも残せない。大堀温子からの脅迫状と自撮り棒とゴム製の兎のマスクも処分した。精巧なマスクはブリリアント・キングダムにある。もう僕たちには必要のないものなので、あのまま放置した。

十五分前に停留所に着いた。バス停があるだけで、待合室やベンチはない。まだ待っている人は一人もいない。隣町に来ただけなのに、もう郷愁(きょうしゅう)のようなものが胸からじんわり染み出てくる。

母の顔がちらつく。書置きに『ごめんなさい』も書いておけばよかったかな。今思えば、母は混乱していたのだろう。女手一つで家計を支えるプレッシャー、父の喪失感とトラウマに苛まれる娘、罪悪感を背負い込もうとする息子。母一人では処理しきれなかったのは無理もない。

母なりに僕を救おうとした。そっと手を差し伸べようとしたこともある。なのに、僕はその手を払い除け、心を閉ざし続けた。僕と母の間にできた溝は僕が掘ったものだ。そう思えるようになったのは、町から心が解放されつつあるからだ。もっと町と距離を置けば、より客観的な視点で過去を振り返ることができるだろう。ただ、呪いが完全に解けたとしても、あとの祭りだ。それまでのことが『悪い夢を見ていただけか』と元通りにはならない。だけど、あの町で呪われ続けるよりは遥かにいい。

視界に若い女性が入る度に、鼓動が跳ね上がる。今日が初対面のようなものだ。どちらかと言えば、人見知りはしない方なのだが、初めて顔を合わせる人と新生活をスタートさせるのだからドキドキせずにはいられない。

でも『どういう子だろう?』という緊張はない。どんな子であろうとそれが彼女だ。彼女は彼女だ。それ以外の何者でもない。名前や顔を知っても何も変わらない。

いつの頃からか、僕は『兎人間は誰なんだ?』と詮索することをやめていた。誰でもいい。誰でもない。兎人間は兎人間だ。たぶんそう思い始めた時には彼女への好意がはっきりと形作られていたのだろう。

二十回近く『あの子か?』と緊張が走ったけれど、待ち人は現れない。僕とは無関係な乗客が二人並んだだけ。バスが来るまで、あと三分。そわそわしてきた。何かトラブルがあったんじゃ？　連絡しようにも方法がない。僕は彼女の電話番号も知らない。

　不安感と焦燥感で気がおかしくなりそう。あと二分……。一分……。しかし彼女が駆けつけてくることはないまま、バスは無情に発車して行った。

　僕のスマホに連絡が入っているかもしれない。家に帰って確認しよう。だけど彼女が遅れてくる可能性もある。行き違いになるのが怖い。もう東京行きのバスには乗れないが、電車は走っている。行けるところまで行って、終電になったら始発まで時間を潰せばいい。ヒッチハイクという手段もある。

　僕は『あと十分だけ待ってみよう』を延々と繰り返した。終電がなくなったけどタクシーで来るかも。今、必死に自転車を漕(こ)いで向かっているんじゃ？　親に拘束されて抜け出す機会を窺っているのかも。ひょっとしたら始発に乗っているのか？　朝の九時半だと勘違いしているんじゃ？

　縋(すが)り続けた願望の数々は全て儚く消えた。無駄なことはわかっていた。だけど停留所を去ったら、もう二度と会えない気がして動けなかった。ここで待っている限り僕はまだ彼女と繋がれている。一緒に東京へ逃げる、という望みは潰(つい)えない。一縷(いちる)ではあるけれど期待していられる。夢想することはできる。

絶望を受け入れるまで十二時間を要した。砕け散った未来を抱えて僕は電車に飛び乗り、全速力で過去になるはずだった家に帰った。靴を吹っ飛ばすようにして脱ぎ、急いでスマホを確認する。

電話の着信が四件、LINEの新着メッセージが一件あった。電話は全て西本くんから。六時十三分。七時五分。七時四十九分。八時二十二分。彼に電話しようとしたが、思い直してバケタカのインスタグラムにアクセスする。

すると、昨夜の九時半に日の出の写真をアップしていた。《明朝、曰く付きの場所からLIVE配信します。》というメッセージを添えて。どういうことだ？　狼狽しながらも西本くんに電話をかける。でも出ないので、六時十四分に届いたLINEを開く。

西本軍団のお調子者がクラスのみんなに《大変だ！　寝てる場合じゃないぞ！》と呼びかけていた。誰かが保存したデータをみんなに送りつけて拡散しているようだ。添付されたサムネイルをタップすると動画が再生される。

先ず夜が明けたばかりの町並みから始まり、それからぐるりと沿岸から山岳地帯へ、そして鉄塔の先端が映し出された。

バケタカが予告した『曰く付きの場所』は大堀温子が転落死した鉄塔か？　どうしてあそこに？　不可解に思っていたら、カメラは撮影者の足元を映す。鉄骨の上に立っていて、真下に見える地面は遥か遠く。目が眩む高さだ。映像はゆっくりと撮影者の体を上っていく。脛、膝小僧、太腿、スカートの裾、お腹、セーラー服のスカーフ、白兎のマスク。

なんであのマスクが？　ブリキンにあるはずだ。誰かが拾って四代目のバケタカになったのか？

いや、違う。元兎人間と電話で家出の打ち合わせをしている時に、『兎のマスクも処分するのは勿体ないね』『ブリキンに置いてきた』『そうなんだ』『あそこは兎人間が眠るのに相応しい場所だと思って』『私もそう思う』という会話をした。彼女はマスクを取りに行ったのか？　けど、なんで再びバケタカになっ……。

「きゃっ」

突然の短い悲鳴。映像が反転する。空と地面が交互に慌ただしく映し出される。目で追えない速さ。だが、みるみる地面が大きくなってくる。鈍い音と同時に映像が途絶えた。

嘘だろ？　そんなことがあるものか！　何かの間違いだ。スマホだけが落ちたんだ。よく観てみればわかる。もう一度頭から再生しよう。だけど指が固まって操作できない。僕はスマホを握り締めたまま立ち尽くした。

コンコン。ノックの音にビクッとする。

「修二、ちょっといい？」

すでに母が帰宅していた。なんでこんな時に限って干渉してくるんだ？

「今はやめて！」と僕は怒鳴る。

その時、電話がかかってきた。西本くんだ。僕は強張った指でなんとか通話ボタンをタップする。

「もしもし？」

「何してたんだ？」

「あー、その、寝てた」と嘘が口を衝いて出た。

「バケタカの動画、観たか？」

「うん。今」

「すぐにラクダ山の鉄塔に駆けつけたんだ。そしたら倒れてる奴はどこにも見当たらなかった」

心の底からホッとし、全身が一気に弛緩する。

「だけど、血溜まりがあって、何か大きなものが引き摺られたような跡があった。それは林の中に続いてた」

人食い熊のニュースが脳裡を掠める。未だに射殺されていない。

「熊？」と言った僕の声は震えていた。

「それっぽい足跡もあったから、ヤバいって思って逃げようとした。けど、手帳らしきものが落ちてるのが目に入った。林の手前のあたりに。気になって拾いに行った。そのへんにあった木の枝を振り回しながら近付いてみたら、やっぱり生徒手帳だった」

「誰のか見たの？」

心臓が激しく脈打つ。今にもパンクしそう。

「うちのクラスの鈴木だった。おまえ、何やってんだよ！　守るんじゃなかったのか！　なんで鈴木の血まみれの生徒手帳が落ちてんだよ！」と西本くんはものすごい剣幕で喚き立てる。

「ごめん。本当にごめん」

「っざけんじゃね！　いくら『ごめん』って言っても、鈴木は戻ってこねーんだぞ！」

わかっていたけれど、僕には謝ることしかできない。

「ごめん」

「死ね！」と罵(ののし)って通話を切った。

殺してほしい。死んで謝りたい。僕のせいで鈴木さんが死んだ。二人目だ。僕の自己顕示欲が二人も殺した。大堀温子を死に追いやった罪を償わずに逃げ出そうとした罰が当たったんだ。僕はこの町の呪いから逃れられない宿命を……。

またノック音。

「修二、話があるの」

「ほっといて！」と僕は吼える。

しかし母は部屋に入ってきた。僕の顔を見るなり「泣いてるの？」と戸惑う。泣いて悪いかっ！　好きになった人が僕のせいで死んだんだ。涙を流して当然だろ！

「出てってよ！」

「もう出て行かない。お母さん、間違っていた。修二がそうやって拒んだ時に『そっとしておくのが一番いい。無理に心を開かせようとしたら、反対に傷口を広げてしまう』って考えた。そうすることが自分にとって楽だったから。ごめんね、修二と一緒に苦しんであげられなくて」

なんなんだ？　なんでこのタイミングで？　この涙はお父さんとは無関係なんだよ。勘違いはやめてくれ。今はお母さんに構っている余裕はない。

「今になって、なんだよ！」

「本当に今更だよね。今になって気付くなんて親失格。ううん、気付いたんじゃなくて気付かされたんだから、もっと性質が悪い」

気付かされた？

「昨日、病院に着いたら、鈴木さんって子が私を待っていたの」

「鈴木さん！」

「その子に『修二くんのこと愛していますか？　愛情があるなら、行動で示してください。修二くんはずっと苦しんでいます。助けられなくても一緒に苦しむことはできるはずです』って言われて、目が覚めた。今までごめんなさい。これからは、親として……」

あとの言葉は聞こえなかった。自分の泣き声に掻き消された。涙が止めどなく込み上げてくる。兎人間が、鈴木さんが母の気持ちを確かめたのは、僕の人生を大きく変えることに責任を感じていたからだ。それで最終確認のために母と接触した。そうしたら、この町にまだ僕の居場所があることを知り、脱出計画を断念した。

「……何もできなかったことが悔しかったから、お母さんは看護師になろうと思ったの。修二やお姉ちゃんが危ない目に遭った時には助けたくて」と続けながら僕を抱き締める。

「ちゃんと話せばよかった。じっと耳を傾けるべきだった。ごめんね。しっかり修二と向き合えなくてごめんね」

違うって。感涙しているんじゃない。僕はまだお母さんと和解したつもりはない。勝手な思い違いで抱きつくな。早く出て行ってくれ。

でも母の腕を撥ね除けることができない。涙と一緒に力が足元へ流れていく。僕は母の首元に顔を埋め、いつまでもいつまでも泣き喚いた。

第二十章　兎も七日(なぬか)なぶれば噛みつく

——どんなに大人しい者も限度を超えれば怒りだすことの喩え。大人しい小動物の兎でも、長く虐められれば噛むほど怒ることから。

夕方に峰さんが家を訪ねてきた。「顔、見せないと、坂井をモデルにして『初代バケタカ』ってタイトルの漫画を描くぞ」と脅迫され、渋々家に上げた。

僕の部屋に通すと、顔を顰めて「おまえの部屋、西日がスゲーな」と言う。この時間帯は曇りガラスの窓がオレンジ色に染まる。

「あのダッセー時計はなんだ？」と峰さんは壁にかかっているアナログ時計を指差す。

「林間学校の体験教室で作った。小四の時に」

輪切りにした丸太に針をつけ、インデックスにどんぐりを使った。僕も気に入ってはいない。思い出補正があってもごみ同然の代物(しろもの)にしか見えないけれど、壊れないので捨てられない。時間が狂うこともほぼない。今も秒針が正確に時を刻み続けている。

「にしても、ひどい顔だな。ちゃんと食べてんの？」と訊いてベッドに腰かける。

僕はビーズクッションに座る。

「食欲がない」

食べ物が喉を通らない。この三日、ほとんど何も食べていない。だけどこのまま衰弱死できたら本望だ。

「坂井以外にも鈴木のことがショックで休んでる奴が何人かいるよ」

一緒に並べないでほしい。どんなに親交が深かろうが僕の心労とは比較にならない。峰さんが心配してわざわざ学校帰りに寄ってくれたのはわかっているのに、気持ちがささくれ立ってしょうがない。

「昨日は左足のスニーカーが見つかったらしいな」と彼女は要らぬ情報を伝える。

「知ってる」

これまで、制服の切れ端、兎のマスク、ベルトが引きちぎられた腕時計、髪留めが山林から発見された。いずれも鈴木さんの血が付着していた。猟友会が駆除した三頭の熊のうち一頭の胃からは、女性のものと思しき髪の毛が出てきた。

「坂井さ、食べてないからか頭が死んでんな。さっきインターホンで私が脅した時、『なんで僕がバケタカだったことを知ってるの？』って言うところだ」

「ああ、そっか」

峰さんには話していなかったか。もうなんでもいい。誰が知っていようが関係ない。

「なんだよ、そのリアクションは？　張り合いがねーな」と愚痴った。「西本に聞いたんだ。なんか挙動不審だったから問い詰めた。でもなかなか口を割らなかったんで、しょうがねーから『話してくれるなら、鈴木が演劇祭の台本に秘めた西本へのメッセージを教えてやる』って条件を出した。そしたら、あっさりゲロった」

「メッセージって？」

「暴力が嫌いだから制裁でキスシーンを長くしたってこと」

「あれか」

「淡い期待を膨らませていた西本は激怒したよ。けど『おまえが坂井をボコボコにしたことをどっちの親にも学校にもチクるぞ』って脅したら、すぐに静まった。単純な奴は扱いやすくていい」

脅しはもうたくさんだ。僕が大堀温子の脅迫状を一蹴していれば、誰も死なずに済んだ。どうせ峰さんは僕の口も割らせる気なのだろう。煩わしいので、進んで洗い浚い話した。父の事故から町の脱出計画まで全てをぶちまけた。

「おまえら、駆け落ちしようとしてたのか」と彼女が興奮気味に言う。「やるじゃん。見直したぜ」

「これ以上はなんも出てこないよ。お終い」

もう興味は満たされたでしょ？　帰ってくれないか。

「今別府から聞いたんだけどさ」と僕の気持ちを察せずに別の話を始める。「鈴木は演劇祭で味を占めて『プロの脚本家になれたらいいな』って言ってたんだって。けど、親には反対されたんだろうな。父親の顔色を窺いながらそれとなく仄めかすも、あえなく却下ってパターンだ。まあ、あんなゲス親じゃありったけの熱意をぶつけたとしてもなんも響かねーんだろうな」

「あんなゲス親？」

「知らねーのか？　町中で話題になってんぞ。さっき擦れ違った小学生のガキたちも話の種にしてた。クラスのＬＩＮＥでも流れてるはずだぜ」

「知らない」

あの日以来スマホに触っていない。

「ネット上に鈴木家の内情が暴露されたんだ。たぶんリークしたのは鈴木の親が雇ってた使用人だな。運転手か、ハウスキーパーか、家庭教師か……。とにかく、内部の事情に詳しい奴が冷や飯を食わされた復讐からか、正義感を奮い起こしたのか、『転落死した鈴木冴香は総合病院の院長の隠し子だ』って明かした」

「院長の隠し子？　あの病院の？」

「ああ。愛人が密かに産んで京都で育ててたんだけど、鈴木が九歳の時に病気で亡くなってさ、それで父親の院長が引き取った」

九歳の時？　いつだったか、『九歳くらいから血を見るのが好きになったの』と言っていた。

「一応、院長は認知したらしい。でも継母には疎まれた。父親は本家に迎え入れようとしたけど、継母が大反対。『父親の不始末のせいで息子たちが学校で虐められかねない』って名目で、鈴木が成人するまでは血縁関係が伏せられることになった。そんで、別宅に一人で住まわせてハウスキーパーに丸投げ」

恐妻なのか？　じゃなかったとしても、父親はばつが悪くて妻の要望を呑むしかないか。

「シンデレラってなんで父親がいないんだっけ？」

「知らねーよ。けど、実の娘を政略結婚の駒としてしか見ない父親なんていねー方がましだ」と峰さんが苦々しい顔付きで言う。「あのクソ親父は美人になる見込みがあったから養っていたんだ。高く売り込むために、話し方や所作をお嬢様っぽく躾け、勉強漬けにした。一流大学に通わせて才色兼備な令嬢にするつもりだったんだとさ」

「家畜かっ！」

「完全にブリーダー気取りさ。月に一度別宅を訪れて二人で和やかに食事してたらしいけど、父親は育成が順調かチェックするのが目的。でも鈴木は視察とは知らずに父親の訪問を楽しみにしてた。『娘の方は引き取ってくれたことに大きな恩を感じていたから、どんなに重いノルマを課せられても、理不尽な懲罰を受けても、父親を心から慕っていた』って話だ」

「嘘だ」と僕は吐き捨てるように言う。

「必死に演じてたんだろうな。他に行くところがないから、『育ててくれてありがとう。お父さんのために頑張る』っていい子ぶりっ子してただけだ。鈴木はほとほと疲れ果 てちまったんだな。父親の言いなりロボットになる人生に絶望して駆け落ちを計画したんだよ」

「そういう答え合わせは意味ないよ。裏にどんな事情があっても、鈴木さんは死んだ。その事実は変わらない」と僕は強い調子で言う。

胸糞（むなくそ）が悪くなり、語気を抑えられなかった。

「坂井、考えろ」

「何を？」

「自分で考えろ」

「いくら頭を使っても後悔しか出てこないよ。峰さんは何がしたいの？　ライバルがいなくなって清々してるの？　本当に鈴木さんが脚本家になりたがっていたんなら、峰さんにも責任があるんだよ。『シンデレラ』の脚本を押しつけなかったら、鈴木さんは変な気を起こさなかった。普通に高所撮影を続けていれば、僕とコンビを組み続けていれば、死ななかった」

自分のことを棚に上げて心ないことを言った。それなのに、彼女は深い溜息を吐いただけだった。

「ごめん」

「次、くだらねーこと言ったら、ここでパンツ脱いでそのポンコツの頭に被せっぞ。いいな？」

「うん」

「いいか、よく考えろ。なんで鈴木はおまえを置き去りにして一人で家出しなかった？　最初は自分だけ町から逃げるつもりだったんだから、一人でもできただろ？　なんでやったことのないＬＩＶＥ動画にした？　フォロワー数を増やすためか？　なんでわざわざ生徒手帳を携帯してた？　落とすリスクがあるのに変じゃね？　なんで熊の胃から鈴木の肉が出てこない？　髪の毛は消化されにくいらしいけど、そもそも熊の消化能力は低い。数日くらいじゃ、肉は溶けない」

それらの『なんで？』が僕の頭で回転しだし、やがて一つの仮説を弾き出す。

「鈴木さんは生きてる？」と僕は半信半疑の声で訊ねる。

「ミス・パーフェクトって言われてる奴なら、人の失敗を教訓にする。『大堀みたいに足を滑らせないぞ』って注意して登るもんだろ」

「引き摺られた跡は？」

「そんなもん、土嚢の袋かなんかを持ってって、鉄塔周辺の土を入れて引き摺れば、似たような跡ができんだろ。熊の足跡だって土の上なら偽装するのはそんなに難しくないよ。試行錯誤を重ねれば、紙粘土でそれらしい熊の足の裏を作れる。大体さ、転落死してすぐに熊が死体を運び去るなんて、出来すぎだ。大堀の事故に便乗したに決まってる」

峰さんの言う通り不可能ではない。ＬＩＶＥ配信前に、土を詰め込んだ袋で跡を作り、熊に似せた足跡をつけておけば、転落を装ったあとすぐに現場から立ち去れる。血溜まりは注射器で血を抜いて作ったのかもしれない。

「けど、髪の毛は？」

「どんぐりとかの木の実に抜け毛を詰めて山ん中のあちこちにばら撒いたんだよ。熊が雑食なのは知ってんだろ？」

「うん」

冬眠に備えて脂肪を溜め込む必要があるので、栄養価の高いナラ類やブナ類の実は熊にとって良質な食物だ。

「鈴木は随分前から家出の準備をしていたんだから、大量の抜け毛とどんぐりを用意できたはず。山中に撒き散らしても、木の実だから誰も違和感を抱かない。もし鈴木の毛を食った熊が撃ち殺されなかったとしても、糞からは髪の毛が出てくる。それを猟友会が発見すれば『食われた証拠』のできあがりだ」

「鈴木さんは生きてる！」と僕はまた言う。

今度は希望に満ち溢れた声で。鉄塔から落ちたのはスマホだけだ。

「死んだってことにしないと、家族の追跡から逃れられないんだろうな。うちは鈴木んちよりはだいぶ緩いけど、私が家出したら血眼（ちまなこ）になって日本中を捜すジジイどもが目に浮かぶよ。もちろん愛情はゼロ。跡取りが必要なだけ。だから司法試験に落ちた時は、平気で『おまえはうちの子じゃない』って言うな」

「鈴木さん、政略結婚させられる自分の未来を遠回しに嘆いていたことがあった」

「好きでもない男との結婚なんて、生き地獄でしかねーよ」

「家出だけじゃなく、自殺する計画も立てていた気がする」

「愛のない結婚生活を何十年も続けるくらいなら、死んだ方がましだもんな。けど死ぬのは勿体ない。生き甲斐を見つけたんだから、尚更死ねない。将来を悲観して死ぬくらいなら、死んだふりをして別の人生を生きよう。英断だよ。さすが、鈴木だ」

子を道具としてしか見ない親に子供が権利を主張しても聞く耳を貸さない。どんなに遠くに逃げても追ってくる。鈴木さんが自由を手にするにはああするしか選択肢はなかったのだ。きっと僕と一緒に家出をする場合も偽装工作をするつもりだったのだろう。

「どうして峰さんはそんなにまで鈴木さんの計画や心情を見透かせるの？」

まるで水面下で相談を受けていたみたいだ。ひょっとして二人は？

「親に逆らえなかったり、人生のレールが敷かれてたり、若干被ってるせいもあるけど、私は鈴木のことを買ってんだよ。私が思いつくことをあいつの頭が捻り出せないわけがねー。もし『自分の死を偽装しろ』ってお題を出されたら、私はこう考える。水難事故を装って失踪するのが無難な手だ。けど、割かしポピュラーな方法だから疑われるおそれがある。他の手はないか？　あっ！　人食い熊に便乗できるんじゃ？　ってな具合に鈴木も考えられるさ」

「なんか強い絆で結ばれた親友って感じだね」

「妬いてんのか？」

「ちょっとは」

二人の思考が高次元すぎて、僕は全然ついていけない。完全に蚊帳の外。

「男の嫉妬ほどダセーもんはないぞ」

「これ以上嫉妬したくないから教えてほしい。僕は鈴木さんの力になりたい。どうしたらいいのかな？」と恥も外聞もかなぐり捨てて縋る。

「坂井や私にできることは、一つだけ。何もしない。余計なことをすると、隠蔽工作が綻びかねない」

「二人だけの秘密ってこと？」

「そうだ。外では絶対に口にするな。特に、父親への不満を募らせてたことはトップシークレットだ。間違いなく鈴木は偽装のために、父親と良好な関係を維持してた。ラストチャンスに懸けて脚本家になりたいことを父親に訴える時も、頭ごなしに反対されるような言い方はしなかったはずだ」

「さっき、『父親の顔色』についてどうのこうの言っていたね」

「ああ。匂わすに留めただろうよ。猛反対された直後に失踪したら、家出を疑われるからな。だから他所では口が裂けても、鈴木が親の言いなり人生を悲観してたことは言うな」

「肝に銘じる」

「あと、坂井がバケタカの元祖だってこと、二代目三代目への引き継ぎのこともトップシークレットだ。広まったら、坂井や大堀がクローズアップされてややこしいことになる。下手したら、そこから破綻しちまう」

確かに、僕と鈴木さんの接点は隠し通すべきだ。噂を耳にした警察が追及してきたら、しどろもどろになって辻褄（つじつま）の合わないことを口走るおそれがある。

「だけど警察が嗅ぎつけてくる可能性はある。大堀と鈴木のスマホに坂井に結びつく手掛かりが残ってるかもしれない。尋問された時は『脅されてマスクを譲った』『カメラマンを頼まれた』『正体は誰だか知らなかった』で押し通せ。他のことは一切喋るな」

「うん」

「西本にも『バケタカの初代と二代目のことは、公言するなよ』って釘を刺しておかないとな」

「協力してくれるかな？　西本くんは僕のことを恨んでいるから」

「大丈夫さ。言い触らす気があるなら、とっくにやってる。たぶん西本は鈴木を悪者にしたくないんだよ。あいつは二代目を鈴木だと思ってるから、広めるとしたら『鈴木が坂井を脅してマスクを手に入れた』ってことになる。西本は屍（しかばね）に鞭打つようなことをする男じゃない。惚れた女でもあるから、一段と口を噤むさ」

「なるほど」と納得がいった。「だけど、口が堅いなら、西本くんと三人で秘密を共有した方がいいんじゃないかな」

「それはリスキーだ。あいつは直情的すぎるから、坂井と鈴木の深い関係を知ったら、嫉妬に狂って警察に駆け込むかもしれねー」

「そっか」

鈴木さんの生存を知らない西本くんは一生僕を恨み続けるのだろう。

「西本に『鈴木なんかのどこがよかったんだ？』って訊いたらさ、『健全さ』だって。あんなまっすぐな子は見たことがなかったから心が洗われたんだとさ。ぶりっ子百二十パーセントをまんま信じるなんて、あいつの目も相当節穴だな」

偽りの健全さであっても西本くんを感化させられたのは、鈴木さんがぶりっ子を完璧に演じていたからだ。名優の演技と同じだ。上手な嘘は現実を超えたリアリティを生む。きっと鈴木さんの嘘はたくさんの人に良い影響を与えていた。少なくとも、彼女のおかげでうちのクラスは秩序が保たれていた。

「けど、峰さんは西本くんのことも買っているんでしょ？　男らしさは認めているんだよね？」

「坂井のせいだよ。おまえに絡んでから、ほんのちょっとだけ生身（なまみ）の人間が好きになっちまった」

「ホント？」

口に出してすぐに後悔した。確かめる必要なんてない。でももう一回聞きたい。たぶん照れ臭くなって言わないと思うけれど。

「とにかく、私たちは何もしちゃいけないんだ。それが鈴木への最大のアシストだ。いいな」

「何もしない」と僕は自分の心に刻むように言う。

重い秘密だ。本当は生きているのに、死んだことにする。みんなに合わせて故人として扱う。同じ空の下にいても、二度と鈴木さんに会えない。だけどこの世から彼女の命が失われることを思えば、何年だろうと何十年だろうと耐えられる。

「ねぇ、峰さんは鈴木さんがバケタカだってことに気がついていたの？」

「薄々な。『ひょっとすると？』って怪しんでた」

「何か根拠があって？」

「あいつ、みんなに好かれたいから、基本的には人の意見を否定しない。うんうん頷いてばっか。けど、西本軍団がバケタカの推理をしてる時だけは横槍（よこやり）を入れるんだ。どうしてかは、わかるだろ？」

「捜索の邪魔をするため？」

「そう。典型的な犯罪者の心理だ。無意識に自分を危険から遠ざけようとする。防衛本能みたいなもんだな。西本たちがバケタカの正体に近付きかけると、ゾッとしてつい否定しちまう。もっともらしいことを言って、核心から逸らしてたんだ」

　思い当たることがいくつかあった。今別府さんがギザギザマンションの写真について『誰かが支えていたのよ』と言い当てた時も、鈴木さんはロープ説を唱えて真実から遠ざけた。

　僕に『雷が落ちる瞬間が撮れるかもって期待してスマホを構えていたの』と嘘をついたのも、自分を守るためだ。彼女はゴライアスクレーンで思わず学校で使っている声色で『一人で、下りて』と言ってしまった。僕が鈴木さんに疑念を抱くことを危惧し、アリバイ工作を行ったのだ。

　峰さん並みの洞察力が僕にあったら、彼女の証言を真に受けずに『逆に怪しいぞ。わざわざアリバイのアピールをしに来たのか？』と疑惑を深めただろう。ただ、僕の愚鈍さをきっちり把握しているからこそ鈴木さんは素知らぬ顔で嘘をつけた、とも言える。

「やっぱり僕の目は節穴だ」

「っとにな。なんでそんなに節穴なのか不思議でしょうがねー。ほくろの細工でもされたか?」

「ほくろ?」

「あれ? 違ったか」

話が食い違って互いに首を捻る。

「なんのこと?」

「鈴木はさ、夏休み前くらいから坂井に挨拶する時に、やたらと左手を挙げるようになったんだ。他の奴らには利き手の右手で挨拶すんのに」

気にしたことはなかったけれど、胸の前で小さく左手を挙げる鈴木さんの姿が記憶にある。

「左手の挨拶ってなんか特別な意味があるの?」

「浮かれてんじゃねーよ」と咎めてから妙な質問をする。「鈴木が兎のマスクを被ってる時、坂井にさり気なく手のひらを見せてなかったか?」

「そういえば、いつも別れ際に『目を瞑って十数えて』って言うんだけど、その時に両手をパーにしていた」

「左の手のひらにほくろはあったか?」

思い出を片っ端から掘り起こしてみたが、どの兎人間の左手もぼやけている。

「わからない。注目していなかったから」

「どうしようもねー節穴だな」

「ほくろがあったら、どうなるの？」

「学校での鈴木の左手にはほくろはない。だからバケタカの左手にほくろを作れば、坂井が鈴木を容疑者のリストから外すって魂胆だよ。まあ、坂井が完全にほくろをスルーしてたから、無駄骨だったわけなんだけど」

「どうやってほくろを？」

「偽物のほくろなんてリキッドアイライナーとファンデーションで簡単に作れんだよ。だからわかりやすい身体的特徴を手っ取り早く作るには、ほくろが最適なんだ」

ほくろに気がついていたら、無知な僕は少しも偽物とは疑わずに『兎人間の正体は左手のひらにほくろがある人だ』と決めつけていただろう。思い返せば、兎人間が去り際に指を十本立てるようになったのは、二回目の給水塔からだ。最初のギザギザマンションでは手のひらを見せなかった。

「自分の節穴っぷりにがっくりきたよ。ほくろの企みを見破るどころか、ほくろに気付きもしないなんて」

「そんなに凹むなよ。よくよく考えればさ、私は弱点を摑むために鈴木の一挙手一投足に注目してたから、違和感に目敏かったんだよ」と珍しく優しい言葉をかける。「それにさ、私が勘繰りすぎてるだけで、ほくろなんてなかったかもしんないし」

「罵倒される方がよっぽど慰めになるよ」

峰さんは僕がバケタカとコンビを組んでいた話を聞いただけで『鈴木はミスリードのために坂井に左手を見せてたんだ！』とピーンと来た。そして自分なら何を手のひらに細工するか考え、ほくろを導き出した。それなのに僕は……。

「んだよ、うじうじしやがって。自分は人を内面で見るってことにしとけ。仮定の話なんてどうでもいいからさ、三代目のバケタカが鈴木だってわかった時のことを聞かせろよ。どう思った？」

「どうって？」と訊き返す。

「やったーとか、イメージと違ったとか、なんかがっかりとか」

「どうかな……」

電話で西本くんから聞いた時、何を思った？　うーん……。死んでしまったことが衝撃的すぎて、峰さんが言ったような感情が入る余地はどこにもなかった。

「私に遠慮すんなよ。ちょっとした好奇心で訊いてるだけなんだから」

「その時のことはよく覚えていないんだ。ただ、今ふと思った。鈴木さんじゃなくて峰さんがよかったなって」

彼女は複雑そうな表情を見せる。嬉しさ、哀しさ、腹立たしさ、悔しさが綯い交ぜになった声で「残念だったな」と絞り出す。

「うん。残念だった」

うまくいかない二人はそれから長い間黙ったままダサい時計の針の音を聞き続けた。気付いた時には、陽が沈んでいた。そっと夜が目覚め始める。長い長い夜が。

【エピローグ】

僕が「今、暇？」と訊ねると、耳に当てたスマホから喧しい声が返ってくる。

「嫌味か？　打ち切りになったこと、知ってんだろ」

「うん。あっ、今の『うん』は嫌味を肯定したんじゃなくて、打ち切りのことだよ。雑誌で見て知った」

「一々言わなくてもわかってるよ」

「あれって、やっぱり続編はないんだよね？」

最後のページの左下に『青春十八番編　完』とあった。あたかも続きがあるような締め方で連載が終了する場合、大抵は建前のことが多い。

「そこは察しろ」

「続きを読めないのが残念だよ。面白くなってきて、これからって感じだったのに」

峰さんは大学に通いながら漫画を描き続けた。夏休みと春休みにアシスタントの修業をし、在学中にいくつか賞を獲った。実績に加えて祖父が亡くなったことが追い風となり、態度を軟化させた母親が条件つきで漫画家になることを認めた。

三十歳になるまでに年収が八百万を超えなかったら、峰さんは筆を折らなければならない。厳しい条件だが、高校時代のことを思えば文句を言えない。デビューできただけでも儲けものだ。

峰さんの母親が妥協したのは、鈴木さんのおかげでもある。あの町では『鈴木冴香は親のプレッシャーでおかしくなり、高所自撮りにのめり込んでいった』が通説となっている。だから母親は『抑圧しすぎると、美菜津も馬鹿げた息抜きに手を出して身を滅ぼしてしまうかも』と危惧したようだ。

鈴木さんは本人が望んだ通りに、死んだことになった。肉片が一欠けらも見つからなくても、大堀温子の前例が「ツキノワグマの習性なのだろう」と結論づけてくれた。そして熊の胃から出てきた数本の頭髪は、状況に鑑みて「鈴木冴香のものだ」と見なす他ない。

だが、彼女の父親は簡単に引き下がらなかった。警察が捜索を打ち切ったあとも、民間の山岳救助隊に依頼して娘を捜し続けた。漏れ聞こえてきた話によると、「あれは上玉だったんだ。あと数年で四方八方から『嫁にくれ』って引く手あまたになるはずだった」という未練をずるずる引き摺っていたらしい。

醜悪極まりない親だが、彼は正妻の子供も駒としてしか見ていなかった。鈴木さんには腹違いの兄が二人いた。長男とは四歳、次男とは一歳差。下の兄は十二歳の時に自宅で不審な死を遂げた。亡くなった日は中学受験の合格発表日。頭の出来がさほどよくなくて、テスト結果が出る度に父親に暴力を振るわれていたそうだ。

だから鈴木家の使用人たちは「本当に死因は転倒かな?」「父親が不合格に激怒したのよ」「利用価値が見込めそうにないから、ひょっとして?」「後継者は優秀な長男で事足りるものね」「次男よりも隠し子の方が出来がいいらしいし、落ちこぼれをお払い箱にしたんじゃ?」などと噂した。

おそらく鈴木さんも兄の死に疑惑の目を向けていたはずだ。彼女が中学受験と高校受験に失敗したのは、次男のことが影響したからと思われる。『当日に熱が出ちゃって』は表向きの理由だ。試験中に『正妻の子ですら非情に切り捨てるんだから、愛人の子の私が不合格になったら間違いなく……』という恐怖が一瞬でも過れば、問題なんか頭に入らないに違いない。

そして『できて当然、できなければ罰を与える』という育て方をされたことが原因で、承認欲求が人の何倍にも膨らんだのだ。鈴木さんは父親に褒められたことが一度もないのだろう。

鬼畜のような親が娘の死を受け入れたのは、鈴木さんの失踪からきっかり一ヶ月後だった。節目は踏ん切りをつけやすいし、ひと月は生存が絶望的な日数だ。円満な関係だったと信じ込んでいるので、家出とは夢にも思わない。

鈴木さんが生きていることを知っているのは僕と峰さんの他にいない。九年間、二人で秘密を守り続けている。

「贔屓目で見んな」と峰さんが素っ気なく言う。「客観的な感想の方が遥かにためになる」

「ファンだからしょうがないよ」

「また『続編を描いてください』や『早く新作を読みたいです』って葉書を出す気か？」

「もちろんファンだもの」

晴れて漫画家の道を進むことになったものの、その道は果てしなく険しい。デビューして四年になるが、なかなか芽が出ない。連載三作目は半年で打ち切り。腕一本で生き抜かなければならない世界は苛酷さを極める。

「坂井さ、気持ちはありがたいんだけど、一言二言だけにしてくれ。細かい字で余白いっぱいに書くな。編集部で気持ち悪いって噂になってて、おまえは『ストーカー予備軍』って呼ばれてんだぞ。人によっては私の自作自演も疑ってそうだし」

「ごめん」

「ったく……」

何かを言おうとしたけれど、やめて舌打ちした。

「で、坂井は何やってんだ？　外か？」

「うん。会社の飲み会にぐったりして、ちょっと抜け出した」

さすがに『後輩の子をふって気分が沈んだから、なんとなく屋上に登った』とは言えない。

「私は酔い醒ましの風か」

「風と言うよりは薬だよ。魔女なら特効薬を作るくらいお手のものだ」

「魔女？」と要領を得ない声を出す。

「演劇祭で魔女をやってたでしょ？」

「大昔な。いつの話をしてんだよ」

「そんな昔じゃないよ。僕はつい最近に思える」

「また鈴木の呪いか？　それは私にも解けねーよ」

「いいんだ。鈴木さんの生存を知ってる人と話せるだけで、気持ちが落ち着く」

だいぶ気が紛れる。

「今更だけどさ、坂井にとって鈴木ってなんなんだ？」

「古い戦友みたいなものかな」

「だから『一人じゃ死なせねー』って思えたんだな」

「たぶん」

「けどさ、坂井って死に場所がなくなった兵隊っぽいな。戦争が終わって自分の存在意義を見失った。そんで『あの時に死んでればよかった』って悔やんでばっか」

「的を射ている気がする」と僕は素直に認める。

「なら、後ろを振り返るな。前に進め」

「肝に銘じとく」

「その言葉も聞き飽きた」と言うと、電話を切った。

僕はずっと鈴木さんの幻影に囚われている。東京の大学に進学したのも、東京で就職したのも、彼女との邂逅（かいこう）を胸に秘めているからだ。積極的に捜しはしないけれど、偶然の出会いが起こることを微かに期待している。

それくらいの夢は見てもいいはずだ。じゃないとやっていけないんだ。何もしないことは僕が考えていたより何倍も辛いことだった。鈴木さんのためならどんな助力も惜しまない。命だって投げ出せるのに、僕にできる最大限のサポートはじっとしていること。

そのジレンマがもどかしくて歯がゆくて堪らない。居ても立っても居られない。それでも心をギュッと噛み締めて身が捩れるような想いに耐えている。悶え苦しむ声を懸命に押し留めているのだから、東京の片隅で一目見ることを夢想するくらい許してほしい。

そして彼女の幸せを祈ることも。鈴木さんがこのおっきな町で自分の居場所を見つけられていますように。

二次会のカラオケがお開きになり、飲み足りない人と送別会の主役に縁の深い人以外は駅に向かった。普段の僕は離脱組だが、今夜は同期の門出を祝う会なので最後まで付き合う。三次会組に交じって部長の行き付けのスナックを目指す。

金曜の夜だから多くの人が行き交っている。繁華街に溢れるネオンと活気。ここも今は眠らない町だ。この繁栄はいつまで続くのだろう？

「坂井、大丈夫か？」と数野先輩が僕を気遣う。

「はい。吐いたらすっきりしました」

長い間カラオケルームに戻らなかった僕は『具合が悪くてトイレに籠っていました』を口実にした。三次会では挽回するためにガンガンお酌して回ろう。

「飲み慣れてないなら、無理すんなよ。奥原みたいに途中で抜けてもいいんだぞ」

「ええ」と僕は気まずさを隠して返事する。

僕にふられて帰った奥原さんは《気分が悪くなったのでドロンしました。部長にうまく伝えておいてほしいです。私のバッグは坂井さんに預けてください。》と数野先輩にLINEを送った。

「坂井は奥原にも興味ないのか?」

「どうしてですか?」

思わず不自然な訊き返し方をしてしまった。

「奥原がバッグを坂井に預けたのは『坂井さんなら中を漁らない』って信頼してるからだ。そんな安心感を与えられる位置にいるなら、射程圏内だ。やりようによっては落とせるぞ」

「単に僕が一番中立だからですよ。誰に対してもいい顔するから、『敵でも味方でもない坂井さんが最も無難だ』って選んだんだと思います」と僕は取り繕う。

数野先輩は思い違いをしている。バッグの件は、ただの当て付けだ。勘の鋭い女性社員は『奥原と坂井はトイレタイムが重なっていた。二人の間に何かあったんじゃ?』と想像を膨らませているはずだ。

「それでも、奥原は坂井に無警戒なんだから、その気になれば一気に距離を縮められるぞ」

「そういう気はありません」

「なんだよ、坂井は誰だったらいいんだ？　やっぱり男に興味があるのか？」

あまりにも浮いた話がないので、しばしば不要な誤解が生じる。

「そういう趣味はありませんよ。ただ、身の程を弁えずに好みがうるさいんです」

「選り好みしてるとあっという間に歳食って、慌てて嫁探しをすることになるぞ。今のうちから婚活しとけ」

五つ年上の数野先輩は二十六歳で結婚した。周囲から『もっと遊べばよかったのに』『結婚は墓場だぞ』『早まったな』などと言われたことを根に持っているようで、ことあるごとに後輩に早婚を勧める。

「結婚は自然な流れでしたいですね」と僕はいつものようにやんわりと受け流す。

「いいか、しっかり心にメモしておけよ。結婚ってのは不自然なものなんだ。お互いの人生の流れを塞き止めて、無理やり一つにするもんだ。だから……」

不意に顔の横を赤いものが通り過ぎた。足を止めて振り返る。ハート形のフィルム風船。繋がれた糸を辿ると、華奢な左手。

「なんかのパーティーの帰りか？」と数野先輩も立ち止まり、擦れ違った女性の背中に目を向ける。「いい女だったよな」

顔は見ていない。でも後ろ姿や歩き方はどことなく似ている。風船も。まさか？　左の胸が騒がしくなる。

いや、そんなわけない。落ち着け。たまたま似たような背格好の人が赤い風船を手にしていただけだ。

「他所の女に鼻の下を伸ばしていると、奥さんが悲しみますよ」と僕は冗談めかして注意し、歩き始めようとする。

その時、風船の女性が静止した。ゆっくりと上半身を捻る。ウェーブのかかったロングヘアがふわりと膨らむ。横顔が見えた瞬間から鈴木さんだと確信した。

隙のないメイクをしていても、髪型ががらりと変わっていても、九年前より頰が少しふっくらしていても、わかった。

視線が重なるや否や鈴木さんは目を大きく見開き、固まる。僕も同じだ。あまりの衝撃に心も動かない。夢か現(うつつ)か幻か……。九年の月日と数メートル先の彼女……。

「坂井、知り合いか？」と数野先輩が訊ねる。

「あっ、えっと……」

鈴木さんが一歩こっちへ踏み出す。しかし二歩目はなかった。くるりと背を向け、雑踏の中へ入っていく。早歩きのリズムに合わせて風船がせわしなく揺れる。

その赤いハートに僕の体が吸い寄せられる。右足が前に出た。足の爪先が風船へまっすぐ向いている。右足に続いて左足の踵が地面から離れようとしたところで、我に返った。体の向きを変え、鈴木さんが進んだ道とは逆方向へ歩き出す。

「おい、いいのか？　元カノなんだろ？」

「友達の元カノです」と咄嗟に嘘をつく。

「おまえ、好きだったんじゃないのか？」

「やめてくださいよ」

普通に会話できているか自信がない。ちゃんと歩けているのかも怪しい。口も足も重い。重くて堪らない。誰とも喋りたくないし、立ち尽くしていたい。でも僕は何事もなかったかのように振る舞わなければならない。重い心を引き摺って自分の道を行くんだ。

「坂井、自分の気持ちに正直になれよ」と見当違いな発破をかける。「俺の経験から言わせてもらうと、好きになったらしょうがないんだ。それが親友の元カノでも、惚れた方が負けなんだよ。あれこれ考えずに突っ走れ。じゃないと一生後悔するぞ。運命の恋はそうそう巡ってこない。まだ間に合う。追いかけろ」

「そういうのじゃありません」

追いかけてはいけない。無事に暮らしているなら、それでいい。それだけで充分だ。鈴木さんは町の呪いを断ち切って新たな人生を手に入れた。別人になったのだから何があっても接触してはならない。

僕が関わったら、彼女が九年間決死の覚悟で積み上げてきたものを崩しかねない。鈴木さんは死んで別の人間に生まれ変わったんだ。一歩ごとに『振り返るな。前へ進め』を踏み締めて過去から遠ざかる。

「勇気を出せ。あんないい女、なかなかいないぞ。俺がフリーだったら横取りしてるところだ」と言って後ろを向いた。「おい！　さっきの女、止まってこっち見てるぞ」

反射的に振り返ってしまった。瞬時に風船が目に入る。行き交う人々の間から鈴木さんの姿も見えた。

僕は胸の高鳴りを押し殺して「もう関わりたくないんです」と淡々と言い、前を向く。前方にある部長の背中に焦点を定め、歩を進める。早く雑踏の中へ。人混みに消えてしまえば、元通りになる。再会は夢想するだけでいい。実現したらいけないんだ。

さっき、鈴木さんは躊躇した。守るべきものがあるから、二歩目を踏み出せなかったのだ。失うものの大きさに恐れ戦いたのだとしても、喜ばしいことだ。彼女は自分の居場所を見つけられた。それに敵う喜びなどない。

僕は鈴木さんが守りたいものを守りたい。だから何もしない。しちゃいけないんだ。

「逃げんな。五分でいいから話してこいよ」

数野先輩が僕の肩を摑んで歩みを止めた。だけど僕はその手を渾身の力で握り、前に踏み出す。彼を引っ張ってただただ進む。

「坂井、いてぇーよ」

「僕は、他に……」と言葉が続かない。

「は？」

必死の思いで喉の奥から「他に好きな人がいるんです」を引き摺り出した。

「わかった。わかったから、やめてくれ」

手を離すと、彼は歩きながら摑まれていた箇所を擦り、残念そうに背後を気にした。

「あっ」と数野先輩は半身になったまま見上げる。

徐々に顎が上がっていく。釣られて僕も空を仰ぐ。赤いハートがビルの間を浮遊している。すでに十階ほどの高さまで昇っている。風船が夜空に吸い込まれていくと共に、僕の心はみるみる解けていった。

解説　緻密なミステリととびきりの青春小説のハイブリッド！

書評家　吉田伸子

白河三兎さんは、書評家泣かせの作家である。

というのも、白河さんの物語は、繊細かつ緻密に伏線が張り巡らされているため、〝何をどう書いてもネタバレになりそう〟なのである。あの箇所は引けない、この箇所もヤバい。あそこはギリ大丈夫？　スレスレだとしたらマズいよなぁ、とか、とか。

本好きには、その本に対する先入観や予備知識が一切ない状態で読みたい、少しでも内容を知ってしまうと興が覚めて、最悪読まない派と、あらすじや結末が分かっても全然OK派、がいる。前者でも、比較的穏健派（物語の多少の構えくらいなら、事前に知ってもOK）もいれば、ストイックな原理派（白紙の状態でなければ読まない）までグラデーションがあり、その程度は様々だ。恐らくは、世の本好きはほとんどが前者であり、たまに後者もいるものの、割合からすれば一割いるかいないか、といったところだろう。

そのため、できることならネタを明かさない、というのが私が解説を書く時、留意していることの一つだ。どうしても、明かさなければ、という場合は「ここから先はネタを明かします」と明記するようにしている。ところが、白河さんの物語に関しては、私が大丈夫と判断した箇所でさえ、もしかしたら読む人にとっては「知らなければよかったこと」かもしれないのである。誰かの読書の楽しみに水を差すことになりかねないのだ。それほどに繊細で緻密な伏線なのである。

そんなわけなので、本書に関しては、ネタ明かしにならないように注意しておりますが、できれば解説を先に読まれないことをお勧めします。

さてさて、本書もまた、白河さんらしい企みに満ち満ちた物語なのだけど、プロローグから、ぐいぐいと来る。会社の部署飲み会の二次会、である。カラオケというかそもそも宴会自体が苦手な主人公・坂井が、「頑張れ、自分」と気合いを入れてトイレから出ると、そこには二つ下の後輩である奥原が待ち構えていた。自分に好意を寄せていることは、なんとなく察してはいたのだが、はっきりと「坂井さんに熱を上げています」「今度デートしてくれますか?」と一気に押して来る奥原に、酒井は思わず口にしてしまう。

「他に好きな人がいるから」と。

まぁ、ここで普通は引きますよね。でも、奥原はさらに押してくる。いや、奥原、そういうとこだぞ、女子社員から不評なのは。彼女の強引さに、自分が好きな相手の連絡先どころか生死も不明だと明かしてしまった坂井に、奥原は、そんなに回りくどい断り方をするほど自分が嫌いなのか、と勝手に自己完結。だから、奥原、そういうとこだぞ（以下略）。

奥原が立ち去った後、カラオケの席に戻る気になれない坂井の目に入ったのは、避難口誘導灯。その明かりに誘われるようにして非常階段に出た坂井は、そこから上へと向かう。屋上への階段は封鎖されていたものの、坂井は軽々とそのドアの横から階段の手すりの上（！）に乗り、ドアの裏側に回り込み、さらに階段を上がって屋上に出る。坂井、何者？　とこの辺りから読者の頭の中に疑問符が出てくるはずだ。いくら、「幼い頃から高いところに登るのが好きだった」とはいえ、ビルの十一階、である。上がれるのと、実際に上がるのとは違う。坂井は二十七歳の大人なのだ。では、坂井はなぜ、上がるのか。

それは、屋上にいると、僅かだが「兎人間が現れるんじゃないか？」という期待が持てるからだ。兎人間である彼女に一目会いたい。九年間、坂井はずっとそう思ってきたのだ。でも、それは叶わない。それは何故か。

このプロローグの後から始まる第一章から第二十章で、その〝何故〟が明かされる。

かつて、私は、白河さんの『ふたえ』についてこんなふうに書いた。

「緻密なミステリでありながら、そういうミステリ的な仕掛けを全てとりはらったとしても、青春小説の傑作として立ち上がってくる」

これ、本書も全く同じなんです。プロローグでは二十七歳だった坂井だが、第一章から、時間は九年前、坂井が高三の頃に遡る。そこからはもう、ミステリというよりもとびきりの青春小説なのだ。第一章では、プロローグで坂井が思いこがれていた「兎人間」との突然の出会いが描かれているのだが、これがめちゃくちゃ印象的。

夜明け前、老朽化した十四階建てのピンク色のマンションの屋上。そこからの眺めは抜群で、坂井はもう三ヶ月近く、この屋上に来ている。朝日を望むのに最適な場所なのだ。眼下にゆっくりと増えていく人々の姿を目に止め、そろそろ屋上を降りようとしたその時、頭は兎（の被り物）、首から下はセーラー服、という「兎人間」に坂井は出会う。

彼女は高所自撮りで四桁のフォロワー数を持つ、インスタグラマーだった。ちょっとした有名人でもあり、坂井の高校では、彼女のアカウント「bkt_829」から「バケタカ」と呼ばれている。突然の出会いにも少しも動じることなく、いや、動じないどころか、彼女は坂井に自撮りの手伝いをさせ、首尾よく撮れたあとで、「私たち、いいコンビになれるんじゃない？　命知らずな馬鹿と命が惜しい臆病者。バランスが取れている」と、持ちかける。そして、一人では限界を感じていたところなので、また撮影に付き合って、と。

「どうせ暇なんでしょ？」

恋愛小説でいう「ボーイミーツガール」の場面なのだけど、こんな高所での「ミーツ」、しかも兎の被り物をした「ガール」と、という斬新さ、新鮮さ！　これですよ、これ、白河さんの物語の魅力の一つは。

プロローグでは押しの強い女子に迫られていたくらいなので、二十七歳になった坂井は、そこそこの線を行っている青年だと推察されるのだけど、高三の時点の坂井は、クラスカーストでは最下層にいる。高所に登るのは趣味だけど、それだって「地上の方が怖いものがたくさんある。下でビビりまくっているから、上に逃げてきた」だけなのだ。小柄な坂井は影も薄い。そんな坂井が兎人間と、どんなふうにコンビを組んでいくのか？　いかにして、兎人間に惹かれていくのか。

物語の真ん中にあるのは、兎人間は誰だ？（who）、兎人間は何故危険な高所自撮りをするのか？（why）。ミステリでいうところの、フーダニット、ホワイダニットで、その謎が解き明かされていく過程も、実に実にスリリングなのだが、坂井の学園生活がね、もう！　とりわけ、坂井の隣に座る秀才女子・峰が最高。いち早く、坂井の美形を見抜き、有無を言わさず、自分が描いている漫画の女装キャラのモデルにしちゃうとか。学校では協調性に欠ける「キモオタ」として扱われ、彼女もまたクラスカーストでは最下層なのだけど、本当は美女とか。峰の、教師さえ言い負かしてしまう口の達者さとか。

高三というこの世代独自の、ややこやしい自意識、承認欲求が実にリアル。兎人間、という設定こそファンタジーめいてはいるが、テイストはファンタジーとは真逆。リアルもリアル、えぐさもばっちり。坂井や峰とは違って、クラスカーストの上位にいる女子である鈴木(すずき)（立ち位置から、第一位の今別府(いまべっぷ)に次ぐ第二位）を分析する峰の鋭さ！　背景として、坂井たちが暮らしている、活気を失い寂(さび)れていく一方の町というのも、日本の〝地方あるある〟が反映されていて、その閉塞(へいそく)感はぐさぐさと刺さってくる。

加えて、坂井や峰の家庭環境にも、今どき感が反映されていて（父親が事故で亡くなって母子家庭となった坂井の家では、坂井と母の関係はぎくしゃくとしたものになっているし、離婚した母と共に、母の実家で暮らす峰は、権威主義的な祖父母と母の前では聞き分けの良い子を演じている）、白河さんの繊細さ、緻密さは、ミステリにおける企みだけではなく、物語全ての細部にあらわれているのだ。

プロローグで明かされてしまっているので、坂井と兎人間の結末は見えているのだけど、どうしてそういう結末になってしまったのかは、実際に本書を読まれたい。そして、エピローグに、がつんとヤラれてください。

（この作品『他に好きな人がいるから』は、平成二十九年十月、小社から単行本で刊行されたものです）

他に好きな人がいるから

一〇〇字書評

切り取り線

購買動機（新聞、雑誌名を記入するか、あるいは○をつけてください）	
□（　　　　　　　　　）の広告を見て	
□（　　　　　　　　　）の書評を見て	
□ 知人のすすめで	□ タイトルに惹かれて
□ カバーが良かったから	□ 内容が面白そうだから
□ 好きな作家だから	□ 好きな分野の本だから

・最近、最も感銘を受けた作品名をお書き下さい

・あなたのお好きな作家名をお書き下さい

・その他、ご要望がありましたらお書き下さい

住所	〒				
氏名		職業		年齢	
Eメール	※携帯には配信できません		新刊情報等のメール配信を 希望する・しない		

この本の感想を、編集部までお寄せいただけたらありがたく存じます。今後の企画の参考にさせていただきます。Eメールでも結構です。

いただいた「一〇〇字書評」は、新聞・雑誌等に紹介させていただくことがあります。その場合はお礼として特製図書カードを差し上げます。

前ページの原稿用紙に書評をお書きの上、切り取り、左記までお送り下さい。宛先の住所は不要です。

なお、ご記入いただいたお名前、ご住所等は、書評紹介の事前了解、謝礼のお届けのためだけに利用し、そのほかの目的のために利用することはありません。

〒一〇一－八七〇一
祥伝社文庫編集長　坂口芳和
電話　〇三（三二六五）二〇八〇

祥伝社ホームページの「ブックレビュー」からも、書き込めます。
www.shodensha.co.jp/bookreview

祥伝社文庫

他(ほか)に好(す)きな人(ひと)がいるから

令和 2 年 5 月20日　初版第 1 刷発行

著　者　白河三兎(しらかわみと)
発行者　辻　浩明
発行所　祥伝社(しょうでんしゃ)
東京都千代田区神田神保町 3-3
〒101-8701
電話　03（3265）2081（販売部）
電話　03（3265）2080（編集部）
電話　03（3265）3622（業務部）
www.shodensha.co.jp
印刷所　萩原印刷
製本所　ナショナル製本
カバーフォーマットデザイン　芥 陽子

 ISBN978-4-396-34626-3 C0193

祥伝社文庫の好評既刊

恩田陸　不安な童話

「あなたは母の生まれ変わり」――変死した天才画家の遺子から告げられた万由子。直後、彼女に奇妙な事件が。

恩田陸　puzzle〈パズル〉

無機質な廃墟の島で見つかった、奇妙な遺体！　事故？　殺人？　二人の検事が謎に挑む驚愕のミステリー。

恩田陸　象と耳鳴り

上品な婦人が唐突に語り始めた、象による殺人事件。彼女が少女時代に英国で遭遇したという奇怪な話の真相は？

恩田陸　訪問者

顔のない男、映画の謎、昔語りの秘密――。一風変わった人物が集まった嵐の山荘に死の影が忍び寄る……。

近藤史恵　カナリヤは眠れない

整体師が感じた新妻の底知れぬ暗い影の正体とは？　蔓延する現代病理をミステリアスに描く傑作、誕生！

近藤史恵　茨姫（いばらひめ）はたたかう

ストーカーの影に怯（おび）える梨花子（りかこ）。整体師合田力（ごうだりき）との出会いをきっかけに、初めて自分の意志で立ち上がる！

祥伝社文庫の好評既刊

原 宏一 **女神めし** 佳代のキッチン2

食文化の違いに悩む船橋のミャンマー人、尾道ではリストラされた父を心配する娘――最高の一皿を作れるか？

原 宏一 **踊れぬ天使** 佳代のキッチン3

移動調理屋の支店をやってくれる人を探すため、佳代は人々に料理を教え、教えられ――最後に見つけたものは？

東川篤哉 **ライオンの棲む街** 平塚おんな探偵の事件簿1

〝美しき猛獣〟こと名探偵・エルザ×地味すぎる助手・美伽。地元の刑事も恐れる最強タッグの本格推理！

東川篤哉 **ライオンの歌が聞こえる** 平塚おんな探偵の事件簿2

湘南の片隅でライオンのような名探偵エルザと助手のエルザの本格推理が光る、ガールズ探偵ミステリー第二弾！

東川篤哉 **ライオンは仔猫に夢中** 平塚おんな探偵の事件簿3

金髪、タメロ、礼儀知らずの女探偵。でも謎解きだけ(?)は一流です。型破りなガールズ探偵シリーズ第三弾！

三浦しをん **木暮荘物語**

小田急線・世田谷代田駅から徒歩五分、築ウン十年。ぼろアパートを舞台に贈る、愛とつながりの物語。

〈祥伝社文庫　今月の新刊〉

渡辺裕之
死者の復活 傭兵代理店・改
人類史上、最凶のウィルス計画を阻止せよ。精鋭の傭兵たちが立ち上がる！

白河三兎
他に好きな人がいるから
君が最初で最後。一生忘れない僕の初恋――。切なさが沁み渡る青春恋愛ミステリー。

南　英男
暴虐 強請屋稼業
爆死した花嫁。連続テロの背景とは？　一匹狼の探偵が最強最厄の巨大組織に立ち向かう。

柴田哲孝
DANCER
本能に従って殺戮を繰り広げる、謎の生命体〝ダンサー〟とは？　有賀雄二郎に危機が迫る。

数多久遠
悪魔のウイルス 陸自山岳連隊　半島へ
生物兵器を奪取せよ！　北朝鮮崩壊の時、政府、自衛隊は？　今、日本に迫る危機を描く。

乾　緑郎
ライプツィヒの犬
世界的劇作家が手がけた新作の稽古中、悲惨な事件が発生――そして劇作家も姿を消す！

宮本昌孝
武者始め
信長、秀吉、家康……歴史に名を馳せる七人の武将。彼らの初陣を鮮やかに描く連作集。

樋口有介
初めての梅 船宿たき川捕り物暦
目明かしの総元締の娘を娶った元侍が、悪を追い詰める！　手に汗握る、シリーズ第二弾。

吉田雄亮
浮世坂 新・深川鞘番所
押し込み、辻斬り、やりたい放題。悪党どもの狙いは……怒る大滝錬蔵はどう動く!?

武内　涼
源平妖乱 **信州吸血城**
源義経が巴や木曾義仲と共に、血を吸う鬼に決死の戦いを挑む波乱万丈の超伝奇ロマン！